Hans-Peter Ackermann

BoD™
BOOKS on DEMAND

Hans-Peter Ackermann

Nebel über dem Königssee

Kriminalroman

Bibliografische Information der Deutschen Nationalbibliothek:
Die Deutsche Nationalbibliothek verzeichnet diese Publikation in der
Deutschen Nationalbibliografie; detaillierte bibliografische Daten sind
im Internet über www.dnb.de abrufbar.

Covervorlage: Ursula Bullerkotte / Pixelio
Umschlaggestaltung: Karin Kipke / Werdau/Sa.

Herstellung und Verlag: BoD – Books on Demand, Norderstedt

ISBN 978-3-7347-5602-3

Der Sonnenball schob sich gerade langsam über die Bergspitzen und begann mit seinen warmen Strahlen die Nebelschwaden über dem See aufzulecken. Dort wo die Dunstschleier bereits besiegt waren, glitzerte die Wasseroberfläche silbern im Licht des anbrechenden Morgen. Eine beinahe ehrfürchtige bleierne Stille lag an diesem Morgen über dem Königssee. Plötzlich aber tuckerte ein Fischerboot aus den verbliebenen Nebelschwaden hervor.

Den Kragen hochgezogen, und mit einer Pfeife dicke Qualmwolken ausstoßend, saß ein älterer Mann am Ruder und steuerte das Boot in Richtung der Kreuzelwand. Vorn am Bug hockte im Schneidersitz ein junger Mann und sah suchend auf die entfernt auftauchenden Bojen ihrer Standnetze. Eine leichte Linkskurve steuernd nahm das Boot Kurs auf die erste rot markierte Boje, an der ein Netz befestigt war. Insgesamt sieben solcher Standnetze hatte der Fischer hier aufgestellt.

Der junge Mann am Bug erhob sich und nahm eine lange Stange mit einem Haken zur Hand. Damit hängte er sich an der Boje ein und zog das Boot langsam an das Netz heran. Der Motor war verstummt, und von der Holzstange abgebremst, verlor das Boot rasch an Fahrt. Es glitt nun lautlos, dahin bis es endlich zum Stillstand kam. Nun konnten die beiden Männer beginnen, das Netz mit ein paar kräftigen Armzügen einzuholen.

Der junge Mann begann, aufrecht im Boot stehend, kräftig das Netz herauszuziehen. Unterstützt von seinem Vater holten sie nun Meter um Meter des Fischernetzes ins Boot. Und immer wieder befreiten sie silbern glänzende Fische aus den Maschen, die sie in einen flachen Bottich mit Wasser warfen. Franz Gründl schüttelte ein ums andere Mal missmutig den Kopf.

„Das wird von Jahr zu Jahr auch immer weniger! Wir sollten es vielleicht doch wie die da drüben machen." Dabei deutete er mit dem Kopf auf die andere Seite des Sees hinüber.

„Ein paar Becken bauen und dann die Fische darin aufziehen", knurrte er leise vor sich hin. Für einen Moment richtete er sich halb auf und streckte sein schmerzendes Kreuz. Sohn Anton, der neben dem Alten stand, lächelte bei den Worten seines Vaters und sah ihn von der Seite an.

„Ach Vater, das erzähle ich Dir doch nun schon seit Monaten. Wir hätten uns doch längst denen von der Genossenschaft nur anzuschließen brauchen. Unser Betrieb rentiert sich doch schon kaum noch. Wenn Mutter nicht die Zimmervermietung noch hätte, sähe es manchen Monat ganz schön finster aus!"

Der Alte zog knurrend an seiner Tabakspfeife und paffte ein paar Wolken in die kalte Morgenluft.

„Ja, ja, der Herr Studiosus hat mal wieder alles im Voraus gesehen! Aber schon mein Vater und unser Urgroßvater haben die Fische lieber aus dem See geholt, als solch eine Großzuchtanlage zu betreiben. Das kalte Wasser lässt sie nun mal langsamer wachsen. Dafür schmecken sie aber tausendmal besser, als denen ihre da oben!" Wieder deutete der Alte mit dem Kopf auf die andere Seeseite hinüber, dort wo die Fischaufzuchtanlage der Genossenschaft ihren Sitz hatte.

Anton Gründl winkte genervt ab. Diesen Disput mit dem Vater hatte er mindestens jeden Monat einmal. Aber der Alte wollte es einfach nicht wahrhaben, dass der Fischbestand von Jahr zu Jahr weniger wurde. Die Fischreiher und der Bootsverkehr taten ihr Übriges. Immerhin fuhren inzwischen auch, Tag ein Tag aus, einundzwanzig Ausflugsboote mit Elektroantrieb im Abstand von zwanzig Minuten über den See, und störten die Ruhe der Fische.

Und wie zur Bestätigung schob sich gerade in diesem Moment das erste Ausflugsboot an diesem Morgen an ihnen vorüber und hupte kurz. Der Fischermeister kannte die meisten Bootsführer und winkte mit seinem Hut zurück.

Endlich hatten sie das erste Standnetz eingezogen, aber die Ausbeute war kläglich. Zurück auf seinen Sitzplatz balancierend, nahm der Alte wieder Platz und setzte erneut den Motor in Gang. Langsam dahin gleitend schob sich das Boot der nächsten Boje entgegen. Wieder verstummte der Motor und Anton griff wieder zu seiner Stange, um sich an der Boje einzuhaken. Diesmal hatten sie mehr Glück. Neben Renken und Saiblingen waren sogar zwei kapitale Hechte dabei.

Nach zwei Stunden hatten sie die leeren Netze wieder ausgesetzt und nahmen Kurs auf zu Hause.

Das „Gründlerlehen" lag in Sichtweite der Zwiebeltürme der kleinen Kirche von St. Bartholomä, und einige Hundert Meter

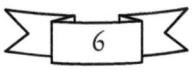

entfernt vom Anwesen des Jägers Hohlmayer. Nur diese beiden Familien lebten schon seit alters her auf der Halbinsel Hirschau, die aber allgemein nur unter dem Namen der Wallfahrtskirche St. Bartholomä bekannt war.

Das Gründlersche Anwesen bestand aus dem ehemaligen Fischerhaus sowie der Fisch-Schlachterei und Räucherei, einem Nebengebäude. In diesem Nebengebäude hatten sie vor Jahren zwei Ferienwohnungen ausgebaut. Etwas weiter entfernt stand das ehemalige bischöfliche Jagdschloss, das als Basis der Watzmann-Ostwand-Besteiger und als Gaststätte diente.

Ganz am Ende der Halbinsel stand das Försterhaus. Die Kapelle St. Bartholomä und das ehemalige Jagdschloss, welches nun als Gaststätte genutzt wurde, waren die Anziehungspunkte der kleinen Halbinsel.

Vor zwanzig Jahren hatte Franz Gründl das Anwesen von seinem Vater Xaver überschrieben bekommen. Da war er schon vierzig gewesen und hatte Frau und Kind. Lange hatte der alte Xaver diese Übergabe hinausgezögert. Doch eines Tages hatte Franz dem Alten dann die Pistole auf die Brust gesetzt.

„Also Vater, entweder Du überschreibst mir den Betrieb oder ich gehe mit meinen Beiden woanders hin um ein gesichertes Einkommen zu haben", hatte er dem Vater gesagt. Da hatte Xaver eingelenkt und ihm schweren Herzens das gesamte Anwesen überschrieben. Zwei Jahre später kam dann das Nesthäkchen Katharina zur Welt. Er selber war auf diesem kleinen Stück Land genau so aufgewachsen, wie seine Kinder hier aufgewachsen waren.

Wenn er auch sonst immer grantelte und brummte, die Katharina war seine Sonne, sein Jungbrunnen. In ihr sah er seine Agnes, als er sie damals mit siebzehn kennengelernt hatte. Mittelgroß, gut gebaut, dichtes langes schwarzes Haar, dunkle kräftige Augenbrauen und dunkelbraune Augen, die wie zwei Sterne leuchteten. Und immer ein Lächeln im Gesicht, so wie seine Kathi heute.

Mit sechzehn hatte Kathi sogar schon die Titelseite des Werbekalenders der Region Berchtesgaden geziert. Stolz wie ein König war er damals auf seine junge Tochter gewesen.

Anton wedelte mit der Hand die Qualmwolken aus seines Vaters Tabakspfeife beiseite. Der Alte nahm den alten Kocher aus dem Mund und grinste seinen Sohn breit an „Tabaksqualm vertreibt die Mücken", bemerkte er nur lakonisch. Anton nickte.

„Ja, und führt zum vorzeitigen Ableben, Vater! Du solltest damit endlich aufhören!" Der Alte meckerte vor sich hin und schüttelte belustigt den Kopf.

„Vor lauter Gesundheitsbewusstsein seid ihr auch bei jedem Windzug krank", entgegnete er süffisant und grinste wieder. Er spielte wohl darauf an, dass Anton heuer mitten im Sommer eine Grippe bekommen hatte. Eine Krankheit, die Franz selbst nicht einmal kannte. Plötzlich sah er seinen Sohn ernst von der Seite an.

„Sag mal Junge, mir ist zu Ohren gekommen, die Kathi hat neuerdings einen Verehrer. Stimmt das?" Anton zuckte mit den Schultern, vermied es aber dabei seinen Vater in die Augen zu schauen. Wusste er doch ziemlich sicher, dass der Hohlmayer Fredo der Kathi schöne Augen machte. Ausgerechnet einer von den Hohlmayers drüben auf der anderen Seite der Halbinsel! Jeder am See wusste, dass es zwischen den Gründlers und den Holmayers schon seit Jahrzehnten eine Fehde gab. Dabei ging es um ein kleines Grundstück am See.

Der Urgroßvater von Franz Gründl hatte kurz nach dem Ersten Weltkrieg aus reiner Geldnot dem alten Hohlmayer das kleine Stück Land verpfändet. In der Urkunde sollte gestanden haben, dass nach Begleichen der Schuld von 600 RM der alte Melchior das Grundstück wieder zurückbekommen sollte. Doch die Urkunde war angeblich bei einem Brand im Försterhaus mit verbrannt. Der alte Melchior aber hatte noch auf dem Sterbebett geschworen, das Grundstück wieder ausgelöst zu haben. Doch da es weder eine Urkunde noch einen anderen Beweis dafür gab, herrschte seit jener Zeit offene Feindschaft zwischen den beiden Familien. Dies war umso tragischer, weil sie auf einer kleinen Halbinsel zusammenwohnten. Auf diversen Festen hatte es so immer wieder Schlägereien zwischen den Buben beider Familien gegeben. Wenn Kathi also dem Charme von einem dieser Halunken erlegen war, dann konnte das nur in einer Katastrophe enden! Allerdings begann sich zumindest bei den beiden großen Jungs die Einsicht durchzusetzen, dass es endlich an der Zeit war, nun Frieden zu schließen. Anton und Vincent

waren es inzwischen einfach leid, den Zoff der Familienober-
häupter weiter fortzusetzen.

Durch Zufall hatten sich die beiden Jungen vor einiger Zeit in
Berchtesgaden getroffen. Bei einem Bier hatten sie lange
darüber geredet. Aber solange der Hohlmayer Simon nicht mit
sich reden ließ, würde die Fehde wohl bis an das Lebensende
der Beiden dauern.

Was allerdings Vincent maßlos ärgerte, war die Rolle die sein
Bruder Fredo spielte. Auch darüber hatte er mit Anton
gesprochen.

Sein Bruder war so alt wie die Kathi. Auch Vincent hatte schon
öfters leidvoll erfahren müssen, wie hinterhältig sein kleiner
Bruder war. Wegen ihm hatte er in früheren Jahren öfters vom
jähzornigen Vater Prügel bezogen. Fredo hatte Mist gebaut und
es Vincent in die Schuhe geschoben, und da war der Knirps
gerademal acht Jahre alt gewesen. Damals wäre auch um ein
Haar das Haus abgebrannt, nur weil Fredo einen Raketenantrieb
aus unzähligen Zündhölzchen gebaut hatte. In einem
Nebenraum der Scheune hatte er dann sein Werk ausprobiert.
Sein Raketenantrieb brannte so sehr, dass sich das dort gelagert
Holz entzündet hatte. Vincent war dazu gekommen und hatte
den Brandt gerade noch gelöscht. Als der Vater dann
zornbebend aufgetaucht war, hatte Fredo tatsächlich behauptet,
Vincent hätte rauchend an seinem Mofamotor gebastelt und
dabei Benzin verschüttet. Und Vincent bekam dafür eine
ordentliche Tracht Prügel von seinem Vater.

Jetzt war Fredo siebzehn, sollte Forstmann werden und besuch-
te die Berufsschule. Allerdings auch nur, wenn er Lust dazu
hatte. Dafür trieb er sich aber in letzter Zeit mit zwielichtigen
Gestalten herum. Österreicher aber auch Tschechen waren
dabei. Die Leute arbeiteten teilweise als Saisonarbeiter in der
Gastronomie. Einer von diesen Halunken war im vergangenen
Jahr wegen Handels mit Crystal Meth verurteilt worden. Dieser
Stoff, der Gesunde in kürzester Zeit zu menschlichen Wracks
macht.

Anton nahm sich vor, in Zukunft mehr auf seine kleine
Schwester aufzupassen. Auch wenn das nun nicht gerade
einfach war. So lieb die Kathi sonst war, aber wollte ihr jemand
Zügel anlegen oder behandelte sie gar ungerecht, dann fuhr sie

ihre Krallen aus. Selbst der Vater hatte da schon seine Erfahrungen gemacht.

Mutter hatte ihm deswegen erst vor Kurzem bei einem Streit die Leviten gelesen, weil Kathi erst spät nachts heimgekommen war und er nur mit den Schultern gezuckt hatte, als seine Gattin mit Kathi deswegen geschimpft hatte.

„Siehst Du, das hast Du nun davon, weil Du sie immer in den Himmel hebst und in Schutz nimmst", hatte sie mit ihm geschimpft. Da war Vater wortlos aus der Stube gegangen. Und draußen im Hof hatten dann Vater und Tochter in enger Umarmung dagestanden, wie ein Sinnbild von Einigkeit und Vertrauen. Die Mutter hatte den Kopf geschüttelt und gemeint:

„Der Mann, der die Kathi mal kriegt, hat bestimmt nix zu melden! Sie wickelt selbst ihren alten Brummbär von Vater um den Finger."

Also sollte der Vater auch vorerst nichts davon erfahren, wenn die Kathi ausgerechnet mit dem Fredo vielleicht ein Techtelmechtel angefangen haben sollte. Der alte Fischer sah seinen Sohn wieder von der Seite an.

„Woas is nu, woast was, he?" Anton schüttelte wieder den Kopf. „Nee Vater! I wos nix davon!" Den Gründl Franz schien diese Antwort offenbar sehr zu erleichtern, denn aufatmend brummte er: „Dös hät i dem Madl a net geroten!" Aber warum sollte man etwas dagegen haben, wenn eine Siebzehnjährige heutzutage einen Freund hatte? Aber der Vater war eben, was Kathi betraf, sehr eigen.

Wenn er gewusst hätte, dass Kathi am gestrigen Abend erst spät nach Mitternacht nach Hause gekommen war, hätte er sicher ein ernsthaftes Wort mit ihr geredet. Auch wenn das Mädel schon siebzehn Jahre alt war, in solchen Dingen war Franz Gründl noch sehr altmodisch. Dabei hatte Kathi am Anleger mit Klassenkameradinnen nur in einer Disco gefeiert.

Es war eine von den Veranstaltungen, wo die Jugend zusammenkam, um einfach nur richtig zu feiern. Dabei spielte Alkohol allerdings auch eine Rolle, auch wenn sich Kathi davon fernhielt. Einige Jungs ihrer Klasse hatten ihr deswegen schon den Spitznamen „die Eiserne Kathi" verpasst. Gerade am vergangenen Abend war es hoch hergegangen. Zu später Stunde hatten zwei Mädels und zwei Jungs die Idee gehabt, sich heimlich ein Ruderboot auszuleihen. Kathi hatte sie noch gesehen, als sie wenig später tatsächlich zu viert auf den See hinaus gerudert waren. Kurze Zeit später hatte sie ein Bekannter mit dem Jetski nach Hause gefahren, weil ihr Bruder Anton nicht wie vereinbart gekommen war, um sie abzuholen.

Die Vier in dem Boot waren schon stark alkoholisiert gewesen, als sie losfuhren. Die blonde Svenja war danach mit einem der Jungen allein weiter gefahren, nachdem sie das andere Pärchen am Ufer abgesetzt hatten. Svenjas Begleiter, schon stark angetrunken, hatte ihr eine selbst gedrehte Zigarette angeboten. In einer kleinen Bucht hatten sie geraucht, geknutscht und am Ende wollte der junge Begleiter Sex mit Svenja. Sie hatte sich gegen seine Aufdringlichkeit gewehrt, doch der Junge war stärker gewesen. In diesem Moment höchster Not, hatte ihr Herz ausgesetzt ...

Franz Gründl und sein Sohn Anton fuhren gerade mit dem Boot in eine kleine Einbuchtung des Sees hinein, wo ebenfalls zwei ihrer Standnetze standen, als ihnen plötzlich ein dahin treibendes Ruderboot den Weg versperrte. Es war eins von den Booten, die an der Bootsanlegestelle in Salet an die Urlauber verliehen wurden. Langsam fuhr Franz Gründl seitlich an das Ruderboot heran und schimpfte.

„Jetzt lassen sie schon die Ruderboote einfach ohne Aufsicht zurück, diese Bande! Sicher wieder ein paar Jugendliche, die sich erst vollsoffen und dann Unsinn machten.

Anton stand vorn am Bug plötzlich auf und erstarrte für einen Augenblick.

„Halt an Vater, da liegt jemand im Boot!", rief er aufgeregt, und versuchte sich dann an dem Ruderboot festzuhalten. Franz Gründl schaltete den Elektromotor ab und sah gespannt nach vorn zu seinem Sohn.

„Was ist? Wer liegt da?" Anton stieg vorsichtig in das Ruderboot über, balancierte bis zu dem blonden Mädchen, das da regungslos im Boot lag. Im gleichen Augenblick sah er, dass sie halb nackt war. Er fühlte ihren Puls und fuhr dann aber erschrocken zurück. Noch einmal legte er seine Hand auf die Stirn des Mädchens, die bestimmt nicht älter als 16 oder 17 Jahre alt war. Dann richtete er sich auf und schüttelte den Kopf.

„Ich glaube das Mädchen ist tot, Vater", stammelte er sichtlich erschrocken. Franz Gründl zog mit den Händen das eigene Boot so weit vorwärts, dass er nun selbst das blonde Mädchen sehen konnte.

„Ist die wirklich tot?", fragte er geschockt nochmals seinen Sohn. Der nickte nur und kletterte, bleich im Gesicht, wieder zurück ins das eigene Boot, nachdem er sie mit seiner Decke zugedeckt hatte.

„Wir müssen sofort die Polizei anrufen, Vater!" Der Alte nickte und paffte erregt ein paar Qualmwolken in die Luft. Anton holte sein Handy heraus und wählte die 110. Dann erklärte er dem Polizisten, was sie gefunden hatten. Dieser bat ihn vor Ort zu bleiben, bis die Polizei da war.

„Und fassen Sie bitte nichts im Boot an!", bat er Anton noch einmal eindringlich. Anton setzte sich zu seinem Vater auf die schmale Bank am Heck des Boots. Nun hieß es warten. Es dauerte keine zwanzig Minuten, da kam das Boot der Polizei auch schon, eine tüchtige Bugwelle vor sich herschiebend, am Tatort an. Die Beamten gingen kurz an Bord des Ruderbootes, dann entschieden sie, das Boot anzuhängen und es nach Salet zum Anleger zu ziehen.

Agnes Gründl stand in der Küche und sah gerade zufällig aus dem Küchenfenster. Draußen legte das Boot mit den Männern an. Sie schubste ihre Tochter ein wenig an, die gedanken-verloren schon eine Weile neben ihr sitzend eine Zwiebel schälte.

„Hallo, träumst Du schon am frühen Morgen? Geh bitte raus zu Papa und Anton und schließ die Schlachterei auf!" Kathi legte das Messer beiseite, nickte wortlos und ging aus der Küche. Agnes Gründl schüttelte nachdenklich den Kopf. Was die Kleine nur in den letzten Tagen hatte? Sonst war Kathi immer zu Scherzen aufgelegt. Aber schon eine ganze Weile schlich die Kathi wie eine kranke Katze herum. Agnes musste schmunzeln. Wenn sie ihre Tochter ansah, glaubte sie in den Spiegel zu schauen, der einen Blick in ihre Vergangenheit zuließ. Sie war damals mit siebzehn genauso rebellisch gewesen, wie Kathi heute. Nur damals hatte man eben solches Verhalten mit ein paar Backpfeifen oder gar mit Stubenarrest behandelt. Im Gegenteil zu früher mussten heute die Eltern ja sogar vorsichtig sein, wenn ihnen doch mal die Hand „ausrutschte". Anton stieg gerade auf den Anleger, als Kathi auch schon um die Ecke gelaufen kam und stumm die Tür zur Fischschlachterei aufschloss.

„Na Schwesterchen, Du bist wohl heute auch mit dem falschen Fuß aufgestanden? Du guckst so grimmig", rief er ihr zu. Aber Kathis Augen schossen Blitze ab und sie warf den dicken Schlüsselbund auf den Alutisch. Scheppernd rubbelte der über die glatte Metallfläche, ehe er zum Stillstand kam.

„Wärst Du gestern Abend mal in Salet eine Stunde früher gekommen, dann wäre ich eine Stunde eher ins Bett gekommen!", fauchte sie ihn an.

„Stattdessen musste ich warten, bis der Löffler Roland Zeit hatte und mich dann extra mit seinem Jetski heimgefahren hat. Da war es aber bereits ein Uhr." Anton grinste seine kleine Schwester breit an.

„Na dem Roland hat das doch bestimmt gefallen. Der guckt doch sonst auch wie ein angeschossener Hirsch, wenn er Dich sieht." „Idiot!", zischte Kathi zurück und stürmte wieder zur Tür hinaus.

Der Löffler war der Sohn des Hotelbesitzers vom „Watzmann-Hotel" in Berchtesgaden und managte die Disco in Salet. Er war zwei Jahre älter als Kathi und würde wohl das Hotel mal erben. Aber dazu musste der Alte erst einmal in den Ruhestand gehen. Woran allerdings in den nächsten zwanzig Jahren nicht zu denken war. Anton wuchtete eine Kiste nach der anderen mit den Fischen auf den Tisch. Es waren hauptsächlich Renken, Saiblinge und vier mittelgroße Hechte. Mit Ruhe begann er die Fische zu schlachten und auszunehmen.

Simon Hohlmayer nahm das Glas von den Augen und setzte die Brille wieder auf. Seit zwei Tagen schon beobachtete er eine Gamsfamilie, die sich unterhalb der Nordwand in einer Zwangslage befand. Eine breite Felsspalte hielt sie auf. Die Alte und drei ihrer Jungtiere warteten auf das Jüngste, welches sich aber offenbar nicht zu springen getraute. Die Alte selber war schon dreimal rüber und wieder zurückgesprungen. Der kleine Kerl hatte jedes Mal ebenfalls Anlauf genommen und war dann aber doch kläglich meckernd wieder stehen geblieben. Die Alte würde nun aber nicht mehr lange auf ihn warten können, weil sie die anderen drei Tiere auf sicheres Terrain führen musste. Dann würde der Kleine wohl allein zurückbleiben müssen und kaum eine Chance zum Überleben haben.

Simon Hohlmayer überlegte, was er tun konnte, um den kleinen Gamsbock zu helfen. Mit einem skeptischen Blick hinauf zur Felswand startete er den Motor des Bootes und nahm Kurs auf das Forsthaus. Er musste unbedingt mit seinem Sohn reden.

Vincent war Mitglied der Berchtesgadener Bergwacht. Notfalls mussten die eben mal einen kleinen Gamsbock retten! Für ihn war das genauso wichtig wie die Rettung dieser verrückten Bergwanderer, die sich überschätzten und dann gerettet werden mussten.

Als er am Bootssteg anlegte, lungerte sein Jüngster, Fredo, neben dem Steg im Gras und kaute an einem Grashalm. Als er seinen Vater sah, stand er langsam auf und ging ihm entgegen.

„Hallo Vater! Warst Du wieder bei der Geiß drüben?", fragte er ihn. Simon Hohlmayer nickte.

„Und Du, wieso bist Du heute früh wieder nicht in die Berufsschule gefahren? Mal wieder verpennt?" Fredo zog den Kopf ein und sah zur Seite, denn nun gab es sicher eine der nervigen Standpauken. Doch Förster Hohlmayer schüttelte stattdessen nur den Kopf. Dann brummt er mehr für sich als zu Fredo: „Ich möchte nur wissen, wann Du Lauser endlich mal erwachsen wirst." Danach drehte er sich abrupt um und stapfte ohne ein weiteres Wort in Richtung Wohnhaus.

Fredo sah ihm im ersten Augenblick verdattert hinterdrein, doch dann grinste er plötzlich und holte rasch sein Handy aus der Tasche. Er wählte und lauschte eine Weile. Es schien sich jemand zu melden.

„Hi! Hör zu Freund Petré! Ich komme nun doch in zwei Stunden an unseren vereinbarten Platz. Ich fahre mit dem nächsten Schiff. Meinem Alten sage ich einfach, dass ich nun doch noch zur Berufsschule fahre. Bis später!"

Auf dem Weg zur Scheune kam dem Förster seine Frau Astrid entgegen. Sie stellte schnaufend den schweren Weidenkorb mit Kartoffeln ab und reckte sich. Simon umarmte sie kurz.

„Du sollst doch nicht immer wieder diese schweren Körbe schleppen, Astrid! Wenn Fredo schon wieder verpennt hat, dann kann er Dir das doch abnehmen, oder?" Astrid lächelte und verzog das Gesicht.

„Das ging aber leider nicht. Unser Kronsohn hat soeben das Schiff bestiegen, um doch noch zur Berufsschule zu fahren." Sie lächelte sarkastischer als sie es vorgehabt hatte. Denn wenn ihr Jüngster so weiter machte, würde er wohl niemals den Abschluss in Forstwirtschaft schaffen. Aber bei seinem Jüngsten war Simon taub und blind zugleich, obwohl der in der Vergangenheit einen Blödsinn nach dem anderen fabriziert hatte. Dagegen war der Vincent wirklich ein Sohn, auf den man als Eltern stolz sein konnte. Er hatte gebüffelt und jede Gelegenheit genutzt, etwas zu lernen. Und nun arbeitete er in der Forstwirtschaftsbehörde und hatte sogar noch ein Studium absolviert. Simon Hohlmayer hob den Weidenkorb mit den Kartoffeln an und schnaufte.

„Astrid, Du bist verrückt! Warum nimmst Du denn dann nicht wenigstens die Schubkarre? Das ist doch viel zu schwer für Dich!" Die Zähne fest zusammenbeißend, stapfte er mit dem Korb vor dem Bauch los, bis Astrid ihm nach ein paar Metern lachend am Ärmel festhielt.

„Na komm, lass es gut sein! Tragen wir den Korb eben zu zweit nach Hause. Du bist ja schließlich auch nicht mehr der Jüngste", lachte sie, und griff nach dem Henkel des Korbes.

Etwa zur gleichen Zeit kamen Kriminaloberkommissar Ludwig und seine Schweizer Kollegin Thoma an den Bootshallen in Salet an. Das Ruderboot hatte man bereits fürsorglich in eine der Unterstellhallen für die Schiffe der Königsseer Flotte gebracht. Wie immer war die KTU schon vor Ort.
Quirin Stadler begann mit seinen Untersuchungen, während ein anderer Kollege Quirins versuchte, Spuren abzunehmen. Doch schon nach kurzer Zeit winkte der ab.

„Das macht überhaupt keinen Sinn! Auf dem Kahn sind Hunderte von Spuren, die kann man nie zuordnen", schimpfte er und gab entnervt auf. Markus Ludwig und Susi Thoma hatten bis dahin abseitsgestanden und darauf gewartet, dass die Leute von der KTU fertig werden. Markus sah zu Stadler hinunter in das Ruderboot.

„Kannst Du uns schon was sagen, Quirin?" Der Angesprochene hob verzweifelt beide Hände hoch.

„Auf jeden Fall ist sie mal hundert prozentig tot! Und wie es aussieht, ist daran wieder einmal dieses Mistzeug Crystal Meth schuld. Aber das arme Ding ist zu allem Überfluss auch noch vergewaltigt worden. Genaueres kann ich Dir erst heute Nachmittag sagen, wenn ich sie auf meinem Tisch hatte. Wir müssen aber davon ausgehen, dass diese Tat einen sexuellen Hintergrund hat." Susi schüttelte betrübt den Kopf.

„Das Mädchen ist doch höchstens sechszehn oder siebzehn Jahre alt. Wieder so ein junges Ding!", schimpfte sie und wandte sich an ihren Chef.

„Wir müssen unbedingt herausfinden, wie sie heißt. Es wundert mich nur, dass sie keine Papiere bei sich hat. Vielleicht ist sie nicht mal von hier und macht nur Urlaub." Markus zuckte mit den Schultern.

„Schaun wir mal, ob sie in den nächsten Stunden jemand abgängig meldet. Wir fahren wieder zurück ins Präsidium, hier können wir sowieso nichts mehr ausrichten."

Er gab Stadler kurz Bescheid, dann fuhren sie zurück nach Berchtesgaden. Es nieselte leicht und die Berge ringsum waren in dichte Nebelschwaden gehüllt.

Die Nachricht vom Tod einer jungen Frau hatte sich am Morgen wie ein Lauffeuer in Königssee verbreitet. Stimmen wurden laut, nachts eine Bürgerwehr auf Streife gehen zu lassen, wenn es die Polizei nicht schaffte, den Täter zu finden. Immerhin war dies ja nicht der erste Fall dieser Art.

Am Nachmittag meldete sich aber dann eine ältere Frau bei der Polizei. Ihre sechzehnjährige Nichte, Svenja Koller, sei seit dem vergangenen Abend verschwunden. Sie habe nur mit einer Freundin zur Disco gehen wollen, sei aber bisher nicht wieder aufgetaucht. Ihre Eltern seien für sechs Monate dienstlich im Ausland, und sie habe die Verantwortung übernommen. Leider habe sich Svenja von ihr nichts sagen lassen.

Kriminaloberkommissar Markus Ludwig knipste seine Schreibtischlampe an. Obwohl es gerade mal 11.00 Uhr am Morgen war, herrschte draußen noch Halbdunkel. Die Wolken hingen tief in den Bergen und es begann gerade wieder zu regnen. Er schlug einen dünnen Hefter auf und vertiefte sich in den wenigen Blättern, die er enthielt. Ab und zu schüttelte er den Kopf. Als er zu Ende gelesen hatte, sah er auf die andere Seite des Schreibtisches.

Ihm gegenüber saß eine junge schlanke Frau um die Dreißig. Ihre halblangen schwarzen Haare leuchteten förmlich vor dem Fenster. Susi Thoma war 36 Jahre alt, war Schweizerin und machte seit einigen Monaten in Bayern ein einjähriges Austausch-Praktikum bei der Kripo.

Was allerdings Ludwig am meisten an seiner netten Schweizer Kollegin gefiel, war deren unverkennbarer Schwyzerdütsche Akzent. Wenn sie schnell sprach, und Susi Thoma sprach oft schnell, verstand er nur noch Bahnhof. Aber die „Halbe Portion", wie er sie im Stillen manchmal nannte, hatte ein helles Köpfchen und eine ziemlich gute Kombinationsgabe. Sie würde garantiert einmal eine gute Kriminalistin werden.

Was hatte er damals gemosert, als er erfuhr, dass eine junge Schweizer Beamtin für ein Jahr seiner Abteilung zugeordnet werden sollte. Jung hieß in der Regel, frisch von der Schule, keine Praxiserfahrung und oftmals auch noch zickig. Drei Wochen vorher hatte sein alter Kollege Thielmann Berghammer den Dienst quittiert. Ein alter Haudegen vom alten Schrot und Korn, für den die neu angeschafften PCs Teufelszeug waren, und der tatsächlich den Tränen nahe war, als er seine alte Reiseschreibmaschine „Erika" ausmustern musste. Aber sie hatten sich wortlos verstanden, wie ein altes Ehepaar.

Und dann kam diese Schweizerin und saß an einem Morgen bei Dienstbeginn plötzlich auf der anderen Seite des Schreibtisches. Doch bereits nach fünf Sätzen hatte sie das Eis bei Markus Ludwig gebrochen. Für ihn stand fest, diese junge Frau hatte Talent und eine schnelle Auffassungsgabe. Bereits nach zwei Tagen hatte sich Markus schon gefragt:

„Warum läuft mir so was von Frau nicht mal privat über den Weg?" Er mochte die junge Frau und ihr manchmal schnoddriges Mundwerk.

Susi Thoma sah ihren Chef schmunzelnd über den Schreibtisch hinweg fragend an.

„Ischt was, Markus? Du schaust heut so verträumt drein", bemerkte sie, ohne rot zu werden und grinste breit. Dabei glänzten ihre himmelblauen Augen, wie kleine Sterne. Markus Ludwig schreckte auf und deutete auf den gelben Hefter auf seinem Tisch.

„Hast Du das schon gelesen? Wie es aussieht, geht der Mist mit dem Crystal Meth jetzt auch bei uns los! Vor Wochen erst hat die Bahnpolizei auf dem Hauptbahnhof einen offenbar herrenlosen Beutel mit diesem Zeug konfisziert. Der lag in einem Papierkorb und sollte wahrscheinlich noch abgeholt werden." Susi Thoma zog die Augenbrauen hoch und schüttelte ungläubig den Kopf.

„Na toll! Und die haben nicht gewartet, ob vielleicht einer das Zeug abholt? Ich denke die deutschen Polizisten sind die besten in Europa!" Sie sprach wieder schnell und Ludwig hatte Mühe ihr zu folgen. Er machte mit beiden Händen eine Geste, diese bedeutete, dass Susi langsamer sprechen sollte. Dann aber lachte er breit.

„Dass Du eine Schweizerin bist, ist unüberhörbar, Susi! Also rede bitte langsam mit mir." Sie schüttelte den Kopf und sah ihn an wie eine Katze, die auf eine Maus wartet.

„Wieso, hört man dasch?", fragte sie ganz erstaunt. Ludwig konnte sich ausschütten vor Lachen. Die Kleine war das Beste, was ihn seine Vorgesetzten jemals angetan hatten. Diese Susi war einfach eine tolle Frau und verdammt hübsch war sie noch dazu! Er nickte kurz.

„Tja, die beiden Kollegen von der Bahnpolizei gehören offenbar nicht zu den Besten, was die deutsche Polizei zu bieten hat. Die haben das Zeug eingesackt und zu ihrem Chef gebracht. Und der hat es zu uns geschickt. Natürlich hatten dann in der Zwischenzeit ein Dutzend Leute das Paket in der Hand! Mist, verdammter!", fluchte er leise vor sich hin. Susi Thoma dachte angestrengt nach. Das sah man daran, weil sie dann mit dem Bleistift im Ohr bohrte oder ihn zwischen Daumen und Zeigefinger drehte.

„Kollegin Thoma!", rief Markus ihr zu. Und Susi sah ihn ganz erstaunt an. „Wasch ist denn, Chef?" Er grinste.

„Du bohrst Dir noch mal mit dem Bleistift ein Loch in den Kopf!", bemerkte er und lachte dabei. Sie zog eine Schnute und hob die Augenbrauen an.

„Meinst Du, wir haben es hier bereits mit einer Bande zu tun?", fragte sie, diesmal aber langsam und hochdeutsch sprechend. Markus zuckte mit den Schultern.

„Keine Ahnung, jedenfalls ist das nun schon der dritte Vorfall innerhalb eines Vierteljahres." Susi Thoma griente ihn an.

„Toll! Gut zu wissen, dass mein Boss auch mal keine Ahnung hat!", bemerkte sie kess und kniff die Augen zusammen. Ludwig drohte ihr aus Spaß mit dem Zeigefinger.

„Sei nicht so frech zu Deinem Chef, Du Schweizer Mini-Schokoriegel!" Susi sah erst auf die Uhr, dann auf Ludwig. Es war inzwischen Mittagszeit geworden.

„Na gut, ich lade Dich auf eine Pizza ein, weil ich gerade frech zu Dir war, Chef! Einverstanden?" Und ohne auf sein Okay. zu warten, stand sie auf, zog ihre Jacke über und stand auch schon wartend an der Tür. Markus Ludwig erhob sich und grinste seine Kollegin beim Anziehen der Jacke an. Er hatte immer wieder seinen Spaß daran, sie ein wenig zu necken.

„Pass auf, draußen geht starker Wind! Nicht dass der Dich davon trägt", erwiderte er lachend. Susi Thoma sah ihn einen Augenblick eigentümlich kess an. Doch dann drehte sie sich um und meinte nur lapidar: „Ich bin stolz auf meine Figur! Ich komme im Gegensatz zu Dir wenigstens noch durch jedes Kellerfenster!"

Das wiederum war nun eine Anspielung auf einen Vorfall vor wenigen Wochen. Bei der Verfolgung eines Einbrechers war der Herr Kriminaloberkommissar an einem Kellerfenster gescheitert, während sie durchrutschte wie ein Aal und dann den Einbrecher noch schnappen konnte. Er musste die Kellertreppe wieder hinauf, durch den Hausflur zurück und dann in den Garten hinaus laufen. Aber da lag der Gauner schon auf dem Bauch im Gras, und Susi legte ihm gerade Handschellen an. Ludwig lachte leise. Neben ihr herlaufend meinte er: „Ist schon gut, ich halte Dich ja notfalls auch fest." Was ihm einen Ellenbogenstoß einbrachte.

Am Nachmittag rief Quirin im Büro an und bat sie in sein Allerheiligstes zu kommen, das zwei Treppen tiefer im Keller beheimatet war. Als sie eintraten, war er schon in Straßensachen und sah auf die Uhr.

„Ihr denkt auch ich mache wegen Euch dauernd Überstunden, he? Ich muss nach Hause, wir bekommen Holz!" Ludwig lachte.

„Quirin, Du warst für uns immer ein Vorbild an Arbeitseifer! Also sag schon, was gibt es Neues?" Quirin Stadler nahm einen dünnen Hefter zur Hand und schlug ihn auf.

„Also vorab Folgendes, der Tod trat etwa gestern Abend gegen 23.00 Uhr ein. Wie schon vermutet, hat sie eine Dosis Crystal Meth genommen, die jedes Pferd umhaut!
Aber was noch schlimmer ist, man hat sie vergewaltigt! So, und jetzt seid Ihr dran! Macht hin Leute, die Stimmung unter der Bevölkerung ist schon aufgeheizt genug!"
Er drückte Ludwig den Hefter in die Hand. Der nahm ihn und hielt ihn einen Augenblick hoch.

„Das heißt aber auch Quirin, Du hast Spermaproben." Quirin nickte ungeduldig.

„Klar habe ich welche. Aber was nützt uns das, wenn wir keinen Vergleich machen können! Ich sage Euch was, hier braut sich was über unseren Köpfen zusammen. Ihr müsst unbedingt diesen Ganoven schnappen, und zwar bald! Ich glaube, da läuft einer gerade Amok und hat es auf die jungen Dinger abgesehen!"
Als Markus und Susi wieder die Treppen zu ihrem Büro hinauf stiegen, brauste Quirin schon vom Hof. Die alte BMW mit Beiwagen blubberte laut, als er Gas gab und aus dem Tor hinaus auf die Hauptstraße fuhr.

Die Nacht hatte sich über den Königssee gelegt. Ein gelber fußballgroßer Vollmond breitete sein gelbes Licht über dem See aus, und man konnte verhältnismäßig noch weit sehen.
Auf dem Balkon unter dem Giebel des Försterhauses saß Fredo Hohlmayer in seinem Lehnstuhl und beobachtete aufmerksam das Haus des Fischermeisters Gründl. Es war gute Sicht und bestimmt noch 25 Grad warm.
In der Rechten hielt er ein Fernglas, in der Linken eine Büchse Energie-Drink. Ab und zu zog er vorsichtig den Rauch aus einem kleinen Tütchen mit Tabak ein. Dabei schloss der die

Augen und lauschte der Musik aus den Kopfhörern. Seine Gesichtszüge wirkten im Mondlicht fahl und spitz wie eine Maske.

Plötzlich aber fuhr Fredo hoch und griff zum Fernglas, denn in dem gegenüberliegenden Haus ging in einem der Fenster im Obergeschoss das Licht an. Beide Ellenbogen fest auf der Brüstung des Balkons aufgelegt, stellte er das Glas langsam scharf und kicherte leise vor sich hin. Klar und deutlich, beinahe direkt vor sich, sah er, wie sich Kathi Gründl langsam auszog.

Fredo bekam vor Aufregung eine Schnappatmung. Er starrte auf den schwarzen BH, den sie gerade ablegte und den schwarzen Slip. Geil stierte er auf ihre nackten vollen Brüste, die im Lampenschein gut zu sehen waren. Ob sie den Slip noch ausziehen würde? In seiner Erregung bemerkte der junge Mann nicht einmal, dass es in seiner Hose plötzlich feucht geworden war. Er atmete tief ein und wieder aus und stöhnte leise, als wenn er eine schwere Last zu tragen hätte. Und dann verlosch plötzlich das Licht gegenüber. Mit einem wütenden Fluch knallte er die Büchse mit dem Energie-Drink in die Ecke des Balkons.

„Diese verdammte Schlampe!", zischte er wütend durch die Zähne und brannte sich mit zittrigen Fingern das erloschene Papiertütchen wieder an. Das Ding stank wie alte Socken, die vier Wochen in Gummistiefeln gesteckt hatten. Doch Fredo sog den Qualm tief in seine Lungen ein und dabei entspannten sich seine Gesichtszüge langsam und er wurde wieder ruhiger.

Zur gleichen Zeit saß Franz Gründl im Wohnzimmer vor seiner Monatsabrechnung und schnaufte verzweifelt. Der Umsatz im Juli lag um zwanzig Prozent unter dem des Junis. Wenn das so weiter ging, war abzusehen, wann er die Fischerei als Broterwerb wohl bald aufgeben konnte. Sein Sohn hatte recht, es war an der Zeit etwas zu unternehmen!

Die einzige Lösung waren wohl Fischteiche. Aber dazu brauchte er unbedingt das Stück Land, das am Ende der Halbinsel gleich neben der Kiesablagerung lag. Genau das Stück Land, welches sein Urgroßvater damals an den Hohlmayer verpfändet hatte. Auch wenn der Xaver Stein und Bein geschworen hatte die 600 RM zurückgezahlt zu haben, es gab leider keine Unterlagen mehr darüber. Im Grundbuch stand die Familie Hohlmayer. Seit dieser Zeit herrschte diese schwelende Fehde zwischen den beiden Familien.

In die hatten in der nahen Vergangenheit schon die beiden Buben eingegriffen. Die letzte handfeste Prügelei hatte es im vergangenen Jahr im Juli zum Seefest gegeben. Und das nächste Seefest stand in drei Wochen an.

Franz Gründl goss sich einen Obstler ein. Genussvoll zog er an seiner Pfeife. Was konnte man tun? Noch mal mit dem Simon reden? Dieser sture Hund hatte ihn bereits vor zwei Jahren bei diesem Thema ausgelacht. Nachdenklich klopfte er die Pfeife aus, löschte das Licht und begab sich sorgenschwer zu Bett.

Im Büro des Försters klingelte an diesem Morgen das Telefon bereits zum dritten Mal. Ärgerlich schob sich der Förster das letzte Stück Semmel in den Mund und griff zum Hörer.

„Hohlmayer!", meldete er sich kurz angebunden. Am anderen Ende war der Wirt der „Fischunkelalm" vom Obersee. Und der gute Mann war ziemlich außer sich, wie es sich anhörte.

„Also stell Dir mal vor Simon, drüben am Steig hat sich doch tatsächlich ein Rehbock verkeilt. Ich möchte wissen, wie der da hinaufgekommen ist. Zu beiden Seiten stehen jetzt unten die Leute und kommen nicht weiter. Du musst also sofort, ja sofort was unternehmen! Schnell, komm rauf zu uns!", schrie er ins Telefon, sodass Simon den Hörer vom Ohr weg halten musste.

Förster Hohlmayer sah kurz auf die Uhr. Sein Sohn Vincent hatte Urlaub und schlief sicher noch. Trotzdem stapfte er die Treppen hinauf und klopfte an seine Kammertür. Vincent war schon wach und rasierte sich gerade. Simon erklärte ihm, was vorgefallen war. Zehn Minuten später saßen beide schon im Boot und fuhren hinauf zum Obersee. Als sie dort ankamen, erwarteten sie schon eine ganze Menge Wanderer.

Gemeinsam stiegen sie die glitschigen Stufen hinauf. Auf der obersten Stufe angekommen, sah man drei Stufen tiefer den Bock, der mit seinem Geweih in den Stahlseilen an der Felswand hängen geblieben war.

Simon Hohlmayer kratzte sich am Kopf. Was war nur diesem blöden Viech eingefallen, sich unten durch das Drehkreuz zu zwängen und dann die Stufen hinauf zu steigen? Dabei grenzte es sowieso an ein Wunder, dass der Bock bis jetzt nicht in den See gestürzt war. Von hier oben ging es mindestens fünfzig Meter in die Tiefe.

Vincent reichte seinem Vater das Betäubungsgewehr und der legte an. Dann drückte er ab. Es machte dumpf „plupp" und der kleine Pfeil mit der Betäubungsspritze steckte genau im Hinterteil des Bockes. Der zuckte noch ein paar Mal, dann lag er still da und sah Simon mit seinen großen Augen geradezu anklagend an.

Der Ludwig Ganghofer hätte jetzt wahrscheinlich ein rührseliges Verslein, vom glasigen Blick des armen Viehs auf die Berge, parat gehabt. Simon sah auf die Uhr, in zwei Minuten musste der arme Kerl eingeschlafen sein. Vincent begann bereits vorsichtig den Bock aus den Stahlseilen zu befreien. Hermann, der Wirt, kam mit drei Seilen, damit konnten sie das Vieh die Stufen hinunter tragen. Er sah Simon unglücklich lächelnd an.

„Wenn der Kerl noch ein Stück größer wäre, dann müssten wir ihn wohl ins Wasser werfen!", bemerkte er sarkastisch. Sicher hatte Hermann bereits den Verlust der Einnahmen an diesem Morgen ausgerechnet. Und das alles nur wegen so einem blöden Viech, das den Urlaubern den Weg versperrte.

„Keine Angst Hermann, zu dritt kriegen wir ihn schon vom Steig runter", kommentierte der Förster dessen Bemerkung. Und so geschah es dann auch. Unter den Kommentaren der Menge schleppten sie den Bock bis auf die Wiese und befreiten ihn dann wieder von seinen Fesseln. Jetzt mussten sie nur noch warten, bis der Herr des Waldes wieder aufwachte.

Vincent bat die Urlauber noch zu warten, bis der Bock sich aus dem Staub gemacht hatte. Denn so ein verwirrtes Vieh zwischen lauter Menschen, das konnte dumm ausgehen. Und Simon wollte seinen stolzen Bock ja nicht erschießen.

Eine viertel Stunde später war der Spuk tatsächlich vorbei. Der undankbare Bock hatte sich, ohne sich noch einmal umzudrehen, einfach aus dem Staub gemacht.

Simon und Vincent nahmen die Einladung des Wirtes zu einem „Schnapsl" an. Wobei Vincent aus Erfahrung allerdings zu allererst eine Leberkässemmel verdrückte, bevor er den Obstler in einem Zug hinter kippte. Simon nickte seinem Bub anerkennend zu. Der war eben schon ein richtiger Mann geworden. Doch dann fiel ihm die Sache mit der Gams wieder ein und er erzählte Vincent davon.

„Meinst Du, Ihr könntet das kleine Biest in den nächsten zwei Tagen aus der Wand bergen? Lange wird die Alte nicht mehr auf den Nachzügler warten." Vincent rieb sich das Kinn und nickte dann.

„Weißt Du was Vater, ich rufe nachher einfach den Wächter, Willy an. Ich bin mir sicher, er wird mir dabei helfen. Aber jetzt muss ich zurück, ich habe um eins noch einen Termin in Berchtesgaden." Der Alte sah seinen Sohn von der Seite an.

„Ich denke Du hast eine Woche Urlaub?" Vincent nickte und stand auf.

„Klar, aber es gibt noch ein Problem, dass ich leider mit dem Umweltdezernenten der Stadtverwaltung noch bereden muss. Er braucht ein paar Daten für seinen Bericht nach München." Simon Hohlmayer zuckte mit den Schultern.

„Na, wenn's denn unbedingt sein muss. Noch mal danke für die Hilfe, Bub!" Eine Weile sah er dem Davoneilenden hinterher. Vincent sah im Laufen auf die Uhr und legte noch einen Schritt zu. Gerade noch vor dem Ablegen erreichte er die „Maria Alm", und ließ sich schnaufend auf eine der leeren Bänke fallen. Er wusste nicht, wie oft er in seinem Leben diese Route über den See schon gefahren war. Aber immer wieder erfreute er sich an der Natur, die den See umgab. Links von ihm die steil aufragende Bergflanke vom Watzmann, rechts das bewaldete Ufer.

Pünktlich um 12.00 Uhr stand Vincent auf dem Marktplatz in Berchtesgaden. In der Fußgängerzone war gerade ein Pärchen dabei, wehmütige Lieder zur Gitarre zu singen.
Ab und zu ließ einer der vorübergehenden Passanten ein paar Münzen in den Hut fallen. Die Frau hatte eine herrlich klare Stimme und Vincent hörte ihr ganz begeistert andächtig zu. Nach ihrem Aussehen zu urteilen, waren die beiden Roma, von denen es in der Stadt mehrere Familien gab.
Plötzlich stieß ihn jemand leicht von hinten an. Er drehte sich erschrocken herum und blickte in zwei braune Augen, die wie Bernsteine leuchteten.

„Hi Kathi! Ich habe Dich überhaupt nicht kommen sehen", war das Erste, was er herausbrachte. Das junge, gut gebaute dunkelhaarige Mädchen in Jeans und einem Top mit dünnen Trägern lachte ihn an.

„Das ist mir schon klar, Du warst ja ganz hingerissen von der Sängerin", erwiderte sie lächelnd und schon gab sie ihm unverblümt einen Kuss. Vincent nahm ihren Kopf in beide Hände und drückte ihr einen Schmatz auf die Lippen. Dann sah er sich kurz um.

„Komm, lass uns hier verschwinden! Es muss uns ja nicht gleich jeder hier zusammen sehen. Womöglich noch jemand aus Königssee", lachte er.
Doch diese Überlegung war dem jungen Mann sicher etwas zu spät gekommen. Denn keine fünfzig Meter von ihnen entfernt stand Vincents Bruder Fredo, mit vollen Backen kauend unter einem großen Schirm und sah zu, wie sich beide küssten. An sich ist das ja heutzutage kein Vergehen mehr. Aber das ausgerechnet sein großer Bruder mit der von den Gründls in aller Öffentlichkeit herumknutsche, das war ein starkes Stück! Wenn er das dem Vater erzählen würde, dann gäbe es mal wieder richtig Zoff! Vater würde explodieren und sein Bruder bekäme sicher richtig Ärger! „So eine Matz, diese Kathi!", knurrte er leise vor sich hin. Ihn übersah sie einfach, wenn er in ihrer Nähe war, seinen zehn Jahre älteren Bruder aber knutschte sie ab. „Soll sie doch der Teufel holen!", knurrte er. Wütend knallte er den Rest der Semmel in den Abfalleimer und schlenderte dann weiter in Richtung Bahnhof. Vincent und Kathi aber waren indessen in eine schmale Nebengasse eingebogen, wo sich eine Pizzeria befand. Zielsicher ging Vincent grüßend durch die Gaststube auf den Hinterhof hinaus. An einem Zweiertisch nahmen sie Platz. Hier hinten saß um die Zeit niemand und sie waren allein.

Beide hatten kaum ihren Platz eingenommen, da kam auch schon der Kellner. Vincent bestellte zweimal Spezi und dazu zweimal Pizza. Dann sah er Kathi fragend an, die gerade noch einen kurzen Blick in den Handspiegel warf.

„Hast Du es gestern noch rechtzeitig nach Hause geschafft?", fragte er die junge Frau. Die nickte und sah verträumt Vincent tief in die Augen.

„Es war ein sehr schöner Abend gestern, Vincent", bekannte sie leise und lächelte wieder. Zum ersten Mal, seit sie sich näher kannten, hatten sie sich auf der kleinen Sandbank am Ende der Halbinsel geliebt. Leidenschaftlich und innig, aber ganz sanft hatte Vincent die junge Frau geliebt in dieser Nacht. Kathi hatte bis jetzt nur einmal eine kurze Erfahrung mit Jungs gehabt. Aber mit Vincent war es ein nicht enden wollender Schauer gewesen, der alle ihre Sinne zur Explosion gebracht hatte. Sie erschauerte immer noch, wenn sie nur daran dachte.

Vincent sah die junge Frau über den Tisch hinweg an. Kathi war unbestritten eine Schönheit. Bei ihr hatte der Herrgott wirklich ganze Arbeit geleistet. Aber eine unausgesprochene Frage stand seit dieser vergangenen Nacht nun über ihnen. Das war die Frage, wie es mit ihnen künftig weiter gehen sollte, denn Ihre Familien waren verfeindet.

Kathi schien Vincents Gedanken erraten zu haben. Auf einmal schimmerte es plötzlich feucht in ihren Augen und sie sah Vincent traurig und ein wenig unschlüssig an.

„Hast Du mich deswegen hier her bestellt, um mir zu sagen, dass die vergangene Nacht für uns ein einmaliger Ausrutscher war? Weil wir uns wegen unserer Eltern nicht weiter sehen dürfen?" Bei den letzten Worten schien ihre Stimme kippen zu wollen, und plötzlich rannen dicke Tränen über ihre Wangen. Vincent sah Kathi erschrocken und ein wenig aus der Fassung gebracht an.

„Wie kommst Du denn nur auf so einen Unsinn, Kathi?", fragte er sie und griff nach ihrer Hand auf der Tischdecke. Die junge Frau schluckte ein paar Mal heftig.

„Na ja, ich dachte halt nur. Die Einladung hier her und da dachte ich eben, dass Dir die ganze Sache vielleicht leidtut. Du bist ja auch ein paar Jahre älter als ich." Vincent sah Kathi erst staunend an, dann schüttelte er etwas fassungslos den Kopf.

„Also Kathi! Hältst Du mich tatsächlich für so einen Schlawiner? Wir schlafen zusammen und dann mache ich mich davon. Aber nee, nee Kleines, dafür hab ich mich inzwischen viel zu sehr in Dich verliebt!" Als Kathi das hörte, entfuhr ihr ein lauter Schluchzer vor lauter Freude.

„Natürlich nicht Vincent! Aber wenn das mein Vater erfährt, dreht der durch! Eine Gründl die ausgerechnet mit einem der Hohlmayers ein Techtelmechtel hat, das kommt bei ihm gleich nach dem Sündenfall!" Vincent grinste breit bei diesem Satz von ihr.

„Na ja, den Sündenfall haben wir nun schon hinter uns, nur dass wir weder Schlange noch Apfel dabei hatten", witzelte er leise. Kathi wurde rot. Da beugte sich Vincent über den Tisch und gab ihr einen Kuss. Dann lehnte er sich zurück und sah seine Freundin ernst an.

„Hör mal Kathi, wir beide gehören doch zusammen. In einem viertel Jahr wirst Du achtzehn, dann kannst Du sowieso machen, was Du willst. Und sollten unsere Eltern Terror machen, dann gehen wir hier weg und suchen uns gemeinsam eine Wohnung. Ich bekomme überall Arbeit und kann uns die erste Zeit auch alleine ernähren. Ich hoffe natürlich, dass es nicht dazu kommt."

Mit jedem Satz den Vincent sprach, waren Kathis Augen größer geworden. Plötzlich lachte sie wie befreit auf, sprang vom Stuhl hoch und saß auch schon auf seinem Schoß. Beide Arme um seinen Hals geschlungen gab sie ihm einen langen Kuss. Plötzlich hörten sie, wie sich jemand hinter ihnen räusperte.

Es war der Kellner, der mit seinen beiden Tellern dastand und sie angrinste. Er stellte die Teller schmunzelnd auf den Tisch. Sich immer wieder in die Augen schauend aßen sie zusammen ihre Pizza.

An diesem Nachmittag machten die beiden Verliebten nun zum ersten Mal Zukunftspläne. Was spielte es da für eine Rolle, dass Vincent acht Jahre älter war. Wie das eben so ist im Rausch der ersten großen Liebe – der Alltag würde früh genug kommen. So große Gefühle blenden zuerst einmal alle Hindernisse aus, wer kennt das nicht.

Als sie später in Königssee den Anleger betraten, setzten sie sich drei Bänke voneinander entfernt hin und lächelten sich pausenlos an.

Beim Aussteigen in Bartholomä ließ Vincent Kathi zuerst aussteigen. Eine Weile verwickelte er den Bootsmann noch in ein

Gespräch. Als er sah, dass sie am Haus angekommen war, verabschiedete sich Vincent und ging dann ebenfalls nach Hause.

Agnes Gründl schaute erstaunt, als ihre liebe Tochter, wie der personifizierte Ausbund an Freude, in die Küche rauschte, sich eine Flasche Cola nahm und wieder hinaus stob. Bevor sie aber die Stube verließ, gab sie ihrer Mutter ein Bussi und lachte sie dann strahlend an.

„Hallo Mutsch, ich bin wieder da. Aber Hunger habe ich nun keinen, ich war mit Marion in der Pizzeria", und schon stürmte sie wieder aus dem Zimmer und polterte dann die Treppen hinauf in ihr Zimmer.

„Was ist denn heute mit dem Mädel los?", murmelte Agnes und lächelte vor sich hin. Vielleicht war die Kleine nur verliebt und daher ihr ständiger Stimmungswandel. Im Grunde ja auch zu erwarten, immerhin wurde ihr Küken bald achtzehn. Die Kleine hatte sich sowieso Zeit gelassen. Ein oder zweimal hatte sie eine kleine Liebelei gehabt, aber sonst ... Kathi trainierte im Winter lieber Langlauf und später sogar noch Schießen. Im Sommer ging sie in die Berge klettern. Die Neuner war eine Zeit lang ihr Vorbild gewesen. Aber ein richtiges Ass war die Katharina nicht geworden. Vielleicht weil sie es auch selber nicht so recht wollte.

Agnes Gründl überraschte sich bei dem Gedanken an die Enkelkinder. „Mein Gott, dafür hat die Kleine aber wirklich noch Zeit", murmelte sie vor sich hin. Das war eigentlich viel eher dem Anton zuzutrauen. Aber der Bub hatte ja wohl zurzeit nicht mal eine Freundin. Dabei war der schon 26 Jahre alt.

Sie legte die Raspel beiseite und wischte sich die Hände ab. Als sie zufällig aus dem Fenster blickte, sah sie für einen kurzen Moment den Fredo Hohlmayer. Der drückte sich gerade bei den Büschen herum. Dabei stierte er die ganze Zeit herüber zum Haus, verschwand dann aber wieder.

Agnes rieb sich aufgeregt die Wangen. Ihre Gedanken fuhren Karussell. Was hatte das zu bedeuten? Die arme Kathi würde doch wohl nicht ausgerechnet mit diesem Lumich eine Liebelei angefangen haben?

„Lieber Herrgott, lass es nur ein Zufall sein!", betete sie leise und machte das Kreuz. Nicht auszudenken, wenn das der Franz erfahren würde! Das würde garantiert das Fass zum Überlaufen bringen! Sie nahm sich vor, mit Kathi bald darüber zu reden.

Nicht weit entfernt vom „Gründellehen" stand Fredo mit dem Feldstecher zwischen den hohen Büschen. Doch von Kathi war heute nichts zu sehen. Missmutig schlenderte er wieder nach Hause. In seiner Hosentasche raschelten die Geldscheine, die er heute verdient hatte. Sich mehrmals umschauend, ging er zur Scheune und verschwand durch die kleine Holztür ins Innere. Drinnen stieg er zur Tenne hinauf. In einer Ecke, ganz tief unter den Dachbalken holte er eine kleine Büchse hervor. Dann setzte er sich ins Heu und begann sein Geld zu zählen. Es waren schon siebenhundert Euro! Nicht mehr lange, und er würde sich ein Moped kaufen können. Offiziell half er ja ab und zu in der Disco in Königssee aus. Er konnte also immer noch sagen, er hatte das Geld gespart. Im Grunde stimmte es ja auch, nur das sein kleiner privater Vertrieb, den er nun schon seit Monaten betrieb, wesentlich mehr einbrachte. Er sah sich oft schon im Geiste mit einem tollen Wagen vorfahren. Aber dann würde er garantiert diese blöde Fischerstochter links liegen lassen! Er dachte eine Weile angestrengt nach.

Wenn das mit Vincent und der Kathi der Vater erfahren würde, wäre der Teufel los. Und der gute Vincent hätte mal wieder ganz schlechte Karten bei dem Alten. Aber wie es deichseln, dass der Verdacht nicht auf ihn selber fiel? Er nahm sich vor, darüber einmal gründlich nachzudenken und sah dabei auf die Uhr. Es war schon Abendbrotzeit, er musste zurück, denn sein alter Herr hasste nichts mehr als Unpünktlichkeit, außer natürlich auch die Nachbarn drüben im Fischerhaus! Er würde schon was finden, was diesen Streit wieder richtig anfachen würde!

Polizeianwärterin Susi Thoma stand seit einer halben Stunde am Busbahnhof in Berchtesgaden. Hier, wo Zugreisende und Bus-reisende sich mischten, musste das verdammte Mistzeug Crystal Meth doch ankommen und den Besitzer wechseln! Vor drei Ta-gen war ihnen zur Mittagszeit ein verdächtig vorkommender junger Mann in der Menge entwischt. Der Knabe hatte etwa so ausgesehen, wie der Junge der auf einer Zeichnung in ihrem Büro hing. War es Riecher oder Intuition? Aber das war in diesem Beruf das Wichtigste! Irgendwann würden sie einen der Kerle schnappen, dann konnten sie eventuell den Ring auffliegen lassen. Aber bis dahin hieß es, die Augen offen halten. Und da sie im Moment sowieso keinen Mann im Hause hatte, der mit ihr das Bett teilte, so verbrachte sie eben auch einen Teil ihrer Freizeit auf dem Gelände des Bahnhofes.

Plötzlich kam Susi eine gewagte Idee. Was wäre denn, wenn sie sich sozusagen als „Konsument" unters Volk mischen würde? Ihr Chef Markus würde diese Idee zwar kategorisch ablehnen, aber er musste es ja nicht unbedingt erfahren. Also setzte sie sich an der Bushaltestelle bequem auf eine der Metallbänke, brannte sich eine Zigarette an und beobachtete die Leute.

Plötzlich dachte sie wieder an ihren Chef Ludwig. Ein netter Kerl, sehr aufmerksam, einer der nie den Chef herauskehrte. Komisch war nur, wie besorgt er manchmal um sie war. Manchmal zu besorgt, wie sie meinte. Hatte der etwa ein Auge auf sie geworfen? Sie nahm sich vor, die Sache mal intensiver zu beobachten. Denn dass der Herr Oberkommissar uncharmant war, konnte man ja nicht gerade behaupten. Sportlich, ruhig, überlegend, ehe er etwas in Angriff nahm. Im Großen und Ganzen das genaue Gegenteil von ihr selbst.

Sie war schon immer spontan und gerade zu. Früher auch manchmal sehr zum Leidwesen ihrer Eltern. Die waren mehr als einmal in die Schule gerufen worden, weil Klein-Susi sich mit den Jungs geprügelt hatte.

Sie sah auf ihre Uhr und stand wieder auf. Wenn sie hier was erreichen wollte, musste sie sich im Bahnhof aufhalten! Und so betrat sie die Vorhalle und sah sich um. Ein paar Jugendliche hingen in einer Ecke herum und machten Unsinn. Und so ging sie kurz entschlossen langsam auf sie zu.

Plötzlich stand sie neben einem stämmigen Kerlchen. Das Cap verkehrt rum auf dem Kopf, stand er da und qualmte. Sie schnupperte vorsichtig, roch aber nur Tabak. Crystal roch ganz anders! Sie stieß den Kerl neben sich an und fragte ihn leise:

„He, gibt's hier irgendwo was zu rauchen? So bis fünfzig Scheinchen, hm?" Der Knabe sah sie so erstaunt an, als ob sie ihn gerade ans Geschlechtsteil gefasst hätte, und rückte einen Schritt von ihr ab. Dann musterte er sie erst von oben bis unten, und dann grinste er sie breit an.

„Was willste, he? Was zu Rauchen?" Spontan hielt er ihr seine Zigarettenschachtel entgegen.

„Na hier, nimm Dir eine! Ich will mal nicht so sein, auch wenn Du ein Bulle bist! Allerdings ein hübscher Bulle!", lachte er laut und gab ihr sogar Feuer. Seine Kumpels grinsten und flüsterten sich was zu.

Susi war es, als wenn sie im Boden versinken müsste. Woher wusste der Kerl, dass sie bei der Polizei war? Sie bedankte sich und machte sich schnell aus dem Staub. Dann erinnerte sie sich plötzlich an den Kerl. Na klar doch! Den hatten sie doch vor einiger Zeit beim Taschendiebstahl erwischt, und Markus hatte ihn in ihrem Beisein damals verhört!

„Verdammter Mist!", knurrte sie leise vor sich hin und beschloss nach dieser Pleite lieber nach Hause zu gehen. Ihr Töchterchen Franzi würde sicher schon auf sie warten. Die Kleine war vier Jahre alt, und wenn sie im Dienst war, passte die Nachbarin, Frau Schindler, auf die Kleine auf. Hoffentlich bekam sie nun bald endlich einen Kita-Platz.

Gegen 0.30 Uhr summte plötzlich das Handy auf Susi Thoma's Nachttisch anhaltend. Aus dem Schlaf geschreckt fingerte sie nach dem Ruhestörer, und meldete sich noch verschlafen. Am anderen Ende war der Diensthabende der Nachtschicht.

„Hallo Frau Thoma! Entschuldigen Sie die nächtliche Störung, aber wir haben eine weibliche Leiche hinter der „Watzmann-Therme". Sie sollen gleich hinkommen!" Susi Thoma rieb sich die Augen und rekelte sich im warmen Bett.

„Aha, ich soll also gleich hinkommen. Sagt wer?", fragte sie gedehnt zurück. Der Beamte am Ende der anderen Leitung lachte lauthals, ehe er antwortete.

„Na wer schon! Natürlich Ihr Boss Ludwig!", meckerte er und beendete das Gespräch. Leise stöhnend schob sich die junge Frau aus dem warmen Bett heraus und schlich sich ins Nebenzimmer, wo Tochter Franzi schlummerte. Die Kleine lag auf der Seite, ihren Teddy im Arm und schlief fest. Susi verließ auf Zehenspitzen wieder das Zimmer. Zehn Minuten später läutete sie drüben an Tür ihrer Nachbarin. Es dauerte eine ganze Weile, bis man Schritte im Flur hörte und die Tür geöffnet wurde. Ein ziemlich verschlafener schwarzer Wuschelkopf mit Brille sah Susi an.

„Entschuldigung, Frau Schindler! Aber ich muss mal wieder zu einem Einsatz, hier sind die Schlüssel. Franzi schläft fest." Die ältere Frau nickte freundlich lächelnd, nahm ihrerseits einen Schlüssel vom Haken und zog die Tür hinter sich zu.

„Kein Problem Frau Thoma, ich lege mich aufs Sofa, da höre ich, wenn sie wach wird", sagte sie und ging in die Wohnung. Seitdem sie vor acht Monaten in Berchtesgaden infolge eines Austauschprogramms den Dienst aufgenommen hatte, gab es Frau Schindler im Leben von Franzi und Susi Thoma. Sie war die gute Seele und kümmerte sich um das Kind und manchmal auch um die Wohnung, wenn Bedarf bestand.

Zehn Minuten später rollte der rote „Clio Captur" auf den Parkplatz der „Watzmann-Therme" Ein uniformierter Polizist wies ihr den Weg zum Tatort.

Mit der Taschenlampe den Weg beleuchtend, marschierte sie los, dahin wo ein heller Scheinwerfer aufgebaut worden war. Als sie den hellen Lichtkreis betrat, begrüßte sie ihr Chef Markus mit einem schiefen Lächeln.

„Na, auch schon im Bett gewesen? Ich weiß auch nicht, warum die Leute immer nachts Leichen finden müssen", resümierte er sarkastisch. „Diese junge Dame muss hier auf ihren oder ihre Mörder getroffen sein. Sieht alles danach aus, als wenn es mehrere gewesen wären, die hier ihr Unwesen getrieben haben", bemerkte er kurz. Susi Thoma sah Ludwig fragend an. Der deutete mit dem Kopf auf einen älteren Herrn mit Glatze, der in einem Ganzkörperkondom, wie sie die Anzüge auch nannten, am Boden neben der Leiche kniete.

„Unser Quirin scheint sich sicher zu sein, dass es mindesten drei oder sogar vier Jugendliche waren. Unser Leichenfledderer hat meist den richtigen Riecher", setzte er noch hinzu, und wandte sich dem Mann von der KTU wieder zu. Der sah durch seine Brille zu Susi empor und nickte freundlich.

„Guten Abend, Frau Thoma! Kein schöner Anblick das Ganze! Die Kleine ist höchstens sechzehn oder siebzehn Jahre alt. Und sie hatte offenbar hier Sex. Sieht aber so aus, als ob sie nicht ganz freiwillig mitgemacht hat. Sie ist völlig übersät von blauen Flecken, vor allem um die Oberschenkel herum und an den Armen. Als wenn sie jemand brutal festgehalten hat."

Sprachs und wandte sich dann wieder seiner Arbeit zu. Nicht ohne vorher in Richtung zu Ludwig noch mal darauf hingewiesen zu haben, dass er mindestens bis in den frühen Vormittag hinein zu tun hätte, ehe er Einzelheiten preisgeben könnte.

Ludwig schnaufte hörbar und sah auf seine Armbanduhr. Er entschloss sich wieder, den Rückzug anzutreten. Es war zwei Uhr früh und Zeugen gab es keine. Sie mussten warten, was Quirin ihnen an Hinweisen geben konnte. Aber das würde wohl erst am Vormittag der Fall sein. Beide Hände in den Hosentaschen vergraben, schlenderte er neben Susi her in Richtung Parkplatz. Da er beharrlich vor sich hin schwieg, fragte in Susi einfach gerade heraus.

„Weiß man schon, wo die Kleine her ist oder wie sie heißt?" Ludwig schüttelte den Kopf.

„Nee, man weiß noch gar nix! Sicher ist aber für mich, dass bei dieser Fete wieder Crystal Meth im Spiel war! Und dazu gab es reichlich Alkohol. Irgendwann ist die Party dann wohl aus dem Ruder gelaufen. Wie es aussieht, hatten wohl alle Beteiligten ihre Hormone nicht mehr im Griff und haben auf Kondome verzichtet!" Susi schüttelte angewidert den Kopf und schimpfte leise vor sich hin.

„Wieder dieses Mistzeug. Wir müssen unbedingt die Dealer finden, Markus!" Ludwig nickte zustimmend. Susi dachte an ihre Pleite vom Nachmittag und verzichtete lieber auf einen Bericht.

Sie waren an den Autos angekommen. Ludwig sah Susi im Schein der Laterne schmunzelnd an.

„Fahr lieber wieder nach Hause, Susi. Wir können im Moment sowieso nix ausrichten. Blödsinn, dass ich Dich eigentlich aus dem Bett geholt habe. Schlaf noch ein paar Stunden, vor acht Uhr vermisst uns sowieso keiner. Ich bleibe noch hier, bis alles geregelt ist, dann fahre ich auch wieder heim". Susi sah ihren Chef lächelnd an.

„Sag das ja nicht! Kriminalrat Huber sieht das bestimmt ganz anders. Der ist um 7.00 Uhr pünktlich in seinem Büro." Ludwig verzog das Gesicht zu einem Grinsen und winkte ab.

„Dieser Pedant muss ja auch nicht in der Nacht durchs Gelände turnen, wie wir! Quirin braucht sowieso noch bis mindesten um elf Uhr, ehe er uns berichten kann. Also dann, ab in die Koje junge Frau!" Dabei öffnete er ihr galant die Wagentür des Clio.

„Gute Nacht, Susi! Bis heute früh!" Er klopfte noch mal auf das Wagendach und winkte ihr nach, als sie wegfuhr.

Simon Hohlmayer war schlaftrunken gegen 2.00 Uhr in der Früh aufgestanden, um zur Toilette zu gehen, als er die Eingangstür in der Diele knarren hörte. Er hielt inne und knipste das Licht an. Eine halbe Treppe tiefer stand sein Sohn Fredo überrascht vom aufflammenden Licht da und starrte zu seinem Vater hinauf. Der sah demonstrativ auf seine Armbanduhr.

„Wo kommst Du denn jetzt am frühen Morgen erst her, he? Und wie siehst Du eigentlich aus! Habt Ihr wieder gefeiert? Kein Wunder, dass Du früh keinen Wecker hörst und dann laufend verpennst. Schau zu, dass Du in die Falle kommst!", schnarrte er seinen Sohn wütend an. Dann verließ er kopfschüttelnd den Flur und ging zur Toilette.

Fredo sah zu, dass er schnell aus der Reichweite seines Vaters kam. In seinem Zimmer angekommen, ließ er sich so wie er war erst einmal auf das Bett fallen und schloss die Augen. Doch dann stand er wieder auf, stieg auf einen Stuhl und schob ein kleines Päckchen mit Kleidung auf den beinahe bis zur Decke reichenden Holzschrank. Danach legte er sich wieder hin. Er war noch leicht berauscht und so schlief er schnell ein.

Agnes Gründl hängte gerade hinter dem Haus Wäsche auf, als es urplötzlich hinter ihr im Holzschuppen laut rumpelte. Verwundert schaute sie über die Schulter. War der Kater Felix wieder auf Mäusefang? Sie nahm das nächste Wäschestück und wollte es gerade mit zwei Klammern auf der Leine befestigen, als es im Schuppen erneut lospolterte. Und dann hörte sie jemand gotteslasterlich fluchen.

Kurz entschlossen lief sie zum nahen Ziegenstall, nahm eine dreizinkige Mistgabel zur Hand und lief wieder zurück zum Holzstadl. Mit einem Ruck riss sie die Tür auf und sah sich Fredo Hohlmayer gegenüber. Dieser, völlig überrascht, starrte zuerst auf die Mistgabel und dann auf die Frau, die sie in den Händen hielt.

„Hohlmayer, was treibst Du denn hier in unserem Holzstadl?", fragte sie ihn streng und hob die Mistgabel noch einige Zentimeter höher. Fredo starrte sekundenlang wie gebannt auf die drei Stahlzinken, dann aber verzog sich sein Gesicht zu einem unterwürfigen Grinsen.

„Ich habe mich nur vor meinem A..., meinen Vater versteckt", verbesserte er sich rasch. Agnes senkte die Mistgabel wieder. Sie schüttelte langsam den Kopf und sah den Unhold an. Denn das Fredo so einiges auf dem Kerbholz hatte, war ihr klar.

„So schlimm? Hast wohl wieder mal was ausgefressen?" Fredo Hohlmayer entspannte sich augenblicklich. Die Ausrede war ihm spontan eingefallen. Und schief lächelnd ertappte er sich bei der Vorstellung der alten Hexe eins mit der Axt überzuziehen, die nur zwei Meter entfernt in einem Holzklotz steckte. Doch dann verzog er leicht das Gesicht und nickte wieder unterwürfig.

„Ich bin erst heute früh heimgekommen, eigentlich müsste ich jetzt schon in der Berufsschule sitzen." Agnes Gründl stützte sich mit ernstem Blick auf ihre Mistgabel.

„Alles schön und gut Fredo! Aber was glaubst Du, was passiert wäre, wenn Dich mein Mann hier gefunden hätte? Also gehe jetzt lieber, ehe noch einer kommt! Los, ab!" Sie hielt die Tür auf und trat einen Schritt zur Seite. Fredo nickte und war wie der Blitz zur Tür hinaus. Sie sah ihm nach und schüttelte nachdenklich den Kopf.

„So ein komischer Heini ...", murmelte sie und ihre Augen glitten über den Holzstapel. Plötzlich aber blieb ihr Blick an einem einzelnen Holzscheit hängen. Es ragte ein wenig weiter heraus und das störte irgendwie die Symmetrie. Agnes Gründl stellte die Mistgabel beiseite und zog das Holzscheit vorsichtig heraus. Danach griff sie in das Loch hinein und ihre Finger ertasteten Papier. Sie zog es heraus. Es waren drei in Papier eingewickelte Fotos und dazu eine kleine silbern bestickte Geldbörse, wie sie junge Mädchen oft haben.

Als sie das erste Bild herumdrehte, erstarrte sie. Hastig schaute sie sich das zweite und das dritte Bild an. Auf allen drei Fotos war Kathi abgebildet! Zweimal im Bikini auf einer Liege hinten im Hof, einmal nackt unter der Dusche! Aber dieses Bild musste in der Sauna im Freibad in Schönau aufgenommen worden sein. Sie drehte die Bilder herum. Das Datum stammte vom Sommer des Vorjahres. Aber wie kam ausgerechnet dieser Fredo zu diesen Aufnahmen? Denn das er deswegen hier gewesen war, stand für Agnes sofort fest. Sie nahm sich vor, mit Kathi darüber zu reden. Die kleine Geldbörse enthielt einundzwanzig Euro, war aber auf gar keinen Fall von ihrer Tochter. Nachdenklich steckte sie die Bilder und die Geldbörse in die Schürzentasche und ging zurück zu ihrer Wäsche.

Markus Ludwig war gerade beim Zeitunglesen, als das Telefon klingelte. Er hob den Hörer ab. Quirin Stadler war am anderen Ende der Leitung.

„Kannst Du zu mir runter kommen? Ich habe erste Ergebnisse. Bring Deinen Schweizer Mohrenkopf mit", lachte er und legte auf.

Das mit dem Mohrenkopf war eine kesse Anspielung auf Susis pechschwarzes halblang geschnittenes Haar mit einem Pony. Doch gerade der Pony stand der Kleinen prima. Aber wo war sie eigentlich? Er ging auf den Gang hinaus, dann schaute er in die Kaffeeküche, nirgends war Susi zu finden. Einer Eingebung folgend, sah er aus dem Fenster auf den Hof hinunter. Tatsächlich stand Frau Thoma unten im Hof und tratschte mit der Sekretärin vom Alten.

Er öffnet das Fenster und rief zweimal laut ihren Namen, doch der Verkehrslärm der nahen Straße verhinderte es, dass sie ihn hörte. Kurz entschlossen steckte er zwei Finger in den Mund und stieß einen schrillen Pfiff aus. Sie sah kurz zu ihm hoch und verabschiedete sich dann von ihrer Gesprächspartnerin.

Im gleichen Augenblick aber hatte Markus Ludwig ein ganz schlechtes Gefühl. Wie konnte er nur nach einer Frau pfeifen! Das war ja mehr als dämlich! Und noch ehe er richtig zu Ende gedacht hatte, kam Kollegin Thoma auch schon den langen Gang entlang auf ihn zu geeilt.

Ihr Gesichtsausdruck ließ Ärger befürchten. Dann baute sich die halbe Portion, die Hände in die Hüften gestemmt, vor ihm auf. Ihre Augen sprühten Funken und Markus verstand nur die

Hälfte, von dem was sie hervorsprudelte. Denn wie immer wenn sie erregt war, sprach Susi ihr herrliches Schwyzerdütsch.

„Ischt das bei der bayrischen Polizei üblisch, dass man nach den Frauen pfeift, wie nach einem Hund, ha?" Ihre tiefblauen Augen funkelten wie kleine Sterne und ihr voller roter Mund, faszinierte Kriminaloberkommissar Ludwig. Und wie ein Blitz der Erkenntnis durchfuhr es ihn plötzlich! Das war sie! Ja, das war die Frau, die er sich immer gewünscht hatte! Man war die Kleine klasse, und wie die sich erregen konnte!
Er mochte dieses kleine Schweizer Energiebündel mehr als es für einen Chef der bayrischen Kripo gut war. Er sah sie an wie ein beim Wurst klauen ertappter Labrador und hob bedauernd die Schultern.

„Sorry Susi! Ich habe Dich dreimal gerufen, aber der Lärm von der Straße hat es wohl verschluckt. Ansonsten pfeife ich nie nach Frauen, immerhin hatte ich ja eine gute Kinderstube! Also begraben wir das Kriegsbeil, Kollegin? Du darfst nächstens Mal nach mir pfeifen. O. K.?"
Sie drohte ihm mit ihrer kleinen Faust, weil sie den Schalk in seinen Augen sah. Das war es ja, diesem großen Jungen konnte sie einfach nicht böse sein.

„Entschuldigung angenommen, zur Strafe lädst Du mich auf ein Eis ein. Klar?" Markus nickte gehorsam. Im Stillen dachte er: „Eigentlich würde ich Dich jetzt lieber zu Boden knutschen." Stattdessen machte er nur eine kurze Geste, die bedeuten sollte, sie solle ihm folgen. Dann trabte er auch schon davon in Richtung Keller. Quirin erwartete sie schon ungeduldig, weil er weg wollte, diesmal hatte sich Schwiegermutter zu Besuch angemeldet.
Er deutete auf das weiße Laken auf dem Arbeitstisch, das den Körper der jungen Frau verdeckte.

„So liebe Freunde! Die junge Dame hier ist garantiert mehrfach vergewaltigt worden! Es müssen mindestens drei Kerle gewesen sein, ergo haben wir bei ihr auch drei verschiedene DNA-Spuren gefunden. Außerdem ist ihr zarter Körper über und über mit blauen Flecken übersät. Besonders an den Innenseiten der Schenkel und an den Oberarmen. Sie wurde also wahrscheinlich dabei festgehalten."

Dabei schlug er abrupt das Laken zurück und sah dabei Susi an. Die gab einen kurzen dumpfen Laut von sich, als wenn sie sich gleich übergeben wollte, und sah einen Augenblick aus dem Fenster. Ludwig sah seine junge Kollegin von der Seite an. „Geht es noch?", fragte er sie fürsorglich. Susi Thoma nickte wortlos.

Stadler grinste verhalten, aber die Kleine hatte seinen Test bestanden! Vor diesem Tisch waren schon gestandene Männer einfach umgekippt! Für ihn selbst war ein solcher Anblick nur noch Alltag. Er sah in seine Unterlagen.

„Wie es aussieht, muss die Bande eine hübsche Crystal Meth Party in dieser Nacht gefeiert haben. Dazu kam noch eine Menge Alkohol und die Katastrophe war perfekt!"

Markus schüttelte ungläubig den Kopf. „Ist das Zeug tatsächlich so schlimm?", fragte er Quirin. Der lachte erst verächtlich, dann zeigte er auf das Mädchen.

„Schlimm? Es ist ein echtes Teufelszeug, Markus! Der Mist erzeugt am Anfang das Gefühl von glücklich sein und Hyperaktivität. Hergestellt wird dieses Zeug zum Beispiel aus einem Extrakt von Pillen gegen Husten. Die kriegst Du in jeder Apotheke heutzutage! Man gewinnt dann daraus den Grundstoff Pseudoephedrin. Dieser wird dann wieder gemischt mit Frostschutzmittel, Lampenöl oder auch manchmal mit Batteriesäure oder auch Abflussreiniger. Diese wiederum verstärken die Wirkung. Dazu kommt noch, dass dieses Gemisch hochexplosiv ist! Aus diesem Grund fliegt so manchen Garagenproduzenten auch mal die Bude um die Ohren."

Susi Thoma setzte sich auf einen kleinen Hocker, der neben dem Aluminiumtisch stand.

„Wir hatten in Bern einen Vortrag zu diesem Zeug. Der Doktor zeigte dann Bilder von jungen Leuten, zu Beginn der Einnahme und am Ende. Ich kann Euch sagen, die waren nicht mehr wieder zu erkennen. Völlig gealtert, mit Geschwüren und grauen Haaren. Wie richtige Zombies!" Quirin Stadler drückte Markus den Hefter in die Hand.

„Hier! Findet schnellstens die Dealer! Sonst war diese junge Dame hier bestimmt nicht die Letzte auf meinem Tisch. Garantiert!" Mit diesem Hinweis waren sie dann auch schon entlassen, und Quirin beeilte sich beim Umziehen. An der Tür drehte er sich noch mal um.

„Übrigens, das Mädel heißt Aljona Kubow und wohnt in Ramsau. Wir haben ihren Schulausweis noch am Tatort gefunden, als ihr schon weg wart."

Jeder mit seinen eigenen Gedanken beschäftigt, verließen sie die Pathologie und gingen zurück zum Büro. Immer wieder musste Markus dabei auf das kleine stramme Hinterteil in den hautengen Jeans schauen, das vor ihm die Treppe hochstieg. Und ein Gedanke nahm ihn dabei voll in Anspruch. Wie konnte er es anstellen, mit ihr ein Date auszumachen. Immerhin war er ja ihr Chef.
Auf dem Gang liefen sie dann nebeneinander her und er sah sie von der Seite an. Susi schaute ihn ebenfalls an und schmunzelte vor sich hin. Galant öffnet er ihr die Tür zum Büro und ließ sie zuerst eintreten. Kaum hatte er die Tür hinter sich geschlossen und sie waren allein, rief er leise: „Kollegin Thoma kommen Sie doch bitte mal her zu mir!"
Sie stutzte zuerst einen Augenblick, machte dann kehrt und kam wieder langsam näher. Sie sah Markus mehr unschlüssig als fragend an. Einem inneren Impuls folgend, der das rationale Denken ausschaltete, nahm er spontan ihren Kopf zwischen seine beiden Hände und gab ihr einen Kuss, mitten auf diese herrlichen vollen roten Lippen. Als das Denken dann endlich wieder Oberhand gewann, dachte er:

„Zwei Möglichkeiten gibt es jetzt nur. Entweder sie knallt mir gleich eine oder sie erwiderte meinen Kuss. Dann ist alles klar!"
Und Susi Thoma aus der Schweiz stand da und erwiderte seinen Kuss, wenn auch total überrascht, aber mit voller Inbrunst. Danach starrten sich beide sekundenlang an. Und Susi fand als Erste die Sprache wieder.

„Wasch war denn das jetzt, Chef?", fragte sie ihn leise. Markus verschlang sie mit den Augen.

„Was heißt es denn in der Schweiz, wenn ein Mann eine Frau küsst, Kollegin?", flüsterte er leise. Susi Thoma begann erst schelmisch zu grinsen, dann kam eine typische Antwort von ihr.

„Nun, mein Opa Hermann würde da sagen, es ist eine Anfrage im oberen Stockwerk, ob das Untere eventuell noch zu vermieten sei, oder so ähnlich", erwiderte sie ebenso leise. Und jetzt war es an Markus, sprachlos zu sein. Da ihn aber auf Susis Erklärung keine gescheite Antwort mehr einfiel, zog er sie einfach nur fest an sich und sog den Duft ihrer Haare ein.

„Komm her meine Schweizer Kriminalassistentin, ich muss Dir ganz dringend heute Abend bei einem Glas Rotwein was sagen! Ich lade Dich ein!", flüsterte er.

„Nur ein Glas?", fragte sie ihn leise. Er lächelte erst wie Hannibal der Eroberer, dann aber erwiderte er: „Du kannst froh sein, wenn ich Dir nicht eine Schoko-Milch bestelle!" Und schüttete sich aus vor Lachen. Er sah auf die Uhr über dem Aktenschrank.

„Weißt Du was, wir werden jetzt mal sehen, ob wir was über diese Aljona in unseren Akten finden. Und so ging er einfach wieder zum Alltag über. Doch Susi war noch nicht nach Alltag, nachdem was sie gerade erlebt hatte.

„Sag mal Markus, wohin willst Du mich heute Abend eigentlich schleppen? Nur damit ich weiß, was ich anziehen muss", fragte sie ihn ein wenig neugierig.

„Wir gehen groß aus!", antwortete er und musste über Susis erschrockenes Gesicht lachen.

„Quatsch! Deine engen Jeans reichen voll auf. Ich kenne da ein gemütliches kleines Lokal, da gehen wir hin." Sie nickte und verzog den Mund zu einer Schnute.

„Aha, gehscht Du da immer mit Deinen Freundinnen hin?", fragte sie wieder in ihrem Dialekt. Er sah sie über die Schultern kurz an, sagte aber keinen Ton. Im Hefter blätternd sagte er plötzlich: „Also, die Kleine heißt Aljona Kubow. Vielleicht haben wir was in der Datei zu diesem Namen. Lass uns mal nachschauen." Susi suchte eine ganze Weile. „Hier! Natascha und Igor Kubow, die Eltern. Wohnen in Ramsau, Ludwig-Richter-Weg 212." Ludwig sah auf seine Armbanduhr, stand auf und zog seine Jacke über.

„Komm, wir fahren hin. Die müssen doch inzwischen längst ihre Tochter vermissen! Oder?" Susi zuckte etwas ratlos mit den Schultern.

„Wenn meine Tochter am frühen Morgen noch nicht zu Hause wäre, würde mir das auf jeden Fall Angst machen." Ludwig hielt kurz inne und sah sie an.

„Wie alt ist sie eigentlich, Deine Tochter?" Sie lächelte stolz vor sich hin. „Vier Jahre. Das ist ein Grund mehr, warum ich mir gut überlege, mit wem ich ausgehe. Jeden Monat einen neuen Onkel will ich ihr nämlich ersparen."

Sie zog ihre rote Lederjacke über. Ludwig nickte wortlos und wandte sich ebenfalls zum Gehen. Im Stillen nahm er sich vor, am Abend die Lage mit dem Fräulein Tochter zu sondieren. Susi war ihm für ein Abenteuer zu schade, seit er sie nun etwas näher kannte. Auf dem Hof warf er ihr den Zündschlüssel des BMW zu.

„Hier, Du fährst!", war alles, was er sagte. Susi blieb abrupt stehen und er sah sie ungeduldig an.

„Was ist noch?", fragte er erstaunt. Sie stellte sich vor ihn hin, dabei war sie gezwungen, etwas nach oben zu schauen.

„Hör mal Markus, ein Grund, warum ich mich von meinem Exmann getrennt habe, war der, dass der dauernd bestimmen wollte, was ich zu tun und zu lassen habe! Diesen Befehlston mag ich überhaupt nicht!"

Sie sah Ludwig ernst an, doch der lächelte nur. Wenn auch, wie sie zu sehen meinte, etwas mitleidig.

„Hör mal zu liebe Susi! Dienst ist Dienst und Schnaps ist Schnaps, sagt man bei uns in Deutschland. Im Dienst bin ich Dein Chef, privat darfst Du es in Zukunft sein. Kannst Du damit leben?" Susi grinste, klappte die Hacken zusammen und legte die Hand zum militärischen Gruß an den Kopf.

„Zu Befehl, Chef! Habe verstanden! Aber, wie ist das dann mit Küssen im Dienst?" Markus Ludwig schüttelte den Kopf und konnte sich nun doch ein Grinsen nicht mehr verkneifen. Er sah in ihre blauen Augen.

„Eigentlich ist es im Dienst nicht erwünscht – oder nur, wenn es keiner sieht. So, und nun beweg Deinen kleinen Knackarsch endlich in die Karre und fahre endlich los!" Worauf sie spontan erwiderte: „Na, na, das fängt ja gut an mit uns beiden." Und dann lernte Oberkommissar Ludwig den Fahrstil seiner Kollegin Thoma kennen.

Etwas bleich um die Nasenspitze, löste er vor dem Haus der Kubows den Gurt, atmete noch einmal tief durch und schluckte mehrmals.

„Rast Du bei Euch auch immer so durch die Gegend?", war alles, was er sie im Moment fragen konnte. Susi nickte.

„Sorry! Isch habe ganz vergessen zu erzählen, dass isch, gut drei Jahre, nebenbei Rallye gefahren bin!", feixte sie und zuckte mit den Schultern.

Er schüttelte nur wortlos den Kopf und stieg schnell aus. Diese Frau überraschte ihn jeden Tag neu. Sie hatte wohl doch recht, das konnte noch heiter werden mit ihnen beiden. Susi klingelte an dem Zweifamilienhaus mit Vorgarten. Sie mussten eine Weile warten, bis ihnen jemand öffnete. Endlich drehte sich ein Schlüssel im Schloss der Haustür.

Ein Mann um die Vierzig im blauen Trainingsanzug stand vor ihnen und sah sie fragend an. „Ja, bitte?" Dabei hielt er den Kopf leicht geneigt und seine blaugrauen Augen blickten freundlich durch die Brillengläser. Ludwig und Susi zückten ihre Dienstausweise.

„Kriminalpolizei Berchtesgaden, Ludwig! Das hier ist meine Kollegin Thoma. Dürfen wir kurz eintreten?" Der Mann nickte etwas unsicher, doch dann gab er den Weg frei. Mit einem Blick auf die Straße schloss er die Haustür wieder ab und führte sie in das Wohnzimmer, in dem eine Frau an der Nähmaschine saß und nähte.

„Das sind Herr Ludwig und Frau Thoma von der Kripo, Schatz", stellte er die Besucher seiner Frau vor. Die sah von ihrer Arbeit auf und schob die Brille auf den Haaransatz hinauf.

„Polizei? Was wollen Sie denn von uns?", fragte sie resolut mit einem slawischen Akzent und stand auf, um die Gäste zu begrüßen.

Ludwig suchte einen Augenblick nach Worten. Tauschte einen kurzen Seitenblick mit Susi und fragte dann: „Ist die Aljona Kubow, 17 Jahre alt Ihre Tochter?" Dabei vermied er es, ihnen das Bild ihrer Tochter zu zeigen, dass Quirin am Tatort gemacht hatte. Die Hausfrau wurde eine Nuance bleicher und nickte. „Was ist mit Aljona?" In ihren Augen begannen kleine Irrlichter zu flackern. „Ist ihr etwas passiert?", hauchte sie, und ihre Augen flehten den Oberkommissar an, doch ja keine schlimme Nachricht zu überbringen. Doch Ludwig nickte schweren Herzens.

„Ja leider, wir haben Ihre Tochter heute Nacht gegen 1.00 Uhr hinter der „Watzmann-Therme" gefunden. Sie war leider schon tot!" Mit einem Aufschrei warf sich die Frau an die Brust ihres Mannes und schluchzte laut auf. Herr Kubow führte seine Frau mit erstarrtem Gesicht zum Sofa und ließ sie setzen. Danach sah er die Besucher an. Seine Stimme vibrierte leicht.

„Was ist ihr passiert, Herr Kommissar?" Und direkt nach dieser Frage, zeigte er auf die Stühle. „Bitte setzen Sie sich doch einen Augenblick." Markus hielt innerlich die Luft an. Er hatte den Mann unterschätzt. Dieser Mann schien gelernt zu haben, sich in kritischen Situationen zu beherrschen. Er saß kerzengerade auf seinem Stuhl, die Hände ineinander gelegt. Ludwig setzte sich neben Susi auf einen der teuren, mit Damast bezogenen Stühle.

„Also, Ihre Tochter muss mit drei Jungs heute Nacht gefeiert haben. Dabei war neben Alkohol, auch Crystal Meth im Spiel. Nach dem Genuss dieses Cocktails ist sie offenbar ums Leben gekommen", erwiderte Ludwig, vermied es aber zunächst auch die Vergewaltigung zu erwähnen. Doch Herr Kubow hakte wie ein Staatsanwalt sofort nach.

„Wie ist sie ums Leben gekommen, Herr Kommissar? Sagen Sie uns bitte die Wahrheit!" Sein Blick war hart und er zeigte keinerlei Regung. Ludwig sah Susi Hilfe suchend an, die reagierte sofort.

„Diese Party ist offenbar etwas aus dem Ruder gelaufen. Hatte Ihre Tochter schon früher Kontakt zu dieser Droge Crystal Meth?" Der Mann schluckte plötzlich und wurde mit einem Mal bleich. Er zwang sich sichtlich, die Ruhe zu bewahren.

„Was sagten Sie? Crystal Meth? Dieses Mistzeug! Nein! Nie! Niemals, Frau Kommissarin! Niemals!", erwiderte er nun doch sichtlich erregt. Seine Hände kneteten ein Taschentuch. Susi nickte wieder.

„Leider ist es aber so, Herr Kubow. Kennen Sie den Umgang Ihrer Tochter?", war ihre nächste Frage, mit der sie das Thema Vergewaltigung auch diesmal zu umgehen versuchte. Herr Kubow schloss für einen kurzen Moment die Augen, als müsse er erst nachdenken.

„Sie hat einige Freundinnen hier aus der Schule. Aber in letzter Zeit sind da immer wieder zwei junge Kerle aufgetaucht. Der Kleinere von den beiden davon muss aus Königssee sein. Der andere muss wohl ein Tscheche sein. Aber wie die heißen, keine Ahnung!" Ludwig schaltete sich mit einem Blick auf Susi wieder in das Gespräch ein. „Dürften wir das Zimmer Ihrer Tochter einmal in Augenschein nehmen?", bat er. Herr Kubow nickte, strich seiner Frau über die Haare und ging ihnen voran.

Das Zimmer war auf den ersten Blick, wie man sagt, ein typisches Mädchenzimmer. Drei Poster mit Stars an der Wand, Plüschtiere auf dem Bett, einem Schreibtisch mit Laptop und einem Schrank. Alles war sauber und sehr aufgeräumt, schon beinahe zu sauber für eine Jugendliche in diesem Alter.

Susi zog gerade ihre Gummihandschuhe über, als ihr Blick auf eine Matroschka fiel. Diese bunten Holzpuppen, in denen immer wieder eine Kleinere steckte. Sie zog die Handschuhe hoch und begann dann eine Figur nach der anderen zu öffnen. Erst in der letzten, der Kleinsten wurde sie fündig. Sie fand eine kleine Plastiktüte mit weißem Pulver darin.

„Markus, sieh mal was ich gefunden habe!" Sie hielt das kleine Tütchen mit dem Pulver hoch. Danach zeigte sie es Herrn Kubow.

„Hier sehen Sie bitte! Das ist dieses Giftzeug, das Menschen innerhalb kürzester Zeit zu einem Wrack macht. Dieses Zeug hatte auch ihre Tochter im Blut."

Herr Kubow schüttelte nun doch sichtlich fassungslos den Kopf. „Aljona! Dabei hatte sie doch noch so große Pläne. Sie wollte einmal Ärztin werden, studieren, und nun so etwas." Er schien nun doch fassungslos zu sein.

Und plötzlich verlor er von einem Moment auf den anderen die Fassung und der Schmerz übermannte ihn. Doch diese Schwächephase war sehr kurz. Danach schnäuzte er sich und hatte sich schon wieder in der Gewalt.

„Herr Kommissar! Sie müssen die Mörder meiner Tochter finden! Bitte, es ist das Letzte was wir jetzt noch für Aljona tun können!" Ludwig nickte bedrückt.

„Wir werden alles tun, um die oder den Mörder Ihrer Tochter zu finden, Herr Kubow." Danach verabschiedeten sie sich.

Als sie wieder auf der Straße standen, atmete Ludwig mehrmals tief ein und wieder aus.

„Verdammt, ich werde mich wohl nie daran gewöhnen, solche Nachrichten überbringen zu müssen! Komm, lass uns noch einen Kaffee trinken gehen!"

Er setzte sich, wie selbstverständlich, in den Beifahrersitz und Susi fuhr diesmal beinahe schon langsam zurück in Richtung Berchtesgaden. In Schönau gingen sie noch kurz in ein kleines Café an der Hauptstraße.

Sie sahen beide wortlos ihren Kaffee trinkend aus dem Fenster. Wie selbstverständlich lag plötzlich Markus Hand auf der von Susi und sie sahen sich in die Augen. Es fühlte sich an, als wenn sie sich schon Jahre kennen würden. Susi lächelte Markus an. „Ich freue mich auf heute Abend!" Markus nickte. „Ich auch! Komm, lass uns gehen. Wir machen für heute Schluss."

Ganz Königssee war im Seefest-Fieber. Überall wurde gehämmert und gesägt. Das ereignisreichste Wochenende des Jahres stand bevor. Verkaufsstände und Bühnen wurden aufgebaut. Die Polizei erhöhte ihre Präsenz. Und ausgerechnet da kam eine Eilmeldung, dass man in Teisendorf zur Disco einen Jugendlichen festgenommen hatte. Der Junge hatte versucht, Crystal Meth zu verkaufen. Dabei war er an die Tochter eines Polizisten geraten, die dann sofort ihren Vater informierte.

Im Vernehmungsraum saß ihnen dann ein schmales Bürschchen von fünfzehn Jahren gegenüber. Susi Thoma sah den Kleinen an, der ihr wie ein Häuflein Elend gegenübersaß und unentwegt zu Boden starrte.

„Sag mal Ronny, für wen sollst Du das Zeug verkaufen?", fragte sie ihn schon zum zweiten Mal. Doch der Knabe schwieg eisern und schaute stur an die Wand. Markus Ludwig kam ins Zimmer, setzte sich neben Susi und meinte dann gewollt barsch: „Gut mein Freund, wenn Du die Suppe alleine auslöffeln willst, dann holen wir jetzt halt Deine Eltern her und machen dann bei Euch zu Hause eine Hausdurchsuchung. Anschließend gehst Du dann eine Weile in den Jugendknast." Diese Androhung zeigte sofort Wirkung. Ronny rutschte auf seinem Stuhl hin und her und knetete die Hände.

„Also was ist nun? Willst Du reden?", fauchte Ludwig ihn wieder an. Plötzlich liefen dem Jungen zwei dicke Tränen über die Wangen.

„Ich wollte mir doch nur etwas dazu verdienen", schluchzte er los. „Und da verscherbelst Du ausgerechnet so ein Mistzeug? Von wem hast Du es, sag endlich die Wahrheit, Junge!" Ludwig war erneut eine Nuance lauter geworden und spielte „böser Bulle". Susi tat der Kleine innerlich leid. Sie sah Ludwig an und schüttelte unmerklich den Kopf. Sie setzte sich neben ihn. Da begann der Knabe zu reden.

„Es ist einer aus Königssee, seinen Namen kenne ich aber nicht. Er bringt mir die Lieferung freitags, ich rechne bei ihm dann jedes Mal ab." Er dachte kurz nach und wischte sich die Tränen rasch ab.

„Einmal konnte er nicht nach Teisendorf kommen, da bin ich nach Königssee gefahren. Er kam mit einem Boot an und hat mir das Zeug gebracht."
Susi und Markus horchten auf. „Mit einem Boot sagst Du? Was für ein Boot?" Der Junge dachte kurz nach, zuckte dann aber mit den Schultern. Er sah sie unsicher an.

„Na ja, ein Boot eben, so eins mit Elektroantrieb." Der Oberkommissar rieb sich das Kinn und sah dann den Knaben durchdringend an. Der wich seinem Blick aus.

„Gut mein Freund, gefunden haben wir zu Hause bei Dir nix. Aber Dein Vater ist draußen, um Dich abzuholen. Du wirst aber noch von der Staatsanwaltschaft Post erhalten. Lass Dich also nicht noch einmal mit so was erwischen!", ermahnte ihn Ludwig noch einmal eindringlich.
Bei der Erwähnung des Vaters rutschte der Knabe etwas tiefer in seinen Stuhl hinein. Er versprach, in Zukunft die Hände davon zu lassen. Ludwig nickte ihm nun schon freundlicher zu.

„Gut, Du gehst jetzt mit der netten Kollegin hier rüber in ein anderes Büro. Dort schaust Du Dir eine Kartei an. Sollte dein Freund nicht dabei sein, machen wir dann ein Phantombild. Danach kannst Du mit Deinem Vater erst mal nach Hause gehen."
Der Empfang durch den aufgebrachten Vater auf dem Flur war dann alles andere als freundlich. Als Erstes gab er seinem Sohn

eine richtige schallende Watschn, sodass Susi sofort resolut dazwischen ging.

„He, hallo, so nischt! Hier wird aber nischt geschlage!", donnerte sie den Mann in ihrem Dialekt an. Der war so perplex, dass er sich bei Susi sofort entschuldigte. Ludwig, der diese ganze Szene verfolgt hatte, musste grinsen. Frauen mussten eben immer die Glucke spielen und ihre Küken beschützen. Doch wer war der Junge mit dem Elektroboot vom Königssee? Diese Neuigkeit trieb den Oberkommissar Ludwig an und er sah auf seine Uhr.

Es war siebzehn Uhr. „Schluss, für heute!", dachte er und sah sich nach Susi Thoma um. Sie hatten immerhin heute ihre erste Verabredung. Er musste vorher unbedingt noch ein paar Rosen besorgen. Im Stillen wunderte er sich ja über sich selber. Seit seiner Scheidung vor drei Jahren hatte er eine lange Zeit allen weiblichen Wesen abgeschworen. Er hatte die Nase voll. Seine Arbeit lies einfach keinen geordneten Feierabend zu.

Und nun kam ausgerechnet eine Arbeitskollegin daher und dazu noch eine echte Schweizerin aus dem Berner Oberland. Schlank wie ein Reh, voller Tatendrang und mit den Anlagen einer Schmusekatze oder einer Tigerin, je nach Bedarf.

„Lieber Gott, lass es gut gehen!", murmelte er vor sich hin. Denn so richtig sicher war er sich noch nicht, dass er sich im Moment auf dem richtigen Pfad befand. Aber ewig abends vor der Glotze hocken und mit Kater Willy reden, wollte er bis zur Pensionierung auch nicht.

Kathi Gründl gab vorsichtig etwas Gas. Das Quad ihres Vaters schlingerte wie ein Schiff über die Wurzeln und Furchen des nassen Waldweges.

Tochter Kathi war die Einzige, die es fahren durfte. Nicht mal den Anton ließ der Papa an das Gefährt.

Sie war auf dem Weg zu dem kleinen Kiesstrand, ein paar Hundert Meter hinter der Halbinsel, in einer seichten Bucht, wo ihr erstes heimliches Treffen mit Vincent Hohlmayer stattgefunden hatte. Diese Kiesaufschüttung war durch den kleinen Wasserfall, der dort herunterstürzte, entstanden. Gleich dahinter begann ein kleines Waldstück.

Kathi erreichte zuerst eine kleine Holzbrücke und musste absteigen. Den Rest des Weges musste man zu Fuß gehen. Unter der Brücke stand das Wasser des Sees.

Kathi nahm ihren Korb und marschierte in den Wald hinein. Vor Tagen hatte sie unterhalb der Felswand eine Stelle gefunden, an der es eine Menge Steinpilze gab. Und Steinpilze mit viel Zwiebeln gebraten waren nun mal Papa Gründls Lieblingsgericht. Immerhin wollte sie ja unbedingt am nächsten Wochenende zum Seefest gehen und dort bei einer Freundin übernachten. Die Abende wollte sie mit Vincent verbringen und freute sich schon darauf. Aber zu dieser Übernachtung brauchte sie nun mal auch noch die Zustimmung des Vaters. Da konnten die Steinpilze schon dabei behilflich sein.

Endlich erreichte sie die Stelle, wo sie die Pilze letztens gefunden hatte. Schon nach kurzer Zeit hatte Kathi fünf wunderschöne Steinpilze und drei Maronen gefunden. Das reichte auf jeden Fall für eine Mahlzeit.

Sie entschloss sie sich wieder umzukehren, zumal es langsam dunkel zu werden begann. Die warme Luft wehte durch das Geäst der Bäume und das Wasser des Sees schimmerte wie Perlmutt in der Abendsonne.

Langsam verschwand die Sonne hinter den Bergspitzen und die Mücken summten ihr um die Ohren. Sie hatte soeben wieder die Brücke erreicht und sah schon ihr Quad, als sich irgendetwas in dessen Nähe im Gebüsch zu bewegen schien.

Abrupt blieb Kathi stehen und griff in die Hosentasche ihrer Sporthose. Dort trug sie immer ein Pfefferspray bei sich, seit sie einmal beinahe von einem Hund angefallen worden war. Sie hatte damals Glück gehabt, weil der Besitzer des Hundes noch rechtzeitig dazu kam.

Langsam betrat sie die Brücke, immer mit einem Auge den Wald absuchend, mit dem anderen das Quad vor ihr beobachtend. Sie hatte gerade das Fahrzeug erreicht, als urplötzlich Fredo Hohlmayer hinter einem Baum hervor trat. Der Rotschopf grinste sie an. Kathi erschrak für einen Moment, aber dann hatte sie sich wieder gefasst.

„Hallo Kathi! Warst wieder mal in den Pilzen?", fragte er sie mit Blick auf die Pilze. Kathi stellte den Korb in den Transportkorb des Quads und setzte sich auf die Sitzbank.

„Und was suchst Du hier?", fragte sie Fredo. Der kam langsam ein paar Schritte näher. In seinen Augen sah Kathi etwas Lauerndes, was ihr Angst machte. Er grinste sie von unten herauf an und legte dann eine Hand auf den Lenker. Die andere Hand legte er auf Kathis Knie. Er sah sie an und seine Augen waren wie kleine Irrlichter dabei.

„Ich wollte Dich nur fragen, ob Du nächste Woche mit mir zum Seefest gehst, deshalb bin ich hier." Kathi sah ihn erst an, als ob er einen schlechten Witz gemacht hätte, dann aber lachte sie lauthals los und schüttelte den Kopf.

„Also, zuerst nimmst Du mal ganz schnell Deine Hand von meinem Knie!" Und da Fredo so gar keine Anstalten machte dies zu tun, schob sie seine Hand kurzerhand beiseite. Sie schüttelte wieder den Kopf und sah den aufdringlichen Widerling an.

„Sag mal, wie kommst Du denn auf die verrückte Idee? Was würde denn Dein Vater dazu sagen, he?", fragte sie ihn und schüttelte wieder belustigt den Kopf.
Und plötzlich packte Fredo sie mit beiden Händen und versuchte sie, zu sich heran zuziehen, um sie zu küssen. Doch Kathi wehrte ihn abrupt ab. Holte dann aus, und patsch hatte Fredo sich eine ganz gehörige Backpfeife eingehandelt, bei der man sofort Kathis Finger sah.

„Du bist wohl von allen guten Geistern verlassen!", schrie sie ihn wütend an und startete das Quad. Noch im Losfahren hörte sie Fredo laut nachrufen: „Dich Schlampe kriege ich schon noch, verlass Dich darauf! Auch wenn Du mit Vincent fickst!"
Kathi drehte den Gashebel bis zum Anschlag herum. Das Quad heulte auf und schoss davon. Sie hatte Mühe nicht die Balance zu verlieren. Wieder ruhiger werdend nahm sie nach einiger Zeit das Gas etwas zurück und fuhr langsamer. Was hatte der Idiot ihr hinterhergerufen? Woher wusste er von ihr und Vincent? Sie musste sich schnellstens mit Vincent treffen! Wenn Fredo es wusste, wussten es auch bald dessen Vater und ihrer natürlich auch! Jetzt war das passiert, was sie eigentlich noch vermeiden wollte! Außerdem musste sie sowieso mit Vincent reden, weil ihr seit Tagen, beinahe jeden Morgen, ziemlich übel gewesen war.
Also hatte sie sich nach der Schule vor ein paar Tagen heimlich einen Schwangerschaftstest in der Apotheke in Berchtesgaden

gekauft. Und ihre Befürchtungen hatten sich bestätigt, sie war tatsächlich schwanger! Auch das noch!

Als sie wieder zu Hause ankam, stellte sie das Quad unter das Schleppdach und trug den Korb mit den Pilzen ins Haus. In der Küche war niemand, also stellte sie den Korb einfach auf den Tisch und verließ rasch wieder die Küche. Hinter dem Andenkenstand am Anleger nahm sie dann ihr Handy heraus und wählte Vincents Nummer. Es tutete eine Weile, ehe er sich meldete.

„Vincent kannst Du mich bitte morgen Mittag nach der Schule abholen? Wir müssen unbedingt etwas bereden. Ja, es ist wirklich wichtig! Bitte komm pünktlich zur Schule!"

Der Beantwortung ihrer Frage, was denn so ungemein wichtig sei, wich sie aus. Doch Vincent sagte zu, er wollte pünktlich da sein. Kathi ging langsam zurück zum Haus. In der Küche traf sie auf ihre Mutter. Die hatte schon damit begonnen, die Pilze zu putzen. Agnes sah lächelnd auf, als ihre Tochter die Küche betrat.

„Schön, dass Du auch noch kommst. Ich dachte schon Du hast mir die Pilze hergestellt, dass ich sie allein putzen darf." Das junge Mädchen nahm wortlos ein Messer aus der Schublade und setzte sich dann neben ihre Mutter. Sie arbeitete eine Weile und starrte vor sich hin. Agnes Gründl sah ihre Tochter von der Seite an.

„Hör mal, ich habe gestern am Nachmittag Fredo bei uns im Holzschuppen erwischt."

Sie griff in ihre Küchenschürze und legte die Bilder auf den Tisch. Kathis Augen weiteten sich für einen Moment und ihre Mutter fragte weiter.

„Kennst Du diese Bilder?" Kathi schüttelte vehement den Kopf. „Nein Mama! Dieser Idiot hat mir aber vorhin schon wieder beim Pilzesuchen im Wald aufgelauert und wollte mich küssen. Da hab ich ihm eine geknallt! Er wollte wissen, ob ich mit ihm zum Seefest gehen würde. Der Kerl spinnt doch!"

Agnes Gründl nickte erleichtert.

„Lass Dich ja nicht mit diesem Hallodri ein, hörst Du!" Kathi lachte. „Aber Mama! Ich leide doch noch nicht an Geschmacksverirrung! Der Kerl ist doch so doof, den würde nicht mal unsere Sau beißen!", erwiderte sie und dachte angestrengt nach, ob sie Mutter etwas von der Schwangerschaft erzählen sollte. Denn irgendwann musste sie es tun, das stand fest. Derart in Gedanken hatte sie die Frage ihrer Mutter glatt überhört und schreckte daher auf.

„Entschuldige! Was hast Du gerade gesagt?" Agnes Gründl schüttelte verwundert den Kopf.

„Ich rede mit Dir, aber Du schaltest einfach ab. Ich wundere mich nur, warum Du in den letzten Tagen so bleich aussiehst. Bist Du krank? Du hast Augenringe! Oder kannst Du schlecht schlafen? Oder hast Du Sorgen, Du kannst mir alles erzählen, das weißt Du!" Kathi schüttelte mechanisch den Kopf.

„Ach geh, nichts von alledem, Mama! Die Schule stresst, eine Prüfungsarbeit nach der anderen. Ich muss zurzeit viel lernen." Agnes Gründl strich ihrer Tochter liebevoll über das volle schwarze Haar.

„Das geht vorbei, in vier Wochen sind Ferien. Dann kannst Du Dich ausruhen. Willst Du wegfahren oder hast Du noch keine Pläne gemacht?" Kathi lächelte.

„Nee, momentan habe ich noch keine Pläne. Mal sehen, was wird. Vielleicht gehe ich wieder mal richtig auf den Berg, wenn Anton mitkommt. Wir waren schon lange nicht mehr oben." Agnes Gründl nickte zustimmend.

„Das ist bestimmt eine gute Idee". Im Stillen wunderte sie sich allerdings, dass ihre Tochter mit siebzehn offenbar keinen Freund zu haben schien. Aber Kathi war sowieso anders als ihre Altersgenossinnen, und das war sie schon früher. Während die anderen mit Puppen spielten, kletterte sie lieber auf dem Traktor herum oder fuhr mit ihrem Vater mit dem Boot hinaus. Und im Überschwang ihrer mütterlichen Gefühle schlang sie einen Arm um Kathis Schulter und zog sie sanft zu sich heran.

„Na dann komm doch mal her meine Kleine, lass Dich mal wieder knuddeln." Entgegen Agnes Befürchtungen lehnte sich die junge Frau tatsächlich an ihre Mutter an und hielt sie fest umschlungen. Als Agnes ihr in die braunen Augen sah, leuchtete darin etwas, was sie nicht deuten konnte. Irgendwie war die Kleine in letzter Zeit anders als sonst. Ob das wirklich nur an der Schule lag? Doch Agnes wollte nicht weiter in sie dringen, Kathi würde sicher von selbst kommen, wenn es etwas zu bereden gab, was Töchter zumeist nur ihren Müttern erzählten.

Pünktlich um 15.00 Uhr saß Vincent am nächsten Tag an der Bushaltestelle gegenüber der Schule und wartete auf Kathi. Dann kam sie auch schon. Einen Ordner unter dem Arm, die Tasche in der Hand, steuerte sie winkend auf ihn zu.

Vincent stand auf und begrüßte sie mit einem Kuss. Ein paar Mädels aus Kathis Klasse gingen vorbei und lachten. Eine von ihnen rief ihr zu: „Pass ja gut auf ihn auf, der gefällt mir auch!" Kathi lachte und zog Vincent weiter.

„Hast Du Zeit oder musst Du wieder zurück?", fragte sie Vincent. Er schaute sie einen kurzen Augenblick verwundert an, dann lachte er.

„Mylady können voll über mich verfügen! Ich habe heute Zeit. Wo soll`s denn hingehen?", fragte er. Kathi hängte sich bei ihm ein und Vincent ganz Gentlemen, nahm ihr die Tasche ab. Sie strahlte ihn an.

„Lass uns doch in unser Café gehen! Es gibt nämlich ziemlich große Neuigkeiten!", war alles, was sie preisgab.

„Na gut, für zwei Kaffee wird meine Barschaft schon noch reichen", erwiderte er lachend und sie stiefelten los. Den ganzen Weg über dachte sie angestrengt darüber nach, wie sie ihrem Freund beibringen konnte, dass er Vater würde. Denn behalten wollte sie das Kind auf jeden Fall. Bevor das Kleine zur Welt kommt, war sie achtzehn, also auch volljährig und konnte selbst bestimmen.

Im Café angekommen suchten sie sich einen Platz mit der Aussicht auf die Straße. Vincent bestellte zwei Kaffee und zweimal Erdbeertorte. Kathi strahlte ihn über das ganze Gesicht an. Denn wenn man Kathi eine Freude machen konnte, dann mit Erdbeertorte. Aber Vincent war unruhig und rutschte auf seinem Stuhl hin und her.

„Nun mach es doch nicht so spannend. Was gibt`s denn so Wichtiges, Fräulein Gründl", forderte Vincent Kathi nach einer Weile zum Reden auf. Sie schluckte erst ein wenig, dann sah sie ihren Freund mit einem Mal ziemlich ernst in die Augen. Vincent sah es und wurde noch unruhiger. Und dann ließ Kathi die Katze aus dem Sack!

„Ich bin schwanger, Vincent! Unsere erste Nacht war doch nicht ganz sündenfrei!" Als Erstes bekam Vincent große Augen, dann verschluckte er sich am Kaffee und musste husten, sodass ihm die Tränen herunter liefen. Und zum Schluss japste er nach Luft ringend: „Was bist Du?", und musste wieder husten. Er wischte sich rasch die Tränen ab. Endlich hatte er sich gefasst.

„Sag das bitte noch mal ganz langsam!", keuchte er erneut hustend, und Kathi meinte leise: „Ich bin wirklich schwanger, Vincent!"

„Ich werde also tatsächlich Vater?" Kathi nickte wieder. Zurückgelehnt, den Löffel im Mund, sah sie ihren Freund an und dachte im gleichen Augenblick: „Na hoffentlich ist jetzt nicht alles aus!"

Und dann geschah etwas, womit Kathi nie im Leben gerechnet hätte. Denn urplötzlich machte ihr sonst so ruhiger Vincent die Beckerfaust. Und dann jauchzte er lauthals ohne Rücksicht auf die Anwesenden im Café: „Ich werde Vater, das ist doch geil!!" Kathi schaute sich einen Moment erschrocken um. Ein paar ältere Leute am Nachbartisch lachten und Kathis Kopf nahm die Farbe einer Tomate an.

Als sich Vincent dann einigermaßen wieder beruhigt hatte, fragte er sie plötzlich: „Magst Du noch ein Stück Erdbeertorte? Ich meine, Du musst ja nun für zwei essen!" Da lachte Kathi erleichtert auf, wurde dann aber gleich wieder ernst.

„Es gibt noch ein Problem, Vincent! Fredo weiß von uns! Er hat mir gestern Abend im Wald aufgelauert, als ich in den Pilzen war. Erst hat er mich gefragt, ob ich mit ihm zum Seefest gehen würde. Als ich ihn dann ausgelacht habe, hat er mir zornig hinterher gerufen, dass wir zwei zusammen ... Na Du weißt schon! Er würde es mir schon noch zeigen! Vor zwei Tagen hat Mama ihn nachmittags bei uns im Holzschuppen erwischt. Er hatte diese Bilder hier im Holz versteckt." Sie schob die drei Fotografien über den Tisch.

Bei Vincent wechselte abrupt die Stimmung. Er sah erst die Bilder an und dann ballte er die Faust auf dem Tisch. Sein Gesicht bekam plötzlich einen harten Ausdruck.

„Dieser verdammte Misthund! Immer wieder sorgt er für Unruhe und Ärger. Aber keine Angst, diesen Hallodri werde ich mir noch heute Abend vorknöpfen! Und diesmal bin ich nicht sein großer Bruder, darauf kannst Du Dich verlassen." Er dachte eine Weile nach, dann sah er Kathi an. Seine Rechte strich über ihre Hand.

„Meinst Du nicht, es wird das Beste, sein wenn wir nun endlich reinen Tisch machen. Das Versteckspiel muss aufhören! Das Problem ist halt nur, dass Du bis jetzt noch keine Achtzehn bist. Das heißt, Dein Vater könnte mich also theoretisch jederzeit wegen Verführung einer Minderjähriger anzeigen." Kathi schüttelte den Kopf.

„Das können wir jetzt noch nicht wagen, Vincent. Ich kenne doch meinen Vater! Der geht hoch wie eine Rakete, wenn er davon erfährt. Du musst Fredo dazu bringen, dass er den Mund hält! Wenn es sein muss, opfere ich dafür mein ganzes Gespartes!" Vincent wehrte vehement ab.

„Bist Du nicht gescheit! Wenn Du dem einmal Geld gibst, will er morgen noch mehr. Ich kenne doch meinen kleinen Bruder! Nein, mir schwebt was anderes vor. Aber das ist allein meine Sache!" Er lächelte verschmitzt, weil Kathi ihn fragend ansah. „Du musst nicht alles wissen!", setzte er noch hinzu. Sie lehnte sich zurück und sah Vincent fragend an.

„Und wie soll`s nun weitergehen mit uns?", fragte sie zaghaft. Vincent nahm ihre Hände wieder in die Seinen und hielt sie auf dem Tisch fest.

„Hör zu! Wir bereiten uns im Stillen auf den Tag vor, wo wir vor unsere Eltern hintreten und alles sagen werden. Es sind ja nur noch ein paar Wochen. Sollten unsere Eltern Theater machen, suche ich ein zu Hause für uns. Wir müssten ja nicht weit weggehen. Ich habe so viele Bekannte und Freunde, die uns bestimmt helfen würden. Und dann ziehen wir beide mit Kind, wie geplant einfach zusammen." Er sah sie liebevoll an.

„Kannst Du nicht vielleicht doch mit Deiner Mutter reden? Die ist doch auch vernünftig und wird Dich nicht im Stich lassen. Und ich könnte auch mit meiner Mutter reden. Die beiden Mütter würden es doch sicher schaffen, dass dieser elende Kleinkrieg nun endlich mal aufhört! Ich bin mir sicher, wenn der Kleine erst einmal da ist, werden die Großeltern wetteifern, wer ihn am meisten verwöhnen darf." Kathi lächelte belustigt.

„Du sagst immer `der Kleine`, darf es vielleicht auch ein Mädchen sein?", fragte sie ihn. Vincent griente breit.

„Na wenn sie so schön wird wie Du, jederzeit! Komm, lass Dir einen Kuss geben." Er beugte sich über den Tisch und gab Kathi ein Bussi. Dann setzte er sich wieder hin.

„Mach Dir keine Sorgen, ich kläre das mit Fredo!" Er sah auf die Uhr. „Buh, unser letztes Schiff ist weg, ich muss meinen Freund Erich anrufen, wir brauchen sein Ersatzboot. Dann setze ich Dich hinter dem Anlegesteg ab. Dort wo ich vor ein paar Wochen eine Treppe hingebaut habe. Da kann uns bestimmt niemand sehen."

Vincent winkte nach der Kellnerin und bezahlte. Eng umschlungen verließen sie das Café. Kathi fühlte sich mit einem Mal richtig erleichtert. Sie nahm sich vor, mit ihrer Mama zu reden, sobald es eine günstige Gelegenheit dazugab.

Punkt 19.30 Uhr ließ Vincent Kathi hinter dem Anlegesteg an Land gehen. Dann fuhr er zurück auf die andere Seite der Halbinsel und legte dort am hauseigenen kleinen Steg an. Mit Wut im Bauch stürmte er ins Haus und die Treppe empor. Oben angekommen riss er mit einem Ruck Fredos Zimmertür auf.

Sein Bruder lag auf dem Bett und hörte Musik. Als er Vincent zur Tür herein stürmen sah, richtete er sich auf. Doch ehe Fredo überhaupt begriff, was nun losging, hatte er schon zwei klatschende Ohrfeigen im Gesicht und fiel wieder auf das Bett zurück. Zornig zerrte Vincent ihn am Kragen wieder hoch und hielt ihn dann mit einer Hand fest. Fredo winselte laut, Vincents Hand abwehrend:

„Was willst Du denn von mir? Bist Du verrückt geworden, so auf mich so einzudreschen?"

Doch Vincent ließ sich wutentbrannt auf keine Debatte mehr ein und schüttelte ihn zornbebend durch.

„Hör zu, Du verdammter Mistkerl von einem Bruder! Wenn Du Kathi noch ein einziges Mal nachstellst, dann ersäufe ich Dich wie eine Katze im See! Und wenn Du uns an Vater verpfeifst, dann sorge ich dafür, dass Du keine ruhige Minute mehr in diesem Haus hast! Dann erzähle ich ihm nämlich auch, dass Du Dich in Berchtesgaden mit irgendwelchem windigen Gesindel herumtreibst! Vielleicht sind das sogar die Ganoven, die Crystal Meth, Speed und anders Mistzeug, hier bei uns verkaufen! Denn mit einem von diesen Lumpen habe ich Dich letztens gesehen! Alles klar?" Er schüttelte Fredo mit beiden

Händen noch mal durch. Inzwischen hatte der bereits eine knallrote Wange.

„Hast Du mich verstanden? Und höre sofort auf, Dich mit diesem Lumpenpack herumzutreiben! Sonst prügel ich Dich windelweich und erzähle alles Papa!", fauchte Vincent seinen kleinen Bruder an.

Er ließ den winselnden Jammerlappen urplötzlich los, sodass Fredo nach Halt suchend, aus dem Bett auf den Dielenboden polterte und sich am Bettrand den Kopf anstieß. Als Vincent wieder das Zimmer verlassen hatte, richtete sich Fredo wieder langsam auf.

Den Mund zu einer Grimasse verzogen knurrte er halblaut:

„Das wird Dir und Deinem Flittchen noch leidtun! Verlass Dich darauf!"

Unten in der Küche saßen derweil die Eheleute Hohlmayer beim Abendbrot, als es über ihnen plötzlich laut polterte. Astrid wollte schon aufstehen, um nachzusehen. Doch Simon hielt sie am Handgelenk fest und zog sie wieder auf den Stuhl zurück.

„Bleib sitzen, Astrid! Das war Vincent, der hochgestürmt ist. Die Beiden haben wohl Streit, da muss man sich nicht einmischen. Die sind beide alt genug, um das unter sich zu regeln."

Dann aß er ungerührt weiter. Astrid Hohlmayer legte das Messer beiseite und sah ihren Mann ernst an.

„Hör mal Simon, der Fredo macht mir wirklich Sorgen! Er schwänzt laufend die Berufsschule und treibt sich herum. Wenn das so weiter geht, gerät er noch auf die schiefe Bahn!" Simon Hohlmayer lehnte sich zurück, legte das Messer beiseite und sah seine Frau mit finsterer Miene an.

„Haben wir nicht auch mal geschwänzt? Haben wir nicht auch mal Mist gebaut, Astrid? Hör auf den Jungen immer zu bemuttern, er kann sich selber helfen!" Doch Astrid schüttelte den Kopf.

„Was wird denn aus ihm, wenn er die Prüfungen nicht schafft? Ein frühreifer Hartz IV-Empfänger? Merkst Du denn nicht, dass er sich ständig zum Unguten verändert? Er belügt uns, aber er hat immer reichlich Geld. Bitte von wem? Von Dir? Denn von mir bekommt er keines mehr!" Simon Hohlmayer winkte genervt ab.

„Er hilft am Wochenende doch in der Disco in Schönau aus. Daher wird er das Geld wohl haben." Astrid schüttelte verzweifelt den Kopf.

„Simon! Er hat in einem Holzkästchen in der Scheune 750 Euro! Das verdient man doch niemals nur mit den paar Stunden in dieser Disco. Ich habe ein ganz mieses Gefühl im Bauch! Simon siehst Du denn nicht, dass uns unser Junge immer weiter entgleitet?"

Entnervt stand Förster Hohlmayer auf, stieg dann stumm in seine Stiefel, die an der Tür standen und zog die Joppe über. Er wollte noch mal raus in sein Revier gehen. Das machte er immer, wenn es Streit gab. An der Tür drehte er sich aber noch einmal um.

„Du immer mit Deiner ewigen Schwarzseherei, Astrid! Du machst uns noch alle verrückt damit. Lass den Jungen doch einfach in Ruhe! Er wird schon noch vernünftig!" Dann fiel die Tür ins Schloss und man hörte, wie er den Hund rief und den Hof verließ. Wenige Minuten später stapfte er wütend in Richtung Wald. Astrid blieb zurück und wischte sich die Tränen mit der Schürze ab. Warum wollte Simon nicht sehen, was so offensichtlich war?

Inzwischen war Vollmond und der Weg war gut zu erkennen. Langsam gewann Simon wieder die Ruhe. Hatte seine Astrid doch recht? Sie hatte ein untrügliches Gespür dafür, wenn etwas in der Familie nicht stimmte. Klar wurmte es ihn auch, wenn sein Fredo immer wieder die Berufsschule schwänzte. Aber immer nur Tadeln war doch auch keine Lösung.

Das letzte Gespräch mit dem Lehrer war für ihn mehr als unerfreulich verlaufen. Er hatte sich sogar für seinen Sohn geschämt. Warum waren die beiden Brüder nur so völlig unterschiedlich? Vincent ging seinen Weg, seit er damals eingeschult worden war. Fredo dagegen war ein Luftikus und manchmal auch nicht ganz ehrlich. Das machte ihm am meisten zu schaffen. Großvater hatte immer gesagt: „Wer lügt, der klaut auch!"

Er nahm sich vor mit Fredo ein ernsthaftes Gespräch unter Männern zu führen. Aber was hatte der Luftikus vor zwei Tagen im Holzschuppen des Fischers zu suchen gehabt? Er hatte ihn herauskommen sehen, als er gerade auf dem Heimweg war. Doch die Gründl Agnes hatte sich ja mit Fredo freundlich unterhalten. Half er etwa bei denen auch aus? Das wäre dann ja wohl ein starkes Stück! Er stapfte nachdenklich durch die Dunkelheit, bis er endlich seinen Anstand erreicht hatte und hinauf stieg.

Oben angekommen nahm er das Fernglas zur Hand. Ein Bock wechselte gerade über die Lichtung und spähte zu ihm herüber. Doch der Wind stand günstig und so konnte er ihn nicht wittern. Plötzlich kamen noch drei Kühe mit ihren Kitzen auf die Wiese. Simon sah ihnen zu, wie sie in aller Ruhe ästen. Der Halbmond schien dazu, was für ein idyllisches Bild. Ja, aber das Leben war leider nicht so friedlich und idyllisch. Er musste unbedingt mit Fredo reden. So konnte es tatsächlich nicht weitergehen!

Pünktlich 19.00 Uhr stand Markus Ludwig am Abend vor der Haustür seiner Kollegin Susi Thoma. Er wollte gerade aus dem Auto steigen, als die Haustür aufging. Er staunte, denn Susi Thoma erschien in roten Jeans, weißer Bluse und einer Trachtenstrickjacke darüber. Schnell stieg er aus, öffnete ihr die Tür des Wagens und ließ sie einsteigen. Sie strahlte ihn an.

„Schau mal nach ganz da oben, Markus! Der kleine Wuschelkopf neben dem großen, das ischt meine Franzi." Markus winkte hinauf und die Kleine winkte lachend zurück.

Fünfzehn Minuten später waren sie am „Hotel Watzmann" angekommen. Susi sah ihren Begleiter schmunzelnd an.

„Also doch keine Pizzeria! Ich habe mir schon so was gedacht." Er griff nach hinten auf die Rückbank und brachte einen Strauß roter Rosen zum Vorschein.

„Hier Kollegin Thoma, die sind für Dich!", war alles, was er dazu sagte. Susi bekam große Augen und zählte die Rosen. „Neun Stück, warum gerade Neun?" Er lachte.

„Du bist heute neun Monate bei uns." Susi sah ihn einen Moment schelmisch lächelnd an. Dann meinte sie: „Na hoffentlich hat die Zahl Neun keine tiefere Bedeutung bei uns." Markus brauchte einen Moment, um zu kapieren, was sie damit gemeint hatte. Er wiegte den Kopf hin und her und sah sie schmunzelnd an.

„Hm, ja neun Monate ohne Dich im Dienst wäre schon schwer auszuhalten!" Sie schüttelte den Kopf und näherte sich dann seinem Mund. Er ging darauf ein und küsste sie.

Dabei flüsterte Susi: „Ideen hast Du manchmal, Chef! Dann müsstest Du ja auf meine Mitarbeit verzichten." Er löste sich von ihr und lächelte wie Hannibal der Eroberer.

„Das können wir uns aber leider bei der derzeitigen Personal-knappheit auch nicht leisten, Kollegin Thoma! Und jetzt komm, wir steigen aus." Er stieg aus, ging um den Wagen herum und öffnete die Beifahrertür.

„Darf ich bitten Gnädigste!" Susi stieg, ihm eine Hand hin-haltend, aus.

„Danke, James! Führen Sie mich bitte nun zum Bankett!" Sie lachten herzhaft und traten dann in die Vorhalle des Hotels ein. Zielsicher steuerte Markus am Tresen der Information vorbei und betrat, die Tür weit aufhaltend, die Bar des Hotels. Eine junge Kellnerin eilte herbei und führte sie zu einem Zweiertisch, den Markus offenbar schon vorbestellt hatte. Der Rosenstrauß erhielt eine Vase, störte aber bei der Unterhaltung. Markus stellte ihn auf einen schmalen Holzsims, der die ganze Wand entlang führte. Sie studierten die Weinkarte eine Weile.

„Was trinkst Du am liebsten?", fragte er sie.

„Einen schönen halbtrocknen Rotwein, Herr Ludwig", ant-wortete sie lächelnd. Er legte die Karte beiseite.

„Darf es zur Feier des Tages auch ein Sekt sein?", fragte er zurück. Sie sah ihn erstaunt an.

„Wasch feiern wir denn heute?", fragte sie mit ihrem schwy-zerdütschen Dialekt. Er sah sie zunächst ernst an, dann nahm er ihre Rechte und drücke einen Kuss darauf.

„Wenn Du einverstanden bist Susi, feiern wie heute den ersten Tag unseres gemeinsamen Lebens. Willst Du?" Susi blieb vor Überraschung der Mund offen stehen. Dann bekamen ihre Augen einen seltsamen Glanz. Auf einmal sah sie Markus ernst an und nestelte dann mit zittrigen Fingern nervös an ihrer Handtasche herum.

„Meinscht Du das wirklich ernscht?", fragte sie zurück. Er nickte. „Ja, ganz ernst! Ich kenne Dich jetzt fast ein Jahr, ich bin mir also sicher, dass wir uns herrlich streiten werden. Aber

glaube mir, umso schöner wird jedes Mal die Versöhnung sein."
Susi schüttelte staunend den Kopf.

„Du bischt ja tatsächlich ein richtiger Romantiker! Aber Männer wie Du, können auch ganz schön anstrengend sein", erwiderte sie kess und putzte sich die Nase.

„Was bist Du für ein Sternzeichen, Kollege Ludwig?", fragte sie. Er grinste sie an.

„Widder. Also der mit den Hörnern. Und Du, schöne Kollegin?", fragte er zurück. „Waage, mein Lieber!" Markus nickte verstehend.

„Aha, also eine, die möglichst jeden Streit vermeiden will. Da habe ich Dich aber schon anders kennengelernt." Sie lachte leise und zeigte dabei ihre makellosen schneeweißen kleinen Zähne.

„Bei Euch Männern muss man eben auch manchmal die Krallen ausfahren. Sonst glaubt ihr, ihr seid der Nabel der Welt." Markus lachte leise auf.

„Ha, ha, das klingt doch tatsächlich wie eine Emanze! Bist Du eine, Susi?" Sie schüttelte den Kopf.

„Gott bewahre! Da bin isch lieber romantisch." Ihr Blick sagte alles, und Markus hielt ihre Hand fest.

„Na dann passen wir beide doch hervorragend zusammen, oder?", erwiderte er und hob sein Glas. Sie tranken sich gegenseitig zu. Immer wieder sah er in ihre himmelblauen glitzernden Augen, die beim diffusen Licht in der Bar besonders zu leuchten schienen.

Es hätte noch so ein schöner Abend werden können, wenn nicht in diesem Augenblick Ludwigs Handy gebimmelt hätte. Ärgerlich fingerte er es aus der Innentasche seines Sakkos und meldete sich. Susi konnte zusehen, wie sich seine Mimik schlagartig veränderte. Als er fertig war und das Handy wieder einsteckte, sah er sie bedauernd an.

„Wieder ein totes Mädchen unterhalb der Bobbahn in Königssee. Wir müssen leider hin!" Mit gerunzelter Stirn winkte er die Kellnerin herbei, um zu zahlen. Wie zum Spott begann just genau in diesem Augenblick, die kleine Band zu spielen. Den Arm um Susis Schulter gelegt verließen sie das Hotel. Doch bevor er sie in den Wagen einstiegen ließ, gab er Susi noch einen richtig langen Kuss, den sie mit Inbrunst erwiderte. Sie lösten sich langsam voneinander.

„So, jetzt beginnt wieder der Dienst, so ein verfluchter Mist!", schimpfte er leise und ließ sich in den Sitz fallen. Sie streichelte kurz seine Wange und nickte.

„Ja, ja jetzt kommt wieder der Dienst, gerade hatten wir noch den Schnaps!" Markus lachte herzhaft.

„Macht ja nix, wir haben ja noch so viel Zeit vor uns. Es wird ja nicht jedes Mal eine Leiche geben, wenn wir ausgehen, oder?" Er sah sie an.

„Heißt das, Du nimmst meinen Antrag an?", fragte er. Sie sah ihn schelmisch lächelnd an. „Welchen Antrag?" Doch dann lächelte sie und legte den Rosenstrauß nach hinten auf den Sitz.

„Ischt schon gut, Du bist eben nicht für viele Worte. Ich habe Dich schon verstanden. Aber bitte denke daran, die Franzi gehört auch zu mir!" Er nickte. „Das weiß ich doch!" Dann gab er Gas und der BMW zog auf die Hauptstraße hinaus.

Es war eine klare Nacht. Der Vollmond beleuchtete die Berge ringsum. Es war eine Nacht, wie für Liebespaare gemacht. Während er aufmerksam die Straße im Scheinwerferlicht beobachtete, meine er plötzlich unvermittelt:

„Ist doch klar, die Franzi heirate ich natürlich auch mit!"

Susi bekam einen Schluckauf und strahlte ihn an. Bei so was bekam sie jedes Mal einen Schluckauf, das war damals schon beim ersten Mal so gewesen.

Als sie an der Bobbahn ankamen, waren Zufahrt und Tatort schon abgesperrt. Die KTU war bereits vollzählig versammelt. Schon von Weitem sahen sie Quirin in seinem blauen Ganzkörperkondom und traten vorsichtig näher heran.

An eine Mauer gelehnt, saß eine junge blonde Frau. Sie war höchstens sechzehn oder siebzehn Jahre alt, den Kopf auf die Brust gesenkt, als wenn sie schlief. Quirin richtete sich langsam auf. Seine kleinen grauen Augen hinter den Brillengläsern wirkten größer. Sein Blick sagte alles.

„Diesmal sieht alles nach einer Überdosis aus! Aber ich muss sie noch untersuchen. Aber diesmal keine Anzeichen von Gewalt. Offenbar auch keine Vergewaltigung, sie hat wohl einfach zu viel gekokst. Würde mich nicht wundern, wenn es auch wieder Crystal Meth ist." Er sah die beiden Kommissare fragend an.

„Wo kommt Ihr Beiden denn her, so fein rausgeputzt? Habe ich Euch den Abend versaut?" Ludwig winkte ab.

„Du wohl kaum Quirin, aber die junge Dame da!" Susi schaute sich das Mädchen genauer an und schnupperte plötzlich mit hochgezogenen Augenbrauen.

„Riecht Ihr das denn nicht? Natürlich hat sie Crystal Meth konsumiert! Ich rieche das Mistzeug schon auf zehn Meter Entfernung." Quirin Stadler zog den Mund herunter und nickte dann aber anerkennend.

„Da können Sie recht haben junge Frau, aber die Kleine war nicht alleine hier. Es gibt noch eine andere Spur. Vor allem hat die ältere Dame da drüben, zwei junge Männer gegen 21.00 Uhr vorn an der Holzbrücke gesehen. Sie konnte beide ganz gut beschreiben. Der eine Mann hatte kurze Zeit vorher am Steg mit einem Boot angelegt. Rote Haare, etwa um die Siebzehn herum, mit einem T-Shirt, mit der Aufschrift „Harley Davidson". Der Andere ein langer Dürrer, ziemlich verlottert. Die Frau steht da vorn, ihr könnt sie noch befragen. Sie wohnt übrigens da drüben in einem der Häuser und war mit dem Hund unterwegs." Markus sah Susi an.

„Machst Du das? Ich schaue mich hier noch etwas um." Sie nickte kurz und machte sich auf den Weg. Stadler sah Markus fragend an und grinste dann.

„Sieht ja ganz so aus, als ob Ihr Beiden was miteinander habt! Oder irre ich mich?" Markus schüttelte den Kopf.

„Nö, Quirin Du irrst Dich nicht! Aber behalte es bitte noch für Dich. Schließlich muss es ja auch nicht gleich die ganze Abteilung wissen." Quirin grinste Ludwig breit an.

„Und vor allem der Huber nicht! Pärchenbetrieb mag der alte Krauter nämlich in seiner Abteilung überhaupt nicht. Vor Jahren hat er mal einen Kriminalassistenten deswegen versetzen lassen." Markus winkte ab.

„Ach, der Alte geht in einem drei viertel Jahr in Pension."
„Und Du wirst dann sein Nachfolger", ergänzte Quirin Stadler. Markus wehrte ab.

„Abwarten, mein Lieber! Da gibt's noch zwei Kandidaten und die sind pflegeleichter als ich! Und das zählt heutzutage mehr als fachliche Kompetenz." Quirin nickte zustimmend.

„Da hast Du allerdings auch wieder recht." Ludwig sah sich eine Weile im näheren Umkreis um, leuchtete alles mit der Taschenlampe ab und kam dann aber wieder zu Stadler zurück.

„Hast Du was gefunden, was Auskunft über Name und Adresse gibt?" Quirin schüttelte seinen massigen Schädel, dabei verrutschten ein paar kunstvoll gekämmte Haare, die den ansonsten kahlen Schädel umsäumten.

„Nee, die Kleine hat keine Papiere bei sich", antwortete er, stand auf und packte seine Siebensachen langsam wieder zusammen.

„Ich sage Euch morgen Vormittag Bescheid, wenn es was Neues gibt. Gute Nacht, Markus! Bringe lieber Deine kleine Schweizerin ins Bett, für Euch beide gibt's heute hier nix mehr auszurichten."

Markus nickte und trabte grüßend wieder davon. Susi erwartete ihn bereits am Auto.

Es war ein Uhr dreißig, als sie sich wieder auf den Heimweg machten und Markus Susi vor ihrer Haustür absetzte. Er stieg mit aus, öffnete ihr galant die Tür und umfasste sie dann mit beiden Händen an den schlanken Hüften.

„Wiederholen wir das noch mal, Kollegin Thoma?", fragte er sie leise. Susi nickte ein wenig verlegen.

„Ich denke schon, wenn Du das auch willst. Aber dann bitte, ohne nächtlichen Leichenfund, ja." Er gab ihr noch einen langen Kuss. Dann meinte er:

„Das machen wir auf jeden Fall! Und dann werde ich Dir bestimmt einen richtigen Heiratsantrag machen, Kollegin Thoma!" Sie atmete einmal tief durch, ehe sie antwortete. Man sah, dass sie ein wenig erregt war.

„Dann werden wir das so machen, Chef! Gute Nacht, schlaf gut!" Nach drei weiteren Küssen hatten sie sich endlich verabschiedet, und Susi sah dem davon fahrenden Wagen hinterher. Sie roch an den Rosen, die sie im Arm hielt. Auf einmal murmelte sie vor sich hin: „Verflixt, das kribbelt doch jedes Mal wieder so herrlich im Bauch."

Aber wie würde eigentlich eine gemeinsame Zukunft aussehen? Jeden Tag 24 Stunden zusammen, privat und im Dienst. Ob so was gut gehen konnte?

Sie sah einen Moment hinauf zum Mond, als ob der für sie die Lösung parat hätte. Beschwingt schloss sie die Haustür auf und stieg die Treppen hinauf zu ihrer Wohnung.

Leise öffnete sie die Tür und zog die Schuhe aus. Im Wohnzimmer brannte noch eine kleine Lampe. Die Nachbarin schlief auf dem Sofa. Susi deckte sie noch ein wenig zu und löschte das Licht. Sie würden am Morgen zusammen frühstücken, bevor sie Franzi in die Kita brachte und dann zum Dienst ging. Zum Glück hatte sie ja nun seit einer Woche endlich einen Kita-Platz bekommen, dank Kriminalrat Dr. Hubers persönlichem Einsatz.

Am Vormittag meldete sich ein älterer Mann um die sechzig im Präsidium. Er hieß Sepp Maurer, lebte alleine oben hinter der Bobbahn in einem alten windschiefen Holzhaus. Von ihm erfuhren sie dann, dass der junge Mann, den die Frau in der Nacht an der Brücke gesehen hatte, schon mehrmals mit seinem Boot aus Richtung Bartholomä kommend, in der Nähe der Bobbahn angelegt hatte. Dort trafen sich nämlich öfters Jugendliche. Auch er beschrieb den jungen Mann mit dem Boot als rothaarig. Markus, der hinter seinem Schreibtisch saß, strahlte Susi an, als sie das Büro betrat. Schnell berichtete er ihr von den Neuigkeiten.

„Langsam kommen wir der Bande auf die Spur, wir müssen nur feststellen, wem dieses lila Boot gehört." Susi nickte nur, setzte sich, dann fuhr sie den PC hoch. Eine Weile suchte sie etwas.

„Das wird nicht so einfach, Markus. Oder hast Du eine annähernde Ahnung, wie viele Boote es rings um den See gibt. Und kommendes Wochenende ist das Seefest, da ist bestimmt wieder ein Mordsbetrieb." Markus nickte.

„Das ist mir schon klar, aber umsehen können wir uns am Tage dort auf jeden Fall. Gehen wir einfach mit Franzi hin. Das Wetter soll ja schön werden. Einverstanden?" Susi nickte und lächelte ihr unnachahmliches Lächeln.

„Du meinscht es tatsächlich ernscht mit uns beiden, ja?" Markus sah ihr über den Schreibtisch hinweg in die Augen.

Schon wegen diesem Akzent hätte er sie sofort wieder küssen mögen. „Langsam solltest Du mal aufhören, an meinen festen Absichten zu zweifeln und mir glauben Susi! Ich meine es hundertprozentig ernst! O.K?"

Sie grinste ihn spitzbübisch an, während sie mit einem kurzen Blick in den kleinen Handspiegel kurz ihr Make-up kontrollierte.

„Wenn isch das meiner Mutter erzähle, flippt die aus! Mach Disch auf was gefasst!" Er sah sie erstaunt und fragend an.

„Wieso? Hat sie was gegen Männer in Deinem Leben?" Susi schüttelte vehement den Kopf und lachte.

„Nää. Eher dasch Gegeteil! Se wird Disch verwöhne wolle. Du haschst koa Ahnung, worauf Du Disch da eiläscht!" Markus Ludwig schmunzelte. Dieser Dialekt war eine Wucht! Diese halbe Portion mit 1,60 m Größe und kaum mehr als 53 kg Eigengewicht hatte ein dermaßen Temperament, das sprachlos machte.

„Na da passt doch die Meinige wie die Faust aufs Auge noch dazu! Ich ahne Schlimmes meine liebe Susi!", lachte er und klatschte dabei in die Hände.

„Übrigens sind wir am kommenden Sonntag bei meiner Mutter eingeladen. Sie möchte die Frau kennenlernen, die ihren Sohn endlich wieder an die Kette legt!", bemerkte er schmunzelnd. Susi bekam große Augen und meinte lakonisch: „Oha, jetscht wirds ernscht!" Im Stillen überlegte sie sofort, was sie da anziehen sollte.

Markus bekam einen Anruf auf seinem Apparat. Als er wieder auflegte wurde er ernst.

„Wir müssen zu Quirin runter. Er hat auch Neuigkeiten. Also auf, liebe Kollegin!" „Jawohl Chef! Isch komme!", flötete sie und verdrehte dabei verführerisch die Augen.

Als sie in der Pathologie ankamen, stand Stadler schon mit Schürze und Gummistiefeln im Arbeitsraum vor einem Metalltisch. Darauf lag noch zugedeckt, offenbar das junge Mädchen aus der Nacht. Susi schüttelte sich insgeheim. Das Ganze hatte den Charme eines Schlachthauses, wie es ihr Onkel in Bern hatte, der dort eine Metzgerei betrieb. Es war schon schlimm, wenn man sah, wie ein so junges Leben manchmal enden konnte. Stadler winkte sie heran.

„Schön, dass Ihr gleich kommen konntet. Ich bin in Eile, meine Schwiegermutter hat Geburtstag", begann er seine Ausführungen.

„Das Wichtigste zuerst. Die junge Dame hier heißt Maria Lombardi. Und nun haltet Euch gut fest! Sie ist die Tochter des Landtagsabgeordneten Claus Lombardi!"

„Prost Mahlzeit!", war alles, was Markus Ludwig dazu bemerkte. Quirin nickte mitleidig lächelnd.

„Ja, das Fräulein Maria hat eine zu große Portion Crystal Meth erwischt, eine zu große! Vor ihrem Tod hatte sie auf jeden Fall noch Geschlechtsverkehr, ob freiwillig oder nicht. Ansonsten ist sie ziemlich gut beisammen. Wenn man mal davon absieht, dass sie jetzt tot ist. Todeszeitpunkt war übrigens etwa gegen 0.00 Uhr. So Freunde, nun seid Ihr dran! Macht hin!"
Er wandte sich ab und legte seine Schürze beiseite. Danach stieg er aus den Stiefeln. Schon in Socken, schob er den Leichnam in eine Kühlbox und schlug die Tür zu. Markus sah Susi von der Seite an und die verzog etwas griesgrämig das Gesicht. Tatsächlich erinnerte sie dieses Türzuschlagen wieder an das Kühlhaus ihres Onkels. Hier gab es aber nun mal keine Pietät. Wer hier lag, war aus der Gemeinschaft der Menschen ausgeschieden.
Markus rieb sich das Kinn und meinte dann mehr zu sich als zu Susi:

„So, und wir Deppen dürfen wieder eine Todesnachricht überbringen, na danke! Manchmal habe ich einfach keine Lust mehr zu so was." Susi zuckte wortlos mit den Schultern.
Plötzlich klingelte Markus Handy. Er nahm das Gespräch im Flur an. Mit einem Mal wurde sein Gesicht eine Idee freundlicher. Dabei sah er Susi triumphierend an und hob den Zeigefinger.

„Das Boot stammt aus Salet, sagst Du. Es gehört dem Besitzer der „Fischunkelalm" da hinten. Alles klar, darum kümmern wir uns dann anschließend nach dem Besuch beim Landtagsabgeordneten!" Er stieß Susi ein klein wenig an. „Auf geht`s Frau Kollegin, es gibt Arbeit!"
Etwas abseits der Jennerbahnstation erreichten sie ein schmuckes Einfamilienhaus. Großer Holzbalkon, Geranien in Blumenkästen und ein großer Garten, also typisch bayrische

Idylle pur. Markus klingelte einmal kurz. Es dauerte eine kleine Weile, bis eine ältere Frau die Tür öffnete. Ihrer weißen Schürze nach, offenbar eine Hausangestellte. Markus grüßte freundlich, zeigte ihr seinen Dienstausweis und stellte Susi vor.

„Wir hätten gerne die Familie Lombardi gesprochen!" Die ältere Dame sah ihn von oben bis unten abschätzend an, gab aber keinen Zentimeter des Eingangs frei.

„In welcher Angelegenheit bitte?", fragte sie kurz von oben herab und Markus immer noch streng musternd.

„Das möchten wir der Familie lieber selber sagen, junge Frau!", erwiderte Markus ungerührt. Sie errötete leicht.

„Bitte warten Sie einen Moment!", flötete der Zerberus und eilte von dannen. Schon nach einer Minute erschien ein Mann um die 45 Jahre mit dunkler Hornbrille, das Haar straff gescheitelt, mit einem weißen Hemd mit Weste darüber und schwarzer Hose. „Typisch Politiker", dachte Markus Ludwig leicht angesäuert.

„Polizei? Was kann ich für Sie tun?", fragte der Hausherr kurz angebunden. Sein Gesichtsausdruck wirkte dabei leicht nervös und sagte ungefähr so was wie: „Was wollt Ihr denn von mir? Ich habe überhaupt keine Zeit!" Aber Kriminaloberkommissar Ludwig konnte man auf diese Art und Weise nicht beeindrucken.

„Dürfen wir eintreten? Was es zu bereden gibt, eignet sich nicht für ein Gespräch auf der Straße", erwiderte er daher mit leicht erhobener Stimme ungerührt. Herr Lombardi etwas überrascht, zog zunächst einen Moment irritiert die Augenbrauen nach oben, trat dann aber einen Schritt zur Seite und bat seine Besucher mit einer Geste einzutreten.

Er führte sie in eine Art Salon und bot ihnen einen Platz an. Markus sah Susi einen Moment an, als müsse er sich erst etwas Mut bei ihr holen. Susi sah seine Zornesader auf der Stirn zum ersten Mal und wunderte sich. Doch Markus legte schon los.

„Herr Lombardi, wann haben Sie ihre Tochter Maria das letzte Mal gesehen?" Der Abgeordnete runzelte die Stirn und sah Markus an, als wollte er ihn gleich kräftig abkanzeln. Doch dann schien er es sich überlegt zu haben.

„Ich glaube gestern Abend, so gegen 20.00 Uhr, als ich das Haus verlassen habe. Ich hatte eine Sitzung mit Parteifreunden in Schönau. Aber meine Frau müsste sie zu diesem Zeitpunkt auch gesehen haben", antwortete er, nun schon etwas zögernder. Und dann, mit hochgezogenen Augenbrauen:

„Was bedeutet eigentlich Ihr Besuch in meinem Haus, Herr Kommissar, wenn ich fragen darf?" Markus sah ihn ungerührt an.

„Der Ordnung halber Oberkommissar, Herr Lombardi! Aber nun zu Ihrer Frage. Wir haben heute Nacht gegen null Uhr Ihre Tochter Maria in der Nähe der Bobbahn aufgefunden. Sie war leider schon tot!"

Lombardi schoss wie eine Rakete aus seinem Sessel empor und sah seine Besucher ungläubig an. In diesem Augenblick trat eine schlanke blonde Frau, in Sportsachen und einer Sporttasche in der Hand, in den Salon.

„Wir haben Besuch? Warum sagst Du mir nichts, Schatz! Ich hätte doch einen Kaffee anbieten können!", flötete sie, sich ihres Auftritts bewusst.

Markus stellte sich und Susi noch einmal vor. Und dann wiederholte er, was er eben ihrem Ehemann gesagt hatte. Mit einem Schlag war ihre Selbstsicherheit wie weggeblasen. Sie ließ die Sporttasche fallen und stieß einen Schrei aus. Mit beiden Händen hielt sie sich am Esstisch fest. Urplötzlich kippte sie auf einmal um und schlug der Länge lang hin.

Susi rief sofort den Notarzt, der eine viertel Stunde später bereits vor Ort war. Als er die Patientin versorgt hatte, wandte er sich an den Hausherrn.

„Bitte keine weitere Aufregung mehr! Ich komme heute gegen 17.00 Uhr noch einmal vorbei. Notfalls muss ich nochmals spritzen. Lassen Sie bitte Ihre Frau nicht ohne Aufsicht!"

Er grüßte Markus und Susi und verabschiedete sich dann. Lombardi gab seiner Hausdame ein paar Anweisungen, dann wandte er sich mühsam beherrscht wieder den Kriminalisten zu. Vom Abgeordneten selber war nur sehr wenig über den Umgang seiner Tochter zu erfahren. Der gute Mann war beinahe ausschließlich mit Politik beschäftigt, damit oblag die Erziehung der Tochter fast ausschließlich der Mutter. Lombardi zuckte erregt mit den Schultern.

„Ich sage Ihnen doch, ich weiß nicht, mit wem sich das Fräulein in ihrer Freizeit abgibt. Aber ganz bestimmt nicht mit

Dealern!", donnerte er plötzlich los. Markus versuchte ihn zu beruhigen. Doch Lombardi war plötzlich auf 180. Offenbar war ihm klar geworden, was Schlagzeilen über den Tod seiner Tochter, in Zusammenhang mit Rauschgift, für seine Karriere als Politiker bedeuten würden.

„Machen Sie doch endlich mal Ihren Job und sperren Sie das Gesindel ein, das diesen Mist bei uns verkauft!", donnerte er Markus an.

Nach einer Weile schien er sich aber zu beruhigen. Susi war fassungslos. Dieser Mensch hatte in dem bisherigen Gespräch nicht einmal erkennen lassen, dass er seine Tochter lieb hatte. Immer wieder nannte er sie „das Fräulein". Lombardi schenkte sich einen Schnaps ein und kippte ihn mit einem Ruck hinunter. Dann wandte er sich plötzlich an Susi.

„Ich muss Sie bitten, gegenüber der Presse keinerlei Auskünfte zu erteilen! Ich stehe im öffentlichen Leben, ich kann mir keine Skandale leisten!"

Susi wollte ihn gerade fragen, ob das sein größtes Problem sei, da schob sie Markus schon vor sich her zur Tür. Mit dem Satz:

„Wir melden uns, wenn wir Näheres wissen", beendete er das Gespräch mit Lombardi und sie verließen das Haus. Draußen vor der Tür angekommen, explodierte dann Susi wie eine kleine Rakete.

„Sag mal, was bildet sich dieser Schnösel eigentlich ein, wer er ist? Er steht im öffentlichen Leben, na toll! Hätte er sich lieber mal um seine Tochter gekümmert!"

Markus ließ sie wortlos in den Wagen einsteigen. Susis Nervenkostüm war im Moment offenbar auch ziemlich ramponiert. Markus bemerkte es und sah sie dann im Wagen von der Seite an.

„Glaubst Du, dass die Politiker bei Euch sich anders verhalten in einem solchen Fall?", fragte er sie. Susi schüttelte den Kopf.

„Das ist es ja Markus! Diese Herrschaften denken, sie sind der Nabel der Welt! Wenn sie pfeifen, hat das gemeine Volk strammzustehen und das Maul zu halten. Wie heißt es? Sie sind ja nur ihrem Gewissen verpflichtet. Als ob diese Bande überhaupt ein solches Gewissen hat! Dabei geht es doch nur darum, dass eine Hand die andere wäscht. Und Leichen haben die alle im Keller! Man muss nur tief genug graben!" Markus musste lachen.

„Du klingst beinahe wie eine von den Linken! Du hältst es doch wohl nicht auch mit Marx?" Susi sah ihn erst groß an und musste dann plötzlich lachen.

„Na und wenn schon. Sagen wir mal so, da ist mir der alte Marx doch noch tausendmal lieber als diese korrupten schleimigen Arschkriecher alle!", sprudelte sie heraus und sah dann demonstrativ zum Fenster hinaus. Markus schmunzelte vor sich hin, sagte aber keinen Ton mehr. Die liebe Susi hatte allerhand Temperament, das stand fest.

Den Rest der Fahrt verbrachte jeder mit seinen Gedanken und sie fuhren wortlos auf den Parkplatz am See. Sie meldeten sich bei der Verwaltung, denn Sie brauchten ein Boot, um an das andere Ende des Sees zu gelangen.

Markus musterte Susi plötzlich von oben bis unten. Zum Glück trug sie ziemlich feste Sportschuhe mit Profil. Ihr erstauntes Gesicht nicht weiter beachtend, nahm er einen kleinen Rucksack aus dem Kofferraum des Wagens, legte zwei Flaschen Most hinein, ein T-Shirt von sich und dazu eine Wegzehrung, die er auf der Herfahrt noch besorgt hatte. Er hatte es also schon gewusst, dass sie heute noch eine Wanderung machen würden. Was Susi in diesem Augenblick auch klar wurde.

„So, meine liebe Susi! Jetzt machen wir eine schöne Wanderung hinauf zum Obersee. Ich hoffe, Du hast noch genügend Kondition!" Sie sah ihn etwas mitleidig, aber schmunzelnd an.

„Du vergisst offenbar, dass es in der Schweiz auch ein paar Berge gibt, und die sind noch höher als die Euren!", erwiderte sie belustigt. Dann stiegen sie in das kleine Motorboot. Markus startete den Motor.

Im gemächlichen Tempo schipperten sie in Richtung Salet, vorbei an St. Bartholomäs weltbekannten Zwiebeltürmen. Susi sah durch ihr Fernglas hinüber zu den wenigen Häusern auf der Halbinsel. „Da müsste man wohnen", schwärmte sie. Doch Markus lachte.

„Na ja, aber es ist auch ganz schön einsam auf diesem Klecks Erde. Da wohnen doch nur der Förster und der Fischer mit ihren Familien. Die sollen aber schon seit Jahren verfeindet sein, erzählt man sich." Susi verzog das Gesicht als wenn sie Zahnweh hätte.

„Stell Dir das mal vor. Da wohnen zwei Familien und sind sich nicht grün. Das kann ganz schön anstrengend sein." Plötzlich hupte es laut. Ein Ausflugsschiff kam von hinten und überholte sie. Ansonsten war die Fahrt eine Erholung für die Nerven und Susi genoss es in tiefen Zügen.

Das Rattern des Motors am Heck nahm sie kaum noch wahr. Plötzlich zog das Boot eine Kurve und Susi öffnete wieder die Augen. Sie hatten die Anlegestelle von Salet erreicht. Markus steuerte das Boot neben dem Anleger an den Strand, befestigte das Seil an einem Balken, der dalag und half Susi beim Aussteigen. Besser gesagt, er nahm sie einfach auf den Arm und trug sie an Land. Um ein Haar wäre ihm dabei das Wasser in die Schuhe geschwappt. Sie marschierten los. Susi schüttelte den Kopf.

„Mann, hier ischt ein Betrieb wie bei uns in einer der Ladenstraßen in Bern", stellte sie fest. Und tatsächlich gingen gerade wieder unzählige Leute von Bord des Ausflugsschiffes, die nun offenbar den gleichen Weg hatten wie sie.

Nach dem sechsunddreißigstem „Grüß Gott" war die Meute der Wanderer endlich an ihnen vorbei. Die Sonne schien von einem wolkenlosen blauen Himmel. Es waren gut 25 Grad.

Schon nach kurzer Zeit bemerkte Markus, dass er sich in seiner Kollegin Susi wohl offensichtlich getäuscht hatte. Die marschierte vor ihm her und schwitzte nicht mal dabei, während er langsam anfing zu schnaufen. Sie erreichten den Steig. Auch hier war reger Verkehr, die einen kamen von der Alm zurück, die anderen wollten noch dahin. Dann war auch das geschafft. Markus Hemd war durchgeschwitzt und Susi schüttelte den Kopf. In ihrem schwarzen Top mit zwei dünnen Trägern hatte sie weniger geschwitzt als Markus.

„Was ischt? Fehlt es an Kondition, Chef?" Markus sah seine Kollegin mürrisch an. In dem Punkt waren Frauen wohl alle gleich. Sie mussten doch immer eine süffisante Bemerkung parat haben und den Daumen in die Wunde legen. Doch Markus verkniff sich eine Debatte, dazu war es viel zu schön an diesem Tag. Susi blieb stehen und hielt die Hand über die Augen.

„Ischt das die „Fischunkelalm" da drübe?". Sie deutete mit der Hand auf das kleine flache Gebäude am See.

„Natürlich ist sie das! Wir sind gleich da. Und ich habe richtig Appetit auf eine Leberkässemmel." Susi verzog schmunzelnd das Gesicht.

„Und isch auf ein Glas kalte Buttermilch!" Markus schüttelte sich. „Brr, Buttermilch. Igitt!" Sie deutete erst auf sich und dann auf ihn und seinen unübersehbaren Bauchansatz.

„Da siegscht Du den Unterschied zwischen Buttermilch und Leberkässemmel, mein lieber Markus!" Er grinste nur und schob sie weiter. „Komm, Du Leichtgewicht!"

Wenig später standen sie an der Tür zur Hütte und fragten nach dem Wirt. Der kam dann auch mit einem Tablett voller Gläser angerauscht und stellte es auf einem der Tische ab. Markus erklärte ihm, wer sie seien und was sie wollten. Der Wirt kratzte sich am Hinterkopf.

„Ja also, mir wurde vor etwa vier Wochen mein Boot an unserem Ruhetag geklaut! So eins in Lila mit der gelben Aufschrift „Rita". Und das ist jetzt wirklich in Königssee aufgetaucht? Das ist ein starkes Stück! Vor allem, dieser Motor war nagelneu. Kann ich es dann wieder haben?" Markus zuckte mit den Schultern.

„Das kann ich Ihnen noch nicht versprechen, denn wir haben es ja noch nicht gefunden. Es gibt nur eine Beschreibung, dass wohl damit ein junger Kerl auf dem See herumgondelt. Haben Sie eventuell einen Verdacht, wer das sein könnte?", fragte Markus den Wirt. Doch der schüttelte den Kopf. Doch dann schien er sich zu besinnen.

„Man kennt sich ja hier am See untereinander. Da kann man auch schlecht jemand beschuldigen. Aber der jüngere der beiden Söhne vom Förster ist so ein Luftikus! Der muss schon einigen Mist gebaut haben. Aber ich will ja nix gesagt haben!" Er hob die Hände hoch und winkte dann ab. „Sonst noch was? Sie sehen ja, ich habe alle Hände voll zu tun!" Markus schüttelte den Kopf.

„Nee, ist schon gut, Herr Altinger. Wenn wir das Boot finden, erhalten sie Bescheid von uns. Haben Sie vielleicht ein Bild von dem Boot?" Altinger deutete auf ein Foto an der Wand hinter dem Tresen.

„Das da ist mein Boot! Nehmen Sie das Bild einfach ab. Ich muss dann mal, tschüss!"

„Servus!", verabschiedete sich Markus und sah dann Susi plötzlich grinsend in die Augen.

„Du hast einen Milchbart, Kollegin!" Sie grinste breit und ein wenig provozierend.

„Kannscht ja mal versuchen den Bart mit Küssen weg zu kriegen, Chef!" Ludwig schüttelte lachend den Kopf.

„Susi, Susi! Dienst ist Dienst und Schnaps ist ..." Sie lachte laut und winkte ab.

„Ja, ja, Schnaps ist Schnaps, i weiß scho!" Gemeinsam machten sie sich wieder auf den Heimweg. Erneut begann die Kletterei über den Steig. Als der geschafft war, ging Susi hinunter ans Wasser und kühlte sich ab. Markus setzte sich auf den Grasboden und sah ihr zu. Er schien über etwas nachzudenken. Susi sah es an seinem Blick. Er schien förmlich abwesend zu sein, daher stupste sie ihn an.

„He, Kommissärlein, was ischt? Träumscht grade?" Er schüttelte den Kopf.

„Ich denke nach. Was haben wir eigentlich bis jetzt Konkretes?" Susi begann sichtlich bemüht auf Deutsch und langsam sprechend aufzuzählen.

„Also, wir haben drei tote Mädchen, eine Verbindung nach Tschechien und ein geklautes Boot, wirklich nicht viel! Und jetzt kommt auch noch das Seefest dazwischen!" Markus stand wieder auf und half auch Susi auf die Beine.

„Wir müssen unbedingt eine Gruppe von Zivilfahndern an diesem Wochenende einsetzen. Besonders die jungen Kollegen und Kolleginnen, die fallen am wenigsten auf." Susi zuckte mit den Schultern.

„Und was versprichst Du Dir davon?" Markus hob beide Hände empor. „Hast Du eine bessere Idee?" Susi verneinte die Frage. Langsam gingen sie zurück zu ihrem Boot.

Im Café Salet, gleich vor dem Bootssteg, herrschte gerade Hochbetrieb und so verzichteten sie dann doch lieber auf eine Einkehr.

Die einstündige Fahrt genossen sie nebeneinander sitzend. Susi hatte sich an Markus Seite angelehnt, so dass er schließlich einfach den Arm um ihre Schulter legte. Er sog den Duft ihres

Haares ein und sah in ihre hellblauen Augen, die wie kleine Saphire leuchteten. Einer plötzlichen Regung folgend, gab er ihr einen kurzen Kuss auf die Nasenspitze. Sie legte den Kopf zur Seite und schloss die Augen. Obwohl er nicht gerade zart nach Maiglöckchen duftete nach diesem Marsch, fühlte sie sich wohl in seinen Armen wie selten in letzter Zeit.

Hervorgerufen durch zwei japanische Reisegruppen herrschte am Anleger in Seelände gehöriger Wirrwarr, und Markus zog seine Kollegin in Richtung Durchgang zur Holzbrücke. Da wo der See in einer Art Kanal endete.

„Komm, lass uns mal nachschauen, ob da irgendwo das Boot liegt. Vielleicht haben wir ja Glück." Susi sah auf ihre Armbanduhr und verzog das Gesicht.

„Du, ich muss langsam an die Heimfahrt denken. Franzi ist zwar wieder bei meiner Nachbarin, aber die will wohl heute Abend noch zu einer Geburtstagsfeier gehen. Ich habe ihr versprochen zeitig genug da zu sein."

„Bitte, nur noch fünf Minuten, komm! Wir sehen ja nach dem Durchgang, ob da ein Boot am Ufer festgemacht ist!" Rasch ausschreitend liefen sie am Wasser entlang. Doch so weit das Auge reichte, es war kein Boot zu sehen. Und so kehrten sie wieder um. Als Markus Susi dann vor der Haustür absetzte, sah sie ihn plötzlich etwas verlegen an.

„Sag mal, hast Du Lust heute Abend noch mal bei mir vorbei zu kommen. Ein bis zwei Gläser Rotwein auf dem Balkon trinken?" Markus nickte erfreut, warf Susi eine Kusshand zu und winkte ihr noch mal. Dann brauste der BMW mir durchdrehenden Rädern davon. Susi sah ihm lächelnd nach, bis der Wagen um die Ecke verschwunden war.

Fredo stand in der Bahnhofsvorhalle und wartete auf Petré aus Tschechien. Immer wieder sah er auf die Uhr. Der Zug, aus Rosenheim kommend, musste jeden Augenblick einfahren. Unruhig ging er auf und ab und sah sich immer wieder um. Draußen auf dem Bahnsteig quietschten die Bremsen, der Zug kam endlich.

Fredo stellte sich gegenüber dem Fahrkartenschalter auf und sah gespannt auf den Durchgang, durch den die Reisenden kommen mussten. Und dann sah er seinen Freund aus Tschechien schon von Weitem. Petré war ein langer schlaksiger Kerl, so um die zwei Meter Körpergröße. Als er Fredo sah winkte er kurz, und sie gingen getrennt aus der Halle auf den Bürgersteig hinaus. Gegenüber dem Eingang zu Mc Donalds blieben sie stehen und sahen sich um.

„Hast Du die Kohle?", fragte der Tscheche. Fredo nickte und zeigte Petré ein Kuvert mit einigen Hundertern. Der Tscheche griff in seinen kleinen Kulturbeutel und brachte eine in Zeitung eingewickelte Plastiktüte zum Vorschein. Sie tauschten Kuvert gegen Ware. Fredo roch daran.

„Hoffentlich ist das diesmal guter Stoff, Petré! Und vor allem hoffentlich auch sauber, nicht wie das letzte Zeug. Eine von meinen Kundinnen ist am Wochenende dabei draufgegangen!" Petré grinste nur ungerührt und zuckte mit den Schultern.

„Da hat sie sicher zu viel genommen, die blöde Kuh! Ich kann auch nicht eine ganze Flasche Wodka saufen, ohne dass es mich umhaut! Also dann, bis nächsten Monat! Ich rufe Dich an. Pass auf Dich auf!" Fredo nickte.

„Du auch, Petré! Komm gut nach Hause und grüß Deine Schwester von mir."

Uschi Diepold sah, wie zwei junge Männer sich kurz begrüßten und dann etwas austauschten. Die Polizistin, die an diesem Tag in Zivil war, verständigte sich kurz mit ihrem Kollegen, der oberhalb des Treppenaufgangs zur Altstadt stand.

„Norbert! Ich habe hier zwei junge Kerle, die gerade etwas ausgetauscht haben. Das könnten zwei Dealer sein! Der eine ist ein schmächtiger rothaariger Kerl, der andere ist ziemlich groß und dürr! Was machen wir? Zugreifen oder abwarten, was weiter geschieht?" Im Sprechfunk krachte es mehrmals, offenbar fuhr eine E-Lok gerade in den Bahnhof ein.

„Warte ab, was weiter geschieht. Wenn einer von den beiden zum Zug geht, nimm ihn fest! Pass auf, wo der andere hingeht und sag mir Bescheid!"
Uschi Diepold ging auf den Langen zu. Und genau in dem Augenblick, als die Beiden sich die Hand gaben, stand plötzlich eine Frau in Zivil neben ihnen. Fredo schaltete am schnellsten! Blitzschnell bückte er sich und huschte dann wie der Wind die Treppen hinauf. Während Uschi Diepold noch mit dem wie

wild um sich schlagenden Petré rangelte, hatte Fredo schon gut fünfzig Meter Vorsprung gewonnen. Er jagte die Treppen zur Altstadt hinauf, als wenn der Leibhaftige hinter ihm her wäre. Oben angekommen, sah er plötzlich mitten auf dem Weg einen Uniformierten stehen. Schweren Herzens ließ er die Ware über das Geländer fallen und lief dann gemütlich weiter. Er hatte gerade für 1000 Euro Stoff weggeworfen! Im Stillen merkte er sich die Stelle, von wo das Zeug runter gefallen war. Vielleicht konnte er ja die Sache noch retten. Der Polizist, ein Kerl wie ein Schrank, vertrat ihm den Weg.

„Halt! Stehen bleiben, junger Mann! Das Gesicht zur Brücke, Hände auf das Geländer auflegen, Beine breitmachen!" Fredo sah den Polizisten böse an, der begann ihn abzutasten.

„Was soll denn das, he! Ich habe doch nichts gemacht, außer dass ich gerannt bin. Wegen Euch fährt jetzt mein Bus ohne mich los! Danke schön auch! Scheiße!"
Während der Polizist ihn abtastete, fingerte Fredo nach dem Ausweis und gab ihn dem Uniformierten.

„Fredo Hohlmayer aus Königssee. So, so! Und warum rennst Du hier die Leute beinahe um? Deinen Kumpel haben wir unten auch erwischt! Komm doch mal mit, Freundchen!"
Er steckte Fredo den Ausweis wieder in die Tasche und nahm ihn beim Jackenärmel. Dann zog er ihn wieder in Richtung der Treppen.
Fredo begann wieder laut zu zetern und wehrte sich. Einige Passanten schüttelten die Köpfe, weil nun der Polizist Fredo kurzerhand in den Schwitzkasten nahm.

„Na was sind das für rüde Polizeimethoden!", rief eine ältere Dame empört, der Fredo offenbar leidtat.

„Was denn für einen Freund? Ich bin doch alleine hier unterwegs! Lass mich los, verdammt noch mal!", zeterte Fredo weiter. Um nicht noch mehr aufzufallen, ließ der Polizist den jungen Mann wieder los.
Doch Fredo wäre nicht Fredo gewesen, wenn er nicht nach einer Fluchtmöglichkeit Ausschau gehalten hätte. Und diese kam tatsächlich auf halber Höhe des Durchgangs. Noch ehe der Polizist überhaupt schalten konnte, war Fredo wie ein Wiesel auf den Sims gesprungen, durch das offene Mauerstück gekrochen und dann in die Tiefe gesprungen! Er kannte hier

jeden Meter. Und so sprang er gut drei Meter in die Tiefe, genau auf das begrünte Dach einer Laube. Von dort auf den Boden und dann rannte er Richtung Gleise zurück. Er hörte den Beamten rufen, doch da war Fredo schon zwischen mehreren kleinen Baubuden der Bahn verschwunden. Nach einigem Suchen fand er tatsächlich im hohen Gras den Beutel mit seinem Stoff wieder und strahlte. Hastig sah er sich um, dann machte er sich auf den Weg zu seinem „Lager", wie er es nannte.

Da der Tscheche nur Geld bei sich hatte, und auch Fredo nach seiner Flucht nirgends zu sehen war, sah sich Uschi Diepold nach Feststellung von Petrés Personalien gezwungen, den Tschechen wieder gehen zu lassen. Mit dem Geld wolle er sich ein gebrauchtes Motorrad kaufen, hatte er erzählt. Der andere Junge hätte ihn nur angequatscht, ob er etwas zu Rauchen hätte und er habe ihm eine Zigarette gegeben. Der Kerl sei ihm unbekannt. Und so trottete Petré dann schon wenig später wieder ganz gemütlich zum Bahnhof zurück, in der Überzeugung, dass die deutschen Bullen ziemlich blöde seien. Fredo hatte inzwischen auch sein „Lager" erreicht. Ein alter Bahnwaggon vor einem ehemaligen Betriebsgelände war sein Ziel gewesen.

Der Bericht, der am nächsten Tag in der PI Berchtesgaden reinkam, löste zuerst bei Polizeirat Huber, und gut eine halbe Stunde später, bei Kriminaloberkommissar Ludwig einen Wutanfall aus. Und wie immer bei solchen Pleiten, der Rüffel wurde nach unten weitergereicht. Und unten war dort, wo Ludwig und Thoma standen! Markus schlug mit der flachen Hand auf die Schreibtischplatte, als das Telefongespräch zu Ende war und fluchte dazu wie ein Berserker. Susi Thoma stand still in der Tür und schüttelte den Kopf. So was hatte sie bei ihrem Chef und Freund noch nie erlebt! Warum konnte der nur so ausrasten?

„Mein Gott, was haschst denn? Wasch hat Dich denn so in Rage gebracht?", fragte sie ihn vorsichtig. Markus holte tief Luft, dann erzählte er ihr, was ihm der Rat gerade um die Ohren gehauen hatte. Sie schüttelte fassungslos den Kopf und setzte sich in ihren Schreibtischsessel.

„Die haben doch tatsächlich zwei Täter türmen lassen? Mann, das ist doch grotesk!" Susi sah Ludwig an.

„Wieso zwei Täter? Eventuell waren das zwei Dealer oder nicht?", antwortete sie nun selber gereizt. Nach einer Weile schüttelte sie nachdenklich den Kopf.

„Fällt Dir nix auf, Markus? Der da abgehauen ischt, war aus Königssee, oder? Der andere Bursch ischt doch ein Tscheche! Und wo kommt dieses Mistzeugs her? Na? Aus Tschechien! Und wenn der eine aus Königssee ist, könnte er doch auch ohne Weiteres der Bootsbesitzer sein. Oder nicht?" Markus Ludwig richtete sich plötzlich auf. Er sah Susi an, als ob ihn gerade ein Licht aufgegangen sei.

„Na klar! Du könntest sogar recht haben, Susi! Deine Kombinationen verblüffen mich manchmal. Warum bin ich da nicht gleich darauf gekommen? Rufe bitte die PI an und frage nach, warum die beiden Kollegen keinen Bericht geschrieben haben. Ist doch ein Witz so was!"

Susi nahm den Hörer ab und wählte. Nach einer Weile meldete sich der Diensthabende. Sie erklärte dem Beamten ihr Anliegen. Kurz darauf legte sie wieder auf. Sie sah ihren Kollegen mit einem Gesichtsausdruck an, der Bände sprach. Oder war es Verzweiflung? Dann schüttelte sie fassungslos den Kopf.

„Hör zu! Der Kollege Norbert Mehlbauer ischt leider, wie seine Kollegin auch, schon ins Wochenende gegangen. Einen Bericht haben sie noch nicht geschrieben. Angeblich war das ja auch nur eine ganz normale Personenkontrolle." Markus lachte lauthals geradeheraus und griff sich in seine kurze Haarpracht.

„Die haben keinen Bericht geschrieben, weil sie sonst ja hätten da reinschreiben müssen, dass ihnen zwei Verdächtige abgehauen sind! So sieht das aus, meine Liebe! Jetzt können wir bis Montag warten, wenn die sich nicht vielleicht noch krankmelden! Verdammte Sch......!" Er hielt inne und sprach das Wort nicht aus. Susi grinste.

„Mein Opa hat immer gesagt: „Scheiße sagt man nicht, Du Arsch!", wenn sein Lehrling mal geflucht hat."

Ludwig lachte verhalten vor sich hin, dann sah er seine Kollegin an.

„Was machen wir nun? Hast Du eine Idee?" Susi Thoma schüttelte den Kopf.

„Nee, außerdem ist heute Freitag. Gehen wir einfach auch ins Wochenende. Montag erfahren wir vielleicht die Namen der beiden Jünglinge und dann knöpfen wir uns die beiden Wachtmeister noch mal vor. Ludwig zuckte verärgert mit den Schultern.

„Man könnte den Kollegen Mehlbauer aber auch noch aufsuchen und den Knaben auch am Wochenende in die Mangel nehmen, oder?" Er sah sie etwas unsicher an und griente verlegen.

Susi Thoma gab es auf. Sie lehnte sich zurück und schaute ihren Chef starr an. Demonstrativ verschränkte sie die Arme vor der Brust. Ihr Blick sagte bereits alles, sodass Markus einlenkte.

„Na gut, ob sie den Kerl nun heute noch oder gleich am Montag schnappen ist eigentlich egal. Wenn er bis dahin nur nicht noch mehr von dem Giftzeug verteilt ..." Im Stillen murrte er dennoch, solche Sachen einfach liegen lassen, war nicht seine Art und es passte ihm eigentlich nicht.

Er konnte es drehen, wie er wollte, er saß zwischen den Stühlen. Und dachte sich im Stillen: „Siehst Du Markus, so ist das immer, wenn eine schöne Frau ins Spiel kommt. Einerseits will man ihren Ansprüchen gerecht werden, andererseits ist da der Ehrgeiz, den Fall so schnell es geht zu lösen."

Plötzlich stand Susi auf, zog ihre Jacke über und ging wortlos in Richtung zur Tür. Markus sprang auf.

„He Susi warte doch! Was ist denn los?" Sie sah ihn ernst an. Dabei musste sie zu ihm aufschauen, da er gut einen Kopf größer war als sie.

„Isch gehe jetzt nach Hause zu meiner Tochter, wenn Du erlaubst, Chef! Meine Hauswirtin muss um 17.00 Uhr weg, da muss ich zu Hause sein." Markus versuchte sie in die Arme zu nehmen, doch Susi wehrte ihn ab.

„Lass mal, Dienst ist Dienst, und Schnaps ist Schnaps. Du kannst ja weiter machen! Den Polizeioberrat wird`s freuen. Aber ich muss jetzt nach Hause!"

Sie versuchte sich an Markus vorbei zu schieben, doch der blieb einfach stehen, wo er stand. Zärtlich nahm er ihr Gesicht in beide Hände und sah ihr in die blauen Augen.

„Und warum sagst Du mir das nicht gleich, dass Du nach Hause musst? Bitte rede doch mit mir und fang keinen Streit an,

Liebling!" Zum ersten Mal hatte er das Wort „Liebling" in ihrer Gegenwart gebraucht.

„Na komm, sei wieder gut! Ich komme doch auch mit. Wir machen uns ein schönes langes Wochenende!" Er gab ihr einen kurzen Kuss auf die Nasenspitze.

„Du weißt doch, diese Woche haben die Reichenhaller Bereitschaftsdienst!" Susi lehnte sich rücklings an den Türstock und sah Markus dann mit einem kurzen Blick auf die Uhr an. So richtig beruhigt schien sie noch nicht zu sein.

„Ich will auf keinen Fall, dass Du Deine Pflichten wegen mir vernachlässigst, Markus! Aber wenn wir tatsächlich auf Dauer zusammenbleiben wollen, müssen wir uns Schwerpunkte setzen. Was kommt bei wem zuerst! Bei mir wird es immer Franzi sein, solange sie noch so klein ist! Sie hat schon keinen Papa, da muss wenigstens auf die Mama Verlass sein." Nachdenklich geworden nickt er.

„Du hast ja recht. Entschuldige bitte, da habe ich nicht daran gedacht. Ich bin es eben noch so gewohnt, weil ich ja schon lang genug allein lebe. Das Büro hier war mein zu Hause. Und Dein Vorgänger war Junggeselle, dem war die Zeit egal. Gnade?"

Er sah Susi an wie ein trauriger Bernhardiner, sodass sie lachen musste. Und dann fasste sie sich ein Herz. Allen Mut zusammen nehmend sagte sie halblaut zu ihm:

„Gut! Dann lade ich Dich ein, das Wochenende mit mir und Franzi zu verbringen. Bei mir zu Hause! Eine neue Zahnbürste habe ich noch irgendwo und einen frischen Schlafanzug bestimmt auch." Er nickte verlegen lächelnd.

„Kannst mir ja einen von Dir geben!", lachte er, und Susi musste mitlachen. „Da passt eventuell ein Bein von Dir rein, mehr nicht!"

„Was? Hältst Du mich etwa für zu fett?", fragte er zurück. Sie schüttelte mit dem Kopf.

„Jetzt komm und rede nicht solchen Stuss daher. Wir müssen dann aber rasch noch etwas einkaufen. In meinem Kühlschrank sieht es nämlich nach Ebbe aus!" Er feixte.

„Na dann passen die beiden ja auch zusammen, meiner hat auch meistens die Magersucht!"

Als sie nach einer Stunde bei EDEKA wegfuhren, hatten sie drei Beutel und einige Getränke zu schleppen.

Zu Hause bei Susi angekommen, empfing sie Franzi ganz aufgeregt vor der Tür der Nachbarin. Susi stellte ihr Markus vor. Die Kleine sah ihn aufmerksam von oben bis unten mit ihren braunen Augen an.

Und plötzlich fragte sie Markus: „Schläfst Du heute Nacht auch bei uns, Onkel Markus?" Markus sah Susi unsicher an, doch die nickte nur wortlos.

„Aha, und in welchem Bett schläfst Du denn? Bei Mama im großen Bett?", bohrte sie weiter. Susi versuchte sie abzulenken mit dem, was sie eingekauft hatten. Dies gelang ihr auch, zumal es eine Katzenzunge als Belohnung dafür gab.

Als Markus sich dann wenig später auf das Sofa im Wohnzimmer setzte und sich umsah, kam sie langsam näher zu ihm, sah ihn eine Weile an und setzte sich dann daneben. Sofort ging ihre Befragung weiter.

„Bleibst Du jetzt für immer bei uns, Onkel Markus?" Markus wusste nicht gleich, was er sagen sollte und sah Susi verzweifelt an. Doch die grinste nur breit.

„Ich hatte vergessen Dir zu sagen, dass ich eine kleine Staatsanwältin zu Hause habe! Franzi, Du lässt jetzt den Onkel Markus mal mit Deiner Fragerei in Ruhe! Klar! Gleich gibt's Abendbrot, Du kannst schon mal die Teller und das Besteck hinstellen. Komm, hilf mir bitte!"

Die Kleine zog einen Flunsch, rutschte aber brav vom Sofa herunter, um dann akkurat ihre Aufgabe zu erfüllen. Markus sah sich um und staunte über die vielen kleinen Sachen, die liebevoll im Raum verteilt waren. Susi hatte jedenfalls Geschmack, das stand fest. Wenn er an seine Wohnung dachte, war das nur ein Ort zum Schlafen. Außerdem hatte er nur zweieinhalb Zimmer, also viel zu klein für sie alle drei.

Das Abendbrot verlief ohne Zwischenfälle, doch Fräulein „Staatsanwältin" ließ Markus nicht aus den Augen. Als sie dann endlich ins Bett gehen sollte, kam sie schnurstracks in ihrem Schlafanzug und dem Teddy im Arm noch einmal ins Wohnzimmer getrippelt und stellte sich vor Markus hin.

„Onkel Markus! Bringst Du mich jetzt in mein Bett? Singst Du mir noch ein Lied vor? Oder erzählst Du mir noch eine kleine Geschichte! Bitte!" Markus kratzte sich am Kopf. Im Stillen musste er sich eingestehen, dass er eigentlich überhaupt keine Ahnung hatte, wie man mit solch kleinen wissbegierigen Menschen umging. „Also weißt Du was, ich lese Dir lieber eine Geschichte vor. Der Onkel Markus kann nämlich nur ganz schlecht singen. Einverstanden?"

Franzi nickte und dann nahm sie den Onkel Markus wie selbstverständlich an die Hand und marschierte mit ihm geradewegs in ihr Zimmer. Flugs legte sie sich ins Bett, gab Markus ein buntes Bilderbuch und legte sich dann bequem hin. Ihre großen dunkelbraunen Augen sahen ihn dabei neugierig an.

„Und welche Geschichte soll ich Dir vorlesen?", fragte Markus die Kleine. „Die Geschichte vom Bären Merlin, der seine Eltern verloren hat!", antwortete sie. Und so las der Kriminaloberkommissar dem kleinen Mädchen die Geschichte vom Bären Merlin vor.

Kriminalassistentin Susi Thoma stand in der Tür und hörte still zu. Und im Stillen dachte sie: „Das ist doch ein herrliches Bild! Eigentlich wäre es schön, wenn es so bleiben könnte. Aber wollte er das auch? Oder überforderte sie ihn mit Franzi?"

Als Markus die Geschichte zu Ende gelesen hatte, streckte Franzi plötzlich ihrem neuen Freund die Arme entgegen.

„Krieg ich bitte noch einen Gutenachtkuss?", fragte sie Markus wie selbstverständlich. Markus setzte sich noch mal an ihr Bettchen, nahm die Kleine in die Arme und drückte sie an sich. Zum Schluss gab er ihr dann ein Küsschen auf die Wange und Franzi war zufrieden. Susi löschte das Licht und schloss die Tür. Sie sah Markus an. In ihren Augen schimmerte es feucht. Auch Markus ging nachdenklich zurück ins Wohnzimmer und setzte sich in einen Sessel. Kurz entschlossen setzte sich Susi auf seinen Schoß und sah ihn an.

„Könntest Du Dir vorstellen, die Kleine jeden Tag so zu Bett zu bringen? Auch wenn wir im Dienst Stress haben und genervt sind? Oder wenn wir vielleicht einen blöden Tag hatten?"

Einen Augenblick betrachtete er die junge Frau, die immerhin 10 Jahre jünger war als er. Und Markus rechter Zeigefinger und Daumen öffneten vorsichtig einen der drei noch geschlossenen Blusenknöpfe, sodass der schwarze Rand des BHs sichtbar wurde. Er gab ihr einen Kuss auf die freie Stelle, dann lehnte er sich zurück.

„Was glaubst Du, warum ich heute einverstanden war, mit zu Dir zu kommen, hm? Ich bin in einem Alter, wo man nicht unbedingt noch eine Eroberung nach der anderen machen möchte! Also, die Sturm und Drangzeit ist vorbei! Ich mag Dich, Deinen wunderbaren Akzent, und ich mag die Kleine. Wir kennen uns jetzt beinahe ein Jahr. Aber ich glaube Susi, Du suchst da eine Sicherheit, die es nie gibt. Es wird immer ein Risiko sein, sich mit einem fremden Menschen zusammen zu tun, und das vielleicht ein ganzes Leben lang."

Susi langte nach den beiden Weingläsern auf dem Tisch und gab eins davon Markus. Sie stieß mit ihm an, nahm einen Schluck und drehte das Glas in den Händen.

„Weißt Du, einmal gebranntes Kind, ist eben immer ein gebranntes Kind. Ich will nur nicht mit meinen 36 Jahren wieder etwas anfangen, was dann vielleicht in drei Monaten schon wieder vorbei ist. Außerdem arbeiten wir ja immerhin zusammen. Und wie ich schon sagte, ich bin nicht scharf darauf, Franzi jedes Jahr einen neuen Onkel vorzustellen."

Sie kuschelte sich an seine Brust und küsste seine Wange und den Hals. Dabei fuhr ihr Zeigefinger über seine dichten Augenbrauen.

„Was hältst Du davon, wenn wir uns nächsten Monat ein paar Tage freinehmen und in die Schweiz fahren?" Er lachte leise und schmunzelte.

„Aha, Heimweh oder ein Antrittsbesuch, um zu sehen, was die Familie meint?" Sie grinste ihn spitzbübisch an.

„Vor Dir kann man aber auch nix verbergen!" Markus nickte. „Na immerhin bin ich bei der Kripo, Gnädigste! Oder schon vergessen?" Sie schüttelte den Kopf.

„Wie könnte ich das, Chef! Aber was machen wir, wenn der Kriminalrat von uns erfährt?" Markus winkte ab.

„Erstens geht der in fünf Monaten in den Ruhestand. Und zweitens ist das heutzutage kein Problem mehr." Sie sah auf ihre Armbanduhr und gähnte plötzlich.

„Und drittens bin ich jetzt müde und muss ins Bett. Kommst Du mit mir mit oder willst Du lieber hier auf dem Sofa schlafen? Du hast die Wahl, Chef!"

Doch ihre kleinen blauen Augen sagten dabei: „Wehe, Du kommst jetzt nicht mit ins Bett!" Er sah sie an und lächelte etwas verlegen.

„Ich habe aber keinen Schlafanzug!" Sie nahm ihn an der Hand. „Brauchst Du auch nicht! Notfalls gebe ich Dir von mir ein T-Shirt. Komm, mein Kommissar!" Er schmunzelte.

„Also wenn schon, dann bitte Kriminaloberkommissar!" Ihre Antwort war vieldeutig. „Na schauen wir mal, wer heute Ober ist ...."

Fredo Hohlmayer stand in Schönau vor dem Rathaus und schaute sich den Busfahrplan in Richtung Königssee an. Laut dem Ringverkehr fuhr der letzte Bus um 23.30 Uhr. Gerade kamen zwei Mädchen in seinem Alter dazu und schienen auch zu warten. Sie unterhielten sich über die Disco im „Bergkeller". Das war eine Szenekneipe am Rand von Königssee. Dort musste heute Abend richtig was los sein. Fredo beschloss, den Beiden zu folgen. Als der Bus endlich kam, setzte er sich so, dass er die beiden Mädchen im Blickfeld hatte. Eine davon, eine zierliche Blondine, sah ab und zu in seine Richtung und schmunzelte vor sich hin. Fredo grinste zurück. Als die Blonde und ihre Freundin ausstiegen, folgte ihnen Fredo im größeren Abstand. Tatsächlich standen sie wenig später vor der Disco. Die Musik hämmerte durch die geöffneten Fenster und bunte Lichteffekte zuckten in der Dunkelheit auf. Fredo entschloss sich, ebenfalls reinzugehen.

Am Einlass stand ein breitschultriger junger Kerl mit Glatze. Fredo zahlte wortlos seine fünf Euro Eintritt und durfte rein. Im Halbdunkel brauchte er eine Weile, um sich zurechtzufinden. Dann sah er die Blonde in einer Ecke sitzen. Die brünette Begleiterin war offenbar schon auf der Tanzfläche. Fredo steuerte entschlossen langsam auf die Blonde zu.

Als sie ihn erkannte, lächelte sie ihn an. Mit Handzeichen verständigte er sich mit ihr und deutete auf die Tanzfläche. Sie nickte und stand auf. Gerade kam ein langsames Musikstück. Fredo nahm seine Tänzerin in die Arme und begann mit ihr eng umschlungen zu tanzen. Nicht nur, dass die Kleine eine beachtliche Oberweite hatte, an der war auch was dran. Fredo spürte es durch den dünnen schwarzen Stoff ihres kurzen Kleides. Und immer wieder musste er unwillkürlich in den weiten Ausschnitt ihres Kleides schauen, und das begann ihn zu erregen. Sein Mund suchte ihren Hals unter der blonden Mähne. Plötzlich war die Musik zu Ende und sie blieben stehen. Die Blondine sah ihn an und lächelte verführerisch. Wie es schien, war sie sich offenbar ihrer Wirkung bewusst.

„Gehen wir eine rauchen?", fragte sie Fredo. Der nickte sofort, obwohl er gar keine Zigaretten hatte und nur ganz selten mal eine rauchte. Sie verließen den Saal durch den Hinterausgang. Es war eine Art Biergarten, wo sie nun standen und so gut, wie allein waren.

Fredo umarmte die Blonde mit beiden Armen, die sich gerade eine Zigarette anzünden wollte, und drückte sie fest gegen die Hausmauer. Als er anfangen wollte, ihr das Kleid hochzuziehen und seine Hand auf ihrem nackten Oberschenkel entlang fuhr, wehrte sie ihn plötzlich barsch ab.

„He, sag mal spinnst Du? Wenn Du denkst, Du kannst mit mir hier so einfach bumsen, hast Du aber die Falsche erwischt! Ich treibe es nicht gleich mit jedem!"

Ernüchtert ließ Fredo von ihr ab. Dann aber griff er in seine Tasche und hielt ihr ein kleines Päckchen vor die Nase.

„Hier hab ich was Feines! Wenn Du willst, kannst Du es haben. Der Preis - ein Kuss von Dir. So billig kommst Du nie wieder an dieses Zeug! Also, was ist, willst Du es?"

Die Blonde schob resolut seinen Arm beiseite, mit dem er sich an der Wand abgestützt hatte, um ihr den Weg zu versperren.

„Lass mich in Ruhe mit Deinem Mist", erwiderte sie nun sichtlich ärgerlich geworden. Ihre Miene drückte Verachtung für Fredo aus. Sie schnipste den Rest der Zigarette weg, ließ ihn einfach stehen und ging zurück in den Saal.

Fredo kochte innerlich, er hätte vor Wut platzen können. Diese Abfuhr nagte an ihm, sie machte ihn wütend. Trotzdem ging er zurück in den Saal. Nach einer Weile sah er die Blonde wieder, die mit ihrer Freundin erzählte und dabei lachten sie beide aufreizend laut. Erzählte sie ihr gerade von seiner Anmache? Lachten die Beiden deshalb so albern? In Fredo stieg eine unbändige Wut hoch. Wütend starrte er zu den beiden hinüber. „Verdammtes Weibervolk!", knurrte er vor sich hin und verließ den Saal durch den Hintereingang.

Es war knapp vor 2.00 Uhr, als sich Bettina und Mona auf den Heimweg machten. Beide wohnten etwas außerhalb von Königssee. Der Weg führte eine Zeit lang durch eine Siedlung, dann erreichten sie eine Weggabelung. Unter einer Laterne verabschiedeten sich die beiden Mädchen voneinander und verabredeten sich für den nächsten Nachmittag unten am See. Immerhin begann am Samstag das Seefest. Und morgen Nachmittag wollte sich die Jugendblaskapelle der Feuerwehr zum Üben treffen. Mona nahm den Weg zu den Häusern, die nach der Weggabelung kamen. Bettina folgte dem Weg, der zu einem nahen Bauernhof führte, wo sie zu Hause war. Sie hatte noch gute 300 Meter bis zu ihrem zu Hause und schritt in der Dunkelheit rasch voran.

Gerade als sie einen der Holzstadl ihrer Eltern passierte, sah sie, für den winzigen Bruchteil einer Sekunde, etwas Dunkles auf sich zufliegen. Noch ehe sie ausweichen konnte, bekam sie einen fürchterlichen Schlag gegen die Stirn. Lautlos kippte die junge Frau nach hinten um und blieb reglos liegen.

Eine dunkle Gestalt trat hinter dem Stadl hervor und kniete sich neben ihr hin. Keuchend zerrte er ihr das Kleid empor, riss danach ihren Slip nach unten, um dann heftig atmend in die junge Frau einzudringen. Als er mit seinem schändlichen Treiben fertig war, stand er auf, spuckte noch einmal, auf das am Boden liegende Mädchen und verschwand wieder so schnell in der Dunkelheit, wie er aufgetaucht war.

Susi schenkte Markus gerade seinen Frühstückskaffee ein, als dessen Handy plötzlich zu klingeln begann. Ärgerlich stand er auf und nahm es aus seiner Jackentasche. Susi gab Franzi ein paar Scheiben Apfel und sah dabei Markus fragend an. Der begann gerade, wie ein Rohrspatz zu schimpfen.

„Wieso ruft ihr dann bei mir an? Hört mal, soweit ich den Dienstplan kenne, sind doch wohl dieses Wochenende die Bad Reichenhaller dran und nicht wir! Verdammt, wir haben auch mal ein freies Wochenende! Was heißt wir sind hier näher am Ort! Das ist doch piepegal! Rufe einfach in Bad Reichenhall an, Kollege Blume! Servus!" Zornig schüttelte er den Kopf und setzte sich wieder an den Tisch. Nach einem Schluck Kaffee schien sich Markus wieder beruhigt zu haben.

„Was war denn?", fragte ihn Susi. Markus winkte erregt ab.

„In Königssee haben sich heute Morgen die Eltern eines jungen Mädchens bei der Polizei gemeldet. Ihre Tochter ist heute früh gegen 2.00 Uhr von einem Unbekannten überfallen und vergewaltigt worden. Der Diensthabende hatte nix Eiligeres zu tun, als bei mir anzurufen, obwohl die Bad Reichenhaller Bereitschaft haben." Susi schüttelte den Kopf.

„Schon wieder so ein junges Ding!" Markus hob für einen Moment die Augenbrauen an.

„Na ja, das muss ja nun nicht unbedingt was mit unseren Fällen zu tun haben, oder?" Sie schüttelte langsam den Kopf.

„Nee, nicht unbedingt. Aber meinst Du nicht, dass es schon verwunderlich ist, wenn innerhalb von drei Wochen drei Mädels zu solchen Opfern werden? Das sieht mir aber nun doch nach Serie aus!"

Plötzlich fragte Franzi mit großen Augen:

„Onkel Markus, was ist vergewaltigen? Ist das Mädchen jetzt krank?" Susi sah erst Markus an und schüttelte unmerklich mit dem Kopf. Dann sah sie Franzi an und strich der Kleinen über die Haare.

„Das erkläre ich Dir mal später, Franzi. Das hat was mit der Polizei zu tun. Du weißt doch, Onkel Markus ist genau wie Mami, bei der Polizei."

Zum Glück reichte die Antwort dem Fräulein Staatsanwältin und sie frühstückte weiter. Susi schüttelte wieder den Kopf und sah Markus dabei fest an. Markus nickte, er hatte schon verstanden. Franzi war schon eine aufmerksame Zuhörerin.

Zum ersten Mal seit Monaten hatte Markus Ludwig ein richtig schönes Wochenende. Sie fuhren über den See nach Salet und wanderten mit Franzi zwei Stunden lang durch die Natur. Auf dem Rückweg kehrten sie im Café „Salet-Alm" ein und Franzi bekam einen Eisbecher. Susi machte sich über ein großes Stück Schwarzwälder Kirschtorte her, Markus genoss ein paar Weißwürste. Das Handy hatten sie beide abgeschaltet.

Doch kaum zu Hause angekommen klingelte das Telefon schon wieder. Aber diesmal war Susis Mutter am anderen Ende der Leitung. Es wurde ein ziemlich langes Gespräch zwischen Mutter und Tochter.

Als Susi wieder aufgelegt hatte, lächelte sie Markus an. „Wir sind herzlich eingeladen. Mama freut sich auf unseren Besuch!" Sie zog Markus am Hemd zu sich heran.

„Ich hoffe Du kneifst jetzt nicht! Mama will den neuen Kerl an meiner Seite unbedingt kennenlernen. Sie meint, ein Kriminaloberkommissar sei ja mal was ganz solides. Du hast also schon mal gute Karten bei ihr!" Markus nickte und umfasste sie an der Taille.

„Machen wir! Sobald wir diesen Fall gelöst haben. Dann reichen wir zwei Wochen Urlaub ein. Einverstanden?" Susi gab ihm einen Kuss. „Jawohl, Chef. So machen wir das dann!"

Vincent Hohlmayer saß am Tisch und blätterte eifrig in der Zeitung. Bei den Wohnungsanzeigen verharrte er eine Weile. Seine Mutter stellte ihm gerade eine Tasse Kaffee auf den Tisch und sah kurz auf die Zeitung.

„Suchst Du Dir etwa eine eigene Wohnung, Vincent?", fragte sie ihren Sohn erstaunt. Der nahm einen Schluck Kaffee und nickte dann.

„Ja, Mama! Ich glaube, es wird langsam Zeit, dass ich mir eine eigene Bleibe suche. Ich kann doch nicht ewig zu Hause herumhocken. Und Platz für eine Familie wäre bei uns ja sowieso nicht vorhanden. Oder?" Astrid Hohlmayer setzte sich neben ihn und musterte einen Moment ihren Sohn.

„Hast Du vor eine eigene Familie zu gründen?", fragte sie vorsichtig. Vincent sah kurz seine Mutter an und schmunzelte dabei ein wenig.

„Könnte doch mal passieren, oder? Aber wenn ich mir was suche, dann sowieso hier in der Nähe. Versprochen!" Er sah wie seine Mutter erleichtert aufatmete. Doch dann wurde sie wieder ernst.

„Sag mal, hast Du Streit mit Fredo? Du bist letztens so raufgestürmt. Ich mache mir Sorgen um ihn!"
Vincent überlegte fieberhaft. War das der Augenblick, jetzt mit seiner Mutter über Kathi zu reden? Was Fredo betraf, hatte er sowieso kein gutes Gefühl. Aber er entschloss, sich diplomatisch vorzugehen.

„Weißt Du Mama, der Fredo treibt sich in letzter Zeit mit Leuten herum, die ihm keinesfalls gut tun. Es ist nicht ausge-

schlossen, dass irgendwann die Polizei an unsere Tür klopft."
Astrids Augen wurden groß. „So schlimm ist es? Was weißt
Du, sag es schon!"

„Ich weiß eigentlich gar nix, Mama! Ich vermute nur, dass er
krumme Geschäfte macht. Die Leute, mit denen er sich abgibt,
sind irgendwelche Tschechen. Fredo macht wahrscheinlich
Geschäfte mit ihnen. Mehr weiß ich auch nicht." Astrid sah
ihren Sohn von der Seite an.

„Ist das alles? Du hast doch noch was! Ich weiß genau, wenn
Dich etwas bedrückt, Großer! Also raus damit, was ist es?"
Vincent holte tief Luft. Der Blick auf den Haken, an dem sonst
Vaters Flinte hing, sagte ihm, dass der Förster unterwegs war.
Er holte noch mal tief Luft und entschloss sich mit einem Mal
zu reden.

„Ich bin so richtig verliebt!" gestand er, und Astrid lachte
glücklich. „Na das ist doch prima, Junge! Wer ist denn die
Glückliche?", fragte sie.

„Katharina Gründl, Mama! Und die Kathy erwartet ein Kind
von mir! Wenn sie achtzehn ist, wollen wir dann zusammenziehen!"
Astrid war es für den ersten Moment, als wenn sich unter ihr
der Fußboden öffnete. Sie schnappte erst nach Luft, dann schlug
sie die Schürze vor das Gesicht und stöhnte dann halblaut:
„Großer Gott! Du bist wohl nicht gescheit, Junge? Wenn das
der Vater erfährt, er wirft Dich aus dem Haus!" Vincent wirkte
auf einmal entschlossen. Er sah seine Mutter an, die ein paar
Tränen in den Augen hatte.

„Mama! Wie lange soll eigentlich dieses Theater noch um
dieses verfluchte Stück Land gehen? Das ist für uns beide doch
Schnee von vorgestern, damit haben wir nichts mehr zu tun!
Und wenn mich Vater rauswerfen will, dann soll er das tun! Ich
werde die Kathi heiraten! Mit Eurer Zustimmung oder ohne!
Und das ist mein Ernst!"
Eine Weile herrschte Stille im Raum, bis sich plötzlich Astrid
Hohlmayer aufrichtete. Sie stand langsam auf. Mit einem Mal
umfasste sie den Kopf des Jungen und küsste ihn auf die Stirn.

„Du hast recht, Junge! Dieser Streit geht schon viel zu lange,
und er hat viel zu viel Opfer von allen gefordert. Und die
Katharina ist schwanger, sagst Du?" Vincent nickte.

„Ja, und ihre Eltern wissen auch noch nichts davon! Wir haben beschlossen zu warten, bis Kathi achtzehn ist, und wollen bis dahin nichts sagen." Sie schüttelte leicht den Kopf.

„Wann wird sie denn achtzehn, die Kathi?" „In drei Monaten, Mama!" Sie schüttelte wieder den Kopf.

„Bis dahin sieht man doch, dass sie schwanger ist! Na gut, so ganz mager ist sie ja auch nicht. Sie ist eigentlich ganz gut beisammen, die Kleine."

Der Gedanke, dass sie eine junge Schwiegertochter und ein Enkelchen kriegen würde, ließ sie lächeln. Sie sah Vincent an.

„Meinst Du nicht, dass ich mit ihrer Mama einmal reden sollte? Die Agnes ist ja auch nicht glücklich über diese Streitereien der Männer."

Vincent zuckte mit den Schultern und stand auf. Am Fenster stehend, die Arme über der Brust verschränkt, stand er da und dachte nach.

„Weißt Du was, ich werde erst noch mal mit Kathi reden. Wir sehen uns ja heute Abend in Königssee. Mal sehen, was sie dazu sagt." Er sah auf die Uhr.

„Übrigens habe ich heute früh gegen 6.00 Uhr Fredo heimkommen gehört. Er war wohl wieder die ganze Nacht unterwegs. Es wird Zeit, dass Papa mal ein ernsthaftes Wort mit ihm redet. Ich mache mich jetzt fertig und fahre mit dem Boot dann rüber nach Königssee. Ich hoffe, Vater braucht es nicht gerade heute."

Als Vincent das Zimmer verlassen hatte, schaute ihm seine Mutter noch eine Weile sinnend nach. Sie musste unbedingt mit der Agnes reden! Die jungen Leute mussten doch eine Zukunft haben und ein schönes Leben, ohne diesen fürchterlichen Streit! Und so entschloss sie sich zu handeln, auch wenn das ihren Gatten wahrscheinlich auf die Palme bringen würde.

Markus Ludwig kaufte sich am Morgen im Buchladen eine Zeitung. Im Hinausgehen schlug er das Blatt auseinander. Auf der Titelseite prangte eine große, protzige, fette Überschrift. *„Das Monster vom Königssee hat wieder zugeschlagen*!" stand da in fetten Lettern. Fluchend faltete er die Zeitung wieder zusammen und stieg in sein Auto. Im Büro angekommen knallte er die Zeitung auf den Schreibtisch. Das fehlte ihnen nun auch noch! Jemand der die Hysterie schürte! Er überlegte kurz, dann rief er den Kriminalrat Huber an. Der versprach sich sofort mit dem Redakteur des Blattes in Verbindung zu setzen und befahl Markus in einer halben Stunde zum Rapport in sein Büro.

Plötzlich ging die Tür auf und Susi kam herein gerauscht. Sie hatte Franzi noch in den Kindergarten gebracht.

„Ich soll Dich ganz, ganz lieb grüßen, hat sie mir extra noch mal aufgetragen!" Susi sah sich kurz um und vergewisserte sich, dass niemand in der Nähe war. Dann gab sie Markus rasch einen Kuss. Der schob ihr die Zeitung hin.

„Da, lies mal! Die Jagd beginnt! Genau das, was wir vermeiden wollten. Diese verdammten Zeitungsfritzen!" Er sah auf die Uhr. „Ich muss zu Huber zum Rapport!" Susi noch einmal kurz umarmend, verließ er das Zimmer. Als er nach einer halben Stunde wieder zurück in ihr Büro kam, hatte er einen merkwürdig roten Kopf. Wortlos ließ er sich in seinen Stuhl fallen, machte dann eine halbe Drehung und sah aus dem Fenster hinauf zu den Wolken am Himmel. Markus stand auf und öffnete das Fenster. Laue Sommerluft wehte herein. Susi kam herein. Als sie Markus sah, fragte sie: „Und, wie war es?" Der winkte ab.

„Wenn wir nicht bald Ergebnisse vorweisen können, gibt es eine SOKO, sagt der Alte!" Er sah seine Liebste und gleichzeitige Kollegin an.

„Manchmal könnte ich diesen ganzen Mist hinschmeißen", bekannte er. Susi schüttelte den Kopf.

„Nix gibt es! Wir treffen in einer Stunde die Bettina Monhaupt im Krankenhaus. Mal sehen, was die uns zu erzählen hat, die arme Kleine! Ich denke nämlich, dass auch dieser Fall mit den anderen beiden zusammenhängt."

Sie sah Markus herausfordernd an. Wusste sie doch, dass er da anderer Meinung war. Aber auf diese Weise versuchte sie, so seinen Kampfgeist wieder zu entfachen. Und das gelang ihr auch. Denn Markus protestierte sofort energisch und Susi ließ ihn einfach argumentieren und hörte still zu.

Eine Stunde später trafen sie auf Dr. Bergmann, den behandelnden Arzt von Bettina Monhaupt. Der Mann war um die Vierzig, graumeliertes Haar, sportlicher smarter Typ Marke

„Jetzt komm ich". Während ihres Gesprächs musterte er immer wieder Susi von der Seite.

„Im Moment können wir keine bleibenden Schäden bei der jungen Frau feststellen. Sie hat nur eine Prellung im Gesicht, die wird aber wieder abschwellen. Was uns mehr Sorgen macht, ist ihre psychische Verfassung. Eine solche Vergewaltigung ist nur schwer zu überwinden. Manche bleiben ein Leben lang gezeichnet und können dann keine Bindungen mehr eingehen. Bei Bettina müssen wir sehen, wie es in den nächsten zwei Wochen geht. Also seien Sie behutsam mit ihren Fragen. Im Übrigen haben wir, wie immer in diesen Fällen, einen Abstrich gemacht, da ich glaube, Ihre Abteilung wird wohl noch einen Vergleich brauchen." Er sah Markus ernst an, der hocherfreut war über die Weitsicht des Arztes.

„Am besten ihre Kollegin spricht mit dem Mädchen. Ihre Eltern haben einen Bauernhof und derzeit viel Arbeit. Sie kommen aber gegen Abend noch mal vorbei", meinte er zu Markus. Der war einverstanden, dass Susi das Gespräch führte. Die Bettina war gerade erst vor wenigen Wochen sechzehn geworden, es würde nicht einfach werden. Susi klopfte an und ging ins Zimmer.

„Hallo, Bettina! Ich bin Susi Thoma von der Kripo. Kann ich Dir ein paar Fragen stellen?" Bettina nickte und richtete sich im Bett auf.

„Kannst Du denjenigen beschreiben, der Dir aufgelauert hat? Hast Du ihn erkannt?" Bettina schüttelte langsam den Kopf.

„Nein, es war doch stockduster."

„Du und Deine Freundin Mona, ihr ward doch in der Disco. Hat Euch da eventuell jemand angesprochen?" Bettina sah die junge Polizistin an, dann nickte sie.

„Ja stimmt! So ein rothaariger Kerl hat erst mit getanzt, dann sind wir rausgegangen eine rauchen. Doch der Idiot wollte nicht rauchen, sondern ging mir gleich an die Wäsche. Als ich ihn zu verstehen gab, dass ich nicht mit dem Erstbesten was anfange, hat er mich so eigenartig angesehen. Und dann hat er mir ein kleines Plastetütchen gezeigt und mich gefragt, ob ich was davon haben möchte. Das war so ein weißes Puder, aber ich nehme so was nicht! Dann habe ich ihn einfach stehen gelassen und bin wieder reingegangen." Susi machte sich einige Notizen.

„Würdest Du den Kerl wiedererkennen?", fragte sie. Bettina nickte. „Bestimmt! Meinen Sie, dass der es war, der mich ...?" Sie fing an zu schluchzen und Susi versuchte sie zu trösten. Ihr tat das Mädchen unendlich leid. Sie stand langsam auf.

„Ist es Dir recht, wenn später noch ein Beamter vorbei kommt, um mit Dir ein Phantombild anzufertigen? Ich bin sicher, wir kriegen den Kerl!" Sie gab Bettina die Hand und einem Impuls folgend, hielt sie einen Augenblick die Hand fest, um sie zu streicheln.

„Es wird alles wieder gut Bettina, irgendwann wirst Du es vergessen. Hier hast Du meine Karte. Wenn Dir noch was einfällt oder Du Hilfe brauchst, rufe mich einfach an. O.K?" Bettina nickte und wischte sich die Tränen ab, dann legte sie sich wieder in ihr Bett und drehte sich langsam zum Fenster. Susi verließ leise das Krankenzimmer. Im Flur wartete Markus.

„Und, hat sie jemand erkannt?" Susi schüttelte den Kopf. „Nein hat sie nicht. Dafür aber hatte sie bereits in der Disco reichlich unangenehme Erfahrungen mit so einem jungen Rothaarigen, der ihr an die Wäsche wollte. Und, er hat ihr dann auch noch Stoff angeboten." Sie sah Markus triumphierend an.

„Na, erinnert Dich an was?" Der Kriminaloberkommissar nickte. „Du wirst mir langsam unheimlich, Susi!" Im Auto meinte er dann:

„Wenn wir das Phantombild haben, sind wir garantiert einen Schritt weiter. Irgendjemand wird den Halunken kennen! Ich rieche es!" Susi schmunzelte vor sich hin. Sie hatte wieder mal Recht behalten! Doch nun warteten sie auf eine Reaktion auf das Foto in der Presse. Ein Phantomfoto hatte schon oft geholfen.

Vincent hatte Mittagspause und ging kurz zum Chinesen gegenüber dem Hauptbahnhof. Unterwegs kaufte er sich noch eine Zeitung am Kiosk. Als er im Lokal saß und bestellt hatte, schlug er die Zeitung auf.
Er starrte auf das Foto auf der der ersten Seite. Die Polizei suchte einen rothaarigen jungen Mann. Und dieser Kerl da auf dem Foto sah aus ... Vincent holte tief Luft, denn einen kurzen Augenblick bekam er Atemnot. Der Kerl auf dem Bild sah beinahe so aus wie Fredo! Jedenfalls hatte das Bild große Ähn-

lichkeit mit ihm. Vor allem beschrieb man den Täter als rothaarigen, etwa 17 bis 18 Jahre alten Jugendlichen!

Hastig schlang er die Suppe hinunter, bezahlte sofort und machte sich auf den Weg zurück in sein Büro im Rathaus der Stadt. Kurz entschlossen nahm er sein Handy und wählte Kathis Nummer. Doch ihr Handy war aus, wahrscheinlich saß sie noch im Unterricht. Krampfhaft überlegte er, was er tun sollte. Er wählte noch mal, diesmal war es allerdings Fredos Nummer. Aber auch da war nur die Mailbox dran. Er dachte angestrengt nach. Fest stand, diese Tageszeitung kam nicht bis nach St. Bartholomä. Also würden seine Eltern und auch die von Kathi davon vorerst nichts erfahren. Außerdem war ja nicht einmal sicher, ob es nun tatsächlich sein Bruder Fredo war. Auch wenn die Ähnlichkeit doch sehr verblüffend war. Er sah kurz auf die Uhr und beschloss Feierabend zu machen. Das Umweltamt hatte nur am Dienstag Sprechstunde, also konnte er ruhig jetzt schon verschwinden. Er hatte gleitende Arbeitszeiten und war außerdem oft unterwegs.

Auf Susi Thoma´s Schreibtisch klingelte das Telefon. Es war eine Frauenstimme. Stockend erklärte sie, dass sie diesen Kerl auf dem Foto in der Zeitung kennen würde. Der junge Mann hieße Fredo Hohlmayer und ginge in ihre Vorbereitungsklasse zum Forstwirtschaftsstudium. Als Susi nach ihrem Namen fragte, legte sie sofort auf. Im Computer fand sie den Namen Fredo Hohlmayer nach kurzem Suchen.

„Na ja, Schlägerei in der Disco, Besitz von kleinsten Mengen Opiaten, Spritztour mit einem geklauten Auto. Ein ganz unbeschriebenes Blatt ist der Knabe ja nicht", murmelte sie vor sich hin. Markus kam zur Tür herein und holte sich zu allererst einen Kaffee aus der Maschine. Er setzte sich Susi gegenüber auf seinen Stuhl. Die drehte den Bildschirm in seine Blickrichtung.

„Hier, ich hatte vor fünf Minuten einen Anruf! Unser Knabe soll ein Hohlmayer Fredo aus St. Bartholomä sein!"

Markus schlürfte seinen heißen Kaffee, dann brummte er erfreut: „Na endlich, es geht los! Wir fahren am besten sofort raus."

Fünf Minuten später saßen sie im Auto und fuhren nach Königssee. Dort angekommen, stiegen sie auf ein Boot der Seeverwaltung um. Eine halbe Stunde später erreichten sie ihr Ziel. Sie erkundigten sich nach der Familie Hohlmayer. Der Mann vom Anleger verwies sie auf das gut sichtbare Haus, ganz am Ende der Halbinsel.

Susi atmete tief durch, während sie eilig dem Haus zustrebten.

„Ist das eine herrliche Luft hier, und so ruhig!" Markus lachte, sah sie an und fragte sie dann: „Hascht was gsagt?" Susi gab ihm einen Rippenstoß.

„Dasch wäre dann wohl mein Einsatz gewesen, oder? Isch wusste gar nicht, dass Du Dir was aus Werbung machst, Chef!"

Ein Mann in Försteruniform kreuzte ihren Weg und sah sie fragend an, weil sie auf sein Haus zustrebten.

„Kann ich Ihnen helfen? Suchen Sie jemand?" Markus nickte. „Ja Herr Förster, können Sie vielleicht. Wir suchen hier einen Fredo Hohlmayer, kennen Sie den?" Der Mann blieb stehen. Misstrauisch sah er die beiden Fremden an.

„Natürlich kenne ich den, das ist mein Sohn!", erwiderte er. Markus ging ein Licht auf. Natürlich, es gab ja auch einen Förster Hohlmayer laut Datei. Markus zückte zuerst seinen Dienstausweis, dann stellte er Susi vor.

„Mein Name ist Kriminaloberkommissar Ludwig und das ist meine Kollegin Thoma. Wir hätten gern mal ihren Sohn gesprochen!" Misstrauisch sah der Förster die Besucher an.

„Welchen Sohn, ich habe zwei davon?" Markus nickte verstehend. „Wie schon gesagt, wir suchen den Fredo, Herr Hohlmayer!" Der Förster sah auf seine Armbanduhr.

„Der müsste jetzt um diese Zeit noch in der Schule sein." Susi schüttelte den Kopf.

„Nein Herr Hohlmayer, sein Lehrer hat ihn schon zwei Tage nicht gesehen. Außerdem soll er öfters mal fehlen."

Der Förster lief langsam weiter, so dass sie ihm folgen mussten. Plötzlich blieb er wieder stehen.

„Sagen Sie mir nun endlich mal, warum Sie hier sind?", brummte er unwirsch.

Markus holte die Zeitung aus seiner Innentasche, faltete sie auseinander und hielt sie dem Förster vor die Nase. Der las erst erstaunt, dann schüttelte er vehement den Kopf.

„Das ist doch niemals mein Sohn!" Hohlmayer war erregt. Markus fragte ihn, ob er ein Bild von seinem Sohn hätte.

„Kommen Sie mit ins Haus, dann zeige ich Ihnen ein Bild von meinem Sohn!", brummte er ärgerlich und stapfte voran. An der Haustür bat er sie zu warten. Dann stürmte er in das Haus und kam nach wenigen Augenblicken mit einem Bild in der Hand wieder. Sie besahen sich gerade das Foto, als sich die Frau des Försters dazu gesellte. Markus nahm das Bild, legte die Zeitung auf den Tisch, der neben der Haustür stand, und legte dann das Bild daneben. Er sah die Eltern fragend an.

Die Frau starrte auf das Foto in der Zeitung und begann plötzlich zu schluchzen. Sie bedeckte ihre Augen mit dem Halstuch.

„Das kann doch nicht sein!", schrie sie förmlich hinaus. „Simon, das ist Fredo! Schau doch genau hin! Ich wusste, dass noch mal was passiert ...", schluchzte sie weiter und setzte sich auf einen Stuhl. Der Förster stand da, wie zu einer Salzsäule erstarrt. Susi brach das Schweigen.

„Dürfen wir mal das Zimmer ihres Sohnes sehen?", bat sie höflich. Der Förster sah sie erst nur an. Aber dann fauchte er plötzlich:

„Wenn Sie einen Durchsuchungsbefehl haben, können Sie ja wiederkommen! Guten Tag!" Sprach's und verschwand im Haus, seine Frau folgte ihm leise weinend. Markus sah Susi an und die zuckte mit den Schultern.

„Schreiben wir ihn halt zur Fahndung aus und besorgen uns noch einen Durchsuchungsbefehl! Komm, wir fahren wieder zurück!"

Fredo saß währenddessen vor der „Malerwinkel-Alm" und trank gemütlich sein Bier. Ungeduldig wartete er auf seinen Freund Petré aus Tschechien. Dass er die vergangene Nacht nicht zu Haus verbracht hatte, nahm er nicht sonderlich ernst. Er hatte schon einige Male bei Schulkameraden übernachtet.

Plötzlich tuckerte ein dreirädriges Gefährt den Berg herauf. Dieses Uraltdreirad mit DKW-Motor konnte nur den Gründlers gehören. Kathis Bruder Anton stieg aus. Er brachte offenbar frischen Fisch für die Küche und Fredo wollte von ihm nicht unbedingt gesehen werden. Doch ehe er verschwinden konnte, stand Anton schon wieder in der Tür und sah ihn. Insgeheim wunderte der sich ja, was der durchgeknallte Hohlmayer Spross hier oben trieb. Im Gegensatz zu ihm, war der Vincent wenigstens noch ein vernünftiger Kerl, auch wenn sie sich vergangenes Jahr zum Seefest gekloppt hatten. Aber da war mehr das Bier dran schuld gewesen, als diese alte Geschichte. Ohne den Fredo auch nur einen Blick zu gönnen, ging er wieder zu seinem „Tuck-Tuck", wie er das Dreirad getauft hatte. Fredo sah auf die Uhr. Petré war bereits seit einer Stunde überfällig. Er entschloss sich, zurück nach Berchtesgaden in seine Bude zu fahren. Inzwischen hatte er sich in dem ausrangierten Personenwagen der Bahn schon häuslich eingerichtet. Kein Mensch störte ihn dort am Ende der Abstellgleise, wo zig alte ausrangierte Wagen der Bahn standen. Als er nach einer Stunde dort ankam, saß Petré bereits vor seinem Wagen und wartete bereits auf ihn.

„Sag mal, ich habe wie verabredet im „Malerwinkel" auf Dich gewartet, wo warst Du?", schimpfte Fredo und schloss den Wagen auf. Als sie sich drinnen hinsetzten, knallte Petré eine Zeitung auf den Klapptisch.

„Hier, sieh mal rein! Deswegen bin ich nicht da oben gewesen! Bist Du blöde, jetzt suchen Dich schon die Bullen!" Der Tscheche war zornig und ließ es sich anmerken. Fredo lachte laut und starrte auf den Artikel und das Bild.

„Spinnst Du, das bin doch niemals ich! Was soll ich mit der Tussi zu tun haben?" Petré sah Fredo unsicher an.

„Stimmt das? Du hast die Alte wirklich nicht geknallt?" Fredo nickte grinsend. „Nee, leider!", war alles, was er noch dazu sagte. Petré griff in seine Innentasche der Jacke und legte fünf Beutel mit weißem Pulver auf den Tisch.

„Hier, diesmal zahlst Du aber lieber gleich!" Fredo fuhr wütend hoch.

„Bist Du bekloppt? Wo soll ich denn jetzt gleich 500 Piepen hernehmen?"
Petré lächelte und begann die Beutel wieder einzustecken. Er zuckte grinsend mit den Schultern.

„Kein Geld, keine Ware!" Fredo verzog sein Gesicht und brummte: „Ich dachte wir sind Freunde, ist aber wohl nicht so."
Dann ging er zu einer Stelle der Deckenverkleidung, stieg auf einen Stuhl und hob sie an. Er steckte den ganzen Arm hinein und brachte ein Kuvert zum Vorschein. Dann zählte er Petré 500 Euro auf den Tisch.

„Hier hast Du deine Kohle, alter Halsabschneider! In Zukunft überlege ich mir, ob ich weiter von Dir kaufe. Oder denkst Du, Du bist der Einzige, der das Zeug herüberbringt? He?" Petré nahm das Geld und stand auf. An der Tür drehte er sich noch einmal um. Sein Gesichtsausdruck war ernst.

„Fredo, wer mit der Polente zu tun hat, ist ein Risiko in unserem Geschäft! Mach Dich bei den Bossen lieber nicht unbeliebt, das ist nicht gut für Deine Gesundheit!"

Als dann die Tür wieder ins Schloss fiel, steckte Fredo die Beutel schnell weg. Spätestens am nächsten Sonntag würde er davon nichts mehr haben.

Der Vertrieb funktionierte im Moment sehr gut. Dann nahm er die Zeitung noch mal zur Hand und las den Artikel durch. Als er sie beiseitelegte, grinste er. Er warf sich auf das alte Sofa und verschränkte die Arme unter dem Kopf. Die Frage, die er sich stellte, war einfach. Nach Hause gehen oder lieber nicht?

Langsam gefiel ihm das Leben hier in seinem neuen Heim. Wozu brauchte er da noch diese idiotische Schule? Und Kohle hatte er inzwischen reichlich verdient, und das war ja nicht das letzte Geschäft. Er dachte nach. In diesem Moment fiel ihm Kathi ein. Dem blöden Bruder wollte er ja unbedingt noch eins auswischen! Er hatte ihn schon nicht leiden können, als sie noch kleiner waren.

„Dieser blöde Streber!", knurrte er leise und dachte nach, wie er Vincent eins auszuwischen konnte. Am kommenden Wochenende war ja das Seefest ...

Doch Fredo sollte seinem Bruder schneller über den Weg laufen, als er gedacht hatte. Er lief gerade über den Markt in Berchtesgaden und sah sich einige Auslagen an, als ihm plötzlich jemand auf die Schulter tippte. Er drehte sich um und da stand Vincent ihm gegenüber. Einen Augenblick starrte Fredo Vincent hasserfüllt an, der ihn sofort wütend anfuhr.

„Sag mal Fredo, schämst Du Dich denn überhaupt nicht mehr?", begann Vincent auch schon loszulegen.

„Inzwischen bist Du ja bereits berühmt und stehst in der Zeitung! Unsere Eltern werden sich schämen müssen! Du verdammter Idiot!" Fredo wollte sich an ihm vorbei drücken und einfach weggehen, doch Vincent hielt seinen Bruder am Kragen der Jacke fest.

„Bleib hier! Ich bin noch nicht fertig mit Dir! Wenn Du Dich nicht der Polizei stellst, zeige ich Dich an! Und wage Dich nicht noch einmal in Kathis Nähe! Sie werden Dich finden, das ist nur eine Frage der Zeit!" Fredo riss sich los. Plötzlich hatte er ein Messer in der Hand! Er sah seinen Bruder von unten herauf hasserfüllt in die Augen.

„Lass mich in Ruhe Du Depp! Ich brauche Euch schon lange nicht mehr! Und mit Dir, mein lieber Vincent, bin ich noch lange nicht fertig. Denk an meine Worte! Und mit dieser Sache in der Zeitung habe ich nix zu tun! Merk Dir das!"
Er steckte das Messer wieder ein, drehte sich einfach um und ging seiner Wege. Vincent sah ihm hinterher, bis er um die nächste Ecke verschwunden war. Was konnte er nur tun? Ihm nachgehen? Kurz entschlossen lief er los. Als er um die Ecke bog, war von Fredo weit und breit nichts zu sehen. Vor den Auslagen mit Jack Wolfskin-Mode blieb er stehen und sah sich um. Doch von Fredo war weit und breit nichts mehr zu sehen. Missmutig machte er wieder kehrt. Was sollte er nur tun? War das in der Zeitung nun Fredo oder war es nicht?
Er bemerkte nicht, dass Fredo aus einer Toreinfahrt heraus trat, noch einen Augenblick in Vincents Richtung blickte und dann grinsend seiner Wege ging.

Das Seefest

Kathi und Vincent hatten ausgemacht, sich in Königssee in der Gaststätte „Echostüberl" vor der Rodelbahn zu treffen. Schon am frühen Nachmittag war zu diesem Fest immer richtig was los. Das Problem war aber, dass sowohl Kathis Familie, wie auch Vincents Eltern auf dem Fest unterwegs waren. Gut war, dass man unterhalb der Rodelbahn eine eigene große Freilicht-bühne aufgebaut hatte. Dort traf sich immer die Jugend. Vincent hatte sich noch eine Überraschung für Kathi ausgedacht. Denn schon am Morgen hatte er heimlich eine kleine Kiste mit Leckereien, eine Flasche Sekt und dazu noch ein kleines blaues Kästchen mit zwei wunderschönen Ringen, an ihrem Treffpunkt am Wasserfall deponiert. Vincent war felsenfest entschlossen, sich mit Kathi zu verloben. Es waren zwei Partnerringe, mit einem kleinen blauen Stein. Den wollte er Kathi dann nach dem Fest auf den Finger stecken, als Zeichen dafür, dass sie nun ein richtiges Paar waren. Sie würden in der Nacht an ihrem „Privatsteg" anlegen und dann in der Dunkelheit der Nacht, zu ihrem Treffpunkt hinten am Kiesstrand laufen. Vincent hatte an alles gedacht und freute sich schon unbändig auf Kathis Reaktion.

Den Privatsteg hatte er vor zwei Jahren mit Fredo angelegt, damit sie am Anleger nicht zu sehen waren. Es war eine kurze Treppe und ein gut zwei Meter langes Laufbrett, über das man dann hinter dem Häuschen der Kasse unbemerkt an Land gehen konnte.

Schon am Nachmittag stand Katharina vor dem Spiegel im Bad. Sie hatte geduscht und betrachtete nun ihren eigenen nackten Körper. Zu sehen war von der Schwangerschaft noch nichts. Und schlecht war es ihr bis jetzt nur einmal am Morgen gewesen. Im Gegenteil, sie fühlte sich richtig wohl. Lächelnd strich sie sich über den nackten Bauch. Da drinnen wuchs nun ihr gemeinsames Kind heran. Und wie stolz Vincent darauf war! Sie freuten sich schon auf die Zeit zu dritt in einer eigenen Wohnung. Kathi sah auf die Uhr. In drei Stunden würde sie Vincent an der Rodelbahn treffen. Keine von ihren Freundinnen hatte so einen Kerl wie sie. Vincent war älter, reifer und er überlegte, bevor er etwas tat. Ganz im Gegensatz zu den Gleichaltrigen.

Als Vincent gegen siebzehn Uhr das Haus verließ, kam seine Mutter gerade aus dem Ziegenstall. Sie betrachtete ihren Sohn mit Wohlgefallen. Sportlich elegant kam er daher, dieses Prachtstück von einem Sohn!

„Triffst Du Dich mit Kathi?", fragte sie ihn leise. Er nickte. „Na, dann richte Deiner Braut mal schöne Grüße von mir aus. Sag ihr, Sie kann immer mit mir reden, wenn sie ein Problem hat. Wo werdet Ihr feiern?" Vincent umarmte seine Mutter glücklich.

„Danke Mama, dass Du zu uns hältst. Wir treffen uns an der Freilichtbühne an der Rodelbahn." Sie nickte.

„Gut, wir sind ja sicher wieder im großen Bierzelt. Da werden wir uns wohl kaum über den Weg laufen. Es ist wirklich eine Schande, dass man nicht zusammen feiern kann. Nur wegen diesem blöden Streit. Aber ich werde versuchen mit Agnes zu reden, wenn sich die Gelegenheit bietet. Irgendwann muss doch mal Ruhe sein! Na dann viel Spaß!" Er drehte sich noch einmal um.

„Mama, ich nehme das kleine E-Boot, Ihr werdet doch sicher mit dem großen fahren!" Er winkte seiner Mutter noch mal zu und ging zum Steg, wo beide Boote der Hohlmayers vertäut lagen. Dann prüfte er kurz die Batterie des Bootes. Die war voll, also war auch die Rückfahrt kein Problem. Langsam fuhr er auf den See hinaus in Richtung Königssee.

An der Haltestation Kessel standen vier Leute, offenbar Wanderer. Vincent verringerte das Tempo und rief ihnen zu: „Sie müssen das gelbe Schild da gut sichtbar heraushängen, sonst fahren die Schiffe vorbei!"

Er musste lachen. Immer wieder gab es Urlauber, die standen dort am Steg und winkten fleißig, wenn eines der Ausflugsschiffe vorbeifuhr. Dabei hatte man inzwischen einen Hinweis am Steg angebracht und auf den Sinn dieses Schildes hingewiesen.

Langsam glitt sein Boot an den Anlegern vorbei. Vincent fuhr in den kleinen Seitenarm ein, an dessen Ende eine alte Holzbrücke kam, über die man die andere Seite an der Bobbahn erreichte.

Wenige Meter vor der Holzbrücke machte er sein Boot zwischen zahlreichen anderen Booten fest. Ihr Boot war grün gespritzt und hatte das Logo der Försterei am Rumpf.

Auf dem Weg zur Freilichtbühne traf Vincent mehrere Bekannte. Doch so sehr er sich umschaute, er sah nirgends seinen Bruder. Er war auch diese Nacht nicht zu Hause gewesen. War er endgültig abgetaucht? Vater sagte zu alledem kein Wort. Er schwieg einfach. Mutter dagegen trug schwer an dieser Schande und weinte öfters. Doch Vater hatte darauf bestanden, wie jedes Jahr zum Seefest zu gehen. Sein Motto: „Nun gerade erst recht!"

Auf der Terrasse des „Echostüberl" suchte Vincent einen freien Tisch mit Blick auf den See und bestellte ein Bier. Hier hatte er sich mit Kathi verabredet. Ein Arbeitskollege aus der Stadtverwaltung mit seiner Ehefrau kam vorbei und sie grüßten sich. Plötzlich sah er sie schon von Weitem. Da kam Kathi! Im Dirndl, eine rote Jacke darüber, kam sie angeschlendert und winkte und lachte schon von Weitem. Vincent war stolz auf seine Zukünftige.

„Hallo, da bin ich! Wartetest Du schon lange?" Vincent verneinte und ließ sie setzen. Eine junge Kellnerin kam gerade vorbei und Kathi bestellte eine Apfelschorle. Er sah sie ein wenig besorgt an.

„Wie geht es Dir? Oder wie geht's Euch?", fragte er leise und lächelte sie an. Doch Kathi war guter Dinge.

„Danke der Nachfrage, aber uns geht es gut." Vincent räusperte sich und nahm ihre Hand.

„Hör mal! Ich habe mit meiner Mutter über uns geredet! Sie war erst ziemlich erschrocken, aber dann hat sie mir zugehört. Am Ende stand fest, dass sie uns unterstützen wird. Ich glaube, sie will mit Deiner Mutter reden. Damit dieses Theater endlich mal aufhört. Jedenfalls lässt sie Dich ganz herzlich grüßen!" Kathi sah mit großen Augen ihren Freund ungläubig an.

„Das hat sie wirklich gesagt?" Vincent nickte. Er nahm ihre Hand. „Du wirst sehen, alles wird noch gut! Wenn die beiden Mütter sich einig werden, dann können die beiden Streithähne nicht anders und müssen auch einlenken."
Vincent zog eine Zeitung aus der Innentasche seines Sakkos.

„Hier, schau mal an!" Kathi nahm die Zeitung und starrte auf das Bild.

„Du, der Kerl sieht ja aus wie Fredo, oder?" Vincent rieb sich das Kinn.

„Sieht ganz so aus, dass er es ist! Die Polizei war schon bei uns. Mein Vater hat sie quasi rausgeworfen. Er will es einfach nicht wahrhaben! Wenn Fredo das gemacht hat, dann gehört er ins Gefängnis!" Kathi schüttelte ungläubig den Kopf.

„Ich kann mir das eigentlich nicht vorstellen, dass Fredo zu so was fähig ist. Er ist doch kein Vergewaltiger", meinte sie nachdenklich. Vincent schnaufte hörbar.

„Wenn er das war, dann ist er als mein Bruder für alle Zeit erledigt! Stell Dir mal vor was das bedeutet, wenn unser Name in der Zeitung steht. Dann wird es das Beste sein, wir ziehen hier weg!" Kathi streichelte Vincents Wange.

„Niemand kann Euch deswegen einen Vorwurf machen. Er ist nun mal ein Außenseiter, vielleicht ist er sogar krank. Habt Ihr da schon mal daran gedacht?"

Vincent schüttelte nachdenklich den Kopf. Aber Kathi hatte gerade einen Punkt berührt, an den er auch schon gedacht hatte. An der Freilichtbühne begann die Musik zu spielen und Vincent zahlte die beiden Getränke. Eng umschlungen gingen sie langsam hinüber. Eine Band aus Bad Reichenhall heizte die Stimmung an. Nach einer Weile tanzten die Besucher und die Stimmung stieg mit jedem Song. Kathi und Vincent tanzen ein wenig abseits vom großen Trubel eng umschlungen und genossen so ihre Zweisamkeit.

Keine fünfzig Meter entfernt stand ein junger Mann mit einem Kapuzenshirt und Jeans und beobachtete das Geschehen. Sein Blick blieb plötzlich an einem jungen Paar hängen, das etwas seitlich neben der Bühne eng umschlungen tanzte und schmuste.

„Sieh an, sieh an! Da sind die Beiden ja", murmelte er und entfernte sich dann langsam wieder in Richtung der Holzbrücke. Zu Beginn des Seitenarms bestieg er ein gelbes Boot und fuhr dann langsam damit auf den See hinaus ...

Der Wettergott hatte ein Einsehen, es war selbst gegen 22.00 Uhr noch herrlich warm. Eine richtige lauwarme Julinacht. Zahlreiche Liebespaare lagen verstreut um die Bobbahn im Gras. Einige hatten Windlichter und etwas zu trinken dabei. Man lachte und trank. Andere wiederum saßen in Gruppen beieinander und unterhielten sich bestens. Die Musik von der Freilichtbühne und die vom Bierzelt drüben auf dem Hauptplatz vor dem Anleger mischten sich gelegentlich, wenn der Wind es so wollte. Zahlreiche hell beleuchtete Boote waren auf dem See unterwegs und überall wurde gefeiert. Die Ausflugsboote fuhren ebenfalls hell erleuchtet, mit Musik an Bord, nach Salet und wieder zurück.

Susi und Markus hatten Franzi in der Obhut der Nachbarin zurückgelassen und saßen im Bierzelt. Es wurde kräftig geschunkelt. Immer wieder zog Susi ihren Freund und Kollegen zur Tanzfläche. Eng umschlungen drehten sie sich im Kreis und Susi war ausgelassen, wie schon lange nicht mehr. Erschöpft und schwitzend ließ sich Markus auf seinen Stuhl fallen. Er nahm einen kräftigen Zug aus seinem Maßkrug, während Susi an ihrem Wein nippte. Er sah sie an und lachte vor sich hin.

„Warum lachst Du denn heute immerzu?", fragte sie ihn amüsiert. Markus grinste. „Ich bin eben ein wenig berauscht – von Dir!", meinte er und dabei sahen seine Augen immer wieder auf Susis Ausschnitt. Das Dirndl stand ihr sehr gut. Sie war schlank, hatte aber genügend „Holz vor der Hütten", um so ein Dirndl auszufüllen. Sie griente ihn an.

„Isch weiß scho wo Du immer hinschaust", lachte sie kess. Markus verdrehte die Augen.

„Oh ja, die Berge der Alpen sind tatsächlich wunderbar anzuschauen!", erwiderte er vieldeutig und nahm wieder einen Schluck Bier. „Ich finde sie alle beide jedenfalls ganz wunderschön!" Susi lachte verschmitzt.

„Na ja, Du hast sie Dir ja inzwischen schön getrunken." Markus protestierte mit etwas schwerer Zunge.

„Ich bin aber überhaupt kein bisschen nicht betrunken, Kollegin Kommissarin!", erwiderte er mit anstoßender Zunge. Dann legte er den Arm um ihren Hals.

„Komm, mein Schweizer Schokoriegel, küss mich mal!" Und schon hatte sie einen Schmatz auf dem Mund. Susi lachte ihn an und wischte sich den Mund ab.

„Du stinkst wie ein Bierfass, Kollege Oberkommissar! Ich glaube, heute muss ich uns wohl heimbringen." Markus übergab ihr wortlos den Autoschlüssel.

„Aber immer schön rechts fahren, gelle!" Er amüsierte sich über seinen Zustand offenbar selber.

„Du kannst es mir glauben, den letzten Rausch hatte ich vor zwei Jahren! Damals, als ich endlich wieder frei war!" Da Susi ein ernstes Gesicht dazu machte, winkte er ab.

„Lassen wir das Thema! Das ist Schnee von vorgestern! Jetzt habe ich ja Dich! Würdest Du mich heiraten, mein kleiner Schweizer Schokoriegel?", fragt er sie plötzlich unvermittelt. Susi hob seinen Kopf ein wenig an, indem sie mit der Hand sein Kinn hochschob.

„Frag mich das noch mal, wenn Du nüchtern bist. O.K.?", sagte sie leise. Dann gab sie ihm einen Kuss. Markus holte tief Luft und nickte. Er sah auf die Uhr.

„Was hältst Du davon, wenn wir nach Hause fahren?" Susi nickte. „Na klar, ich bringe Dich ins Bettchen!" Und so gingen sie eingehängt zum Auto und Markus setzte sich artig in den Beifahrersitz. Die ganze Heimfahrt über hielt er die Augen geschlossen und schwieg. Als sie vor der Haustür anhielten, machte er die Augen wieder auf und grinste sie an. Plötzlich, als wäre er blitzartig wieder nüchtern, stieg er aus und lachte.

„Du kannst klasse Autofahren, Frau Thoma! Ich habe mich richtig sicher gefühlt. Wie wär´s, trinken wir noch ein Gläschen zur Feier des Tages?" Sie sah ihn erstaunt an.

„Du bischt gar nicht blau? Du hascht das alles nur gespielt? Warum denn?" Er umarmte sie mitten auf dem Fußweg. Dann flüsterte er ihr ins Ohr:

„Weil ich jetzt unbedingt mit Dir ins Bett gehen will und die Schweizer Berge erkunden will!" Als Antwort bekam er einen Rippenstoß.

„So einer bist Du also! Na warte, die Rache ist süß! Komm Du mir mal in mein Bett, Du wirst schon sehen!" Sie schloss lachend die Haustür auf. Und Susi hatte recht, es wurde eine lange und aufregende Nacht ...

Inzwischen hatten sich zu Kathi und Vincent zwei junge Mädels aus Kathis Klasse gesellt. Man setzte sich an einen Tisch und Vincent hatte Schwerstarbeit zu leisten, da er schon aus Anstand, nun mit allen drei Mädels eine Runde tanzen musste. Es war schon gegen ein Uhr dreißig, als plötzlich auch noch ein Kollege aus Vincents Büro auftauchte und sich zu ihnen gesellte. Der gute Mann hatte allerdings schon reichlich getankt. Aus Frust, weil ihn seine Freundin verlassen hatte, wie er nun schon zum zweiten Mal allen erzählte. Vincent sah auf die Uhr. Und dann kam Vincent auf eine Idee, die er im Nachhinein wohl lieber nicht gehabt hätte.

„Hör mal Kathi, ich muss den Rolf unbedingt schnell nach Hause bringen. Er wohnt da vorn am Kreisverkehr. Dort wo es nach Schönau geht. Aber um diese Zeit nimmt ihn in seinem Zustand auch kein Taxifahrer mehr mit. Könntest Du nicht mit

Claudia und Ursel mit nach Hause fahren? Ich komme ganz schnell nach und dann treffen wir uns an unserem Treffpunkt, Du weißt schon! Ich habe dort was vorbereitet!" Er sah sie bittend an und gab ihr einen Kuss.

„Bist Du einverstanden?" Kathi sah ihn fragend an. „Ich kann doch auch hier auf Dich warten oder ich komme mit." Vincent dachte nach.

„Wir müssen drüben durch das Bierzelt, da sitzen unsere Eltern. Meinst Du nicht, das fällt auf?" Kathi nickte schweren Herzens.

„Ja, Du hast recht. Na gut, aber lass mich bitte nicht so lange warten. Und beeile Dich!" Vincent nickte und sah nochmals auf die Uhr.

„Gut, in spätestens einer Stunde am Steg. Du fährst zu unserem Privatsteg, steigst dort aus und wartest auf mich! Also bis dann, Liebes!" Er umarmte Kathi und küsste sie. Zu den beiden Mädchen sagte er: „Bringt meine Braut gut nach Hause, sie zeigt Euch, wo ihr anlegen könnt. Gute Nacht!"
Dann hakte er Rolf unter und marschierte mit ihm los. Sie sahen den Beiden eine Weile hinterher. Plötzlich sagte die blonde Claudia:

„Das also ist Dein Freund! Da hast Du aber einen guten Fang gemacht. Nur schade, dass er schon vergeben ist." Kathi lachte.

„Keine Chance Claudia, der Vincent ist treu wie Gold! Nur schade, dass sich unsere Familien nicht vertragen. Aber heiraten werden wir trotzdem!" Ursel nickte ihr zu.

„Den würde ich auch sofort heiraten!" Sie seufzte tief.
„Aber solche Prachtstücke sind eben immer vergeben, eine Schande so was! Trotzdem, ich wünsch Dir viel Glück mit ihm Kathi!" Claudia sah auf die Uhr und erhob sich.

„Na dann kommt ihr mannstollen Weiber! Ich kutschiere Euch jetzt nach Hause!" Sie sah Kathi an und lachte.

„Soll ich in Bartholomä anlegen oder schwimmst Du an Land?" Kathi protestierte.

„Nee, um Gottes willen! Mein Kleines würde sich doch sofort erkälten!" Erschrocken hielt sie sich die Hand vor den Mund. Die beiden Mädels sahen sie erstaunt und ziemlich sprachlos an.

„Sag mal, Du bist schwanger?" Kathi nickte. Sie stand auf und nahm ihre Jacke.

„Stimmt Mädels, ich bin in anderen Umständen, wie man so schön sagt!" Claudia sah sie fragend an. „Weiß er es schon?" Kathi nickte wieder und lächelte.

„Er weiß es und er freut sich irre darauf! Aber tut mir einen Gefallen, redet noch mit niemand darüber!" Ursel nahm Kathi in den Arm.

„Wegen Euern Eltern, ja? So ein Mist! Dabei sollten die sich doch freuen!" Doch Claudia protestierte und winkte ab.

„Welche Eltern freuen sich schon, wenn du mit siebzehn mit einem dicken Bauch daher kommst. Meine Mutter würde mich wohl rauswerfen!" Ursel empörte sich.

„Nun rede doch nicht solchen Stuss! Unsere Mütter würden vielleicht erst mal mosern, aber dann wären sie wie die Glucken! Verlasst Euch darauf! Bei meiner großen Schwester war es auch so. Und die war erst mal sechzehn damals!" Claudia winkte ab.

„Na ja, ich erspare mir solche frühen Unannehmlichkeiten! Immerhin gibt's ja auch Kondome!" Ursel lachte laut auf.

„Die hatte meine Schwester auch benutzt! Und trotzdem hat's gefunkt!" Claudia schüttelte den Kopf.

„Wie blöde muss man denn da sein! Ach kommt jetzt endlich, ich will nach Hause!"
Leise summend verließ das kleine Boot den Anleger und fuhr auf den See hinaus ...

Astrid Hohlmayer verließ den Biertisch und ging an die Theke des Bierzeltes, um sich dort eine Brezn zu holen. Als sie bezahlt hatte und sich wieder umwandte, stand sie plötzlich der Agnes Gründl gegenüber. Sie sahen sich einen kurzen Augenblick lang an und keine wusste so recht, was sie sagen sollte. Dann aber lächelte Astrid und grüßte Agnes.

„Hallo Agnes! Ihr seid auch hier im Zelt?", fragte sie etwas unsicher. Agnes Gründl nickte und zwang sich ein Lächeln ab.

„Ja, wir wollen auch mal raus aus dem Trott. Hoffentlich gibt's heute nicht wieder eine Keilerei der Jungs", setzte sie noch auf das Vorjahr anspielend hinzu. Astrid nahm allen Mut zusammen.

„Könnten wir uns mal da drüben auf die leere Bank setzen? Ich hätte was mir Dir zu bereden! Es ist wirklich wichtig", setzte sie noch hinzu.

Agnes schaute sie erst etwas irritiert an, denn Gespräche zwischen den Familien gab es schon seit zig Jahren keine mehr. Sie sah sich nach dem Tisch um, an dem ihr Mann mit einigen Berufskollegen saß und eifrig diskutierte. Dann nickte sie plötzlich lächelnd.

„Na gut Astrid, reden wir eben mal zusammen. Schaden kann das ja nie, oder? Was gibt's denn so Wichtiges?"

Astrid Hohlmayer suchte nach Worten, dann sah sie ihrer Nachbarin in die Augen.

„Gut Agnes! Es geht um unsere Kinder!" Agnes Gründl zog die Brauen zusammen. „Wieso geht es um unsere Kinder und um welche?", fragte sie misstrauisch.

„Hast Du noch nix bemerkt an Deiner Tochter?", fragte Astrid schmunzelnd zurück.

„Entschuldige mal Astrid, was soll ich denn bemerkt haben? Sie ist manchmal ziemlich komisch in letzter Zeit. Aber das liegt wohl daran, dass sie langsam erwachsen wird. Aber sonst, nee, ich wüsste nicht, was ich da noch bemerkt hätte!" Sie rutschte unruhig auf der Bank hin und her.

„Ja aber was gibt's denn nun so Wichtiges, Astrid?", fragte sie unruhig geworden. Astrid Hohlmayer nickte etwas nachdenklich und sah ihre Nachbarin lächelnd an.

„Ja weißt Du Agnes, wenn es nach Eurer Kathi und unsrem Vincent geht, haben wir beide bald eine Hochzeit auszurichten!" Agnes Gründl wurde zusehends blass.

„Was sagst Du da? Eine Hochzeit? Na sind die Beiden denn verrückt geworden? Ich weiß wirklich von nix!", bekannte sie und winkte nach der Kellnerin.

„Jetzt brauche ich erst mal ein Bier, willst Du auch eins?" Astrid nickte nachdenklich, und Agnes Gründl hatte alle Mühe sich zu beruhigen. Astrid wollte gerade den zweiten Teil der Neuigkeiten an die Frau bringen, als die Kellnerin kam und ihnen das Bier hinstellte. Agnes nahm beide Gläser mit den Worten: „Schreiben Sie das mal bei meinem Mann an", in Empfang und reichte eins davon Astrid. Die hob das Glas,

„Prost, Agnes! Trinken wir also auf den Nachwuchs unserer Familien!"

Agnes Gründl wollte gerade einen Schluck nehmen, stellte aber das Glas abrupt auf den Tisch zurück.

„Was sagst Du da? Ist die Kathi schwanger? Weißt Du da mehr als ich?", fragte sie entsetzt. Astrid Hohlmayer nickte ihrer Banknachbarin wortlos zu. Agnes nahm einen langen Zug aus dem Maßkrug, sah sich wieder nach der Kellnerin um und bestellte schnell noch zwei Obstler.

„Den Schnaps brauche ich jetzt doch! Und ich wundere mich, warum sie in letzter Zeit so blass ist!", bekannte sie leise und sichtlich schockiert. Die Kellnerin kam schon wieder und stellte den Schnaps auf den Tisch.

„Hier die Damen, ihr Schnapsl!" Astrid gab ihr einen Fünfeuroschein. Dann stießen die beiden Frauen wieder miteinander an. Als Agnes das leere Glas wieder auf den Tisch stellte, sagte sie plötzlich: „Wenn das mein Alter erfährt, gibt's eine Revolution bei uns zu Hause! Dass sein Liebling das fertigbringt, wird er ihr nie verzeihen!"

Sie sah Astrid unglücklich an. „Und was wird Deiner dazu sagen?" Astrid Hohlmayer nahm einen Schluck Bier und wischte sich den Schaum vom Mund ab.

„Wenn er das erfährt, gibt's mindestens eine Revolution bei uns und Vincent wird wohl ausziehen müssen!"

Die Frauen sahen sich an. Agnes fand als Erste die Sprache wieder. „Warum hat sie denn bloß nix zu mir gesagt?", sinnierte sie vor sich hin. Astrid lachte leise.

„Na, warum wohl nicht, Agnes! Sie hat Angst vor Ihrem Vater. Und daran ist nur diese dämliche Geschichte von früher dran schuld! Eigentlich sollten wir beide jetzt hier sitzen und uns freuen!" Agnes nickte mechanisch.

„Stimmt ja eigentlich auch, aber ob eine Verwandtschaft mit Simon den Franz freuen wird? Oh Gott, oh Gott, was haben die Beiden sich nur dabei gedacht!"

Astrid richtete sich auf.

„Was machen wir nun? Herumsitzen und Zetern hilft den Beiden ganz bestimmt nicht, Agnes!" Die nickte, warf ihr langes graues Haar zurück und trank einen Schluck Bier. Dann zuckte sie mit den Schultern und sah sich nach ihrem Gatten um. Doch der saß immer noch am Tisch der Fischer und diskutierte.

„Weißt Du was, ich rede morgen früh mit Franz, wenn er wieder nüchtern ist! Wir müssen doch den Kindern zur Seite stehen. Und mit meiner Kathi werde ich auch reden, das Kind ist nun mal eine Tatsache. Gemeinsam werden wir es auch noch groß bringen, oder?"

Astrid Hohlmayer atmete erleichtert auf und schob ihre Hand zu Agnes über den Tisch.

„Lass uns in die Hand versprechen, dass wir unseren beiden Verliebten helfen!" Agnes Gründl nahm die dargebotene Hand und lachte nun ebenfalls zum ersten Mal wie befreit auf.

„Gut, ich verspreche es! Und unsere beiden Kampfhähne werden wir schon überzeugen, schließlich sind wir ja Frauen, oder?", lachte sie. Als sie sich dann voneinander verabschiedeten, gab es zum ersten Mal nach 100 Jahren eine herzliche Umarmung zwischen einer Hohlmayer und einer Gründl.

Das Boot der drei Mädchen hatte inzwischen die Halbinsel St. Bartholomä erreicht. Kathi dirigierte Claudia, die am Steuer saß, um den Anleger herum. Dorthin wo Vincent vor Wochen eine Treppe und einen Steg hingebaut hatte. Die Holztreppe führte hinauf auf einen schmalen Steg, von ungefähr sechzig Zentimeter Breite, der drüben auf der Wiese endete. Darunter gluckerte leise das Wasser des Sees.

Auf der Treppe stehend, winkte Kathi lachend ihren beiden Freundinnen noch mal zu, die sich schon wieder mit dem Boot entfernten. Leise vor sich hin summend, stieg sie die zehn Stufen hinauf und erreichte die Laufplanke, dass aus zwei nebeneinanderliegenden Brettern bestand.

Sich an dem kleinen hölzernen Handlauf festhaltend betrat sie den Steg. Kathi hatte gerade die ersten zwei Schritte gemacht, als es plötzlich unter ihr laut knirschte. Und ehe sie auch nur reagieren konnte, gab das Brett unter ihren Füßen nach. Krachend brach sie durch und fiel mit einem lauten Schrei in die Tiefe. Ihr Körper schlug unten auf und sie verlor die Besinnung. Um Kathi wurde es schlagartig finster und so lag sie nun halb im Wasser, halb auf den Steinen. Ein Schuh von ihr lag noch oben auf dem Steg, gleich neben dem durchgebrochenem Brett.

Irgendwo rief laut ein Kauz immer wieder in die Nacht hinein. Es war, als wollte er dieses böse Unglück melden und um Hilfe rufen. Doch niemand war zu dieser Zeit in der Nähe des Anlegers, geschweige denn auf der Insel.

Eine dreiviertel Stunde später näherte sich mit erhöhter Geschwindigkeit das Boot von Vincent der Halbinsel St. Bartholomä. Vorsichtig näherte er sich ihrem privaten Anlegesteg. Er sah sich suchend nach Kathi um. Doch von seiner Braut war nirgends etwas zu sehen. Vincent erfasste eine unerklärliche Unruhe.

Schon unten an der Treppe nahm er sein Handy und rief Kathi an. Es tutete, aber sie meldete sich nicht. Hastig überlegte er, was er tun sollte. Rüber laufen zu den Häusern, um zu sehen, ob sie schon zu Hause war? Aber warum sollte sie nach Hause gegangen sein, ohne ihn zu informieren? Hastig befestigte er das Boot unten an der Treppe. Bevor er hochstieg, wählte er nochmals Kathi Nummer. Sein Handy tutete. Plötzlich hörte er ganz leise, irgendwo in der Dunkelheit, einen Klingelton! Hastig stieg er die Stufen empor. Irgendetwas machte ihm Angst, er wusste nur nicht was. Gerade wollte er den Steg betreten, als sein Fuß plötzlich stoppte.

Er starrte auf das im Mondlicht gut sichtbare durchgebrochene Brett! Und dann sah er einen Schuh daliegen. Es war einer von Kathis Schuhen! Mit einem Aufschrei „Kathi!" betrat er das noch intakte Brett, das unter seiner Last beträchtlich knarrte. Immer noch klingelte es irgendwo, diesmal nur lauter und deutlicher! Langsam kniete er sich nieder und sah dann die fünf Meter hinunter in die Finsternis. Für einen Moment glaubte er sein Herz würde aussetzen! Kathi lag reglos in der Tiefe. Das Klingeln kam von da unten.

„Kathi!", rief er nochmals, doch sie antwortete nicht. Im hellen Mondlicht sah er sie regungslos halb im Wasser und halb auf den Steinen liegen.

Hastig stieg er die Treppe wieder hinunter, mehr rutschend als steigend, erreichte er die erste Stufe, zwängte sich dann unter dem Steg durch und ließ sich an einem dicken Balken bis auf die Steine hinab rutschen. Mit zwei Schritten hatte er die wie leblos Daliegende erreicht. Vorsichtig hob er ihren Kopf an. Ihr Gesicht war blutverschmiert von einer Kopfwunde. Mit einem Taschentuch wischte er ihr schnell das Blut aus den Augen, dann fühlte er ihren Puls.

Ein leises Schluchzen unterdrückend stellte er fest, dass ihr Puls nur sehr schwach war. Als Mitglied der Bergwacht hatte er Erste Hilfe lernen müssen, dass ihm nun zugutekam. Vorsichtig versuchte er zuerst Kathi ein Stück weiter zu ziehen, sodass sie aus dem Wasser herauskam. Obwohl er ja genau wusste, dass man Verletzte eigentlich ohne Stabilisierung nicht bewegen durfte. Aber er konnte sie doch nicht im Wasser liegen lassen! Ganz vorsichtig legte er seine Jacke unter, um sie dann Zentimeter um Zentimeter auf den Steinen auf eine trockene Stelle zu ziehen.

Als er sie dann auf seine Jacke gebettet und etwas zugedeckt hatte, rief er die Rettung an. Die Einsatzzentrale meldete sich schnell und er erklärte sein Anliegen. Der Mann in der Zentrale aber erzählte ihm etwas von vielen Betrunkenen, die versorgt werden mussten. Da platzte Vincent der Kragen!

„Höre auf zu labern, Kollege! Hier geht es um Leben und Tod, also lass Deine Besoffenen mal liegen und bewegt Euern Arsch schnellstens hierher! Ich rufe die Polizei, damit sie Euch begleiten kann! Wie ist Dein Name Kollege?", fragte er den Mann noch mal. Der, nun etwas eingeschüchtert, nannte seinen Namen und versprach ihm, sofort Hilfe zu schicken. Vincent steckte sein Handy wieder ein.

In Kathis kleiner Tasche, die neben ihr lag, fand er ihr Handy. Es war noch intakt. Als er es herausnahm, sah er seine beiden Anrufe von vorhin. Immer wieder streichelte er seine Freundin und redete leise auf sie ein. Zum wiederholten Male fühlte er ihren schwachen Puls. Plötzlich stöhnte Kathi leise, doch sie kam nicht zur Besinnung. Vincent starrte verzweifelt auf die Uhr. Wann kam denn endlich diese verdammte Rettung?

Franz Gründl schwankte ein wenig, als er mit seiner Frau das Bierzelt verließ. Er war guter Laune und wollte Agnes dauernd küssen. Doch sie wehrte ihn ab. Vorsichtig hinsetzend nahmen sie Platz im Boot, als sie drüben von den Unterstellhallen plötzlich ein Boot der Polizei mit Sirenengeheul losfahren sahen. Gleich darauf donnerte über ihnen ein Hubschrauber auf den See hinaus. Franz Gründl lachte amüsiert.

„Oh je, da haben sich wieder ein paar besoffen mit dem Boot hinausgewagt! Genau wie im vorigen Jahr, wo zwei Berliner um ein Haar abgesoffen sind, weil ihr Boot plötzlich Feuer gefangen hatte."

Er sah zu, wie seine Frau das Boot in Richtung Bartholomä steuerte. Der große helle Vollmond machte es einfach, sich zu orientieren, und die beiden Lampen an Bord, gaben ihnen Sicherheit.

Sie hatten etwa die Hälfte der Strecke geschafft, als das Boot der Polizei schon wieder mit jaulender Sirene zurückkam und Seelände ansteuerte. Franz Gründl sah unruhig seine Frau an.

„Na die mussten aber nicht weit gefahren sein, wenn sie schon wieder zurückkommen!" Auch Agnes wurde es plötzlich im Magen etwas flau. Selbst unruhig geworden, gab sie mehr Gas. Der Motor heulte auf und das Boot schoss über die Wasserfläche, sodass Franz anfing zu schimpfen, weil er sich festhalten musste und ihm das Wasser ins Gesicht spritzte.

„He, was ist denn plötzlich in Dich gefahren? Warum rast Du denn so, ich werde doch ganz nass!", moserte er. Inzwischen sahen sie schon die Umrisse der zwei Türme im hellen Mondlicht. Davor bewegten sich Lichter hin und her. Agnes Unruhe wuchs mit jeder Sekunde.

Sie erreichten gerade den Anleger, als sie sahen, wie der Heli gerade donnernd wieder aufstieg. Rasch legte Agnes an, half Franz aus dem Boot und dann lief sie voraus, hinüber zu den Sanitätern. Etwas atemlos erreichte sie dann den ersten Uniformierten und fragten ihn, was passiert sei. Der drehte sich zu ihr herum.

„Und warum interessiert sie das, gute Frau?", fragte er sie mürrisch. „Na weil wir hier wohnen, guter Mann!", entgegnete Agnes aufgebracht. Der ältere Polizist sah sie erstaunt an.

„Ach so, Sie wohnen hier! Also gut, ein junges Mädchen ist da hinten auf dem Holzsteg durchgebrochen und in die Tiefe gestürzt. Wenn Sie mich fragen, es steht nicht sehr gut um das arme Madl!" Agnes erbleichte und schwankte leicht, sodass sie der Polizist erschrocken festhielt.

„Wie heißt sie?", hauchte Agnes leise. Der Polizist sah auf seinen Block. „Katharina Gründl, heißt die Kleine! Das ist wohl Ihre Tochter?", fragte er nun schon voller Mitleid. Franz hatte inzwischen seine Frau eingeholt.

„Was ist denn hier los?", polterte er mit schwerer Zunge los. Agnes zerrte ihn am Ärmel zur Seite.

„Hör auf, Franz! Unsere Kathi ist hinten am Steg in die Tiefe gestürzt!" Franz Gründl schien auf einen Schlag wieder nüchtern zu sein. Er starrte Agnes an.

„Oh Gott, wir müssen zu ihr!", war alles, was er sagte. Agnes fragte den Polizisten, wohin man Kathi gebracht hatte.

„In das Krankenhaus nach Berchtesgaden." lautete die Auskunft. Franz sah seine Frau einen Moment an.

„Komm, wir fahren sofort zurück! Dann nehmen wir das Tuck-Tuck und fahren rüber ins Krankenhaus. Los, steig ein!" Er nahm Agnes an der Hand und zog sie zum Boot zurück. Schnell überprüfte er noch mal den Tank, der war zum Glück noch fast voll. Er dankte dem lieben Gott, dass er am Vortag Benzin aufgefüllt hatte. Mit hohem Tempo fuhren sie zurück nach Königssee.

Im Flur der Station II. saß Vincent auf einem Stuhl und wartete schon seit einer Stunde, was Kathis Untersuchung erbringen würde. Im Stillen machte er sich Vorwürfe, dass er erst seinen Kollegen nach Hause gebracht hatte. Das alles wäre garantiert nicht passiert, wenn er als Erster auf den Steg gegangen wäre. Leise betete er immer wieder: „Lieber Gott, lass Kathi und das Kind, das alles gut überstehen!"
Immer wieder eilten Schwestern in den OP-Raum, in den man Kathi gebracht hatte. Die Zeit rann dahin und Vincent wurde von Stunde zu Stunde immer unruhiger.
Plötzlich hörte er Stimmen am Eingang zur Station. Kathis Eltern kamen aufgeregt den Gang entlang gelaufen. Agnes stutzte einen kurzen Moment, als sie Vincent dasitzen sah. Doch dann tat sie so, als sei es die normalste Sache der Welt, dass ausgerechnet Vincent hier saß.

„Weißt Du wie es ihr geht?", fragte sie Vincent völlig aufgelöst. Vincent war aufgestanden und schüttelte den Kopf.

„Nein Frau Gründl, ich sitze schon seit zwei Stunden hier. Aber bis jetzt hat mir noch niemand etwas gesagt." Franz Gründl starrte ungläubig die ganze Zeit, erst Vincent und dann seine Frau an.

„Kannst Du mir vielleicht mal sagen was der Kerl hier will?", polterte er halblaut los. Agnes drehte sich zu ihrem Mann herum und sah ihn zornig an.

„Höre auf jetzt zu stänkern, Franz! Vincent ist Kathis Freund! Er hat ein Recht hier zu sein, und jetzt vergiss diesen blöden Streit mal für eine Weile! Unser Kind liegt da drinnen und ist vielleicht schwer verletzt", meinte sie mit Tränen in den Augen. Franz Gründl drehte sich weg, setzte sich wortlos auf einen Stuhl und schüttelte fassungslos den Kopf.

„Sie hat tatsächlich ausgerechnet einen Hohlmayer zum Freund, das ist unfassbar", murmelte er vor sich hin. Mit geschlossenen Augen saß er, den Kopf an die Wand gelehnt, da und sagte kein Wort mehr. Seine eigene Tochter hatte ihn verraten! Ausgerechnet die Kathi, die er über alles liebte! Inzwischen war es bereits 2.30 Uhr geworden und noch immer gab es keine Auskünfte, was mit Kathi los war.

Plötzlich öffnete sich erneut die Eingangstür zur Station und Astrid Hohlmayer, ihr Mann Simon, gefolgt von Anton, traten ein. Anton ging sofort zu Vincent und gab ihm die Hand. Die Holmayers traten langsam näher und die beiden Frauen nahmen sich kurz in die Arme.

„Wir haben unten in Seelände erfahren, dass zu Hause was Schlimmes passiert sein musste. Zuerst dachten wir an Vincent, aber dann sagte uns jemand, dass die Kathi verunglückt sei. Ich habe Anton gebeten uns sofort herzufahren", erklärte Astrid der Fischersfrau. Franz Gründl stand plötzlich auf und sah seinen Erzfeind Simon wütend an. Was war eigentlich hier los?

„Sag mal Förster, was wollt Ihr eigentlich alle hier, he? Ist unser Unglück nicht schon groß genug!" Simon Hohlmayer knurrte bissig:

„Meine Alte hat mich hierher geschleppt! Offenbar sind hier alle verrückt geworden!" Er wollte noch etwas hinzusetzen, als ihn Astrid plötzlich am Ärmel zerrend mit hochrotem Kopf anfauchte.

„Könnt Ihr beiden Holzköpfe denn nicht mal jetzt Euern blöden Streit vergessen und den Mund halten! Der Vincent und die Kathi sind ein Paar! So, jetzt weißt Du es endlich auch! Oder was glaubst Du, warum unser Sohn auch hier ist?"

Zornbebend schob sie ihren verblüfften Gatten plötzlich mit beiden Händen zu einem der Stühle neben Franz Gründl und drückte ihn auf den Sitz.

„So, und nun setz Dich hier neben den Franz! Und ihr haltet beide endlich mal den Mund! Ihr benehmt Euch wie zwei Kinder, Ihr alten Holzköpfe!", fauchte sie immer noch halblaut.

Sie wollte gerade noch etwas hinzufügen, als die Tür zur Station erneut aufging und ein Polizist hereinkam. Er ging fragend auf die Gruppe zu.

„Ich suche die Familie Gründl!", war das Erste was er sagte. Franz stand auf und nickte ihm zu.

„Grüß Dich, Sepp! Ich bin der Gründl Franz, kennst mich net mehr?" Der Polizist sah den Fischer an und seine Züge hellten sich plötzlich auf.

„Natürlich kenn ich Dich noch! Ich habe mich doch schon gewundert, irgendwoher kannte ich den Namen doch." Er wurde wieder ernst.

„Also Franz, das Unglück Deiner Tochter ist eigentlich kein Unglück dem Sinn nach. So wie es aussieht, hat da einer aber tüchtig nachgeholfen! Die Holzbohle, die durchgebrochen ist, ist mehrfach angebohrt worden. Dazu ist außerdem noch das darunter befindliche Querholz gelockert worden. Also, egal wer da drauf getreten wäre, er wäre unweigerlich durchgebrochen! Hast Du vielleicht einen Verdacht, wer das gemacht haben könnte?" Franz Gründl schüttelte, grau im Gesicht, nur wortlos den Kopf. Plötzlich sprang Vincent von seinem Stuhl auf.

„Aber ich weiß, wer es gewesen sein kann! Ich glaube, das war mein Bruder Fredo!", erklärte er zornbebend dem Polizisten. Simon Hohlmayer bekam schlagartig einen roten Kopf, stand auf und trat auf seinen Sohn zu.

„Sag mal, was erzählst Du uns denn hier für einen Schmarrn? Wie kommst Du denn dazu, Deinen eigenen Bruder zu verdächtigen?", schnarrte er halblaut seinen Sohn an. Doch Vincent ließ sich nicht einschüchtern.

„Vater! Wann begreifst Du endlich, dass aus Fredo ein Lump geworden ist? Er hat mir vor ein paar Tagen noch gedroht, dass er mit mir und Kathi noch nicht fertig sei. Das hat er so wortwörtlich zu mir auf dem Marktoplatz in Berchtesgaden gesagt. Wach doch endlich mal auf!"

Simon Hohlmayer blieb für eine Sekunde die Sprache weg. Er sah zuerst seinen Sohn und dann die anderen sprachlos an. Dann schüttelte er fassungslos den Kopf.

Franz Gründl war ebenfalls aufgesprungen, seine blauen Augen funkelten wütend. Es sah beinahe so aus, als wenn er sich nun jeden Augenblick auf seinen Erzfeind stürzen wollte. Doch urplötzlich stellten sich Astrid und Agnes zwischen die beiden Kampfhähne. Astrid zitterte am ganzen Körper und griff mit einem Mal nach der Jacke ihres verblüfften Gatten und schüttelte ihn wütend mit aller Kraft.

„Was habe ich Dir immer gesagt, he? Aber nein, Du hast ihn immer wieder in Schutz genommen!" Weinend barg sie ihren Kopf an seine Brust. Simon Hohlmayer stand da, unfähig eines Wortes. Plötzlich sagte er halblaut, aber gut hörbar für alle:

„Wenn das stimmen sollte, dann ist er nicht mehr mein Sohn. Das schwöre ich Euch."

Er wandte sich an den Polizisten und gab ihm die Personalien von Fredo. Und gerade als er sich wieder umdrehte und mit ausgestreckter Hand auf Franz Gründl zugehen wollte, öffnete sich die Tür des OP-Raumes und ein älterer Arzt trat heraus.

„Wer von Ihnen ist hier von der Familie Gründl?", fragte er und seine Augen blickten müde und abgespannt in die Runde. Franz und Agnes gaben sich zu erkennen. Man sah, dass der Arzt einen Augenblick nach Worten suchte, ehe er zu sprechen begann.

„Also, Ihrer Tochter geht es zurzeit den Umständen entsprechend ganz gut. Wir mussten eine Not-OP machen und eine Vene im Bauchraum schließen, die durch den Sturz geplatzt war. Wäre Ihre Tochter auch nur ein halbe Stunde später bei uns hier eingeliefert worden, hätten wir wahrscheinlich nicht mehr viel für sie tun können. Das ist die gute Nachricht!" Er holte tief Luft und sah das Ehepaar dann an.

„Ja, aber das Kind konnten wir leider nicht mehr retten! Da kamen wir zu spät! Sie können Ihre Tochter am Vormittag besuchen, sie schläft jetzt erst einmal. Auf Wiedersehen."
Er gab Agnes und Franz die Hand und ging dann in ein Zimmer.
Franz Gründl stand mit offenem Mund da. Er und der ebenfalls ziemlich verdutzt dreinschauende Simon, sahen sich an. Dann stemmte Franz die Hände in die Hüften und sah seine Frau an.
„Was für ein Kind, bittschön? Heißt das, dass unsere Kathi schwanger war, Agnes?"
Agnes Gründl rannen die Tränen über die Wangen, als sie wortlos nickte. Vincent hatte sich auf den nächstbesten Stuhl fallen lassen und verbarg sein Gesicht in den Händen. Ihr Kind war tot! Er schluchzte leise.
Als er den Kopf gegen die Wand lehnte, rannen ihm dicke Tränen über die Wangen. Seine Mutter setzte sich neben ihn und versuchte ihn zu trösten, weinte aber selber. Dabei hatte sie sich so sehr auf das Enkelchen gefreut.
Franz Gründl ging auf einmal wortlos durch die Ausgangstür nach draußen, er musste jetzt einen Augenblick für sich allein sein. Draußen setzte er sich auf die Treppe und starrte in den Nachthimmel. Nacheinander verließen dann alle anderen das Krankenhaus, in dem eine junge Frau zurückblieb, die dem Tod gerade noch von der Schippe gesprungen war. Und das alles nur wegen einem Stück Land und einer alten Familienfehde, die schon 100 Jahre andauerte. Wortlos gingen die zwei alten Kampfhähne am Ende der Gruppe neben einher zum Parkplatz. Franz Gründl blieb abrupt stehen. Er hielt plötzlich Simon die Hand hin und sah ihn an. Dann meinte er:
„Wir sehen uns bei mir zu Hause! Ihr kommt doch noch einen Moment mit zu uns rein?" Simon Hohlmayer nahm die dargebotene Hand und nickte.
„Wir kommen auf jeden Fall noch mit rein, Franz!" Er gab ihm einen Klaps auf die Schulter und man sah, dass er mit den Tränen kämpfte. Dann stiegen die Familien in ihre Boote.

Kriminalrat Huber sah seine beiden Mitarbeiter ein paar Sekunden durch die schmale Brille ernst an. Er wirkte schon am frühen Morgen abgekämpft und müde.

„Der Bericht der Kollegen aus Bad Reichenhall, über den Anschlag auf das junge Mädchen in Bartholomä, gibt mir einige Rätsel auf. Der ältere Sohn der Familie Hohlmayer beschuldigt seinen eigenen Bruder, dafür verantwortlich zu sein. Also gehen Sie der Sache auf den Grund! Ich habe so ein dummes Gefühl bei diesen letzten Vorfällen. Immer wieder geht es dabei um einen rothaarigen jungen Mann." Markus Ludwig nickte.

„Ja, Herr Rat! Mit dem hatten wir nun schon zwei- oder dreimal zu tun. Aber der Knabe ist nicht auffindbar, sozusagen inzwischen der böse Geist vom Königssee", erwiderte er. Kriminalrat Huber sah seine beiden Mitarbeiter plötzlich süffisant lächelnd an.

„Na dann machen Sie sich mal an die Arbeit. Schließlich sind Sie ja ein gutes Team, und das wohl nicht nur im Dienst. Oder?" Er amüsierte sich über die verdutzten Gesichter der Beiden. Dann rang er sich doch noch ein Lächeln ab.

„Ich habe Sie beide am Wochenende auf dem Seefest gesehen. Sah beinahe aus, wie eine richtige Familie. Also, mir ist das egal, solange die Arbeit nicht darunter leidet. Hauptsache Sie trennen Dienst und Privat."

Dann stand er lächelnd auf und kam hinter seinem Schreibtisch hervor, um ihnen die Tür aufzuhalten. Allein diese Tatsache war schon die Sensation des Jahres. Huber schien auf seine letzten Tage im Amt noch altersmilde zu werden.

Susi huschte mit hochrotem Kopf aus der Tür und Markus folgte ihr eilig. Im Büro wieder angekommen, ließ sich Markus in seinen Drehsessel fallen und begann lauthals zu lachen.

„Wer hätte das gedacht, der alte Huber wird auf seine alten Tage noch nachsichtig. Ich kann es nicht fassen." Er sah Susi an, die am Spiegel stand und etwas betreten dreinschaute.

„Was ist los, Susi? Wir haben gerade grünes Licht für unser Verhältnis bekommen. Freu Dich doch auch mal!"

Sie sah ihn plötzlich mit zusammengepressten Lippen einen kurzen Moment an. Markus kannte das schon. Jetzt kam wohl wieder eine ernsthafte Überlegung seiner Kollegin, zum Thema Liebe und Partnerschaft.

„Meinscht Du wir haben ein Verhältnis?", fragte sie ihn mit zusammengekniffenen Augenbrauen. Dabei lehnte sie sich an die Schreibtischkante. Markus starrte auf die straff gespannte Jeans über Susis Po und wich ihrem Blick aus. Dann aber sah er zu ihr auf.

„Ich glaube verehrte Kollegin, dass Thema klären wir heute Abend bei einem Glas Rotwein, jetzt machen wir uns auf die Suche nach diesem Fredo Hohlmayer", erklärte er und stand auf. Als sie sich abwendete, um zu ihrem Schreibtisch zurückzugehen, hielt er sie an der Schulter fest. Sie sah ihn ernst an und in ihren Augen glitzerte es verdächtig. Ihre Mundwinkel zuckten ein wenig.

„Susi, Du weißt doch ganz genau, wie ich das meine", lenkte er ein. „Leg doch nicht immer jedes Wort auf die Goldwaage, Du kennst mich doch langsam." Sie lehnte sich kurz mit dem Rücken an ihn und lächelte dann schon wieder.

„Isch schon gut Markus, isch muss mich erst noch daran gewöhnen, dasch es auch Männer gibt, die es ernscht mit mir meinen", erwiderte sie leise. Als er dann das Zimmer verließ, bekam er eine Kusshand von ihr mit auf den Weg. Dann vertiefte sie sich in die zahlreichen Berichte zum Fall Hohlmayer. Sie las Seite für Seite noch mal durch. Plötzlich stutzte sie einen Augenblick und blätterte wieder eine Seite zurück.

„... dabei hatte es den Anschein, als ob der junge Mann vor der Festnahme durch die beiden Hauptwachtmeister Diepold und Mehlbauer einen kleinen Gegenstand über das Geländer der Brücke geworfen hatte ..."
Susi lehnte sich zurück und dachte nach. Das war damals also zwischen dem Weg vom Bahnhof zur Altstadt hoch passiert. Und warum war diesem Verdacht bisher keiner nachgegangen? Die damals beteiligten Beamten mussten den Bericht noch nachträglich verfasst haben! Denn kurz nach dem Vorfall hatte es ja keinen Bericht gegeben, weil es angeblich ja nur eine Personenkontrolle gewesen war.
Susi Thoma schrieb einen Zettel und legte ihn auf Ludwigs Schreibtisch. „Bin mit Deinem BMW kurz zum Bahnhof etwas nachschauen! Susi." Dann nahm sie den Zündschlüssel des BMW vom Haken und ging zum Parkplatz.

Markus stieg währenddessen die Treppen in den ersten Stock hinauf und sah gerade zufällig aus dem Fenster. Verwundert sah er, wie sein silberner 3er BMW zum Tor hinaus rollte und dann um die Ecke bog. Hastig lief er in sein Büro, riss die Tür auf und starrte auf das Schlüsselbrett. Als Nächstes sah er den Zettel auf seinem Schreibtisch.

„Das gibt's doch nicht", entfuhr es ihm entgeistert. „Das Weib fährt mit meinem BMW einfach mal weg!" Markus nahm das Handy zur Hand und wählte Susis Nummer. Es tutete, aber niemand meldete sich. Offenbar hatte sie Bluetooth nicht eingeschaltet. Unschlüssig setzte er sich in seinen Sessel und sah auf die Uhr. Es war gleich kurz vor 16.00 Uhr. Plötzlich aber fuhr er wieder hoch. „Franzi!" Einer musste doch Franzi aus der Kita holen! Rasch zog er seine Jacke über, griff zwischendurch zum Telefon und rief die hauseigene Fahrbereitschaft an. Er erreichte den Verantwortlichen Sepp Angerer.

„Sepp, ich brauche ganz schnell ein Auto! Ja, meinen BMW hat die Kollegin Thoma! Komm, sei kein Frosch. Ich bin in zehn Minuten wieder da!" Dann stürmte er aus dem Zimmer hinunter zu den Garagen.

Zehn Minuten später hielt er vor der Kita und zeigte seine Bestätigung von Susi vor, dass er Franzi abholen durfte. Die Kleine war außer sich vor Freude, von Onkel Markus abgeholt zu werden. Noch größer war die Freude, als sie erfuhr, dass die Fahrt zum Präsidium, zu Mamas Arbeit ging. Punkt 16.30 Uhr saßen sie beide zusammen am Schreibtisch und Franzi malte ein Bild. Plötzlich ging die Tür auf. Susi kam atemlos herein.

„Markus! Ich muss Franzi noch holen, ich hab die Kleine beinahe vergessen!", rief sie und erstarrte. Zwei strahlende Kinderaugen sahen sie an.

„Mami! Der Onkel Markus hat mich mit Blaulicht und Tatütata abgeholt!", rief sie glücklich und rutschte von Markus Schoß herunter, um ihrer Mama um den Hals zu fallen. Susi sah Markus ungläubig an.

„Stimmt das?" Markus nickte. „Ja, einmal haben wir eingeschaltet. Aber nur kurz!" Er sah Susi ernst an.

„Sag mal, was wolltest Du denn noch auf dem Bahnhof? Willst Du verreisen?" Sie schüttelte den Kopf.

„Nein Chef! Mir ist heute beim Lesen der Unterlagen was aufgefallen. Erinnerst Du Dich noch an die Sache, wo man einen jungen Mann kontrolliert hat und es dann aber keinen Bericht gab? Jetzt aber gibt es einen Bericht. Seite 3 im gelben Ordner, lies das mal durch!" Sie sah zur Uhr.

„Machen wir für heute Schluss? Ich muss unbedingt noch eine Maschine Buntwäsche waschen." Er klappte den Hefter zu und sah Susi gespielt ernst an.

„Und Du nimmst einfach mein Dienstfahrzeug und braust los, Kollegin?" Sie grinste erst, dann machte sie auf kleines beschämtes Mädel vom Land.

„Entschuldigung Chef, ich schwöre, es soll auch nischt wieder vorkommen. Versprochen!" Sie hielt drei Finger hoch und grinste ihn an. Er schmunzelte.

„Ich glaube, es kommt der Tag, da bin ich hier wohl überflüssig", meinte er gespielt traurig. Sie kicherte.

„Wusstest Du das nicht? Ich bin doch scharf auf Deinen Posten. Dann bleibscht Du zu Hause und kümmerst Disch um Franzi und ich jage die Verbrecher." Er schüttelte den Kopf.

„Was habe ich mir nur mit Dir eingebrockt? Ich wusste doch, dass man Schweizern niemals trauen darf!" Unter Franzis Lachen ging Susi plötzlich auf Markus los, und der jammerte laut:

"Aua, aua, ich werde geprügelt! Hilft mir denn keiner?" Genau in diesem Augenblick ging die Tür auf und Kriminalrat Huber stand im Rahmen. Als er die kleine Franzi dastehen sah, fragte er sie: „Braucht hier jemand Hilfe?" Doch Franzi schüttelte ihren Lockenkopf.

„Nee Onkel, die Mama verkloppt gerade den Onkel Markus. Aber nur aus Spaß!" Huber nickte.

„Ach so, dann soll sie mal weitermachen!" Dann schloss er lächelnd wieder die Tür hinter sich.

Kriminaloberkommissar Ludwig war kurzfristig zu einem drei tägigen Lehrgang nach Sonthofen abkommandiert worden. Susi Thoma hatte das Büro für sich ganz allein. Einer plötzlichen Eingebung folgend, entschloss sie sich am Nachmittag, das Gelände um den Güterbahnhof herum noch einmal in Augenschein zu nehmen. Beim letzten Mal musste sie ja wieder zurück ins Büro, weil Franzi von der Kita abgeholt werden musste.

Heute würde die Nachbarin die Kleine abholen. Also hatte Susi noch etwas mehr Zeit, das Gelände des Güterbahnhofs zu inspizieren. Gegen 15.00 Uhr meldete sie sich ordnungsgemäß beim Diensthabenden ab.

Mit den Worten: „Hallo Günther, ich fahre jetzt noch mal mit Markus BMW zum Güterbahnhof. Falls jemand nach mir fragt, ruf mich an!", war sie kurz danach vom Hof gebraust.

Susi fuhr bis zum „Mc Donalds-Restaurant" und parkte dort. Dann marschierte sie schnurstracks in Richtung auf das Bahngelände. Eine Weile sah sie sich die drei alten Holzbaracken an und stand dadurch plötzlich genau unter dem Fußgängerübergang. Zufällig schaute sie nach oben. Also hier musste es gewesen sein, als der Kerl damals irgendwas von oben herunter geworfen hatte. Falls das auch stimmte. Wäre einer damals auf die Idee gekommen, sofort einen Spürhund zu holen, hätte man vielleicht eine Spur aufnehmen können. Im Grunde war das aber alles nur Wenn und Aber, mehr nicht. Etwa hundert Meter weiter, sah sie ein paar ziemlich alte ausrangierte Personenwagen stehen.

Susi schlenderte darauf zu. Gelegentlich wurden ja heute solche abgestellten Wagen auch von Obdachlosen oder irgendwelchen zwielichtigen Gestalten benutzt. Wer sich hier einmal einquartiert hatte, blieb ziemlich ungestört.

Susi überquerte ein Gleis und trat gerade hinter einem der Güterwaggons wieder hervor. Urplötzlich knallte ihr etwas gegen die Stirn. Sie kam ins Straucheln und sah wörtlich genommen, Sterne. Dann ging sie bewusstlos zu Boden. Mit einem Mal war es finster um sie.

Zwei junge Männer traten vorsichtig hinter dem Wagen hervor. Einer warf ein langes Brett weg, während der andere Susi zu einem der Waggons schleppte. Dort schoben sie die Frau dann durch die geöffnete Tür in den Wagen hinein und schoben die Tür wieder zu.

Als Susi langsam wieder zu sich kam, bemerkte sie, dass sie an Händen und Füßen gefesselt war. Langsam öffnete sie die Augen. Sie saß an eine Eisenstange gelehnt, die Hände hinten -

offenbar mit ihren eigenen Handschellen - gefesselt, in einem großen halbdunklen Güterwaggon. Den Mund hatte man ihr zugeklebt. Trotz der Kopfschmerzen versuchte sie sich zu orientieren. Sofort bemerkte sie, dass ihre Pistole weg war! Diese Erkenntnis brachte ihren Kreislauf sofort wieder in Schwung. Durch das linke geschwollene Auge konnte sie schlecht sehen, offenbar war Blut darüber gelaufen.

„Verdammter Mist!", fluchte sie leise vor sich hin. Sie war offenbar diesen Crystal Meth Leuten in die Hände gelaufen und hatte sich überrumpeln lassen. Ihre Füße hatte man an den Gelenken mit je einem Kabelbinder zusammengeschnürt. Langsam taten ihr die nach hinten verdrehten Arme weh. Durch die kleine Luke unter der Wagendecke sah sie, dass es draußen bereits dunkel zu werden schien. Verflixt, und Franzi würde auf sie warten! Wütend zerrte sie an dem Rohr, an dem sie mit den Handschellen festgekettet war.

Plötzlich wurde die Schiebetür mit einem Ruck einen Spalt aufgeschoben und zwei Gestalten mit Sturzhelmen kletterten herein. Einer hatte einen schwarzen Helm mit Vollvisier. Er war etwas kleiner als der andere mit einem silbernen Vollhelm. Und der spielte mit ihrer Pistole herum. Wie aus weiter Ferne hörte sie ihn sagen:

„Hallo Madam, das haben Sie wohl nicht erwartet, he?" Sein Akzent hörte sich komisch an. Auf jeden Fall war er kein Deutscher. Der Kleinere von den beiden hielt ihr kurz ihren Dienstausweis vor die Nase und lachte dumpf durch den Vollhelm.

„Eine Kommissarin aus der Schweiz! Was schnüffeln Sie denn hier bei uns herum? Dürfen Sie das überhaupt?" Susi versuchte zu nicken. Der Kerl lachte wieder dumpf und fragte seinen Kumpanen:

„Hast Du gehört, was sie gesagt hat? Ich verstehe kein Wort! Vielleicht sollten wir ihr mal das Pflaster vom Mund abmachen!"

Kaum hatte er es ausgesprochen, riss er ihr auch schon mit einem Ruck das Klebeband vom Mund herunter. Susi stöhnte leise auf, weil es wehtat. Sie atmete tief ein und aus, ehe sie sprechen konnte. Doch dann legte sie, zur Überraschung der Beiden, plötzlich los.

„Was fällt Euch beiden denn überhaupt ein, mich hier zu überfallen, he? Habe ich Euch was getan? Habt Ihr hier Euer Quartier?", fragte sie sofort, ohne den Beiden Zeit zum Überlegen zu lassen. Plötzlich drückte ihr der Lange den Lauf ihrer Pistole gegen ihre Schläfe.

„Halts Maul! Du redest nur, wenn Du gefragt wirst, klar!" Er sah erst auf die Pistole in seiner Hand, dann auf Susi und dann schien er zu lachen. Der Helm verzerrte seine Stimme.

„Wir könnten Dich ja auch einfach umlegen! Ein Bulle weniger, wen schert das schon!" Susi entschloss sich, nicht klein beizugeben. Resolutes Auftreten verwirrte solche Grünschnäbel vielleicht. Denn dass die Beiden noch nicht sehr alt waren, das stand für sie fest.

„Für Polizistenmord gibt es lebenslänglich, junger Mann! Und kriegen werden meine Leute Euch so oder so. Das ist nur eine Frage der Zeit! Bis jetzt könnt Ihr aus der Nummer noch einigermaßen heil herauskommen! Macht mich los und wir reden, wie es weitergehen soll!"

Der Lange begann wieder zu lachen, schüttelte den Kopf und wandte sich an seinen Kumpanen.

„Hast Du das gehört! Wir sollen sie laufen lassen, sagt sie! Nee Madam, daraus wird wohl nix", antwortete er. Und nun war sich Susi sicher, der Lange war ein Tscheche und der andere Kerl konnte vielleicht sogar dieser Fredo sein. Mit einem Mal fiel es ihr wie Schuppen von den Augen. Die Beiden, die man damals am Bahnhof erst geschnappt hatte und dann wieder laufen gelassen wurden, waren eventuell dieser Hohlmayer und der Tscheche gewesen! Sie überlegte fieberhaft. Sie bildete sich ein, dass der Kleine sie andauernd lüstern anstarrte. Doch der Helm ließ keinen Blick auf sein Gesicht zu. Die beiden ersten Knöpfe ihrer Bluse waren abgerissen und der schwarze BH war zu sehen.

Susi überlegte krampfhaft. Wie spät war es? Ob Frau Schindler sie schon vermisste und im Präsidium angerufen hatte? Sie hatten mal vereinbart, dass Susi immer anrufen würde, wenn es bei ihr länger dauern würde. Jetzt war sie schon seit ein paar Stunden überfällig. Ihr eher zufälliger Hinweis, wohin sie fahren wollte, könnte sich der Kollege ja gemerkt haben. Während sie überlegte, berieten sich die beiden Ganoven miteinander. Und dann verschwand der Lange plötzlich nach draußen. Die Pistole hatte er dem Kleinen überlassen und der spielte nun damit herum. Erst legte er auf Susi an, dann machte er „Peng!" und lachte dabei dumpf. Susi schüttelte den Kopf.

„Das würde ich an Deiner Stelle lieber bleiben lassen! Wenn das Ding losgeht, könnte es einen Toten geben. Hast Du schon mal einen Toten gesehen?", fragte sie ihn.

Der Kurze baute sich großspurig vor ihr auf und zielte mit der Pistole auf ihren Kopf. Und dann sagte er unvermittelt zu Susi:

„Weißt Du was, ich ziehe Dir jetzt Deine Hose aus und dann haben wir beide mal richtigen Spaß! Eine in Deinem Alter wollte ich schon immer mal bumsen!"

Er kam langsam näher. Es sah ganz so aus, als wollte der Knabe seine Ankündigung sofort in die Tat umsetzen, denn er öffnete den Gürtel seiner Hose. In diesem Moment war für Susi klar, wer für die Überfälle in den letzten Wochen auf die Mädchen verantwortlich war. Das konnte doch nur dieser Halbstarke gewesen sein! Ihre Gedanken arbeiteten fieberhaft und sie fixierte dabei den Kleinen mit dem schwarzen Motorradhelm.

Mit allen wachen Sinnen wartete sie darauf, dass der Kerl ihr noch ein kleines Stück näher kam. Und sein Trieb ließ ihn doch tatsächlich unvorsichtig werden! Sie provozierte ihn weiter und lachte laut.

„Du glaubst doch wohl nicht im Ernst, dass ich es mit Kindern treibe, he? Du Hänfling kriegst doch sowieso noch keinen hoch! Ich wette, Du hattest bis jetzt noch gar keinen Verkehr mit einem Mädchen! Welches halbwegs gescheite Mädel sollte auch was mit Dir anfangen!"

Sie sah, wie er förmlich zusammenzuckte, dann zwei Schritte auf sie zukam, und damit etwas breitbeinig über ihren Füßen stand. Und schon passierte es! Wie eine gespannte Feder riss Susi mit aller Gewalt beide gefesselten Beine in die Höhe. Sie traf den Kerl genau zwischen den Beinen, an seiner empfind-lichsten Stelle. Mit einem Aufschrei voller Wut und Schmerz sackte der Kerl zu Boden und die Pistole fiel ihm aus der Hand. Leider polterte sie aber nicht in ihre Richtung. Er krümmte sich stöhnend auf dem Boden kniend.

„Wenn der jetzt durchdreht und schießt, dann war das eine dämliche Idee von mir", dachte Susi im gleichen Moment.

Doch genau in dieser Sekunde ging die große Schiebetür wieder auf und der dürre Lulatsch kletterte in den Wagen. Er sah auf seinen Kumpanen, der immer noch jammernd am Boden kniete.

„Die Alte hat mir in die Eier getreten, die dumme Sau! Ich erschieße sie gleich, Du wirst es sehen! Gib mir die Knarre wieder!" Der Lange lachte erst dumpf.

„Die Knarre behalte ich Du Idiot, Du erschießt niemand! Bist doch selber schuld, wenn Du Dich so blöde anstellst! Wolltest wohl mal wieder eine vögeln, he?"

Er wandte sich Susi zu. Vorsichtig trat er von der Seite an sie heran, löste eine der Handschellen und zerrte sie dann hoch. Als Susi gegen die Eisenstange gelehnt dastand, fesselte er ihr wieder beide Hände, diesmal vor dem Bauch. Susi sah im Helmvisier nur ihr eigenes Gesicht. Vom Gesicht des Kerls war nichts zu erkennen. Er schob sie langsam bis zur Schiebetür.

„So, bleib da stehen!", befahl er Susi und sprang als Erster nach unten. Dann hob er beide Arme empor.

„Los, spring!", befahl er. Susi ließ sich einfach nach vorn fallen. Der Kerl hatte einige Mühe sie aufzufangen. Susi roch sein Aftershave. Es war süßlich und eigentlich überhaupt nicht üblich für einen Mann. Für einen Moment hielt er sie mit seinen langen Armen fest umfangen. Sie spürte den Druck seiner Hände, ehe er sie wieder freigab. Doch im gleichen Augenblick, wo Susi den kleinen Transporter im Dunkeln sah, zerstoben ihre Hoffnungen, eventuell von ihren Kollegen noch rechtzeitig gefunden zu werden.

Der Lange schob sie vor sich her in Richtung auf den Transporter zu. Dann musste sie durch eine Seitentür in die alte Rostlaube einsteigen. An der Rückwand des Führerhauses stand ein altes Sofa, auf das sie sich setzen musste. Der Lange schnappte eine Handschelle, in einen extra angeschraubten Handgriff ein. Die andere Hand ließ er ihr frei. So konnte sie aufstehen und auch gebückt noch zwei Schritte gehen. Als er dabei war die Seitentür wieder zu schließen, stellte Susi einen Fuß dazwischen.

„Wohin bringt Ihr mich jetzt? Zu Hause wartet meine kleine Tochter auf mich", fragte sie den jungen Kerl. Er schüttelte nur wortlos den Kopf und bedeutete ihr, sie solle den Fuß wegnehmen. Susi wagte dennoch einen letzten Versuch und unterdrückte die aufkommende Panik.

„Ihr werdet garantiert in eine Polizeikontrolle geraten! Meine Kollegen werden längst nach mir suchen!", schrie sie ihn plötzlich voller Verzweiflung an. Doch der junge Kerl schüttelte nur den Kopf und warf die Tür zu. Wütend trat Susi mehrmals gegen die Verkleidung.

Ihr Versuch, den Türverschluss mit dem Fuß zu erreichen, blieb erfolglos. Um nicht hinzufallen, musste sie sich setzen, denn der Wagen fuhr los. Wie es schien, fuhren sie noch eine Weile auf dem Güterbahnhof, doch dann wurde es plötzlich ruhiger. Offenbar hatten sie eine Straße in der Stadt erreicht. Sie hörte das Hupen anderer Fahrzeuge. Ihre Gedanken waren in diesem Moment bei Franzi und Markus. Plötzlich fiel ihr das Handy ein. Doch das hatten sie ihr wahrscheinlich schon im Waggon abgenommen, wenn sie es nicht verloren hatte. Und dann spürte sie ihren roten Lippenstift in der Hosentasche. Rasch nahm sie ihn heraus, biss darauf und drehte ihn dann mit der freien Hand auf. Langsam schrieb sie oben an die Decke ihren Namen „SUSI" mit etwa 15cm großen Buchstaben. Kam die Karre in eine Kontrolle, konnte das für die Kollegen ein Hinweis sein.

Gegen 21.00 Uhr klingelte plötzlich Markus Handy. Er war gerade vor dem Fernseher auf seinem Zimmer etwas eingenickt. Zuvor hatte er mehrmals vergeblich versucht, Susi zu erreichen. Am anderen Ende der Leitung war Frau Schindler. Aufgeregt erzählte sie ihm, dass sie schon mehrmals versucht hatte, Susi zu erreichen. Ihr Anruf im Präsidium hätte dort plötzlich Unruhe ausgelöst. Ein Beamter hatte ihr erklärt, er werde sich um die Sache kümmern. Seitdem hatte sie nichts mehr gehört und machte sich nun Sorgen.

Kriminaloberkommissar Ludwig beschlich ein ungutes Gefühl. Er versprach Frau Schindler, sich bald wieder zu melden. Einstweilen sollte sie aber bei Franzi bleiben. Als Nächstes rief er im Präsidium in Berchtesgaden an. Dort erfuhr er vom Diensthabenden, dass man seinen BMW, mit dem die Kollegin Thoma unterwegs gewesen war, am Bahnhof gefunden hatte. Inzwischen habe man schon vor zwei Stunden eine Suchstaffel dorthin geschickt, die aber ergebnislos zurückgekommen sei.

Für Markus stand fest, dass Susi etwas passiert sein musste. Sie würde niemals etwas unternehmen, ohne zu Hause anzurufen. Er sah auf die Uhr, es war 21.20 Uhr. Rasch versuchte er Susi noch mal anzurufen, doch ihr Handy war ausgeschaltet.

Kurz entschlossen packte er seine Sachen wieder in den Koffer. Dann sagte er einem der Teilnehmer am Lehrgang Bescheid, dass er aus privaten Gründen wieder abreisen musste. Eine Stunde später saß Markus bereits im D-Zug Richtung Berchtesgaden. Krampfhaft überlegte er, was Susi erneut am Bahnhof gesucht hatte. Und dann fiel ihm ihr letztes Gespräch ein, warum sie schon beim ersten Mal dort gewesen war. Sie war überzeugt, dass die Bande dort irgendwo ihr Domizil haben musste. Offenbar war sie dann aber wohl jemanden in die Quere gekommen, der in seinem Revier keine Nachforschungen duldete. Immerhin gab es zahlreiche Vietnamesen, die einen einträglichen Handel mit allem führten, was verboten war. Und auch aus der Tschechei kamen immer mehr zwielichtige Gestalten herüber. Und die brachten dieses Teufelszeug Crystal Meth in das Berchtesgadener Land. Zum ersten Mal bekam er richtige Angst um Susi.

Vincent saß auf dem Bettrand von Kathis Krankenbett und versuchte sie zu trösten. Doch das Mädchen schluchzte in einer Tour: „Ich habe unser Kind verloren, dabei habe ich mich so auf das Kleine gefreut." Vincent nahm sie in die Arme und drückte sie zärtlich an sich.

„Kathi! Sei doch froh, dass Du das überhaupt noch so überstanden hast. Du könntest jetzt tot sein! Wir bekommen bestimmt noch irgendwann mal ein Kind. Aber jetzt musst Du erst einmal wieder ganz gesund werden, hörst Du!"
Das Mädchen legte den Kopf zurück in das große Kissen und wischte sich die Tränen ab.

„Und Du bist Dir ganz sicher, dass Fredo es war?", fragte sie Vincent. Der nickte.

„Da bin ich mir hundert prozentig sicher! Er hat mir ja noch vor ein paar Tagen gedroht, dass er mit uns noch nicht fertig sei. Ich habe das aber nicht erst genommen! Das Du jetzt hier liegst, liegt auch an mir!" Doch Kathi schüttelte den Kopf.

„Rede Dir das ja nicht ein, Vincent! Keiner konnte doch ahnen, dass er zu so was fähig ist." Sie hielt Vincents Hand ganz fest und sah ihn bittend an.

„Hast Du mich noch lieb, Vincent? Jetzt, wo wir kein Kind bekommen?" Vincent beugte sich über sie und gab ihr einen Kuss.

„Dich werde ich immer lieb haben, Kathi! Egal was noch passiert! Es bleibt alles so, wie es besprochen ist. Wenn Du achtzehn bist, ziehen wir zusammen, ich habe schon eine kleine Wohnung mit Balkon in Aussicht. Und unsere Eltern haben sich inzwischen auch versöhnt und werden uns helfen."

Sie wollte gerade noch etwas sagen, als es leise an der Tür klopfte. Franz und Agnes Gründl traten ein. Vincent stand auf und wollte sich verabschieden, doch Franz Gründl sprach ihn plötzlich an.

„Wegen uns musst Du nicht gehen, Vincent! Ich glaube, ich habe mich noch nicht einmal bei Dir bedankt. Immerhin hast Du ja unserem Mädel das Leben gerettet. Gib mir Deine Hand und lass Dir danken." Tatsächlich hielt er Vincent seine Hand hin. Völlig überrumpelt nahm Vincent sie und drückte sie dann fest.

„Das hätte doch jeder gemacht, Herr Gründl!" Franz verzog das Gesicht zu einem Lächeln.

„Lass das Herr Gründl mal weg, immerhin kennen wir uns schließlich schon ein paar Jahre! Und für den Zwist, zwischen mir und Deinem Vater, kannst Du ja nix! Also sag einfach Franz zu mir!" Er grinste nun sogar ein wenig, als er meinte:

„Und so wie ich das sehe, werden wir ja sowieso irgendwann verwandt, oder?"

Agnes sah ihren Mann dankbar an, der inzwischen seine Tochter liebevoll in die Arme genommen hatte. Es schien so, als wolle nun doch noch alles gut werden.

Zu Hause angekommen, fuhr Markus zuerst zu Susis Wohnung und klingelte die Nachbarin heraus. Die öffnete ihm leise die Tür und flüsterte: „Psst! Sie ist jetzt endlich eingeschlafen. Sie fragt die ganze Zeit nach ihrer Mama, und ich weiß nicht, was ich ihr noch sagen soll. Es ist furchtbar, Herr Ludwig!"

Markus stellte seinen Koffer ab und versuchte die Frau zu trösten. Dabei hätte er im derzeitigen Moment selber Tröstung gebraucht. Anschließend legte er sich noch drei Stunden auf das Sofa im Wohnzimmer. Plötzlich wurde er wach. Franziska stand vor ihm und sah ihn ernst an.

„Onkel Markus, weißt Du wo die Mami ist?", fragte sie ängstlich. Markus nahm die Kleine mit unter seine Wolldecke. Dann flüsterte er ihr ins Ohr:

„Die Mami hat einen ganz wichtigen, geheimen Auftrag, weißt Du! Aus dem Grund kann sie Dich und mich nicht anrufen. Ich bin aber sicher, dass sie in wenigen Tagen wieder nach Hause kommt!" Diese Erklärung schien Franzi zu beruhigen und sie kuschelte sich ganz fest an ihn. Markus war froh, dass ihm diese Ausrede so schnell eingefallen war.

Als er sich dann nach dem Frühstück von Frau Schindler verabschiedete, erzählte er ihr leise von seiner Ausrede für Franzi. Sie hielt ihm am Ärmel fest und sah ihn bittend an.

„Finden Sie die arme Frau Thoma bitte ganz schnell! Ich weiß nicht, was sonst aus Franzi werden sollte." Markus nahm die Frau kurz in die Arme und nickte.

„Wir finden sie bestimmt bald! Dann wird alles wieder gut", flüsterte er ihr zu und wandte sich zum Gehen. In seinem Innersten war er jedoch überhaupt nicht so fest überzeugt, ob und wie sie Susi wiederfinden würden. Diese Banden waren zu allem fähig, wenn es um ihre Geschäfte ging.

Im Dienstzimmer des Kriminalrates saß Markus seinem Chef gegenüber. Der Alte sah um Jahre gealtert aus, er blickte Markus durch seine schmale Brille müde an.

„Schön, dass Sie sofort zurückgekommen sind. Ich hätte Sie sowieso zurückgeholt! Die Sache ist sehr seltsam. Am Bahnhof hatten die Hunde schon eine Spur von ihr. Aber die brach dann plötzlich ab. Sieht so aus, als ob man Frau Thoma von dort in einem Fahrzeug weggebracht hat. Die Ortung ihres Handys hat auch nichts ergeben, es scheint ausgeschaltet zu sein. Kurz gesagt, wir haben keine Ahnung, wo sie sein könnte. Wir haben gestern eine Arbeitsgruppe gebildet, und die werden Sie ab sofort leiten!"

Markus spielte wortlos mit seinem Kugelschreiber. Dann sah er seinen Chef plötzlich an.

„Wir gehen noch mal auf den Bahnhof! Dort krempeln wir das ganze Areal um. Denn wenn diese Leute dort ihr Quartier hatten, dann müssen wir doch was finden!" Der Kriminalrat zuckte mit den Schultern.

„Wir haben aber doch gestern alles durchkämmt! Das Areal ist riesig!" Markus nickte. „Eben, und was ist mit Reifenspuren?" Huber sah Markus fragend an. „Reifenspuren gibt es dort sicher mehr als genug, denn immerhin fahren da laufend Lkw auf dem Gelände." Markus stand auf und blieb an der Tür noch mal stehen.

„Chef, ich brauche in einer Stunde zwanzig Leute. Wir gehen da noch mal raus! Wir müssen was finden!" Huber nickte und griff bereits zum Telefon. In solchen Situationen war er froh, so einen, wie diesen Oberkommissar Ludwig, zu haben.

Das gesamte Areal um den Punkt, an dem man Susis Spur verloren hatte, war abgesperrt. Immer paarweise liefen die Beamten zwischen den Gleisen entlang. Plötzlich ertönte lautes Rufen. Markus lief hin. Die zwei jungen Beamten, eine Frau und ein Mann, zeigten auf einen der Waggons, dessen Tür offen stand.

„Schauen Sie mal da rein! Das sieht aus wie ein Lager. Dort am Rand liegt eine alte Matratze. Daneben liegt ein Feuerzeug." Markus stieg in den Waggon und hob das Feuerzeug auf. Die Aufschrift: „St. Bartholomä – immer einen Besuch wert!", elektrisierte ihn förmlich. Es konnte Zufall sein, aber es konnte auch ein Hinweis auf einen Täter sein! Und wen kannte er dort von St. Bartholomä? Natürlich nur diesen Fredo Hohlmayer! Markus rief nach dem Hundeführer, den sie dabei hatten.
Der hob den Schäferhund nach oben in den Waggon, ließ ihn an einer Strickjacke von Susi schnuppern, die er im Büro gefunden hatte, und ließ ihn dann los.

„Such Maxel! Such!" Und schon stürmte der Hund zu der Matratze und setzte sich bellend daneben. Markus atmete auf. Sie hatten tatsächlich eine neue Spur von Susi gefunden. Hier hatte man sie offensichtlich festgehalten.

„Wir suchen weiter! Nehmt Euch die Personenwagen vor! Jeder einzelne Wagen wird durchsucht! Ganz egal wie lange das heute noch dauert!"

Markus dankte dem Hundeführer und bat ihn, sich dem Suchtrupp anzuschließen. Keine zehn Minuten später kam die nächste Meldung. Sie hatten einen Wagen gefunden, der bis vor Kurzem noch bewohnt gewesen sein musste. Als Markus dort ankam, stand schon Max Weber vor der Tür und ließ keinen in den Wagen hinein. Max war der Mitarbeiter von Quirin und genau so penibel, wie sein Chef. Er reichte Markus zwei Gummihandschuhe und zwei Plastiküberzieher für die Schuhe.

„Hier Herr Ludwig! Quirin sagte, Sie sind der Einzige, den er jetzt rein lässt." Markus stieg die beiden Stufen hoch und stand im Gang des Wagens. Im ersten Abteil werkelte bereits Quirin herum. Als er Markus kommen sah, stand er stöhnend auf und hielt sich sein Kreuz. Sein Gesicht drückte Besorgnis aus. Er kratzte sich an seinem kahlen Schädel.

„Hier hat die Bande wahrscheinlich ihr Quartier gehabt, obwohl ich nur Sachen von einer Person gefunden habe. In dem Atlas hier habe ich ein Bild gefunden. Sieht aus wie eine Aufnahme von Bartholomä. Das Paar darauf kenne ich leider nicht. Du etwa?" Er reichte Markus das kleine Foto. Der nickte sofort.

„Na klar, die Beiden kenne ich! Das sind die Eltern von Fredo Hohlmayer. Mit denen habe ich vor Kurzem schon mal wegen ihrem Spross gesprochen. Ich glaube, das nun das Ganze langsam Konturen bekommt, Quirin!" Er gab ihm das Bild zurück. Quirin nickte bekümmert.

„Die gute Nachricht Markus, hier gibt es tausend Spuren von Crystal Meth. Der Hohlmayer muss hier sein Lager gehabt haben. Überall liegen noch kleine Tütchen herum. Aber vor allem haben wir eine Spur von Deiner Susi gefunden. Komm mal mit!"

Er richtete sich mühsam aus der Hocke auf und sah den Oberkommissar dann ernst an.

„In der Toilette drüben haben wir Spuren von Deiner Kollegin gefunden! Sie war hundertprozentig hier!" Markus senkte den Kopf und nickte.

„Das habe ich mir beinahe gedacht, Quirin. Sie muss wahrscheinlich mehreren Leuten in die Arme gelaufen sein. Mit einem wäre sie garantiert fertig geworden. So gut kenne ich sie inzwischen schon."

„Und Du glaubst wirklich, dass dieser Bubi Deine Susi gekidnappt hat?" Markus zuckte mit den Schultern.

„Wer sonst, Quirin?" Markus wollte nicht daran denken, dass vielleicht dessen Lieferant und Boss dabei die Hand im Spiel hatte. Denn denen war ein Menschenleben nicht viel wert. Er blätterte in dem alten Atlas herum, der auf dem Tisch lag, und stutzte plötzlich. Auf der Seite vom Gebiet um den Jenner, war eine einzelne Stelle rot angekreuzt. Markus nahm den Atlas sofort an sich.

„Ich muss schnell zurück zum Büro! Wenn es was Neues gibt, ruf mich an!" Rasch verließ er wieder den Waggon und eilte zu seinem Auto zurück.

Im Büro angekommen, suchte er in einem Aktenschrank nach der Landkarte, die sie bei Fahndungen benutzten. Der Maßstab gab sofort Auskunft über detaillierte Einzelheiten von bestimmten Orten. Markus breitete die Karte aus und nahm das Vergrößerungsglas zu Hilfe. Er verglich den Punkt im Atlas, mit dem auf der Karte.

„Ach Du heilige Scheiße", entfuhr es ihm leise. Das war tatsächlich das Gebiet um den Jenner! Dort gab es zahllose Waldwege und kleinere Höhlen. Entweder war das rote Kreuz im Atlas ein Lagerplatz oder eine Stelle, wo sich die Bande auch notfalls verkriechen konnte.

In Markus keimte erstmals wieder die Hoffnung auf, dass man Susi dort finden könnte. Sofort griff er zum Telefon und beorderte die Suchmannschaft zurück. Eine Stunde später saßen etwa zwanzig Beamte in dem kleinen Büro.

Markus erklärte anhand der Karte seine Vermutung. Sein momentaner Vertreter, Karl Raabe, meldete Bedenken an.

„Weißt Du, wie unübersichtlich das Gebiet da oben ist? Dazu noch mindestens einige Dutzend Heuschober oder auch kleinere Holzhütten." Markus winkte ab und setzte sich auf den Rand seines Schreibtisches.

„Alles gut und schön, Karl! Der Weg bis zur Jennerbahn ist ziemlich einfach. Dann kommt ein Forstweg. Den kann man bis zum Ende gut befahren. Von da aus geht's bis zur Königsbach-Alm nur noch zu Fuß rauf. Also, so viele Möglichkeiten sich zu verstecken, ohne dass man auffällt, gibt es nicht. Wir sollten uns aufteilen und paarweise das ganze Gebiet durchkämmen. Oder hat noch jemand einen anderen Vorschlag?" Er sah sich in der Runde um, doch keiner wollte noch etwas sagen. Markus stand wieder auf.

„Gut, dann teilt Franz die Paare ein. Ich gehe zum Chef und lasse mir die Aktion absegnen. Heute ist es schon zu spät. Morgen früh um 6.00 Uhr ist Abmarsch. Wir halten Funkverbindung! Alles klar? Gut, also dann bis morgen früh!"

Die beiden Entführer waren gut über eine halbe Stunde gefahren, als der Transporter plötzlich hielt. Kurze Zeit später wurde die Wagentür geöffnet. Susi war kurz eingenickt und wachte erschreckt auf, als das kleine Licht im Wagen anging. Draußen war es stockdunkel und der lange Dürre stand mit einer Strumpfmaske über dem Kopf da.

„Komm, steig aus! Aber mach kein Theater, Madam! Du kannst Dir ein paar Minuten die Beine vertreten", redete er sie an. In seinem Hosenbund steckte lose Susis Pistole. Als er ihren Blick gewahr wurde, schüttelte er nur den Kopf.

„Vergiss es, Baby! Die kriegst Du nicht mehr wieder!", sagte er halblaut und sah sich nach seinem Kumpan um. Der war gerade einige Stufen hinauf zum Eingang der Jennerbahn gestiegen und leuchtete mit einer Taschenlampe, auf einen der Wanderpläne.

Durch Zufall schob Susi ihre Hand in die kleine hintere Tasche ihrer Jeans. Da steckte doch tatsächlich noch ihr Ausweis von der Polizeikantine! Sie reagierte sofort. Da sie mit dem Rücken zur Mauer stand, welche die Treppe hoch führte, legte sie den Ausweis hinter sich auf den steinernen Sims. Wer hier tagsüber zur Kasse vorüberging, musste ihn sehen. Vielleicht gab ja jemand den Ausweis ab, und die Kollegen hatten eine Spur von ihr! Ihr Aufpasser war viel zu abgelenkt, als das er etwas von ihren Bemühungen bemerkt hätte. Wenig später kam der Kurze wieder die Treppe herunter und nickte seinem Freund zu.

„Alles klar! Wir können problemlos bis rauffahren, dann geht's zu Fuß weiter! Lass die dumme Kuh wieder einsteigen!", brummte er durch seine Skimaske. Seine Stimme drückte deutlich seinen Zorn auf Susi aus.

Sie fuhren an der Jennerbahn vorbei und bald begann eine Art breiter Waldweg. Der Transporter rumpelte langsam denn Weg entlang, der vom Regen aufgeweicht war.

Irgendwann hielten sie an, der Weg war zu Ende. Während der Kleine Susi an den Händen gefesselt aussteigen ließ, fuhr der Lange den Wagen in einen kleinen Seitenweg und deckte ihn mit einem Tarnnetz ab. Sie standen mitten im Wald. Ringsum nichts als hohe Bäume, die leise im Wind rauschten.

Susi war sich inzwischen beinahe zu hundert Prozent sicher, dass der Kleine Fredo Hohlmayer war. Der flüsterte eben dem Langen was ins Ohr. Und dann schulterten beide ihren Rucksack und zogen zu Fuß los. Der Weg führte immer weiter bergauf und schlängelte sich durch den Wald. Die Mondsichel beleuchtete ihren Weg. Zu beiden Seiten des schmalen Forstweges standen große Tannen. Ab und zu hörte man ein Tier. Ein Kauz machte sich bemerkbar. Susi wurde es langsam warm, denn die Beiden gingen ziemlich schnell.

Wieder dachte sie an Franzi und Markus. Was die wohl jetzt gerade tun würden? Sicher hatte man Markus bereits informiert. Susi war sich sicher, dass inzwischen die Suche nach ihr auf Hochtouren lief. Die Sache mit dem Ausweis machte ihr wieder ein wenig Hoffnung. Aber was wollten die Beiden nun noch von ihr? Ob sie vorhatten sie tatsächlich umzubringen? Bei diesem Gedanken musste Susi eine leichte Panik unterdrücken. Noch nie, seit sie im Polizeidienst stand, war sie in einer solchen Situation gewesen.

Es kam alles darauf an, dass Fredo nicht merkte, dass sie ihn erkannt hatte. In diesem Fall wäre ihr Leben wohl kaum noch einen Pfifferling wert.

Es war sowieso augenscheinlich, wie unterschiedlich die beiden Kerle waren. Der Tscheche behandelte sie höflich, beinahe fürsorglich. Fredo dagegen konnte seinen Hass nicht verbergen. Vor ihm musste sie auf der Hut sein!

Nach einer guten Stunde Fußmarsch erreichten sie eine kleine Senke, in der eine Hütte stand. Ringsum ragten die kahlen Felsen in den Himmel. Doch davor war noch ein breiter Saum von mächtigen Tannen. Irgendetwas blinkte im schwachen

Mondlicht. Als sie näher herankamen, erkannte Susi, dass es ein kleiner Weiher war. Das langgestreckte Gebäude musste früher eine Almwirtschaft gewesen sein, die inzwischen aufgegeben worden war.

Der Kleine ging zielstrebig auf eine Nebentür zu. Dann nahm er aus seinem Rucksack einen Hammer. Mit zwei Schlägen flog das kleine Schloss davon. Im Licht der Taschenlampe traten sie ein. Hier musste wohl einst der Stall gewesen sein, denn links und rechts sah man noch die Eisenringe in der Holzwand, an denen man wahrscheinlich des Nachts das Vieh angekettet hatte. Sie betraten einen kleinen Flur und der Kurze öffnete eine Tür. Der Tscheche musste sich bücken als er eintrat. Der Kleine zündete eine Karbidlampe an und stellte sie auf den alten Holztisch. Sie sahen sich um. Alles war da. Ein Herd, ein Tisch, vier Holzstühle und ein altes zerschlissenes Sofa. Der Tscheche ging zu einer Nebentür und sah hinein. Dann lachte er leise.

„Sieht aus wie ein Schlafzimmer. Wollen wir hier zu dritt schlafen? Die Madam zwischen uns beiden?", fragt er den Kurzen lachend. Doch der schüttelte nur den Kopf.

„Nee, ich schlafe mit ihr da drinnen und Du hier auf dem Sofa!", erwiderte er etwas boshaft. Der Tscheche protestierte, und man sah ihm an, dass es ihm Spaß machte, Fredo ein wenig zu foppen. Er ging trotzdem einen Moment aus dem Raum. Der Kleine baute sich vor Susi auf, die auf einem der Stühle saß. Weglaufen konnte sie nicht, der Lange hatte ihr die Füße mit einem Strick an die Stuhlbeine und die Hände hinter der Lehne gefesselt. Die Uhr zeigte 3.30 Uhr am Morgen an. Susi war hundemüde. Als der Lange wieder zurückkam, sprach sie ihn an.

„Hört mal Jungs, ich bin hundemüde. Ich muss mich hinlegen, aber ich möchte alleine schlafen! Von mir aus auch auf dem Fußboden." Der Kleine lachte gehässig.

„Hast wohl Angst, dass ich zu Dir ins Bett steige, he?" Susi sah ihn kühl an und verzog keine Miene dabei. Er wich ihrem Blick aus und setzte sich auf einen Stuhl auf der anderen Tischseite.

„Mir scheint, Du hast vergessen was passiert, wenn mir jemand zu nahe kommt, he? Das kannst Du gerne noch mal haben, Kleiner!", fauchte Susi plötzlich den Kleinen an. Der

Lange stand auf und begann ihre Fußfessel zu lösen. Er sah sie einen Moment an. Susi sah in seine grünen Augen.

„Komm, steh auf Madam! Ich bringe Dich jetzt zu Deinem Schlafplatz, wo Du ungestört schlafen kannst", erwiderte er und schob Susi aus dem Raum. Mit der Taschenlampe leuchtete er den Gang vor ihr ab. An einer zweiten kleinen Holztür blieb er stehen und öffnete die Tür.

„Geh da rein! Drinnen steht ein Bett. Und falls Du mal pinkeln musst, steht ein Eimer in der Ecke. Der Raum hat kein Fenster, also mit abhauen wird nix!" Er schob Susi beinahe sanft mit der Hand in den Raum hinein und löste dann ihre Handschellen. Susi hielt ihn kurz am Ärmel fest und sagte dann lächelnd zu ihm: „Danke! Du bist ganz nett." Der Lange sah sie kurz an, dann nickte er. „Gute Nacht, Madam Thoma! Schlafen Sie gut!" Dann schloss er die Tür und Susi hörte, wie er sie zuschloss. Neben dem Bett stand ein Stuhl, auf dem eine brennende Kerze in einem Metallleuchter stand. Daneben lag eine Streichholzschachtel. Sie sah sich im Raum um. Ein Bett, eine Waschkommode und ein Stuhl, war alles, was im Raum stand.

Kurz entschlossen schob sie noch die Stuhllehne unter die Türklinke, sodass niemand so einfach hereinkommen konnte, während sie schlief. Ihre Gedanken waren bei Tochter Franzi und bei Markus. Und plötzlich hatte sie tief in sich das Gefühl, diesen kräftigen Kerl, mit den schon leicht angegrauten Schläfen, zu vermissen. Es war also wirklich ernster, als sie anfangs gedacht hatte.

Sie legte sich auf den Rücken und schob ihre Hand unter den Pulli auf den nackten flachen Bauch. Was würde er aber erst sagen, wenn sie ihm gestehen würde, dass sie schwanger von ihm war? Der Arztbesuch vor ein paar Tagen hatte auch sie vollkommen überrascht. Und sie hatte nur noch auf einen geeigneten Augenblick gewartet, um es ihm zu erzählen.

Aber dann war dieser idiotische Vorfall am Nachmittag auf dem Güterbahnhof dazwischen gekommen. Und jetzt musste sie um ihr Leben fürchten und natürlich genauso um das des ungeborenen Kindes. Sie dachte an Franzi. Was die wohl zu der Neuigkeit sagen würde. Susi musste plötzlich heulen.

„Ach Markus, wo bist Du jetzt?", flüsterte sie und schluchzte ein paar Mal richtig traurig. Sie ließ den Tränen freien Lauf. Die alte Decke roch muffig, doch Susi war viel zu müde, um sich noch daran zu stören. Wenig später war sie fest eingeschlafen ...

Kathi saß im Sonnenschein auf einer Liege hinter dem Haus der Eltern. Sie genoss die warmen Sonnenstrahlen.
Vincent hatte sie am Vortage vom Krankenhaus abgeholt. Als sie zu Hause ankamen, hatte sie ihre Mutter freudig in Empfang genommen und lange umarmt. Kathi spürte, dass das Verhältnis zu ihrer Mutter plötzlich ganz anders war. Viel inniger als früher und auch Papa war sanfter und verständnisvoller geworden als vorher. Die Tatsache, dass Vincent ihr Freund war, schien sie beide nicht mehr zu stören. Mutter hatte Vincent einen Kaffee und ein Stück Apfelkuchen hingestellt und sich dann einige Zeit mit ihm unterhalten, während Kathi ihre Sachen wieder in ihrem Schrank verstaut hatte.
Als Kathi zurück in die Stube gekommen war, hatte ihr Bruder Anton mit am Tisch gesessen. Er und Vincent hatten lange über die Fischzucht hier am See gefachsimpelt, als wenn es die selbstverständlichste Sache der Welt wäre, wenn ein Hohlmayer mit einem Gründl gemeinsam am Tisch sitzt.
Kathi sah hinüber zur Turmuhr. In einer Stunde musste Vater zurückkommen. Sie hatte ihm versprechen müssen, nicht allein den Hof zu verlassen, denn Fredo konnte noch überall auf sie lauern. Der Nachbarsjunge von einst war zu einer Gefahr geworden.
Sie hielt mit beiden Händen ihren Leib fest, in dem nun kein Baby mehr war. Mühsam unterdrückte sie die Tränen. Aber es nutzte ja doch nichts, wenn sie dauernd dasaß und flennte. Sie musste endlich damit leben, ein Kind verloren zu haben. Vielleicht bekam sie ja irgendwann mal doch noch ein Baby. Fest stand, dass sie in drei Monaten mit Vincent zusammenziehen würde. Kathi malte sich aus, wie das Leben dann aussehen würde. Ihre Mama war zuerst nicht davon begeistert gewesen, als sie es ihr erzählt hatte. Und der Vater hatte erst nichts gesagt, sie dann aber in die Arme genommen und gemeint:

„Du wirst schon das Richtige tun, Kathi! Meine Unterstützung hast Du jedenfalls, was auch noch kommt."

Kathi dachte an Fredo, den nun die Polizei suchte. Wie man hörte, hatte er wohl eine Polizistin entführt, die ebenfalls eine kleine Tochter hatte. Wie mochte es dem armen Kind jetzt in diesen Stunden gehen?

So ganz alleine ohne Mama und ohne einen Papa. Kathi war oftmals unendlich traurig in den letzten Tagen. Doch sie versuchte sich zusammenzunehmen. Wusste sie doch, dass sich alle Sorgen um sie machten. Sogar die Nachbarin Astrid hatte sie im Krankenhaus besucht und sich ernsthaft für Fredos üble Tat entschuldigt. Auch sie hatte Kathi und Vincent ihre Hilfe angeboten. Seit diesem Vorfall war alles ganz anders geworden. Hohlmayers und Gründls waren dabei, sich endlich wieder zu versöhnen. Und so war es auch zu dem Entschluss gekommen, dass Vater Hohlmayer kurzfristig das Dachgeschoss seines Hauses ausbauen ließ, um dort eine Wohnung für Kathi und Vincent zu schaffen.

Markus Ludwig betrat unausgeschlafen am Morgen das Büro. Er hatte die halbe Nacht wach gelegen und stundenlang auf Franzis regelmäßige Atemzüge gehört. Die Angst um Susi machte ihn langsam krank. Und wie jeden Morgen, hatte er dennoch Franzi in die Kita gebracht. Und auch wie jeden Tag, musste er Franzis Frage, wann denn nun die Mama endlich wiederkommen würde, beantworten. Die Kleine war ihm inzwischen so ans Herz gewachsen, als wenn es sein eigenes Kind wäre. Auch Frau Schindler tat alles, um Franzi abzulenken. Doch von Tag zu Tag fiel es ihnen immer schwerer, Franzi zu belügen.

Er schreckte aus seinen Gedanken auf, weil das Telefon auf Susis Schreibtisch ihn plötzlich aus seinen Gedanken riss. Mit einem Ruck beugte er sich hinüber und hob den Hörer ab. Am anderen Ende war eine Frauenstimme.

„Könnte ich bitte mit Frau Kommissarin Thoma sprechen?" Markus war hellwach.

„Die ist leider im Moment nicht im Hause. Kann ich Ihnen vielleicht helfen?", fragte er voller Spannung zurück. Die Frau am anderen Ende räusperte sich zunächst.

„Ja also, hier spricht die Frau Ansgar von der Jennerbahn. Ich habe heute früh, als ich zum Dienst kam, vor dem Haus einen Dienstausweis von dieser Kommissarin Thoma gefunden. Nun wollte ich wissen, ob sie ihn hier abholen kann", erwiderte die Frau. Markus war auf einen Schlag hellwach. Hatten sie doch nun endlich eine neue Spur von Susi!

„Hören Sie Frau Ansgar, wir kommen in knapp einer Stunde etwa bei ihnen vorbei. Mein Name ist Markus Ludwig, ich bin der Chef von der Frau Thoma!"

Kurz danach war das Gespräch beendet. Und Markus griff sofort erneut zum Telefon. Danach eilte er zu Kriminalrat Dr. Huber und erzählte ihm von dem Fund des Ausweises. Zwanzig Minuten später fuhren zwei Streifenwagen mit Blaulicht in Richtung Königssee. Vor dem Hauptgebäude der Jennerbahn hielten sie an. Markus ging hinein, um die Frau Ansgar zu suchen.

Die schon etwas ältere Frau, mit schwarzen Haaren und einem wunderschönen Dirndl, empfing ihn höflich, aber reserviert. Sie wunderte sich, dass die Frau Thoma diesen Ausweis nicht selbst abholte, sondern gleich zwei Funkstreifenwagen vorfuhren.

Markus sah sich gezwungen der Frau zu erklären, was Frau Thoma daran hinderte, selbst zu kommen. Sie war fassungslos.

„Man hat sie entführt, um Gottes willen! Da bin ich ja froh, dass ich den Ausweis gefunden habe. Hoffentlich finden sie die arme Frau bald", erwiderte sie erschrocken.

Markus bedankte sich und verabschiedete sich wieder. Draußen betrachtete er eine Weile den Wanderplan, der an einer der Aushangtafeln ausgehängt war.

Inzwischen waren die anderen Kollegen ausgestiegen und vertraten sich die Beine. Sie waren zu acht, das war bei der Größe des Geländes nicht viel, aber für den Anfang musste es erst einmal reichen. Eine Demonstration von Naturschützern musste ebenfalls abgesichert werden, also fehlten Leute.

„So Kollegen, wir fahren zunächst erst mal diesen Forstweg hinauf. Achtet auf Fahrzeuge, die im Wald stehen. Es kann sein, wir müssen rauf bis zur Königsbachalm. Ich hoffe, ihr habt alle gute Kondition mitgebracht! Als dann los, wieder einsteigen!"

Die beiden Streifenwagen der Polizei setzten sich wieder in Bewegung und fuhren langsam den Forstweg hinauf. Doch weit und breit war an diesem Morgen niemand zu sehen. Auf halber Höhe stiegen die ersten beiden Beamten aus. Der Wald war hier sehr gut durchschaubar und die Sonne leistete ganze Arbeit. Kurz vor einer Kehre hielten sie dann an.

„Ab hier durchkämmen wir jetzt das Gebiet zur Linken. Wir gehen im Abstand von 100 Metern hoch. Passt auf, das Gelände ist teilweise sehr steil!", warnte Markus die Kollegen. Mühsam kletterten sie durch das Gelände bergan. Rolf, ein älterer Kollege schwitzte und japste. Er kam nicht mehr mit, da seine Leibesfülle nicht unbedingt für einen steilen Aufsteig günstig war. Markus hielt ihn zurück.

„Rolf, setzt Dich erst mal hin und ruhe Dich aus. Es bringt ja nix, wenn Du uns hier umkippst." Markus drücke ihn auf einen Baumstamm und ordnete eine Rast an. Es war zwar kühl an diesem Morgen hier oben, aber der steile Hang machte selbst ihm zu schaffen. Langsam sah er ein, dass es Unsinn war, weiter nach oben zu klettern. Es gab in diesem Abschnitt eigentlich keinen Unterschlupf.

„Hört zu Leute, wir kehren wieder um. Es macht wenig Sinn, da weiter emporzusteigen. Wo sollten sie sich hier verstecken. Wir steigen ab!" Und der Abstieg war noch schlimmer, als der Aufstieg. Immer wieder rutschten sie aus und kamen zu Fall, was jedes Mal heftiges Fluchen zur Folge hatte. Endlich standen sie wieder bei den Autos.

Markus hatte eine Karte auf der Motorhaube des BMW Streifenwagen ausgebreitet. Doch langsam kam ihnen die Erkenntnis, dass vielleicht ein Hubschrauber dienlicher sein konnte, als diese Kraxelei.

Markus rief im Präsidium an und besprach sich mit Dr. Huber. Der sagte seine Hilfe zu, musste aber erst einen solchen Heli-Einsatz mit der Leitstelle abklären.

Als Susi am Morgen aufwachte, roch es in der Hütte nach Kaffee. Sie klopfte mehrmals heftig gegen die Tür. Endlich kam der Lange und ließ sie heraus.

„Ich muss mal aufs Klo und ich muss mich unbedingt mal waschen." Der Lange sah sie einige Sekunden an, dann nickte er. „Komm mit!", war alles, was er sagte, dann stapfte er vor ihr her in den Stall hinaus. Er deutete mit der Hand auf eine kleine

Holztür und lehnte sich gegen die Wand. Susi trat in das kleine Geviert ein, es war ein typisches Plumpsklo. Ein Brett mit einem Loch und darunter war die Grube. Als sie fertig war, führte er sie in einen anderen Raum, in dem noch Milchkannen und eine Wanne standen. Hier konnte sie sich endlich einmal gründlich waschen. Doch ehe sie damit begann, wandte sie sich an den Tschechen, der an der Wand lehnte und sie ansah.

„Hör mal, ich möchte mich gerne waschen – aber allein!" Der Tscheche löste sich von der Wand und kam ein paar Schritte auf Susi zu. Dicht vor ihr blieb er stehen und sah ihr direkt in die Augen. Leise sagte er zu ihr:

„Du bist eine schöne Frau Madam Thoma! Ich werde Dich auch weiter vor dem geilen Zwerg beschützen. Aber Du musst dann schon ein wenig mehr entgegenkommender sein. Klar?"
Susi sah ihn scharf an und atmete tief durch. Sie mahnte sich zur Ruhe. Jetzt aufzubrausen, war wenig sinnvoll. Denn selbst wenn es ihr gelang, den Tschechen außer Gefecht zu setzen, hatte sie es immer noch mit Fredo Hohlmayer zu tun. Und der schien im Moment die Pistole zu haben, denn der Tscheche trug keine bei sich. Sie hielt seinem Blick stand. Dann setzte sie sich auf einen Holzklotz und sah dem Langen in die Augen.

„Hör mir mal gut zu! Es ist nur noch eine Frage der Zeit, dann tauchen hier meine Kollegen auf. Dann ist es an mir, sie darüber zu informieren, wer mir geholfen hat und wer mir an die Wäsche wollte. Was ist Dir lieber? Mich zu bumsen und dann drei Jahre länger zu sitzen, oder mir zu helfen und diese Hilfe später angerechnet zu bekommen? Außerdem bin ich schon schwanger, junger Mann! Wenn mir also was passiert, ist das dann Doppelmord! Das heißt lebenslänglichen Knast! Und vor allem, ist der Chef der hiesigen Kripo mein Mann" schwindelte sie ihm vor.
Sie sah, wie der Tscheche erschrocken zusammenzuckte und dann unwillkürlich zwei Schritte zurück trat und sie anstarrte. Wortlos zeigte er auf die Tür zum Flur.

„Der Kleine da drüben, der hat vor Dich umzulegen, wenn es ernst wird", sagte er leise. „Ich kann ihn aber nicht dauernd überwachen, ich muss zum Beispiel heute Abend noch mal weg." Susi nickte verstehend.

„Dann nimm wenigstens meine Pistole mit, wenn Du gehst!",
erwiderte Susi. Der Tscheche nickte leicht.

„Mache nicht den Fehler, abhauen zu wollen. Denn dann
müssen wir Dich jagen, und der Kleine kennt sich hier gut aus.
Außerdem müssten wir Dich dann umlegen. Ich will, dass Du
das weißt, Madam Thoma!"

Er wandte sich um und ging wortlos aus dem Raum. Susi schob
rasch den Riegel hinter ihm zu, so konnte sie sich ungestört
waschen und dabei nachdenken.

Wenn der Tscheche über Nacht wegblieb und die Pistole mit-
nahm, hatte sie eine gute Chance, mit dem Hohlmayer fertig zu
werden. Vielleicht war es die Gelegenheit! Sicher hatten beide
ein Handy und sie konnte dann Markus anrufen. Sie dachte über
Markus Handynummer nach, die in ihrem Handy gespeichert
gewesen war. Wie war aber denn nun diese Nummer? Na gut,
aber die Nummer der Polizei, die kannte sie ja, notfalls half ja
auch 110.

Sie hatten Susi in ihren Schlafraum eingesperrt, die Tür ver-
riegelt, und waren am Nachmittag losgezogen. Fredo wollte
unbedingt mal nachsehen, was unten im Ort los war. Den
Transporter ließen sie stehen und gingen zu Fuß. Immer oberhalb des Forstweges entlang gehend, genossen sie die Sonne.
Als sie die Mittelstation der Jennerbahn erreicht, hatten blieb
Fredo plötzlich abrupt stehen. Er stieß Petré an und zeigte
hinunter zur Station.

„Sieh mal, mindestens fünf Polizisten stehen da unten! Ob die
nach der Alten suchen?" Er rieb sich nachdenklich das Kinn
und setzte sich auf einen kleinen Felsbrocken. Petré setzte sich
neben ihn. Er schüttelte den Kopf.

„Warum wolltest Du auch unbedingt die Madam mitnehmen?
Wir hätten sie in diesem Waggon liegen lassen und dann abhauen sollen! Das war ein Riesenfehler! Jetzt suchen die überall
nach ihr! Wie sollen wir jetzt unser Zeug absetzen, Mensch?
Der Chef reißt mir den Arsch auf, wenn ich nicht bald mit Geld
zurück bin!" Fredo kaute an einem Grashalm.

„Und wenn wir sie oben im Weiher einfach ersäufen? Könnte
ja ein Unfall gewesen sein." Petré sah seinen Kumpan an und
schüttelte unmerklich mit dem Kopf.

„Sag mal, bist Du ganz bescheuert? Das ist doch eine Polizistin und außerdem ist sie schwanger und hat schon ein Kind!" Fredo sah Petré staunend an.

„Woher weißt Du das?" Der lachte ein wenig verlegen.

„Weil sie es mir gesagt hat. Glaub mir, man kann fast alles machen, aber eine Polizistin umbringen, nee, nicht mit mir!" Fredo grinste Petré breit an.

„Ach so ist das! Du bist selber scharf auf sie!" Petré schüttelte den Kopf.

„Rede keinen Stuss, aber ich habe eine große Schwester, die ein Baby hat. Ich will einfach nicht, dass Du ihr was antust, klar!"

Fredo sah seinen Kumpan kurz von der Seite an und seine Augen hatten einen dunklen Glanz bekommen. In diesem Moment fühlte sich Fredo verraten. Seine Wut darüber konnte er nur schwer verbergen.

Wortlos stapften sie den Weg wieder zurück. Sie hatten gerade eben eine kleine Lichtung erreich, als plötzlich das Gebrumm eines Heli zu hören war. Er kam langsam, einen Bogen fliegend, zu ihnen herüber geflogen. Fredo zog Petré am Ärmel ins Gebüsch. Sie warteten, bis der Heli wieder davon flog. Petré verzog ärgerlich das Gesicht.

„Jetzt haben wir den Salat! Die suchen sogar mit dem Heli nach ihr! Wir müssen unbedingt bald von hier wieder verschwinden!" Fredo schüttelte den Kopf.

„Wer sagt denn, dass die wirklich nach der suchen? Die fliegen im Sommer immer hier herum, schon wegen der Waldbrandgefahr. Du siehst Gespenster, Petré!" Sie krochen wieder aus dem Gebüsch und liefen weiter.

„Wenn Du heute Abend runter fährst, könntest Du aber die Pistole bei mir lassen. Wenn Du in eine Kontrolle kommst, könnte das sonst Ärger geben." Petré schüttelte den Kopf.

„Die Pistole gebe ich nicht aus der Hand, Fredo! Ich habe sie ihr abgenommen und ich verwahre sie auch. Du spielst nur wieder den großen Macker damit. Glaubst Du, die hat Angst vor dem Ding?" Er hielt seinen Kumpan am Ärmel fest.

„Ich will Dir mal was sagen, Fredo. Die kannst Du nicht beeindrucken, die ist viel zu abgezockt! Ich behaupte mal, wenn ich nicht dabei wäre, wäre sie Dir längst abgehauen! Mir aber vertraut sie." Fredo wurde zunehmend wütender.

„Sie vertraut mir", äffte er Petré nach. „Willst Du Dir damit vielleicht eine geringere Strafe erkaufen, wenn man Dich mal schnappt, he? Sag schon!" Er war abrupt stehen geblieben und seine Augen funkelten Petré böse an.

„Oder willst Du mich vielleicht an die Bullen verkaufen, Tscheche?" Petré sah, wie Fredo die Fäuste ballte, als wenn er gleich auf ihn losgehen wollte. Der lachte und schüttelte den Kopf.

„Was redest Du für einen Scheiß, Bruder! Wir werden uns doch nicht gegenseitig ans Messer liefern, oder?", versuchte er Fredo wieder zu beruhigen. Im Grunde hatte er schon längst beschlossen, bei der ersten Gelegenheit, sich von diesem Psychopathen abzusetzen. Aber noch hatten sie für 2000 Euro Ware abzusetzen. Nur hier oben auf dem Berg war das unmöglich. Sie mussten runter in die Stadt! Und zwar schnellstens!
Es war gegen 17.00 Uhr und die Sonne schien immer noch herrlich warm. Petré beschloss im Weiher zu baden. Und dann kam ihm eine Idee!

„Fredo, was hältst Du davon, wenn wir im Weiher noch baden gehen? Wir nehmen die Madam mit. Abhauen kann sie uns da nicht!", fragte er seinen Kumpel. Fredo sah ihn erst mit offenem Mund an, dann tippte er sich mit dem Finger an die Stirn.

„Und wir beiden gehen dann mit unserer Maske in den Teich, was? Und sie in Schlüpfern und BH!"
Doch der Gedanke war ihm nicht unsympathisch. Die Alte in BH und Slip oder ganz nackt? Bei diesem Gedanken wurde ihm schlagartig warm. Petré war inzwischen ins Haus gegangen und war gerade dabei, Susi den Vorschlag vom Baden zu unterbreiten. Sie sah Petré sprachlos an.

„Wie soll das denn gehen? Ich habe keinen Badeanzug mit! Ich wusste ja nicht, dass wir noch einen Badeausflug machen", erwiderte sie ironisch. Petré grinste unter seiner Sturmmaske.

„Sie bekommen meinen Parka bis zum Wasser. Dann drehen wir uns um und sie gehen rein." Er sah, wie es in ihrem Kopf arbeitete.

„Und wer garantiert mir, dass Dein Freund dann nicht über mich herfällt? Oder ihr beide zusammen? Aber Du hast recht, ich könnte ein Bad vertragen." Petré grinste wieder.

„Ich garantiere Ihnen, dass keiner von uns, Ihnen ein Haar krümmen wird, Madam! Ich schwöre es, beim Leben meiner Mutter!" Susi war beeindruckt, denn alles hatte sie erwartet, aber das nicht. Und dann kam ihr ein Gedanke.

„Gut, ich gehe mit Euch heute Abend, wenn es dunkel wird, im Weiher baden, aber nur mit Dir alleine." Sie sah Petré fragend an. Doch der schüttelte den Kopf.

„Das geht nicht Madam, da wird mein Freund nicht mitmachen. Also alle oder keiner!" Susi zuckte mit den Schultern und setzte sich wieder auf ihren alten Stuhl.

„Dann eben ohne mich!" Enttäuscht wandte sich Petré ab und ging zur Tür.

„Ich muss heute Nacht mal weg. Die Pistole nehme ich mit. Passen Sie gut auf sich auf, Madam!" Es schien, als wollte er noch etwas sagen, doch dann ging er wortlos raus. Der Gedanke, wieder einmal zu schwimmen, hatte Susi gereizt, doch sie traute dem Frieden nicht. Diesem Fredo war nicht zu trauen! Im gleichen Augenblick, als draußen die Außentür klappte, wurde sie gewahr, dass der Tscheche ihre Tür nicht abgeschlossen hatte. Mutwillig, oder hatte er es einfach nur vergessen? Susi überlegte krampfhaft. Nach ihrer Uhr war es gerade 18.00 Uhr. Leise öffnete sie die Zimmertür und sah hinaus auf den Gang. Alles war still. Auf Zehenspitzen schlich sie zur Küche und machte leise die Tür auf. Auf dem Tisch stand ein Teller mit belegten Broten, von Fredo war nichts zu sehen.

Sie griff gerade nach dem Wurstbrot, als sie hinter sich ein Lachen hörte. Blitzartig drehte sie sich herum – hinter ihr stand Fredo mit einem Messer in der Hand, genau vor der Tür. Susi nahm unwillkürlich Abwehrhaltung ein. Immerhin hatte sie auf der Polizeischule in Luzern gelernt, wie man im Ernstfall einen Angreifer mit einem Messer entwaffnete.

Doch plötzlich legte Fredo das Messer zu Seite und zog dabei ein wenig die Strumpfmaske zurecht, die ihn wohl am Sehen hinderte.

„Sie haben wohl gedacht mich überrumpeln zu können, was?", grinste er. Er deutete auf die Flasche Rotwein, die am Fenster stand.

„Wollen Sie ein Glas, Frau Thoma? Schmeckt ziemlich gut der Tropfen." Susi nickte.

„Warum nicht? Rotwein ist immer gut. Aber sagen Sie mir mal, was Sie eigentlich mit mir vorhaben?", fragte sie ihn kurz entschlossen. Fredo bemerkte aber im gleichen Moment, dass er nicht mittrinken konnte, mit dieser Maske über dem Kopf. Plötzlich zog er die Maske herunter und grinste Susi an. Die war so überrascht, dass sie erst nicht reagieren konnte. Ihr war sofort klar, was das zu bedeuten hatte! Er würde sie hier nicht lebend wegkommen lassen! Sie nahm das halb volle Glas, das er ihr über den Tisch schob, und sah ihm in die Augen. Sie sah die kleinen Irrlichter in seinen Pupillen. Der Kerl musste selbst ziemlich abhängig sein von dem Zeug, das er verkaufte. Zum ersten Mal war sich Susi unsicher, ob sie aus dieser Situation noch einmal herauskam. Seit drei Tagen war sie nun die Gefangene von diesem Lausbub. Sie nahm einen großen Schluck Rotwein und sah ihn an.

„Wenn Du jetzt verschwinden würdest Fredo, hättest Du einen guten Vorsprung. Ich habe kein Handy und sonst nix, bis ich unten bin, bist Du schon über alle Berge!"
Sie wollte noch etwas sagen, doch plötzlich begannen die Bilder vor ihren Augen zu schwanken. Und wenig später rutschte Susi schräg vom Stuhl und fiel dann auf den Holzboden. Da war es schon dunkel um sie. Fredo Hohlmayer bückte sich grinsend zu ihr hinab und begann auf einmal hastig und erregt Susi Thoma die Jeans auszuziehen ...

In der Nacht gegen halb zwei Uhr tauchte Petré mit leerem Rucksack wieder auf. Als er im Dunkeln die Küche betrat, wäre er um ein Haar über etwas gestolpert. Schimpfend machte er Licht. Er sah auf die nackte Frau, die auf dem Boden der Küche lag. Neben ihr lagen ihre Jeans, Slip, BH und Bluse. Sie war völlig nackt. Zornig fühlte er den Puls der Frau, doch der schlug zum Glück regelmäßig.

Aufatmend dachte er nach, dann begann er vorsichtig die Frau wieder anzuziehen. Während er sich abmühte, fluchte er leise vor sich hin.

„Dieses Schwein müsste man abstechen! Na warte mein Freund, jetzt reicht es!" Als er fertig war, hob er vorsichtig die Kommissarin hoch und trug sie hinüber in ihre Kammer. Dann verließ er den Raum wieder, schloss ab und steckte den Schlüssel in die Hosentasche.

Mit der Taschenlampe in der Hand begab er sich auf die Suche nach seinem Kumpan. Petré war außer sich vor Wut über das, was dieser Idiot in der Nacht angestellt hatte. Offenbar hatte er der Kommissarin K.O.-Tropfen in den Rotwein geschüttet und sie dann vergewaltigt. Für Petré war das Maß voll! Diesen Idiot musste er unbedingt loswerden. Fredo war ein Psychopath von der schlimmsten Sorte in seinen Augen.

Er durchsuchte einen Raum nach dem anderen. Auf dem Heuboden fand er dann endlich den Gesuchten. Fredo lag mit einer Flasche Rotwein im Arm im Heu und schnarchte vor sich hin. Mit einem kräftigen Fußtritt machte Petré ihn munter. Fredo fuhr erschreckt hoch und schützte sich mit der Hand vor dem hellen Schein der Taschenlampe.

„Was ist denn los? Was willst Du von mir?", lallte er immer noch mit schwerer Zunge. Petré zerrte Fredo am Kragen empor. Und dann verpasste er ihm rechts und links zwei schallende Ohrfeigen. Die hatten so viel Energie, dass es Fredo gegen einen senkrechten Pfosten krachte. Petré brüllte ihn wütend an.

„Was hast Du gemacht, Du Vollidiot! Wie kannst Du die Polizistin vögeln, Du Ausgeburt eines Psychopathen!"
Wütend geworden, warf Fredo die Rotweinflasche nach Petré und lachte hysterisch.

„Na und, was ist denn schon dabei! Ich wollte doch nur mal wieder meinen Spaß haben", kreischte er und wollte gerade nach der Heugabel greifen, die an der Wand stand, als ihn erneut ein Faustschlag von Petré ins Gesicht traf. Doch bei dieser kurzen Bewegung des Tschechen und dem Schwung des Schlages, polterte auf einmal die Pistole auf den Holzboden. Fredo erkannte blitzartig seine Chance.

Mit einem Satz lag er auf dem Bauch und hatte die Waffe auch schon in der Hand. Rasend schnell drehte er sich herum, zielte auf Petré und wollte abdrücken. Doch nichts geschah, er hatte natürlich in der Eile vergessen, die Waffe zu entsichern. In seiner Linken die Mistgabel senkrecht aufgestellt haltend, und in der Rechten die Pistole, hatte Petré keine Chance, an Fredo näher heranzukommen.

Blitzschnell sprang er zur Treppe, als es hinter ihm auch schon knallte und über ihm eine Kugel in den Holzbalken einschlug. Er hörte wie ihm Fredo folgte und verschwand wie der Blitz in Susis Kammer und schloss die Tür wieder ab. Was tun? Wenn der Verrückte herein wollte, brauchte er jetzt nur auf das Schloss zu schießen.

In seinem Rücken stöhnte Susi leise vor sich hin. Doch plötzlich hörte Petré die Haustür zuschlagen. Leise setzte er sich auf den wackligen Stuhl und sah die Kommissarin an, die noch immer schlief. Wer weiß, wie viel der Verrückte ihr von den K.O.-Tropfen verabreicht hatte. Petré schreckte hoch und schnupperte. Was war denn das? Hastig steckte er den Schlüssel wieder ins Schloss und öffnete vorsichtig die Tür.

Auf dem Gang roch es nach Qualm! Als er dann hinaus leuchtete, sah er die Rauchschwaden, die aus der Küche kommen mussten. Ohne sich noch lange zu besinnen, zerrte er Susi wieder vom Bett herunter, nahm sie auf die Arme und lief so schnell er nur konnte mit ihr durch den Stall hinaus ins Freie. Tatsächlich! Fredo Hohlmayer hatte in der Küche Feuer gelegt und die brannte schon lichterloh. Fünfzig Meter vom Haus entfernt, legte er Susi vorsichtig auf dem Boden ab und wollte noch einmal in die Wohnstube laufen, um seine Sachen zu retten. Doch eine Flammenwand verhinderte ein weiteres Vordringen, Petré musste wieder umkehren.

Inzwischen war es langsam hell geworden und die Sonne schob sich gerade über die Bergspitzen. Fröstelnd öffnete Susi Thoma die Augen. Ihr war schlecht und irgendetwas stimmte nicht mit ihr. Sie sah sich um. Mit einem Mal wurde ihr bewusst, dass sie allein auf der Wiese lag. Ohne Handschellen und ganz allein. Mühsam schob sie sich in die Sitzposition und erschrak. Das Haus brannte! Als sie gerade dabei war, mit wackligen Beinen aufzustehen, stand plötzlich der Tscheche neben ihr. Er hatte keine Maske mehr auf und sah Susi unschlüssig an.

„Was ist passiert, warum brennt das Haus?", fragte sie ihn. Vorsorglich legte er ihr eine Decke um die Schulter, die er gerade noch gerettet hatte.

„Der Idiot hat das Haus angezündet und ist mit ihrer Pistole abgehauen", antwortete Petré kleinlaut. Susi schüttelte den Kopf.

„Ich kann mich beim besten Willen nicht daran erinnern, was gestern Abend alles noch passiert ist. Der Sauhund muss mir was in den Wein geschüttet haben." Im gleichen Moment erstarrte sie für einige Sekunden, ihre Lippen bebten.

„Ist das passiert, was ich glaube, bitte sagen Sie es mir. Ich fühle mich so komisch." Susi sah den Tschechen in die Augen, doch der senkte den Blick. Stockend begann er zu erzählen.

„Ich kam heute früh gegen 2.00 Uhr wieder zurück. Ich fand Sie in der Küche ganz nackt auf dem Boden liegend. Zuerst habe ich sie wieder angezogen, dann habe ich sie ins Bett gebracht. Danach habe ich diesen Lump gesucht, der Ihnen das angetan hat. Ich fand ihn auf dem Heuboden und ich habe ihn verdroschen. Doch dabei fiel mir ihre Pistole herunter und er war schneller dran als ich. Ich musste türmen, weil er auf mich geschossen hatte. In ihrem Zimmer habe ich mich eine Weile versteckt, dann brannte plötzlich das Haus."
Susi war es, als ob sich unter ihren Füßen der Boden mit einem Schlag öffnen würde. Dieser Scheißkerl hatte sie vergewaltigt! Sie rang um Fassung, doch mit einem Mal, schossen ihr die Tränen in die Augen und sie begann zu schluchzen. Petré stand neben ihr und schaute starr hinauf auf die Bergspitzen, die inzwischen von der Sonne angestrahlt wurden. Dann sah er Susi wieder an, die sich inzwischen ein wenig beruhigt hatte.

„Verhaften Sie mich jetzt, Madam? Ich weiß, wenn ich verloren habe", fragte er sie leise. Susi wischte sich die Tränen ab. Dann schüttelte sie den Kopf.

„Nein, Du hast mir das Leben gerettet! Wenn Du mich nicht da rausgeholt hättest, wäre ich jetzt tot." Sie hielt dem Jungen die Hand hin.

„Ich heiße Susi! Und noch mal danke! Hilf mir bitte mal hoch." Petré nahm ihre Hand und zog sie hoch, er hielt sie einen Moment fest. Dabei sah er Susi traurig an.

„Ich heiße Petré, und es tut mir leid, was alles passiert ist. Wenn es nach mir gegangen wäre, hätten wir sie am Bahnhof zurückgelassen. Doch der Hohlmayer war ganz versessen darauf, eine Polizistin zu kidnappen. Der ist nicht ganz dicht!" Susi dachte nach. Dann wandte sie sich an den Jungen.

„Würdest Du als Zeuge aussagen, Petré? Aufdecken, wer die Hintermänner sind, die Euch das Teufelszeug zu uns herüber schaffen lassen? Du kämest zwar nicht um eine Strafe herum, aber sie würde weit geringer ausfallen. Und außerdem würde ich für Dich aussagen. Immerhin hast Du mir und meinem Kind das Leben gerettet. Was sagst Du dazu?" Petré überlegte eine Weile.

„Dann darf ich mich zu Hause nicht mehr sehen lassen. Die finden mich überall und dann machen sie meistens kurzen Prozess!" Er machte eine Geste mit der Hand unter dem Kinn entlang. Susi verstand seine Angst.

„Du bekommst eine neue Identität, Petré. Sie können Dich nicht finden!" Wortlos ging der junge Mann rüber zur Viehtränke, die mit Wasser gefüllt war. Er tauchte den Kopf ins kalte Wasser und schüttelte sich. Susi war ihm die paar Schritte nachgelaufen. Petré sah sie fragend an.

„Aber was wird aus meiner Schwester? Sie hat ein Baby. Der Kleine ist erst ein halbes Jahr alt. Und ich versuche uns drei über Wasser zu halten, mit dem Geld aus dem Verkauf. Wenn ich im Knast sitze, ist sie ohne Geld und bekommt Probleme mit dem Boss."

Er setzte sich einen Moment auf den Rand der Tränke und war bemüht, keinen nassen Hosenboden zu bekommen. Dann aber stand er wieder auf und sagte zögernd:

„Wenn Sie dafür sorgen, dass die Beiden versorgt sind, dann sage ich aus. Wenn Sie das nicht garantieren können, dann muss ich jetzt abhauen! Und sie können mich nicht aufhalten! Es täte mir leid, wenn ich Sie verletzen müsste, um wegzukommen."

Susi nickte. Natürlich verstand sie seine Situation. Im Grunde war er ein armer Hund, eine Randerscheinung der neuen Gesellschaft drüben in der Tschechei. Einer von den Menschen, denen die neue Freiheit nichts gebracht hatte. Susi fasste einen Entschluss.

„Hör zu Petré! Ich hole Deiner Schwester zuerst nach Deutschland und dann bringe ich sie in der Schweiz, bei einem Onkel von mir, unter. Der hat einen Bauernhof und braucht immer eine tüchtige Hilfe. Wenn alles vorbei ist, kannst Du ihr ja folgen. Einverstanden?" Petré begann zu lächeln.

„Und ob der mich dann auch nimmt, ich meine, wenn ich wieder raus bin aus dem Knast?" Susi hielt ihm ihre Hand hin.

„Versprochen, Petré!" Er schlug ein und dann sah er Susi in die Augen.

„Sie haben schöne blaue Augen, Susi. Meine Mutter hatte die gleichen blauen Augen. Doch sie ist vor zwei Jahren an Krebs gestorben, und meinen Vater kenne ich nicht." Er wollte noch etwas sagen, doch plötzlich brummte es in der Luft und ein Hubschrauber kam vom Watzmann herüber, geradewegs auf sie zu geflogen.

Der Hubschrauber der Polizei kreiste schon seit Minuten über dem Königssee hin und her. Markus Ludwig saß mit einem Fernglas neben dem Piloten und beobachtete die Landschaft unter ihnen. Markus zeigte nach unten.

„Das da muss der Kesselweg sein! Flieg doch noch eine Schleife in Richtung See zurück!" Der Pilot nickte und der Heli ging langsam in eine Rechtskurve.

Einen kleinen Bogen fliegend, überquerten sie gerade die Königsbach-Alm und nahmen Kurs auf den Kesselweg, als sie plötzlich eine Rauchsäule aufsteigen sahen. Markus Ludwig tippte den Piloten an und zeigte auf die schwarze Rauchwolke schräg unter ihnen. Der nickte, drosselte das Tempo und nahm dann Kurs auf die Rauchsäule.

Zuerst sahen sie das Wasser eines kleinen Weihers in der Sonne glitzern. Und etwas höher gelegen brannte eine kleine Almhütte. Das Feuer hatte bereits weite Teile des Gebäudes vernichtet.

Durch das Fernglas sah Markus plötzlich zwei Gestalten, von denen eine heftig zu ihnen herauf winkte. Markus riss das Glas an die Augen und stieß dann einen Schrei aus. Die da unten stand und winkte, war keine andere als Susi!

„Los landen! Schnell, geh runter, Friedhelm!", schrie er dem Piloten zu und löste bereits seinen Gurt. Als der Heli aufsetzte, flog förmlich die Tür auf und ein Mann sprang heraus und brüllte: „Susi! Mensch Mädel, was machst Du denn nur hier oben!" Und dann fielen sich die beiden in die Arme.

Petré stand etwas abseits und sah ihnen zu. Er überlegte noch, ob er nicht sofort abhauen sollte. Aber dann dachte er an das Versprechen, dass ihm die Polizistin gegeben hatte.

„Markus, Lieber!", mehr brachte sie vor lauter Freude nicht heraus. Tränen rannen ihr über die Wangen und Ludwig musste ebenfalls ziemlich heftig schlucken. Er hielt Susi in den Armen und strich ihr über die zerzausten Haare.

„Sag mal Mädel, was ist denn Dir passiert? Seit vier Tagen suchen wir Dich, wie eine Nadel im Heuhaufen! Erst Dein Kantinenausweis hat uns hier auf Deine Spur gebracht. Komm, ich bring Dich nach Hause, die Franzi wartet schon ganz sehnsüchtig. Wir haben ihr erzählt, Du seist auf einem Lehrgang." Susi lächelte erleichtert.

„So was wie ein Lehrgang war es tatsächlich auch. Aber wir müssen unbedingt den Fredo Hohlmayer suchen!" Doch Markus wehrte ab.

„Zuallererst bringe ich Dich erst mal nach Hause, die Suche läuft schon längst. Aber wer ist denn der Kerl da drüben?", er deutete mit dem Kopf auf Petré. Susi machte sich aus seinen Armen frei und sah dann lächelnd zu Petré hinüber.

„Der Junge hat mir das Leben gerettet und mich vor Hohlmayer beschützt, Markus. Er will aussagen, wenn wir ihm eine neue Identität besorgen." Markus Ludwig sah sie mit großen Augen an und kratzte sich am Kopf.

„Oha, das sieht aber nach dem Stockholm-Syndrom aus", meinte er und sah Susi prüfend an. Die schüttelte den Kopf.

„Jetzt red aber keinen Schmarrn, Markus! Er hat mich wirklich beschützt. Petré hat mir seine ganze Geschichte erzählt. Er ist nicht der Ganove, wie wir das sonst kennen. Aber das erzählt er Euch am besten alles selber. Lass uns endlich nach Hause fliegen, ich muss unbedingt mal baden. Und ich hab Sehnsucht nach meiner kleinen Maus." Markus sah sie grinsend an

„Und nach mir?", fragte er und sah sie mit treuem Hundeblick an. Susi lachte leise.

„Natürlich hatte ich auch Sehnsucht nach Dir. Was denkst Du denn, hm?" Markus winkte Petré zu sich, der mit langsamen Schritten und unsicher herüberkam.

„Hallo junger Mann! Zunächst meinen Dank, dass Sie meine Kollegin beschützt haben. Und sie wollen also tatsächlich aussagen?" Als Petré nickte, meinte er: „Na gut, dann steigen Sie mal mit ein! Festnehmen muss ich Sie aber trotzdem erst einmal. Ich glaube aber, auf die Handschellen können wir verzichten, oder?" Dann gingen sie zu dritt zum Heli.

Als Markus Ludwig am Abend nach Hause kam, saßen Susi und Franzi im Bademantel auf der Couche und lasen gerade eine Geschichte. Erst jetzt bemerkte Markus, dass Susi dunkle Augenringe hatte und ziemlich angeschlagen aussah. Gemeinsam brachten sie Franzi zu Bett, die sich wie immer mit Küsschen von ihnen verabschiedete. Susi lächelte Markus an.

„Franzi hat Dich schon richtig ins Herz geschlossen, weißt Du das?", fragte sie Markus. Der reichte ihr das Rotweinglas und nickte. Sie stießen miteinander an. Susi nahm einen kleinen Schluck und drehte dann das Glas in den Händen. Sie hatte sich vorgenommen, jetzt gleich, und nicht erst in einigen Wochen, mit Markus über die Vergewaltigung zu reden. Die Tatsache, dass sie schon schwanger war, bevor das alles passierte, machte ihr dieses Vorhaben nicht leichter.

Markus sah sie fragend an.

„Hast Du was, Susi? Du wirkst noch ziemlich bedrückt. Erzähl mir doch, was da oben los war. Oder willst Du jetzt nicht drüber reden? Wir können gerne einen Termin bei unserem Psychologen machen."

Susi nickte und ein paar Tränen kullerten ihr über die Wangen. Markus stellte sein Glas auf den Tisch und setzte sich neben sie.

„Was ist denn los, hm?" Susi holte tief Luft. Dann begann sie zu erzählen.

„Hohlmayer hat mich gestern Abend mit K.O.-Tropfen außer Gefecht gesetzt und vergewaltigt!", brach es dann plötzlich aus ihr heraus. Markus saß mit offenem Mund da und starrte sie an.

„Was hat der Lump gemacht? Und wo war Dein Beschützer Petré? War der auch dabei?", entfuhr es ihm. Sie wehrte ab und schüttelte den Kopf.

„Nein, Petré war in dieser Nacht weggefahren, er war nicht da. Er kam erst früh gegen 2.00 Uhr zurück und hat mich gefunden. Er hat mich in mein Zimmer gebracht und dann Fredo ziemlich verdroschen. Dabei hat er die Pistole verloren und Fredo hat auf ihn geschossen. Der Lump ist mit meiner Pistole jetzt auf der Flucht!" Markus war aufgestanden und ging im Zimmer auf und ab. Man sah, wie es in seinem Gesicht arbeitete. Er sah Susi an.

„Und was ist, wenn Du schwanger wirst? Du musst unbedingt zum Arzt gehen! Wenn ich das gleich gewusst hätte, wären wir sofort zum Arzt gefahren. Sag, warum hast Du denn nichts gesagt?" Markus war wütend. Aber nur, weil er sich in diesem Augenblick so hilflos fühlte. Susi schüttelte den Kopf und sah ihn bittend an.

„Komm bitte wieder her zu mir. Ich muss Dir noch was sagen! Bitte!" Markus setzte sich neben sie und sah Susi gespannt an.

„Was ist noch passiert?", fragte er. Sie legte ihren Arm um seinen Hals. Dann sagte sie leise:

„Es konnte nix passieren da oben auf dem Berg, Markus. Weil ich nämlich vorher schon schwanger war, von Dir!"
Einen Moment blieb dem Oberkommissar die Sprache weg und er starrte Susi nur ungläubig an. Er schluckte erst mehrmals, ehe er was sagen konnte.

„Du, Du bist schwanger? Wirklich?" Susi nickte und gab ihm einen Kuss.

„Ja, Chef! Wir haben gleich beim ersten Mal einen Volltreffer gelandet. Ich habe erst auch nicht daran geglaubt. Aber drei Tage vor der Entführung war ich doch beim Arzt und der hat es mir bestätigt. Dann habe ich immer auf den richtigen Augenblick gewartet, um es Dir sagen zu können. Es passte aber nie so richtig!" Wortlos nahm er sie in seine Arme.

„Du musst unbedingt noch mal zum Arzt gehen. Und nimm Dir ein paar Tage frei. Wir finden den Hohlmayer schon." Doch sie schüttelte vehement den Kopf.

„Zum Arzt gehe ich morgen Vormittag, ich habe schon angerufen und auch sofort einen Termin erhalten. Aber zu Hause bleibe ich jetzt auf gar keinen Fall!"
Er saß in seiner Couchecke, das Rotweinglas in der Hand und starrte Susi immer noch an. Sie merkte, dass er ein wenig ratlos war.

„Was starrst Du mich denn so an? Wir kriegen ein Kind. Du wirst Vater, freust Du Dich denn nicht?", fragte sie ihn leise. Markus richtete sich auf und schenkte sein Glas nach. Sie sah ihn überrascht an. „Und ich, krieg ich nix mehr?" Er schüttelte den Kopf und schmunzelte vor sich hin.

„Nee, Du bist schwanger, da ist Alkohol schädlich!", antwortete er und grinste dabei. Sie schüttelte den Kopf.

„Jetzt mach aber einen Punkt! Ich bin schwanger, aber nicht krank! Gib mir bitte noch einen Schluck." Markus schenkte ihr einen knappen Schluck nach.

„Markus Ludwig! Ich lasse mich scheiden bevor wir verheiratet sind, wenn Du so weiter machst!", drohte sie im Spaß. Er rutsche dicht an sie heran.

„Komm her zu mir, Du schwangere Pflanze", flüsterte er ihr ins Ohr. Sie lehnte sich an ihn und genoss seine Nähe. Doch diese verdammte Vergewaltigung hing unausgesprochen, immer noch in der Luft. Sie legte den Arm um seinen Hals und sah ihn an.

„Hör mal Markus! Das was Hohlmayer gemacht hat, ist für eine Frau nicht so einfach zu verkraften. Ich bin aber auch nicht so beschaffen, dass ich nun wochenlang darüber Tränen vergießen würde. Damit wird es nicht besser. Lass es uns vergessen! Ich weiß, dass Dir das auch schwerfällt. Aber sonst machen wir uns nur gegenseitig fertig. Wir müssen irgendwie zum Alltag zurückkehren. Meinst Du das geht?" Markus drückte Susi an sich.

„Wenn Du damit umgehen kannst, dann muss ich das natürlich auch. Ich wundere mich nur, wie rational Du das siehst." Sie lächelte und gab ihm einen zärtlichen Kuss. Noch lange saßen sie an diesem Abend bei Kerzenschein und Rotwein beisammen und sprachen über die Zukunft. Susi wollte auf jeden Fall bei der Kripo bleiben und bei ihrem Chef in Bern, eine dauerhafte Versetzung nach Deutschland beantragen. Sie nahm sich vor, ihn in den nächsten Tagen noch anzurufen und schon darauf vorzubereiten. Glücklich würde der aber bestimmt nicht sein, das wusste sie schon im Voraus.

Fredo wühlte sich aus dem Heu, in dem er die Nacht über verbracht hatte. Den Plan, mal heimlich nach Hause zu gehen, hatte er aufgegeben. Der Scheiß mit dieser Polizistin war wohl einer zu viel gewesen. Aber es hatte ihn förmlich zu dieser Tat getrieben. Als wenn er von irgendjemand gelenkt worden wäre, hatte er die Tropfen in den Rotwein getan. Als sie dann reglos auf dem Fußboden gelegen hatte, gab es kein Halten mehr. Er musste sie einfach besitzen! Als er fertig gewesen war, hatte er am ganzen Körper gezittert. Aber er hatte sich wie befreit gefühlt. Doch schon bei seiner Flucht über die Alm hatte er die jungen Frauen, die ihm begegneten, schon wieder mit den Augen ausgezogen.

Fredo sah auf die Uhr, es war 6.00 Uhr. Irgendwo krähte ein Hahn. Vorsichtig sah er sich von der Tenne herab in der Scheune um. Unter ihm hantierte gerade eine junge Frau mit Kopftuch und in Gummistiefel bei den Futterbehältern. Sie war nicht viel älter als dreißig und hatte schöne blonde Haare. Fredo überlegte gerade, wie er ungesehen und ungehört hinuntergelangen konnte, als plötzlich ein Mann am Tor auftauchte und nach ihr rief.

„Magda komm, das Frühstück ist fertig! Die Kinder sind auch schon aufgestanden. Das Kleintierfutter machen wir nachher fertig, komm erst mal!" Die junge Frau legte die kurze Holzschaufel aus der Hand und ging dann zum Tor hinaus. Fredo knurrte bösartig vor sich hin.

„Schade! Die wäre gerade am frühen Morgen noch richtig gewesen für einen anständigen Sex!"

Leise schlich er die Holztreppen hinab und sah sich kurz um. Da hatte er doch tatsächlich die ganze Nacht über dem Vorratslager kampiert. Schnell steckte er sich eine Karotte, einen Kohlrabi und etwas altes Brot in die Taschen. Gerade als er das Tor verließ, kam ihm plötzlich die junge Frau vom Haus herüber entgegen. Sie stutzte, als sie ihn sah.

„Hallo! Was machen Sie denn hier?", rief sie ihm zu. Doch Fredo nahm die Beine in die Hand und verschwand mit Tempo im Garten und von dort über den Zaun, hinaus aufs Feld. Die junge Frau holte die vergessenen Eier und ging wieder zurück ins Haus. Ihr Mann und die beiden Kinder saßen schon am Tisch und wollten frühstücken. Das kleine Radio auf dem Bord lief, es kamen gerade Nachrichten. Die Hausfrau stand am Herd und schlug die Eier in die Pfanne, als die Nachrichtensprecherin einen Aufruf der Polizei verlas.

„*Achtung! Gesucht wird der etwa 17-jährige Fredo Hohlmayer. Hohlmayer ist etwa 1,70 groß, hat rötliches Haar, trägt Jeans, einen Sweater und blaue Turnschuhe. Vorsicht, der Gesuchte ist gefährlich und bewaffnet! Er wird wegen mehrerer Vergewaltigungen gesucht! Meldungen bitten an ....*"
Magda Bichler schrie leise auf und ließ ihr Messer zu Boden fallen. Ihr Mann sah sie groß an.

„Was hast Du denn, Magda? Die Durchsage kam schon heute früh um fünf Uhr, als ich in den Stall gegangen bin." Sie nahm zitternd die Pfanne vom Herd und stellte sie auf den Tisch.

„Der Kerl ist mir wahrscheinlich gerade eben begegnet, als ich die Eier geholt habe! Er kam aus der Scheune! Als ich ihn gefragt habe, was er da macht, ist er abgehauen! Mein Gott, wenn Du mich nicht gerufen hättest!" Sie sah ihren Mann an und zitterte immer noch. Er legte beruhigend seine Hand auf die ihre und stand auf.

„Ich rufe gleich die Polizei an! Vielleicht schnappen sie den Lump bald!" Er stand auf und ging zum Telefon im Flur und rief die Polizei an.

Oberkommissar Ludwig saß an seinem Schreibtisch und starrte hinüber auf den freien Platz ihm gegenüber. Susi war zum Arzt gegangen. Er hätte es gerne gesehen, wenn sie ein paar Tage Urlaub gemacht hätte, aber da blieb die gute Susi hart wie Schweizer Bitterschokolade. Im Radio hatten sie eben wieder den Aufruf gebracht. Markus war gerade aufgestanden, um sich einen Kaffee einzuschenken, als das Telefon läutete. Er stellte die Tasse ab und hob den Hörer ab. Am anderen Ende war ein Mann, dessen Frau diesen Hohlmayer wohl gerade eben auf seinem Hof gesehen hatte.

„Gut Herr Bichler, bitte bleiben Sie noch im Haus, wir kommen so schnell es geht bei Ihnen vorbei!" Markus wählte erneut, diesmal die Bereitschaft im Haus.

„Schnell zwei Wagen nach Ramsau! Oben auf der Mordau-Alm ist unser Freund gesehen worden! Ich komme mit dem Hubschrauber rüber!" Hastig schrieb er ein paar Zeilen für Susi und legte sie auf deren Schreibtisch, dann verlies er den Raum.

Der Helikopter der Polizei flog gerade über ihr, als Susi die Praxis ihres Gynäkologen verließ. Alles war in bester Ordnung und sie war glücklich darüber. Auch wenn dieses Kind wohl immer und ewig mit den Gedanken an Fredo Hohlmayer verbunden sein würde. Aber zum Glück war er ja nicht der Vater. Sie überlegte, ob sie gleich ihre Mutter anrufen sollte. Die würde sich garantiert freuen, noch mal Großmutter zu werden.

Der Hubschrauber landete etwas abseits der Almwirtschaft auf einer Wiese. Markus lief gebückt aus dem Bereich der Rotoren auf den Mann zu, der einige Meter entfernt stand und auf ihn wartete. Sie begrüßten sich.

„So Herr Bichler, Sie haben also den Gesuchten hier bei Ihnen auf dem Hof gesehen!" Bichler schüttelte den Kopf.

„Nö, gesehen hat ihn meine Frau. Als sie ihn ansprach, ist er abgehauen. Kommen Sie herein, meine Frau ist noch ganz fertig und musste sich etwas hinlegen."

Der junge Bauer begleitete Markus ins Wohnhaus. Im Wohnzimmer lag die junge Bäuerin auf dem Sofa und erhob sich als Markus eintrat. Sie lächelte schon wieder. Markus gab ihr die Hand.

„Ja, wie war das Frau Bichler. Schildern sie es bitte noch mal." Magda Bichler nahm die Hand, die ihr Mann ihr reichte, als wenn sie sich festhalten müsste.

„Nun ja, ich hatte die Eier vergessen und musste noch mal rüber in unsere Scheune. Als ich zur Haustür rauskam, sah ich, wie der junge Mann gerade aus der Scheune kam. Ich habe ihn gefragt, was er da macht. Da ist er plötzlich davon gerannt. Ist der denn wirklich so gefährlich, Herr Kommissar?" Markus nickte.

„Sie sollten in den nächsten Tagen nicht allein draußen unterwegs sein, Frau Bichler." Der Bauer hob etwas genervt die Schultern.

„Aber ich kann doch nicht bei Schritt und Tritt meine Frau überwachen! Wir haben alle Kühe draußen auf der Weide. Wir müssen hier auf dem Hof auch unsere Arbeit machen. Und wir sind nun mal nur zu zweit!", entgegnete er dem Kommissar. Der zuckte mit den Schultern.

„Können Sie sich keine Hilfe holen? Es gibt doch für bestimmte Fälle Hilfen für Bauern, sogenannte Hofhelfer. Dann wäre ihre Frau nicht allein." Frau Bichler beruhigte ihren Mann.

„Lass es gut sein, Martin. Ich rufe meine Mutter an, die wird mir für ein paar Tage bestimmt helfen können!"

Markus verabschiedete sich wieder und sah sich ein wenig das Gelände an. Der Bauer hatte ihn noch nach draußen gebracht und Markus zeigte auf den Weg, der hinter dem Hof ins Tal führte.

„Wohin führt dieser Weg, Herr Bichler?" „Der führt direkt hinunter nach Ramsau, Herr Kommissar. Er kommt zwischen EDEKA und Kirche in der Ortsmitte heraus."

Markus bedankte sich und gab die Meldung weiter. Sie würden nun von Ramsau aus den Berg hinauf gehen und er würde den Weg ins Tal nehmen. Markus informierte den Piloten, dann machte er sich auf den Weg ins Tal. Der Heli flog ziemlich tief über dem Weg, doch von Hohlmayer war nichts zu sehen. Wieder einmal stellte Markus Ludwig fest, dass es bergab wesentlich beschwerlicher war zu laufen. Schon nach kurzer Zeit schmerzten ihm die Knie. Aufmerksam das Gelände beobachtend, stapfte er bergab. Auf halber Höhe traf er dann auf einen Bauern, der gerade mit einem Pferd Baumstämme rückte.

„Grüß Gott, haben Sie vielleicht einen jungen Kerl mit roten Haaren gesehen?", fragte er den Bauern. Der hielt sein Pferd an und schaute Markus misstrauisch an.

„Und wer will das wissen?", fragte er dann und musterte dabei Markus von oben bis unten.

„Ah so ja, entschuldigen Sie bitte! Mein Name ist Oberkommissar Ludwig, von der Berchtesgadener Kripo. Hier ist mein Ausweis." Er hielt den Mann kurz seinen Dienstausweis vor die Nase. Das wiederum bewirkte, dass der Mann mit einem Schlag freundlicher wurde.

„Ja, vor einer Stunde etwa, ist da drüben einer durchs Gelände gerannt. Ich habe mich schon gewundert, warum der Junge bergab so ein Tempo drauf hatte. Als er mich gesehen hatte, verschwand er dort drüben im Gebüsch." Der Bauer zeigte auf eine Hecke, die sich beinahe den ganzen Weg entlang zog. Der Bauersmann zeigte nach oben.

„Kurvt deshalb dauernd der Hubschrauber umher? Er macht meinen Sepp ganz nervös!", beschwerte er sich. Statt einer Antwort verabschiedete Markus sich und lief weiter bergab.

Nach einer knappen Stunde war er endlich unten im Ort angekommen. Nachdem er seine Kollegen alle der Reihe nach über Sprechfunk kontaktiert hatte, war klar, der Hohlmayer hatte sich wieder einmal in Nichts aufgelöst. Markus wollte gerade den Hubschrauber anrufen, als es plötzlich hinter ihm zweimal hupte. Er drehte sich um. Da stand doch tatsächlich sein weißer BMW und Susi lehnte an der Seitentür und griente.

Markus eilte zu ihr und gab ihr einen Kuss, übersah dabei aber, dass eine noch junge, blonde uniformierte Kollegin auf der Beifahrerseite stand und amüsiert grinste.

„Sag mal, wo kommt Ihr denn her?", fragte er sie. Susi lachte. „Aus Berchtesgaden, bitte sehr!", antwortete sie, auf das Lied der Schlümpfe eingehend, und setzte sich wieder hinter das Steuer. Das brachte Markus nun doch ein wenig aus dem Konzept. Er musste sich tatsächlich in seinem BMW auf den Beifahrersitz setzen. An Selbstbewusstsein mangelte es Susi Thoma wahrlich nicht. Doch er ließ sich nichts anmerken und setzte sich wortlos neben sie.

„Können wir?", fragte Susi. Und das aber wiederum mit einem aufreizenden Lächeln, wie sie es nur konnte. Dabei leuchteten ihre blauen Augen und sie schmunzelte vor sich hin. Dann ging die Fahrt auch schon los. Mehrmals musste sich ihr Beifahrer Markus, am seitlich an der Tür angebrachten Haltegriff, festhalten. Susi fuhr zügig, aber nie zu schnell. Im Präsidium angekommen, überreichte sie ihm den Zündschlüssel, mit der Geste einer Gräfin und mit der Bemerkung: „Das war mal so richtig nach meinem Geschmack!" Und Markus konnte es sich einfach nicht verkneifen, ihr einen kleinen Klaps auf den Po zu geben, der sofort anfing, vor ihm her zu wackeln. Sie lachten und betraten ihr Büro.

„Und, was hat der Höhlendoktor gesagt?", war Markus erste Frage. Sie setzte sich hin und lächelte in sich ruhend.

„Höhlenforscher hat gesagt, es sei alles in bester Ordnung", erwiderte sie lächelnd. „Wir kriegen ein schönes Kind!", setzte sie noch hinzu und biss herzhaft in eine Brezel. Doch dann wurde Susi wieder ernst.

„Was ist nun mit diesem Hohlmayer? `Das Phantom vom Königssee ist immer noch auf der Flucht!´, schreibt heute der `Stadtanzeiger´." Markus zuckte mit den Schultern.

„Auf der Mordau-Alm kamen wir leider zu spät. Die junge Bäuerin hatte großes Glück, der Fredo war in ihrer Scheune. Zum Glück ist er dann weggelaufen. Aber wir haben nix gefunden, der Kerl kennt sich halt da oben aus."

„Der hat immer noch meine Pistole, Markus! Wenn da was passiert, ist die Hölle los!" Markus griff nach einem Notizzettel.

„Apropos Pistole, heute kommt um 14.00 Uhr einer von der `Internen Ermittlung´ zu Dir. Pass auf, was Du dem erzählst, Susi! Diese Herrschaften kommen meist nicht, um unsere Unschuld rauszufinden. Eher um uns das eine oder andere Versagen nachzuweisen. Ich kann diese elenden Theoretiker nicht ausstehen!" Susi nickte unbeeindruckt.

„Ja, ja, die gibt's bei unsch auch. Sind meist solche, die noch nie draußen in einem Einsatz waren. Wie Du so schön sagst, Theoretiker. Isch werde mich schon richtig zu verhalten wissen, ich hab da keine Angscht", erwiderte sie und spitzte in Richtung Markus die roten Lippen.

„Was machen wir nun wegen dem Hohlmayer?", fragte sie erneut. Markus kratzte sich am Kopf.

„Am besten, wir fahren morgen früh noch mal zu seinen Eltern hinaus. Vielleicht hat er sich ja mal bei ihnen gemeldet." Susi verzog das Gesicht.

„Glaubscht Du das wirklich?" Markus zuckte mit den Schultern. Plötzlich klopfte es an der Tür, dann trat ein etwa 30-jähriger Mann im blauen Anzug, blauen Schlips und Brille ein. Unter dem Arm hielte er eine Aktenmappe. Er stellte sich vor.

„Kriminalkommissar Langenstein, guten Tag!" Markus stand auf und gab dem Kollegen die Hand.

„Kriminaloberkommissar Ludwig und das ist meine Kollegin Kriminalassistentin Thoma". Er zeigte auf Susi. Der Kollege von der Internen gab Susi die Hand. Markus nahm seine Jacke und mit der Bemerkung: „Ich habe noch was zu erledigen", verschwand er, Susi noch einmal zuzwinkernd.

Susi bot dem Besucher Platz an und setzte sich wieder an ihren Schreibtisch. Auf diese Weise hatte sie schon mal eine gewisse Distanz zu ihm hergestellt. Sie saß hinter dem Schreibtisch, er saß auf dem Besucherstuhl davor. Susi musterte ihn, wie er seine Mappe öffnete und dann akribisch seinen Stift hervor holte und einen Schreibblock aufschlug. „Typisch Sesselpupser ohne Fronterfahrung", dachte sie so für sich und war gespannt, was nun kam.

„So Frau Thoma, es geht um den Verlust Ihrer Dienstwaffe! Es handelt sich dabei um eine HK P7 von Heckler & Koch. Wie viel Patronen waren noch im Magazin?" Er sah Susi durch seine starke Brille an, die seine Augen erheblich vergrößerten.

„Das Magazin war noch voll." „Aha, also noch sieben Patronen", ergänzte Langenstein und Susi nickte ergeben.

„Gut, nun schildern Sie mir doch bitte einmal, wie es dazu kam, dass Sie die Waffe verloren haben." Susi protestierte sofort.

„Isch habe die Waffe nicht verloren, Herr Langenstein! Isch war auf dem Güterbahnhof, hier in Berchtesgaden. Ich suchte dort nach Spuren eines Verdächtigen. Und dort bin ich dann überfallen worden. Ich bekam einen Schlag vor die Stirn, wurde besinnungslos, und als ich wieder zu mir kam, lag ich gefesselt in einem der Güterwaggons und meine Waffe war weg." Langenstein machte sich Notizen. Dann sah er wieder Susi an.

„Und warum waren Sie da allein unterwegs?" Susi schnaufte hörbar durch. Dieser Schnösel nervte sie.

„Weil ich an diesem Nachmittag allein war und ich mir einen Tatort dort noch einmal ansehen wollte. Es lag einfach keine Gefahrensituation vor! Also ging ich allein da hin!" Langenstein machte sich wieder Notizen. Plötzlich fragte er Susi:

„Sagen Sie mal, aber wie kann man denn eins auf den Kopf bekommen, ohne zu merken, dass da ja noch jemand anwesend ist?" Susi war für Sekunden sprachlos über eine solche Frage. Der Mann hatte definitiv keine Ahnung!

„Soll ich Ihnen den Tatort zeigen? Wir können das dort gerne mal nachspielen!", brauste sie auf. Langenscheid wehrte ab

„Danke, das ist nicht notwendig! Ich gebe das so weiter. Ob es ein Disziplinarverfahren geben wird, kann ich nicht beurteilen." Er klappte seine Mappe zu. Ehe er Anstalten machte aufzustehen, fragte er Susi:

„Sie sind aus der Schweiz zu uns gekommen, um hier ein Praktikum zu machen, ja?" Susi nickte.

„Stimmt exakt und ich habe noch sechs Monate vor mir. Anschließend werde ich einen Antrag stellen, dass ich hier übernommen werde." Der Herr Langenscheid sah sie beinahe erstaunt an.

„Warum wollen Sie denn hierbleiben?", fragte er. Susi musste sich das Lachen verkneifen, der Kerl war doch irgendwie komisch. „Das sind private Gründe!", erwiderte sie. Langenscheid nickte und verabschiedete sich. An der Tür drehte er sich noch einmal um.

„Der Verlust einer Dienstwaffe wird sich da aber auf Ihren Antrag nicht gerade positiv auswirken, Frau Thoma! Ich glaube nicht, dass aus diesem Plan etwas wird!" Dann schloss er die Tür. In Susi brodelte es.

„So ein Idiot!", fauchte sie laut und warf den Rest ihres Apfels wütend in den Papierkorb. In diesem Augenblick ging die Tür wieder auf und Markus kam herein. Er lachte.

„Wer ist hier ein Idiot, Frau Thoma?" Susi schnaufte wie ein Pferd, das zu rasch gelaufen war.

„Na dieser, dieser Langenhals oder wie der heißt! Hat er mich doch tatsächlich gefragt, wie man sich auf diesem Güterbahnhof eine Waffe abnehmen lassen kann. Ich habe ihm vorgeschlagen da hinzugehen und das Ganze mal nachzuspielen. Aber da hatte der feine Herr wohl Schiss!"

Markus trat hinter sie und legte seine Arme um ihren Oberkörper, dann gab er ihr einen Kuss auf den Hals.

„Reg Dich doch nicht so auf, Liebling! Es wird nichts passieren, glaub es mir." Doch Susi empörte sich.

„Der hat gemeint, der Verlust einer Dienstwaffe würde sich negativ auf meinen Antrag, hierzubleiben, auswirken."

Markus winkte ab.

„Was der sagt, zählt schon mal nicht! Das entscheiden andere Leute. Außerdem bekommst Du ja auch eine Beurteilung von unserer Dienststelle!"

Susi sah ihn schon wieder lächelnd an. „Und wie wird die ausfallen, Chef?" Er grinste.

„Wenn Du schön lieb zu mir bist, bestimmt gut." Sie stand auf und ging langsam um den Schreibtisch herum. Unterwegs nahm sie noch die große Schere mit und ging nun drohend auf Markus zu.

„So ist das also, Du Lustmolch! Erst verführst Du mich und raubst mir die Unschuld und dann ..." Ehe sie den Satz zu Ende gesprochen hatte, ging plötzlich die Tür auf und der Kriminalrat trat ein. Erschrocken schaute er auf die Szenerie, doch dann lächelte er nachsichtig.

„Ich hoffe Frau Thoma, ich habe Sie gerade vor einer großen Dummheit bewahrt", flötete er und grinste breit. Markus meinte kurz:

„Das passiert bei uns jeden Tag mindestens einmal, Herr Rat! Ich müsste eigentlich eine Gefahrenzulage bekommen. Diese Schweizer sind derart aggressiv ...!" Kriminaldirektor Huber wehrte ab.

„Herr Ludwig, wie Sie wissen, müssen wir sparen! Da wird wohl nix draus." Susi brachte für jeden eine Tasse Kaffee und dann beriet man gemeinsam, wie man im Fall Hohlmayer weiter verfahren wollte.

Tatsächlich war Fredo von der Mordau-Alm aus, an diesem Morgen in Richtung Ramsau gelaufen. Doch als er den Hubschrauber hörte, kehrte er wieder um und lief nun in Richtung des Transporters zurück. Völlig außer Atem und am Ende seiner Kräfte, erreichte er Petrés Transporter. Da sich das Fahrzeug nicht mehr verschließen ließ, konnte Fredo ungehindert einsteigen.

Im Handschuhfach lag der Ersatzschlüssel. Der alte Renault sprang sofort an, und Fredo fuhr langsam aus dem Versteck heraus. Er hatte zwar nur einen Moped-Führerschein, doch mit Autos kannte er sich schon aus. Es war nicht das erste Mal, dass er heimlich mit einem Auto unterwegs war. Wenn er mit seinen Kumpels loszog und man häufig mehr trank als gut war, hatten sie Fredo meist fahren lassen. Das zahlte sich nun aus. Er schaltete das Radio ein. Und dann wurde er beinahe starr. Der Nachrichtensprecher verlas am Schluss noch einen Aufruf der Polizei.

„Hier noch eine Durchsage der Kriminalpolizei von Berchtesgaden! Gesucht wird der 17-jährige Fredo Hohlmayer. Hohlmayer ist etwa 1,70 groß, er hat rötliches Haar und trägt weiße

Turnschuhe, dazu Jeans und einen blauen Parka. Der junge Mann wurde heute Morgen im Gebiet um die Mordau-Alm gesehen. Achtung! Hohlmayer ist bewaffnet und gilt als gefährlich! Bitte informieren Sie die Polizei, falls Sie nähere Angaben machen können!"

Fredo fluchte laut und schlug zornig mit der Hand auf das Lenkrad. Damit war sein Plan, noch einmal nach Hause zu gehen, gescheitert. Die Eltern würden diese Durchsage sicher auch gehört haben. Außerdem kannten ihn zu viele Leute in Königssee. Aber wo sollte er hin? Er hatte zwar einige Hundert Euro in der Tasche, aber wo sollte er etwas einkaufen? Fredo entschloss sich, nach Österreich rüber zu fahren. Dort kannte ihn niemand und er konnte sich da fürs Erste eine Bleibe suchen.

Kriminaloberkommissar Ludwig und seine Mitarbeiterin Susi Thoma fuhren mit dem Ausflugsdampfer nach St. Bartholomä. Das Boot der Seeverwaltung, mit der sie sonst Dienstfahrten auf dem See durchführen konnten, war leider an diesem Tag zur Durchsicht gebracht worden. So hatten sie eine halbe Stunde Ruhe und konnten bei herrlichem Sonnenschein die Fahrt genießen. Eine kleine Reisegruppe aus Dänemark machte ordentlich Stimmung, weil einer der Fahrgäste ein Akkordeon dabei hatte.

Susi lehnte bequem an Markus, der seinen Arm um ihre Schultern gelegt hatte. Draußen glitten die bewaldeten Hänge und die steil aufragenden Bergwände vorüber. Susi hatte die Augen geschlossen und fühlte sich seit Tagen wieder einmal richtig wohl. Die morgendliche Übelkeit hatte nachgelassen und so war sie guter Dinge. Den schrecklichen Vorfall hatte sie beinahe vergessen oder wollte auch nicht mehr daran denken. Doch der Besuch bei Familie Hohlmayer würde alles wieder aufwühlen. Markus hatte sie gebeten, im Büro zu bleiben, doch Susi hatte abgelehnt. Sie wollte nicht andauernd vor diesem dunklen Loch in ihren Erinnerungen weglaufen. Und eine Erinnerung an den Vorfall hatte sie ja tatsächlich nicht. Markus stupste sie an.

„Hallo Frau Kriminalassistentin, aufwachen, wir sind gleich da!" Sie blinzelte und lächelte ihn dann an.

„Ich war beinahe eingeschlafen", bekannte sie und erhob sich gähnend. Das Ausflugsschiff legte an. Eine große Anzahl Passagiere stiegen hier aus, andere stiegen wieder zu. Susi sah sich um.

„Da drüben ist die Gaststätte, da könnten wir eigentlich erst etwas essen, bevor wir dann wieder nach Hause fahren." Susi griente Markus an. „Na, keinen Hunger?" Er nickte.

„Doch schon, aber solche Gespräche schlagen mir meist auf den Magen." Susi schmunzelte.

„Sieht man Dir aber überhaupt nicht an, Liebling!" Er umfasste sie an der Hüfte, während sie in Richtung des Försterhauses liefen.

„Hast Du schon mal davon gehört, dass man hier kleine vorlaute Schweizer in den See wirft, he?" Sie lachte kess.

„Puh, kleine Schweizer gehen aber nicht unter, alter grauer Teutonenschädel!", entgegnete sie lachend.

Sie erreichten das Haus des Försters und betätigten den eisernen Klopfer. Kurze Zeit später öffnete sich die Tür. Astrid Hohlmayer erkannte die beiden Polizisten und bat sie einzutreten. Als sie die Küche betraten, saßen dort eine junge Frau und ein junger Mann beim Essen. Astrid stellte die Beiden vor.

„Das ist Fräulein Kathi Gründl und das ist mein großer Sohn Vincent. Bitte setzen Sie sich doch. Möchten Sie auch einen Kaffee und ein Stück Apfelkuchen?"

Sie schob den Besuchern zwei Stühle an den Tisch und Susi und Markus setzten sich. Susi sah Kathi freundlich an.

„Wie geht es Ihnen, Kathi? Sind Sie wieder gesund?", fragte sie die junge Frau. Immerhin war diese junge Dame auch ein Opfer von Fredo Hohlmayer. Dass sie jetzt aber hier in diesem Haus am Küchentisch saß, bedeutete wohl, dass sich die beiden Familien wieder angenähert hatten. Susi sprach ihre Vermutung aus und Markus bewunderte wieder einmal Susis Geschick, ein Gespräch zu beginnen. Die Hausfrau stellte sich demonstrativ neben Kathis Stuhl und lächelte die junge Frau an.

„Die Kathi wird bestimmt eine gute Schwiegertochter, Frau Kommissarin. Ihr Unglück hat uns alle sehr, sehr betroffen gemacht, glauben Sie mir. Wir haben etwas wieder gut zu machen, und so helfen wir den Beiden, wo wir können." Im gleichen Augenblick aber veränderte sich ihr Ausdruck und sie setzte sich mit an den Tisch.

„Sie sind sicher nicht gekommen, um mit uns über das junge Glück zu reden, stimmt's?" Markus nickte ernst.

„Leider stimmt das, Frau Hohlmayer. Wir sind wegen ihrem Sohn Fredo hier. Er ist immer noch auf der Flucht und er ist bewaffnet. Er hat die Pistole meiner Kollegin an sich genommen." Frau Hohlmayer sah etwas ungläubig, zuerst auf Susi, dann auf Markus.

„Wie kann so was passieren, Frau Kommissarin? Er ist doch noch ein Junge", fragte sie zögerlich. Susi beschloss Frau Hohlmayer reinen Wein einzuschenken.

„Ihr Sohn hat mich auf dem Güterbahnhof mit einem Komplizen überfallen, mich bewusstlos geschlagen und dann meine Pistole an sich genommen. Danach haben mich die Beiden auf die Mordau-Alm gebracht und dort eingesperrt. In der Nacht vom Dienstag zum Mittwoch hat er mich mit K.O.-Tropfen außer Gefecht gesetzt ..." Susi schluckte mehrmals, weil ihr die Stimme versagte, und so sprang Markus ein.

„Was meine Kollegin sagen wollte, er hat sie mit K.O.-Tropfen betäubt und dann vergewaltigt!" Die Frau des Försters stieß einen kurzen Schrei aus und verbarg dann ihr Gesicht zwischen beiden Händen. Ihr Körper zuckte vom Weinen und Vincent, der die ganze Zeit still zugehört hatte, stand auf und ging zu seiner Mutter. Kathi wandte sich ab und Tränen liefen über ihre Wangen. Das Gesicht des jungen Mannes war weiß wie eine Wand.

„So ein Schweinehund! So ein elendiger Schuft!", keuchte er und strich seiner Mutter über den Kopf. Die hatte sich wieder etwas gefasst und nahm Susis Hand in ihre Hände.

„Frau Kommissarin, ich weiß, dass ich Sie wohl kaum trösten kann. Aber seien Sie versichert, wir fühlen hier alle mit Ihnen. Was ist bloß in den Bub gefahren? Erst das mit der Kathi, jetzt auch noch eine Polizistin! Ich begreife das nicht!"
Markus wandte sich wieder an die Hausfrau. Es war an der Zeit, dass alles auf den Tisch kam.

„Das ist aber leider noch nicht alles, Frau Hohlmayer. Feststeht, Ihr Sohn Fredo ist für den Tod noch zweier junger Mädchen verantwortlich. Er handelt schon seit einiger Zeit offenbar mit der neuen Droge Crystal Meth. Wir haben seinen Kumpan festgenommen, der dieses Zeug aus Tschechien herüber brachte. Ihr Sohn hat es hier verkauft. Daran sind zwei Mädchen gestorben. Unter anderem auch die Tochter des Landtagsabgeordneten Lombardi. Aber auch hier war er danach sexuell tätig. Ihr Sohn ist offenbar krank! Wir müssen ihn unbedingt finden, bevor er noch mehr Unheil anrichtet!"

Astrid Hohlmayer saß fassungslos am Tisch. Ihre Tränen waren versiegt, aber sie litt augenscheinlich. Wie erstarrt schaute sie an die Wand. Markus sprach Vincent an.

„Herr Hohlmayer, wenn Ihr Bruder auftauchen sollte, dann verständigen Sie uns bitte! Wir müssen ihn aufhalten, sonst geschieht noch mehr Unheil!" Vincent nickte mit versteinerter Miene.

„Wenn der hier auftauchen sollte, kann er froh sein, dass ich ihn nicht gleich im See ertränke, Herr Kommissar!" Aber Markus schüttelte den Kopf.

„Machen Sie sich nicht unglücklich, Herr Hohlmayer! Sie und Ihre Freundin haben doch noch einiges im Leben vor, glaube ich." Er sah Kathi an, welche die ganze Zeit still dagesessen und zugehört hatte. In ihren Augen standen Tränen. Markus sah Susi an und gab ihr mit einem Blick das Zeichen zum Aufbruch. Nach einer Weile verabschiedeten sie sich wieder.

Als sie wieder draußen vor dem Haus standen, hängte Susi sich bei Markus ein. Drinnen am Fenster stand Astrid Hohlmayer und machte sich darüber Gedanken, ob die beiden Kriminaler vielleicht gar ein Paar waren. Immerhin hatte sich die junge Kommissarin ja bei ihrem Kollegen eingehängt, als sie wieder weggingen.

Aber was hatte ihr Sohn da nur angerichtet! Astrid Hohlmayer ging nur noch ungern unter Menschen. Sie sah die fragenden Blicke und erlebte, wie man plötzlich Gespräche abbrach, wenn sie auftauchte. Nur Simon Hohlmayer ging weiter in den Wald, als ob ihn das alles nichts anging.

Wenn sie gewusst hätte, was ihren Mann in den Wald trieb, wäre ihr wohl das Blut in den Adern erstarrt. Simon Hohlmayer suchte seinen Sohn! Er wollte ihn eigenhändig der Gerechtigkeit zuführen. Für ihn war er nur noch ein Verbrecher, den man ganz schnell fangen musste.

Doch Fredo Hohlmayer hatte sich längst aus der Gesellschaft ausgeschlossen. Jenseits der Grenze in Österreich hatte er in Hallein getankt und sich noch reichlich mit Nahrung eingedeckt. Danach war er auf die Suche nach einer Bleibe gegangen. Kreuz und quer war er durch die angrenzenden Almwälder gefahren.

„St. Leonhard" stand auf dem Ortsschild. Fredo fuhr langsam auf der Durchgangsstraße entlang und sah sich um. Zur Linken ragte der Salzburger Hochthron steil empor. Der Ort war nicht groß und so stand Fredo plötzlich vor einem Parkplatz am Ortsende, den man für Wanderer angelegt hatte.

Er fuhr ans andere Ende, stellte den Transporter ab und sah sich dann um. Ein Forstweg führte in den Wald hinein und trennte sich nach wenigen Metern vom Wanderweg, der steil bergan führte. Fredo ging einige Meter weiter und stand plötzlich vor einer größeren Scheune. Er sah sich kurz um, doch keine Menschenseele war weit und breit zu sehen.

Der Sommertag war heiß, und so zog er Hemd und Jacke aus und begann den Stadl zu umkreisen. Als er durch ein paar Ritzen schaute, sah er drinnen einen großen Trecker.

Fredo kam eine Idee. Mit einiger Mühe schaffte er es, an der Rückseite des Stadls zwei Bretter zu lösen. Durch dieses Loch zwängte er sich hindurch.

Rasch holte er aus seiner Hosentasche ein dickes Messer heraus, an dem ein Schraubendreher, eine kleine Zange und zwei weitere kleine Messer montiert waren.

Mit dem Schraubendreher löste er in Windeseile die Schrauben der Nummernschilder des Treckers. Als das geschafft war, machte er sich wieder auf den Weg zurück zu seinem Transporter. Dann wechselte er die Nummernschilder aus. Ab sofort fuhr er ein österreichisches Kennzeichen, das fiel wesentlich weniger auf, als das tschechische. Fredo entschloss sich, dem Forstweg zu folgen. Da der Weg in keinem guten Zustand war, vermutete er, dass er nur selten benutzt wurde. Nach zwei Kilometern tauchte plötzlich zur Rechten, hinter hohen Tannen verborgen, ein kleines Häuschen auf. Fredo fuhr den Transporter rasch in einen Waldweg und blieb stehen. Die letzten einhundert Meter ging er zu Fuß.

Vorsichtig näherte er sich dem alten Haus. Eine ganze Weile beobachtete er das kleine Gehöft, doch niemand war zu sehen. Fredo stieg vorsichtig über den maroden Gartenzaun, der schon an mehreren Stellen umgestürzt war. Das Gelände um das Haus herum war von Unkraut überwuchert. Er ging näher heran und schaute vorsichtig durch die blinden Scheiben. Offenbar musste das die Küche sein, denn er sah einen Herd, einen Tisch, vier Holzstühle, eine Truhe und sonst noch einige alte Gegenstände. Nachdem Fredo das ganze Haus umrundet hatte und sich mehrmals an den Brennnesseln gebrannt hatte, entschloss er sich, in die Kate einzudringen. Der Anbau war wohl früher mal ein Stall gewesen und hatte eine kleine Pforte, die nur mit einem Riegel verschlossen war. Knarrend ließ sich die Tür öffnen und Fredo trat ein. Überall lag Staub und Schmutz. Alte Möbelstücke lagen übereinander und Fredo musste erst die Tür zum Wohnhaus freiräumen.

Dann durchsuchte er die Küche und die angrenzenden Zimmer. Eines davon musste wohl zu früheren Zeiten einmal die Schlafstube gewesen sein. Sogar ein Doppelbett stand noch da. Eine staubbedeckte Decke lag darüber. Als er die beiseite zog, kam ein blauweiß kariertes Federbett zum Vorschein.

Fredo entschloss sich spontan, dieses Haus als sein neues Domizil zu nutzen. Rasch öffnet er das marode Holztor, lief zum Transporter und fuhr ihn auf den Hof. Danach öffnet er vorsichtig das Tor zur gegenüberliegenden Scheune, die sich hervorragend als Garage für den Transporter eignete. Er rangierte den Renault hinein. Dann ging er zurück ins Haus.

Nachdem Fredo die beiden Stuben etwas gesäubert hatte, legte er sich auf das alte Sofa und dachte nach. Garantiert wurde die alte Kate nicht mehr genutzt. Er konnte also auch den ganzen Winter hier überleben. In der Scheune und unter dem überhängenden Dach des Stalls gab es noch genügend Brennholz für den Winter.

Fredo zählte seine Barschaft. Die bestand aus 600 Euro und siebzehn Tütchen, mit dem weißen kristallinen Stoff. Im Verkauf brachten die noch mal zwei Tausender. Ehe er abgehauen war, hatte er Petrés Vorräte noch eingepackt. Eine Weile überlegte er, wie es nun weiter gehen sollte. Auf der Herfahrt hatte er in St. Leonhard einen Aushang gelesen. Es gab am Samstag irgendein Fest, und er war entschlossen hinzugehen. Erstens konnte er dort vielleicht etwas von seinem Crystal Meth verkaufen und Mädels gab es ja sicher auch auf so einem Fest.

In einem alten Schrank fand er drei Petroleumleuchten und eine halb volle Kanne Petroleum. Bevor es draußen dunkel wurde, hängte er die Fenster zu, sodass kein Lichtschein von außen sichtbar war. Fredo war sich sicher, dass er in dieser Kate längere Zeit leben konnte. Was danach kam, interessierte ihn im Moment nicht.

Am nächsten Abend fuhr Fredo Hohlmayer nach St. Leonhard hinunter. Im Dorfkrug herrschte bereits Hochbetrieb, alt und jung war in ausgelassener Stimmung.

Als er den Saal betrat, sah er sich erst einmal gründlich um. Wenig später wusste er, wo der Hinterausgang war und wo man da herauskam. Seinen Transporter hatte Fredo eine Seitenstraße weiter abgestellt, wo bereits mehrere Autos parkten.

Eine Weile beobachtete er eine allein dasitzende Blondine. Ihre Haarpracht hatte sie zu einem dicken Zopf zusammengebunden. Ihr rundes Gesicht, mit den vollen Lippen, passte hervorragend zu ihrem Dirndl. Und auch ihre Oberweite war nicht zu verachten. Fredo spürte eine gewisse Unruhe in sich aufsteigen. Er musste sie unbedingt kennenlernen. Also kaufte er zwei Glas Sekt und machte sich auf den Weg zu ihr. Wer so lange allein dasaß, war bestimmt auch allein gekommen. Er setzte sich neben sie und lächelte das junge Mädchen an, dann hielt er ihr ein Glas Sekt hin.

„Magst Du einen Sekt?", fragte er sie. Sie sah ihn erst erstaunt an, doch dann nickte sie und nahm das Glas.

„Danke! Du bist fremd hier?", fragte sie ihn. Fredo nickte lächelnd. Seine Erfahrung mit Kathi, hatte ihn zu der Einsicht kommen lassen, dass man bei Mädels zuerst vorsichtig rangehen musste.

„Ja, ja, ich komme gerade aus Slowenien und Kroatien, log er ungerührt. „Ich bin schon ein halbes Jahr unterwegs. Als Nächstes steht Frankreich auf meiner Reiseroute", log er ungerührt weiter. „Ich will bis runter ans Mittelmeer." Sie sah ihn bewundernd an und trank einen Schluck.

„Und wie bezahlst Du das alles?", fragte sie weiter. Und nun war Fredo so richtig in seinem Element.

„Ich habe geerbt. Nun reise ich ein ganzes Jahr, ehe ich wieder nach Hause zurückgehe, um dann wieder in meinem Tonstudio zu arbeiten." Die Augen der jungen Blondine wurden immer größer.

„Du bist Musiker?", fragte sie ihn weiter aus. Fredo nickte. „Ja, wir haben eine Band. Aber derzeit machen wir eine Pause." Sie musterte Fredo unverhohlen.

„Da laufen Dir die Mädels bestimmt in Scharen nach, oder?" Fredo winkte ab und trank sein Glas leer.

„Ach weißt Du, ich habe da so meine Ansprüche. So eine Liebelei ist nix für mich. Ich will was richtig Festes!"

Er sah, wie Ihre Augen anfingen verräterisch zu glänzen, und ehe sie weiter fragen konnte, stand Fredo auf und holte noch mal zwei Gläser Sekt. Als er das Glas vor ihr auf den Tisch stellte, kam sein Gesicht dem ihren sehr nahe. Kurz entschlossen gab er ihr einen Kuss auf die Nasespitze. Das wiederum veranlasste die junge Dame, schon ihren Arm um Fredos Kopf zu legen und ihn zu küssen. Dann trank sie einen Schluck.

„Ich heiße Barbara und wie heißt Du?" Fredo überlegte kurz. „Ich heiße Boris, meine Eltern stammen aus Russland", log er ungerührt weiter. Das Spiel gefiel ihm langsam. Mal sehen, wie weit er bei ihr kam. Und so forderte er sie zum Tanzen auf. Nach drei Runden setzten sie sich wieder hin.

Wo wohnst Du eigentlich?", fragte sie plötzlich Fredo. Er zuckte mit den Schultern. „In meinem alten engen Wohnmobil", erwiderte er, dabei grinste er sie an. „Für mich reicht es." Er sah, wie sie überlegte. Ob da etwa was ging? Inzwischen war es schon 1.00 Uhr geworden. Sie sah ihn mit ihren grünen, vom Alkohol glänzenden Augen an.

„Willst Du mitkommen? Ich habe ein Zimmer drüben im Ferienhotel, oben unter dem Dach. Ich arbeite dort als Zimmermädchen und ich habe morgen frei. Wir könnten also ausschlafen. Es darf Dich aber niemand sehen!" Sie lächelte ihn mit blitzenden Augen an.

Fredos Herz schlug wie ein Dampfhammer. Er wusste nicht gleich, was er sagen sollte. Schon ein wenig enttäuscht sah sie ihn an. Doch da nahm er ihre Hand und sah ihr tief in ihre grünen Augen.

„Weißt Du, ich gehöre nicht zu denen, die am ersten Abend gleich mit einem Mädel in die Kiste springen wollen. Aber mal wieder ein richtiges Bett und eine Dusche könnten mich schon umstimmen." Er sah, wie sie erstaunt den Kopf schüttelte.

„Na Du bist mir ja ein seltsamer Kerl! Meist wollen die Kerle doch nichts anderes von einem Mädchen." Fredo zuckte mit den Schultern. „Ich bin halt so!", antwortete er. Barbara stand auf und nahm ihn an der Hand.

„Komm, wir gehen jetzt! Dann kannst Du ja erst einmal duschen! Später werden wir dann schon sehen." Dabei lächelte sie ihn verführerisch an.

Durch den Hintereingang gelangten sie ins Hotel. Barbara legte den Finger auf den Mund und lachte.

„Psst, bitte ganz leise sein! Komm!" Und so schlichen sie die Treppen hinauf bis unter das Dach. Barbara schloss das Zimmer auf und Fredo sah sich um.

Barbara zeigte Fredo das Bad. Und zum ersten Mal seit Wochen konnte er sich ausgiebig duschen. Als er aus dem Bad zurückkam, saß Barbara barfuß in einem kurzen durchsichtigen Nachthemd auf dem Sofa und lächelte ihn an. Fredo zitterte innerlich. Rasch ging er zu ihr und setzte sich neben sie. Er sah ihre Brustwarzen durch das dünne Nachthemd schimmern und begann sie sanft zu streicheln. Kurz entschlossen zog er ihr das Nachthemd über den Kopf herunter. Ihr Körper versetzte ihn in eine kaum zu kontrollierende Erregung. Seine Hand glitt zwischen ihre festen Schenkel. Kaum das sie sich nach hinten gleiten ließ, lag er schon auf ihr. Doch noch ehe es ihm gelang, in sie einzudringen, kam er schon zum Samenerguss. Sie sah ihn mit ihren grünen Augen an und begann plötzlich zu lachen.

„Ja sag mal, hast Du es so nötig gehabt? Oder bin ich Dein erstes Mädchen?", meinte sie amüsiert lächelnd und strich ihn über seinen roten Haarschopf.

Plötzlich rutschte sie wieder unter ihm hervor, um sich mit Zellstoff zu säubern. Dabei schüttelte sie wieder lachend den Kopf und sah Fredo belustigt an.

„Na ja, ist ja alles halb so schlimm. Du lernst das schon noch, Kleiner!", sagte sie mehr aus Spaß, als im Ernst. Bei diesem Satz stieg in Fredo urplötzlich der Zorn hoch. Seine Augen wurden kleiner und er musterte Barbara böse. Wie hatte er sich gefreut auf diese Nacht mit ihr. Und sie? Sie lachte ihn einfach aus!

Gerade als Barbara auf dem Bett kniend im Begriff war, das dünne Nachthemd wieder anzuziehen, riss Fredo es ihr plötzlich wütend aus der Hand, warf es hinter das Bett und wollte sich auf sie werfen. Von einem Augenblick auf den nächsten bekam ihr hübsches rundes Gesicht plötzlich einen roten Schein. Und dann fauchte sie Fredo wütend, abwehrend, halblaut, zornig an.

„Spinnst Du? Hau ja ab du Idiot! Du kriegst ja nicht mal eine richtige Nummer hin, Du Anfänger! So eine Null wie Dich habe ich auch noch nicht erlebt", fauchte sie nun schon leiser und war bemüht, ihn mit den Händen aus dem Bett zu schieben.

Noch auf dem Bett kniend, holte Fredo aus und verabreichte Barbara mit der Faust einen Schlag voll ins Gesicht. Von diesem Schlag aus dem Gleichgewicht gebracht, fiel die junge Frau vom Bett herunter und knallte dabei mit der Schläfe auf die Kante des kleinen Tisches.

Plötzlich lag Barbara da und rührte sich nicht mehr. Fredo sprang vom Bett herunter, rüttelte sie mehrmals und bekam Panik! Hastig huschte er in seine Hose, steckte beide Sektgläser ein, wischte einige der Sachen ab, die er angefasst hatte, und verschwand leise in den Flur hinaus. Eilig lief er die Treppen hinab.

Wie von Hunden gehetzt, verließ er durch den Hinterausgang wieder das Hotel und rannte zu seinem Wagen zurück. Wie in Trance fuhr er zurück zu dem Haus im Wald. Wieder dort angekommen, legte er sich auf das Bett und begann plötzlich haltlos zu heulen. Es dauerte eine ganze Weile, bis Fredo sich wieder beruhigt hatte. Warum verdammt noch mal, hatte er nur so ein Pech bei den Mädchen! Hastig kramte er in seinen Sachen und nahm dann kurz entschlossen, etwas von seinem Stoff. Schon nach kurzer Zeit fühlte er sich wieder fit. Er stand auf und ging zurück auf den Hof, um den Transporter in den Schuppen zu fahren. Danach legte er sich seelenruhig in sein Bett. Er dachte kurz an die pralle Barbara und sah im Geist ihre vollen Brüste und ihre strammen Schenkel. Die blöde Kuh hatte ihn ausgelacht! Das hatte sie nun davon. Einen Fredo Hohlmayer lachte man eben nicht ungestraft aus!

Als am Montag früh Markus und Susi ins Büro kamen, lag ein dünner roter Hefter auf Markus Schreibtisch. Während Susi zwei Tassen Kaffee brühte, begann Markus zu lesen. Nach einer Weile meinte er halblaut, mehr für sich als für Susi:

„Na das kann doch wohl nicht wahr sein!" Susi stellte ihm die Tasse mit dem Kaffee auf den Schreibtisch.

„Was kann nicht wahr sein?", fragte sie ihn neugierig geworden. Markus schob ihr den Hefter über den Tisch.

„Da, lies mal! Ich glaube, langsam wird dieser Rotkopf für uns tatsächlich zu einem riesigen Problem!"
Als Susi den Hefter wieder zur Seite legte, sah sie Markus ungläubig an.

„Also, diese Barbara Ruhland wohnt in Bad Reichenhall und arbeitete aber in St. Leonhard, schreiben sie. Als sie früh nicht zur Arbeit erschien, hat man sie gesucht und in ihrem Zimmer nackt, zwischen Bett und Couchtisch liegend gefunden. Zwei Arbeitskolleginnen von ihr haben ausgesagt, dass die Deutsche gegen 1.00 Uhr mit einem Rothaarigen das Fest verlassen hat. Ohne das es bis jetzt eine Spurenauswertung gibt, wer fällt uns da spontan ein? Na?" Markus grinste Susi an und nickte.

„Natürlich unser Fredo Hohlmayer. Wer sonst! Aber wir brauchen noch die DNA-Fakten von den Ösis. Ich denke inzwischen müssten sie ja das Zimmer der jungen Dame untersucht haben. Ich wette um mein nächstes Gehalt, dass sie Spuren von Fredo finden werden! Der Hundesohn treibt sich jetzt schön in Österreich herum. Na, Prost Mahlzeit!" Er sah auf die Uhr.

„Weißt Du was, ich rufe jetzt sofort diese Frau Dr. Prochatsch an! Sie sollen uns das per Fax rüberschicken. Sonst dauert das auf dem Dienstweg noch drei Tage länger! Ösis Mühlen mahlen noch langsamer als unsere." Susi schob ihre Lesebrille auf die Stirn und schüttelte belustigt den Kopf.

„Was bist Du doch für ein alter Hektiker!" Er sah sie ernsthaft, doch gespielt an.

„Wenn schon, dann bitte nicht „Alt", Frau Thoma! Ja! Außerdem ist das keine Hektik, sondern Effizienz, Du kleiner, ziemlich frecher Schweizer Schokoriegel!" Susi drohte ihm mit ihrer kleinen Faust.

„Komm Du mir heute Abend nach Hause, dann lernst den kleinen Schokoriegel aber mal kennen!" Er versteckte sein Ge-

sicht hinter dem roten Hefter und machte dann „Haha, hab ich aber eine Angst!"

Dann griff er schnell zum Telefon und wich dabei einer Papierkugel aus, die an seinem Kopf vorbei flog. Die Frau Doktor Prochatsch meldete sich sofort. Und Markus ließ seinem Charme freien Lauf.

„Küss die Hand gnädigste Frau Doktor! Wie sieht es denn mit dem DNA-Abgleich vom Tatort aus? Wie bräuchten ihn sehr dringend, weil wir nämlich einem ganz bestimmten Verdacht nachgehen möchten. Ja, natürlich, selbstverständlich gnädige Frau, ich verstehe natürlich Ihr Problem!" Er verzog das Gesicht zu einer Grimasse und lauschte darauf, was die Frau Dr. Prochatsch ihm erzählte.

„Ich darf also noch heute auf Ihren Bericht hoffen, das ist wunderbar. Ich danke Ihnen vielmals, Frau Doktor! Ja, die Fax-Nummer haben Sie schon, das ist wunderbar. Ich darf Sie herzlich grüßen, Frau Doktor Prochatsch! Danke! Auf Wiederhören! Ba, ba!" Markus legte auf und blies die Backen auf. Susi prustete los und hielt sich den Bauch vor Lachen.

„Mein Gott, kannst Du aber eine Speichelspur ziehen! Das hätte ich Dir nie zugetraut!"

„Man kann, wenn man will!", erwiderte er nur ungerührt und musterte sie grinsend.

Am nächsten Morgen brachte man Petré aus der U-Haft in das Büro des Kriminaloberkommissars Ludwig.

Diese ungewöhnliche Verfahrensweise hatten sich der Oberkommissar und seine Assistentin ausbedungen. Sie wollten Petré, ungehindert von Kollegen der Haftanstalt, befragen und dabei abklären, ob man für ihn eine neue Identität aufbauen konnte. Dabei war diese Geheimhaltung unabdingbar, wenn es Sinn machen sollte, eine neue Identität aufzubauen.

Petré Urban saß auf seinem Stuhl im Büro und knetete aufgeregt die Hände. Die Ungewissheit zehrte an seinen Nerven. Die Kommissarin hatte ihm versprochen, ihm zu helfen, wenn er aussagte. Im Grunde aber fürchtete er sich vor einer erneuten Begegnung mit ihr. Schuld daran war dieser verdammte Fredo! Wäre er allerdings damals da gewesen, wäre es nicht zu Fredos Tat gekommen. Er hätte sich schon zu Anfang gegen diesen

Irren durchsetzen müssen! Sie hatten ohne Grund diese Frau entführt. Man hätte sie auch auf dem Bahnhof zurücklassen können. Aber dieser Psychopath glaubte, die Frau unbedingt als Geisel nehmen zu müssen. In Wirklichkeit aber hatte Fredos Verhalten einen ganz anderen Grund gehabt. Fredo wollte unbedingt Sex mit dieser Frau. Leider war ihm das erst viel zu spät aufgefallen, aber da war es schon zu spät gewesen.

Plötzlich öffnete sich die Bürotür und der Oberkommissar und die Susi Thoma traten ein. Sie grüßten Petré, doch die Frau vermied es, ihn dabei anzusehen und würdigte ihn keines Blickes. Ludwig schaltete das Bandgerät ein und räusperte sich.
    „So, wir beginnen mit der Befragung des Beschuldigten Petré Urban, es ist jetzt 8.30 Uhr", eröffnete Ludwig das Verhör.
    „Herr Urban, Sie hatten sich bereits vor Ihrer Festnahme der Frau Thoma gegenüber bereit erklärt, uns vollständige Auskunft über das Vertriebsnetz und die Verantwortlichen zu geben. Eine schriftliche Erklärung dazu liegt uns hier vor. Bleiben noch ein paar Fragen zu dem Hergang oben auf der Alm!"
Susi Thoma schaltete sich plötzlich ein. Sie hatte die ganze Zeit während Ludwig sprach zum Fenster hinaus geschaut.
    „Petré, wer von Euch beiden hatte die Idee, mich zu entführen und warum?", fragte sie den jungen Mann. Markus fand diese Art der Fragestellung nicht angebracht. Sicher würde der Kerl alles auf Fredo schieben. Petré schluckte ein paar Mal und knetete wieder seine Hände.
    „Das war Fredos Idee, Frau Kommissarin! Er sagte zu mir, dass wir damit ein Pfand in der Hand hätten, falls wir verfolgt würden", erwiderte der junge Mann kleinlaut. Susi sah ihn an.
    „Was hatte Hohlmayer vor, wenn Euch die Polizei verfolgt hätte?", fragte sie weiter. Petré druckste etwas.
    „Er wollte Sie auf keinen Fall am Leben lassen. Deswegen hat er auch gleich zu Beginn der ganzen Sache die Pistole haben wollen. Oben auf der Alm wollte er Sie schon am zweiten Tag erschießen, weil sie ihn beschimpft hatten."
Markus Ludwig sah, wie seine Kollegin bleich geworden war, und schaltete sich sofort ein.
    „Er wollte also die Pistole haben, um meine Kollegin zu erschießen, falls wir Euch aufgestöbert hätten, ja?", wiederholte

er noch mal. Petré nickte. Ludwig machte sich ein paar Notizen, obwohl das Bandgerät lief.

„Gut, Sie haben dann in dieser bewussten Nacht, als sie ins Tal gegangen waren, die Pistole mitgenommen. Hatten Sie eine Ahnung, was Hohlmayer da vorhatte?" Petré schüttelte wieder den Kopf.

„Nein. Ich dachte mir, wenn ich die Waffe mitnehme, kann nix Schlimmes passieren. Ich habe die Frau Kommissarin aber noch gewarnt, bevor ich ging!" Markus sah Susi an und die nickte nur und malte kleine Figuren auf ihren Schreibblock.
Markus fuhr mit seiner Befragung fort, wusste aber auch, dass er jetzt wohl die emotionalste Phase für Susi einleitete.

„Waren Sie sich bewusst, dass Frau Thoma in Gefahr schwebte, wenn Sie weggingen?", fragte er Petré eindringlich. Der junge Mann zuckte mit den Schultern.

„Ich hatte gehofft, dass nichts passiert. Auf die Idee, dass er sie vergew...." Petré hielt inne, schluckte, sah Susi an und verbesserte sich.

„Dass so was passiert, hätte ich wohl voraussehen müssen. Ich wusste ja, was er eigentlich von ihr wollte und weshalb er sie auch eigentlich mitgenommen hatte. Aber ich musste in die Stadt, um meiner Schwester Geld zu überweisen. Sie musste die Miete zahlen und etwas zu Essen für die Kleine kaufen", erwiderte er und war den Tränen nahe. Markus sah mit einem Seitenblick, wie Susi die Zähne zusammenbiss. Ihre Wangenknochen arbeiteten sichtbar.

„Als Sie in dieser Nacht zurückkamen, wie spät war es da?", fuhr Ludwig ungerührt fort.

„Es war so gegen halb zwei Uhr, als ich wieder oben am Haus ankam, Herr Kommissar. Als ich die dunkle Stube betrat, wäre ich um ein Haar über sie gestolpert."
Er sah zu Susi hinüber, doch die erwiderte seinen Blick nicht. Sie schien durch alle hindurchzusehen. Ludwig nickte nachdenklich.

„Gut, den weiteren Hergang haben Sie ja bereits schriftlich niedergelegt. Wussten Sie, wo Hohlmayer hinwollte, als er den Brand gelegt hatte?", fragte Ludwig noch nach. Petré schüttelte den Kopf und sah weiter verzweifelt Susi an.

„Ich habe auch nicht darauf geachtet. Ich war viel zu sehr damit beschäftigt, Frau Thoma aus dem brennenden Haus zu bringen und uns zu retten." Markus nickte wieder. Er sah den Jungen an.

„Hatten Sie keine Angst, dass Hohlmayer draußen auf Sie warten und dann auf Sie schießen würde?" Petré nickte langsam und bekümmert.

„Ja, das hätte passieren können. Aber im Haus zu verbrennen, wäre auch keine Lösung gewesen. Außerdem habe ich da im ersten Augenblick auch nicht daran gedacht ..."
Markus drückte den Knopf des Aufnahmegerätes und sah Petré freundlich lächelnd über den Schreibtisch hinweg an.

„Petré, ich bin der Überzeugung, dass Sie kein schlechter Kerl sind. Sie haben in einigen brenzligen Situationen zu Frau Thoma gehalten und ihr beigestanden. Dafür sind wir Ihnen sehr dankbar. Aus diesem Grund werden wir uns auch für Sie einsetzen. Sie werden wohl um eine Strafe nicht herumkommen, aber die wird eher gering ausfallen. Was ihre neue Identität betrifft, brauchen wir die Zustimmung der Staatsanwaltschaft. Frau Thoma hat übrigens bereits alles für Ihre Schwester geregelt. Man wird sie in die Schweiz bringen und Sie können ihr nach Verbüßung Ihrer Strafe folgen."
Petré atmete erleichtert auf. Plötzlich stand Susi auf und kam hinter ihrem Schreibtisch hervor. Sie hielt Petré die Hand hin. Leise sagte sie:

„Danke Petré, noch mal danke für alles!" Dann umarmte sie den jungen Mann kurz und verließ wortlos das Büro. Markus rief die Beamten der Haftanstalt und verabschiedete sich ebenfalls von dem Jungen.
Markus Ludwig saß am Schreibtisch und sah aus dem weit geöffneten Fenster. Eine Meise kam, setzte sich auf den Fensterrahmen und sah ihn neugierig an. Als die Tür aufging und Susi wieder eintrat, flog sie weg. Markus sah seine Kollegin und künftige Ehefrau wortlos an. Ihre verweinten Augen sagten alles. Er stand auf, ging zu ihr und legte seine Arme um ihre Schultern.

„Es ist vorbei, Susi!", sagte er leise und sie legte ihren Kopf an den seinen und nickte.

„Ich weiß Markus, aber es wird noch eine Weile dauern, bis ich das alles verarbeitet habe. Außerdem wird dieser Fredo immer eine Rolle spielen, wenn wir unser Kind bekommen. Du musst also ein bissel Geduld mit mir haben, Schatz."

Fredo hatte am Sonntag das Haus nicht verlassen. Immer wieder sah er aus dem Fenster und beobachtete den Wald. Doch keine Menschenseele war zu sehen. Gegen Abend machte er sich dann doch auf den Weg in Richtung Dorf. Er erreichte wieder die Ortsmitte von St. Leonhard. Im Café „Kuglmühl" kehrte er kurz entschlossen ein. Um diese Zeit waren gerade zwei Tische besetzt. Er setzte sich an den freien Tisch daneben. Am Nachbartisch diskutierten zwei Frauen offensichtlich über das Ereignis vom Wochenende. Wie ein Lauffeuer war es durch den Ort gegangen, dass im Hotel „Salzberg" ein Zimmermädchen zu Tode gekommen war. Offenbar war sie vergewaltigt worden. Fredo hörte mit Unbehagen zu und schlürfte dabei seinen Kaffee. Die Erdbeertorte schmeckte ihm plötzlich nicht mehr, er schob den Teller beiseite und dachte nach.

„Wenn die wüssten, wer da neben ihnen sitzt", dachte er im Stillen und musste schmunzeln.

„Der Mörder soll ein Deutscher sein!", ergänzte eine der beiden Frauen. Sie sei mit einem Rothaarigen weggegangen. Und das, obwohl die Barbara so ein liebes Madl gewesen war. Worauf dann die andere antwortete:

„Na ja, die Deitschen, sinds doch alle nur Hundsfots! Angeben und Auffallen tuns und immer großkotzig auf die Österreicher herab schauen. Und jetzt sind´s sogar noch Weltmeister worn, diese Hallodri! Und diese Merkel bestimmt auch schon, was wir mache sollen! Spare solle mer! Die hat gut reden, ich wäs jetzt scho nimmer, wie ich meinen Buhm noch ernähre soll!" Dabei stopfte sie sich erneut ein großes Stück Kirschtorte, mit einem Berg Schlagobers oben drauf, in den Mund.

Fredo rief die Kellnerin und zahlte. Ohne nach rechts oder links zu blicken, schob er sich an dem Tisch der zwei Frauen vorbei. Seine Kappe tief auf die Ohren gezogen, verließ er mit hochgezogenen Schultern das Café. Rasch marschierte er wieder aus dem Ort hinaus und durch den Wald zurück zur Hütte. Was sollte er nun tun?

Einen Job annehmen ging nicht. Dazu brauchte man Namen und Sozialversicherungsnummer. Das war in Österreich genauso wie zu Hause. Er musste einen Erwerb finden, bei dem er auf sich gestellt war. Und er musste unbedingt künftig den Weibern aus dem Weg gehen. Die hatten ihn erst in diese Lage gebracht. Hätte die Blonde damals nicht diese blöden Pillen verteilt, wäre keiner auf die Idee gekommen, über sie herzufallen. Sie hatte es aber geradezu darauf angelegt. Und das der Stoff verunreinigt war, dafür konnte er auch nichts.

Aber auch diese blöde Tussitochter vom Landrat wollte es ja unbedingt mal probieren, wie es ist mit diesem Stoff so ist. Seinen Hinweis, nur einmal daran zu kosten, hatte sie besoffen, wie sie war, einfach missachtet. Die war so gut drauf gewesen, dass sie nacheinander mit allen eine Runde gevögelt hatte. Dann war sie plötzlich umgekippt. Aber wer würde ihm das glauben? Für die war er jetzt der Mörder vom Königssee, der Vergewaltiger, das Monster! Und hätte die Barbara ihn nicht ausgelacht, wäre auch nix passiert. Sie waren also alle selber an ihrem Unglück schuld!

Fredo zählte noch einmal seine Barschaft, dann holte er die kleinen Tütchen aus einer Zigarrenschachtel. Es waren noch genau siebzehn Stück. Fredo beschloss, am nächsten Morgen nach Berchtesgaden zu fahren. Er musste seine alten Kunden aufsuchen und das Zeug loswerden. Irgendwie würde er auch Nachschub bekommen. Dazu brauchte er Petré nicht mehr. Vielleicht saß der schon längst im Knast, weil die Polizistin ihn überrumpelt hatte. Dem hatte er von Anfang an nicht getraut. Wenn es nach seinem Willen gegangen wäre, hätte er die Tante damals gleich am Bahnhof abgeknallt! Aber nein, dieser dämliche Tscheche hatte ihm einfach die Pistole weggenommen. Vielleicht war der ja sogar scharf auf die Tussi gewesen und hatte sich mit ihr verbündet. Wahrscheinlich hatte er gehofft, dass sie ihm dann Straferlass gewähren würden. Diesen Tscheche hätte er sich sowieso, über kurz oder lang, vom Hals geschafft.

Für Fredo stand fest – ich mache das Geschäft ab sofort alleine! Den Transporter konnte er eine ganze Weile benutzen. Das Kennzeichen aus Tschechien hatte er auch noch. Derzeit fuhr er eben mit dem Nummernschild der Ösis. Er nahm sich vor, unbedingt noch eins aus Holland und aus Frankreich zu klauen. Mit dieser Ausstattung war er dann flexibel.

Fredo fuhr langsam am Bahnhof in Berchtesgaden vorbei und bog dann gegenüber auf dem Parkplatz des China-Restaurants ein. Drei kleine Tütchen hatte er bei sich, den anderen Teil ließ er im Auto zurück. So konnte er notfalls immer behaupten, es sein Eigenbedarf. Zu Fuß schlenderte er über die Hauptstraße hinüber zum Bahnhof. Aufmerksam beobachtete er die Menschen. Plötzlich sah er einen seiner Kunden. Michi, ein langer schlaksiger Kerl, mit pickelnarbigen Gesicht, vom Crystal Meth Konsum schon gezeichnet, lehnte neben dem Briefkasten und rauchte. Fredo ging langsam an der Front des Gebäudes entlang und erreichte den Briefkasten.

„Hi, Michi! Wie geht's?", flüsterte er, blieb aber nur einen Moment stehen, sah den Kerl an, dann lief er langsam weiter. Michi folgte ihm, wie ein Hund seinem Herrchen. Sie liefen in die Passage, die zum Tunnel zur Altstadt hinauf führte. Fredo setzte sich auf den Sims, von dem er damals in die Tiefe gesprungen war. Er sah kurz hinunter, es war noch alles so wie damals. Bei Gefahr konnte er hier sofort wieder abtauchen!
Michi kam angehumpelt und blieb vor Fredo stehen. Er war erfreut ihn zu sehen, das spürte man.

„He, Fredo alter Kumpel! Ich denke die Bullen sind Dir auf den Fersen?", nuschelte er durch sein desolates Gebiss.

„Hast Du was für einen alten Freund?", fragte er sofort. Fredo nickte.

„Hast Du Kohle, Michi? Dann habe ich was für Dich, ohne Kohle leider nicht!" Er hob die Schulter.

„Tja Mischi, das Geschäft ist härter geworden. Unsere Bullen jagen uns wie die Hasen!" Michi nickte mitfühlend und griff in die Hosentasche seiner ausgeleierten Jeans.

„Ich habe zweihundert, Fredo", meinte er stolz. Fredo bekam große Augen.

„Mann Junge, woher hast Du so viel Kohle?" Michi grinste wie ein Kobold.

„Das willst Du bestimmt nicht wissen, mein Freund!", entgegnete er. Fredo kramte schnell die Beutel aus der eingenähten Innentasche in seiner Hose und hielt sie Michi hin.

„Hier! Erst mal drei Stück, eine bekommst Du noch dazu! Das reicht für ne Weile, Michi!" Der junge Mann kniff ärgerlich die Augen zusammen.

„Bist Du verrückt, das ist doch Wucher! Das sind 25 mehr als beim letzten Mal", fauchte Michi wütend. Fredo zuckte ungerührt mit den Schultern und steckte die Beutel wieder ein.

„Du musst Sie ja nicht nehmen, Michi!" Der so in die Enge getriebene Michi hielt Fredo das Geld hin.

„Gib schon her, alter Halsabschneider! Ich brauche das Zeug unbedingt." Fredo gab ihm die Beutel und empfing das Geld. Plötzlich aber kam Fredo eine Idee.

„Hör mal zu Michi! Könntest Du das Zeug hier für mich verschachern? Dann bekommst Du sie künftig für vierzig von mir." Michi lehnte sich überrascht gegen die Wand und sah Fredo an.

„Für fünfunddreißig mache ich es!" Fredo rechnete kurz durch. Im Einkauf kostete jede Tüte im Moment 10 Euro. Wenn er sie Michi für 35 gab, lag sein Gewinn bei 25 Euro pro Tüte. Wenn Michi dann das Zeug auch für 50 verkloppte, machte der einen Gewinn von 15 Euro. Oder sie machten es so, wie er es mit Petré gemacht hatte. Einsatz und Erlös wurde halbe-halbe geteilt. Er sah den langen heruntergekommenen Lulatsch an.

„Hör zu Michi, wir machen das anders! Ich besorge das Zeug, und wir verkaufen es beide zum gleichen Preis von 50 Euro. Der Erlös, den wir beide haben, wird dann wieder genauso geteilt, wie der Einkauf. Was sagst Du dazu?" Michis Augen zogen sich zu einem breiten Grinsen. Er nickte.

„Oh gut, also Partner Fredo! Halbe-halbe!" Fredo nickte. „Klar Michi, wir sind Partner. Aber ich trage das Risiko, ich muss rüber fahren und zurück. Du weißt, die Bullen! Also bekomme ich trotz Partnerschaft 5 % mehr als Du." Er sah, wie Michi zu Rechnen versuchte. Fredo half nach.

„Ich bekomme von Dir jeweils 2,50 Euro dazu für das Risiko! Einverstanden?" Er hielt Michi die Hand hin und der schlug nach kurzem Zögern ein. Fredo grinste, weil Michi ihn verzweifelt ansah und dann meinte:

„Ich habe aber kein Startkapital mehr Fredo!" Fredo zog ihn am Ärmel mit sich.

„Komm mit zu meinem Auto. Ich gebe Dir jetzt fünf Beutel ohne Bezahlung, die Du für 50 Euro verklickerst. Aber wehe Du haust damit ab, Michi! Ich finde Dich überall!" Am Auto angekommen, gab er ihm rasch die fünf Beutel.

„Hier! Wir treffen uns beide in einer Woche wieder hier. Gleicher Tag, gleiche Zeit. Klaro? Und wehe Du bescheißt mich! Er zog das Hemd ein Stück hoch. Aus dem Hosenbund ragte der Griff der Pistole heraus, die der Polizistin gehörte. Michi schaute ihn entsetzt an, seine Lippen bebten.

„Man, Du würdest tatsächlich Deinen alten Freund umlegen, Fredo?" Hohlmayer Junior nickte nur. Dann meinte er leichthin:

„Du kannst es Dir ja noch überlegen und wieder aussteigen, oder?" Michi schüttelte den Kopf.

„Du kannst Dich auf mich verlassen, Fredo. Du bist der Boss! Dann bis nächste Woche, alter Kumpel." Sprachs und verschwand, so schnell, wie er gehen konnte, in Richtung Bahnhof. Fredo sah ihm grinsend hinterher.

Genau zur gleichen Zeit fuhren Susi und Markus am Bahnhof vorbei und bogen in den Kreisverkehr ein, um dann wieder in Richtung Königssee abzubiegen. Susi schaute einen Moment auf einen alten weißen Transporter, der gerade auf der Innenspur neben ihnen vorbei fuhr. Für den Bruchteil von Sekunden sah sie hoch zu dem Fahrer im Transporter und erschrak.

„Da! Der Transporter! Da saß Fredo Hohlmayer am Steuer! Los, fahr ihm nach!" Aber Markus war bereits aus dem Kreisverkehr heraus, ein kurzes Stück den Berg hochgefahren, auf die Straße die nach Königssee führte. Er bremste ab und fuhr an den Seitenstreifen heran.

„Bist Du dir sicher, Susi? Wer weiß wer das war! Es gibt ja noch mehr Rothaarige im Berchtesgadener Umland. Und außerdem ist der jetzt längst über alle Berge, ehe wir ihn noch verfolgen können. Die Ausfallstraße führt nach Salzburg, da kann er Gas geben. Komm, beruhige Dich! Du siehst bestimmt Gespenster! Hast Du die Nummer erkannt?" Susi nickte.

„Nur halb, es war eine Ösi-Nummer. Aber wie sie gelautet hat, frag mich lieber nicht." Markus streichelte liebevoll ihre Wange.

„Beruhige Dich Liebling! Die Fahndung läuft. Wir können ja den Fakt, mit dem weißen Transporter unter dem Kennzeichen aus Österreich, dazu geben. Ich frage mal beim Staatsanwalt nach, was der dazu meint."

Fredo fuhr tatsächlich in Richtung Autobahn Salzburg, um dann in Richtung Wien und von dort in die Tschechei zu kommen. Von der Gefahr, die auf ihn gelauert hatte, hatte er nichts bemerkt. Sein Ziel war der kleine Ort Třeboň, kurz hinter České Budějovice. Mit Petré war er schon zweimal dort gewesen. In einer alten stillgelegten Fabrik produzierten dort ein paar schwere Jungs das Crystal Meth. Die Grenze überquerte er ohne Probleme, es gab ja keine richtige Grenze mehr. Gegen Abend kam er in Třeboň an. Er beschloss erst einmal zu Petrés großer Schwester zu fahren. Das kleine Haus lag etwas abseits vom Ort vor einem großen Waldgrundstück. Es sah alles ziemlich verlottert aus. Spielsachen lagen im Garten und auch sonst fehlte dem Haus überall der Putz. Er ging die zwei Stufen hoch und klingelte. Er dauerte eine Weile, dann drehte sich der Schlüssel im Schloss. Ein schwarz getönter, aber hübscher Wuschelkopf schaute heraus. Sie erkannte Fredo und machte die Tür weiter auf.

„Bist Du alleine Fredo? Wo ist Petré?", fragte sie und bat ihn einzutreten. Im Wohnzimmer setzte sich Fredo in einen Sessel. Sie stellte ihm ein Bier auf den Tisch.

„Na was ist mit Petré? Hat er Mist gebaut?", fragte sie ihn nun zum zweitem Mal. Fredo nahm einen Schluck Bier, dann nickte er bedächtig.

„Sie haben ihn geschnappt, ich konnte noch abhauen. Die Bullen hatten uns aufgespürt, weil Dein Bruder eine deutsche Polizistin gekidnappt hatte. Mit der sind wir dann in die Berge, auf eine Alm gegangen. Sie ist eines Abends abgehauen und Petré hat sie verfolgt. Dabei haben sie ihn dann geschnappt!", log er ungerührt. Nela traten sofort die Tränen in die Augen.

„So ein Idiot! Ich habe ihm hundertmal gesagt, er solle die Finger von solchen Sachen lassen! Wenn das unsere Eltern noch erleben würden, es ist eine Schande!" Sie sah Fredo an und wischte sich über die verheulten Augen.

„Und Du, was willst Du eigentlich hier?" Fredo machte ein unbefangenes Gesicht.

„Ich wollte Dir erst einmal die Nachricht überbringen, Nela. Sonst musst Du ja ewig warten, bis Du mal was erfährst. Oder hat sich schon jemand bei Dir gemeldet?" Nela schüttelte den Kopf.

„Kein Mensch hat mich informiert! Hoffentlich kann Petré auch den Mund halten, sonst sind wir hier alle in Gefahr! Der Boss von der Firma versteht keinen Spaß!" Fredo nickte und sah Nela fragend an.

„Die Firma existiert also noch?" Nela nickte wortlos. Sie sah kurz auf die Uhr über der Anrichte.

„Aber hinzugehen brauchst Du heute Abend nicht mehr! Die sind bestimmt alle schon weg. Kannst ja hier schlafen, wenn Du willst. Ich nehme die Kleine mit in mein Bett, dann kannst Du in ihrem Zimmer schlafen." Fredo war einverstanden. Schon eine Stunde später schlummerte er wieder einmal in einem richtigen Bett.

Am Morgen weckte ihn Nela zum Frühstück. Die kleine Xenia schaute ihn immer wieder neugierig von der Seite an.

„Wer bist Du denn, Onkel?", fragte sie neugierig auf tschechisch, doch Fredo verstand kein Wort, und Nela musste es ihm übersetzen. Nach dem Frühstück verabschiedete er sich wieder von beiden und fuhr zu dieser Fabrik.

Als er dort ankam, war das Tor verschlossen. Er klingelte ein paar Mal, bis endlich ein junger Kerl am Tor erschien.

„Was willst Du?", fragte der unwirsch mit einem Blick auf das Nummernschild des Transporters. Fredo hatte sich schon überlegt, welche Geschichte er erzählen würde.

„Petré hat mich geschickt! Er kann nicht kommen, weil ihm die Bullen auf den Fersen sind. Ich soll die Lieferung abholen, ich bin sein Freund aus Deutschland."

Der junge Mann nickte verstehend und öffnete das Tor. Fredo fuhr den Transporter auf den Hof und stieg aus. In weißer Voraussicht hatte er sich die Pistole gut sichtbar vorn in den Hosenbund gesteckt. Das kurze, aus der Hose hängende Hemd, verdeckte sie kaum. Als der Junge wieder neben ihm war, der das Tor geöffnet hatte, sah er Fredos Waffe und wurde ein wenig bleich. Wer war denn dieser Kerl, den der Petré da geschickt hatte?

„Warte hier, ich muss erst den Chef holen", sagte er zu Fredo und lief schnell davon. Fredo sah sich um. Die alte Fabrik musste früher mal eine Weberei gewesen sein. Überall standen noch verrostete Maschinen herum. Doch das Ganze gefiel ihm. So etwas zu Hause wäre nicht schlecht, dachte er im Stillen.

Plötzlich erschien ein etwa dreißigjähriger Kerl in der Tür. Er hatte eine Vollglatze, trug Lederhosen und Lederstiefel und hatte ein Kreuz wie ein Kleiderschrank. Die tätowierten Arme verschränkt, baute sich der Bulle von einem Kerl vor Fredo auf, der sich ziemlich mickrig gegenüber diesem Kleiderschrank vorkam.

„Du kommst also im Auftrag von Petré, ja? Wo ist er?", fragte der in ziemlich gutem Deutsch. Fredo erzählte auch ihm die Geschichte, die er schon Nela erzählt hatte. Der Glatzkopf schüttelte bedauernd den Kopf. Daraufhin sah er Fredo eine Idee freundlicher an.

„Und wer bist Du, wenn ich mal fragen darf? Wozu läufst Du mit einer Kanone herum, he?" Fredo grinste breit und überheblich.

„Ich bin der Verteiler für ganz Bayern", log er. „Und Petré hat mit mir zusammengearbeitet. Und die Kanone haben wir einem Bullen abgenommen, so was in diesen Zeiten zu haben, ist ja nie verkehrt! Oder?" Er bemerkte die begehrlichen Blicke des Glatzkopfes.

„Würdest Du mir das Ding verkaufen? Ich würde mit Stoff dafür bezahlen", lockte der Glatzkopf Fredo auch sofort. Doch der schüttelte den Kopf.

„Nee, keine Chance für ein Geschäft", erwiderte er resolut. Der Dicke schmunzelte.

„Na gut, fahr den Wagen erst einmal in die Halle." Sie öffneten das Doppeltor und Fredo fuhr langsam rückwärts in die Halle. Vorn machten sie das Tor wieder zu.

Der Glatzkopf kam mit einem Päckchen unter dem Arm zurück und stellte es auf einen alten breiten Schreibtisch.

„Hier, das ist die Menge, die Petré immer gegen Barzahlung abgeholt hat! Macht 1000 Euro!" Fredo schüttelte den Kopf.

„So viel Kohle habe ich leider nicht dabei. Die Hälfte könnte ich Dir gleich bezahlen." Der Dicke grinste ihn an.

„Gib die Kanone dazu und Du bekommst den ganzen Karton!" Wieder schüttelte Fredo den Kopf.

„Ich sagte doch schon, die ist unverkäuflich!"

Wortlos nahm der Glatzkopf das Päckchen wieder vom Schreibtisch und zuckte mit den Schultern. In Fredo stieg der Zorn auf und er ging aufs Ganze.

„O. K. Wenn Du nicht willst, auch gut, es gibt noch andere, die mir das Zeug verkaufen." Der Kleiderschrank musterte Fredo mit kleinen wachen Augen. Doch dann stellte er das Päckchen wieder auf den Schreibtisch zurück.

„Also gut, gib mir die 500 Piepen und Du bekommst die Hälfte der Tüten. Zufrieden?" Fredo nickte grinsend und schob dem Tschechen 500 Euro über den Tisch. Der besah sich die Noten genau, bevor er begann, den Inhalt des Päckchens auszuzählen.

„So, das ist jetzt Deine Ware! Für wie viel verkauft ihr das Zeug eigentlich?", fragte er. Fredo überlegte nicht lange.

„Für 30 Euro! Mehr ist nicht drin!", antwortete er und nahm den Karton an sich. Der Glatzkopf sah Fredo misstrauisch an.

„Mehr nicht?" Fredo schüttelte resolut den Kopf.
„Die das Zeug konsumieren, haben meist keine Kohle, da müssen wir uns darauf einstellen." Der Glatzkopf verzog das Gesicht.

„Da verdienst Du aber nicht gerade viel bei dem Geschäft!" Fredo zuckte mit den Schultern.

„Ist nun mal so. Kleinvieh macht auch Mist!" Er gab dem Kleiderschrank die Hand und verabschiedete sich. Im Stillen amüsierte er sich, dass ihn der Kerl tatsächlich für so blöde gehalten hatte. Wenn es möglich war, verkaufte er die 50-Gramm-Tütchen für 50,00 € und nicht für 30,00 €. Fredo stieg wieder in seinen Transporter und fuhr vom Hof.

Am späten Abend kam er wieder vor seiner Hütte an. Wie immer blieb er mit dem Transporter in einiger Entfernung stehen und ging erst ein Mal zu Fuß weiter. Doch die Luft war rein. Also holte er den Transporter und fuhr ihn in die Scheune. Wenig später zählte er die kleinen Tütchen aus. Eine Hälfte für Michi, eine Hälfte für sich selbst. Am nächsten Tag wollte er sich wieder mit Michi am Bahnhof treffen.

Es war Samstagabend. In der Küche des Fischerhauses saß Familie Gründler, gemeinsam mit Vincent beisammen, und sprachen darüber, wie es nun weiter gehen sollte. Da Fredo immer noch auf der Flucht war, wollte keine rechte Stimmung aufkommen. Kathi hatte sich von den äußeren Verletzungen inzwischen wieder erholt. Nur die Inneren taten noch weh. Den

Verlust des Babys konnte sie nicht so einfach vergessen. Und Vincent tat alles, um Kathi abzulenken.

Franz Gründl schmauchte seine Pfeife und sah dabei immer wieder seine Tochter von der Seite an. Mit ihrem Freund Vincent hatte er sich inzwischen abgefunden. Die drei anwesenden Männer konnten wieder vernünftig miteinander reden. Denn auch Anton verstand sich mit Vincent erstaunlich gut. Immer wieder hatte man beide in den vergangenen Tagen zusammen gesehen, wie sie diskutierten.

„Hat das Dein Vater tatsächlich gesagt?", fragte gerade Franz Gründl Vincent und staunte ein wenig. Der junge Mann nickte.

„Vater hat gemeint, dass er in den nächsten Tagen zum Notar gehen will, um uns das Grundstück endgültig zu überschreiben. Dann gehört die eine Hälfte Kathi und die andere Hälfte mir." Der alte Gründl verzog verdrießlich das Gesicht.

„Darf ich Euch mal fragen, was Ihr dann damit macht, Ihr beiden Turteltauben? Ein neues Haus da darauf bauen geht ja nicht." Vincent schüttelte den Kopf und Kathi lächelte verschmitzt.

„Aber Paps, natürlich werden wir Dir das Grundstück für die Fischzucht überlassen. Schließlich gehört es ja der Familie." Franz Gründl schmunzelte.

„Fehlt nur noch, dass meine Tochter Teilhaberin an dieser Fischzucht werden will!", entgegnete er und sah Kathi dabei fragend an. Kathi nickte schalkhaft.

„Stimmt Paps, das wäre nicht schlecht, schließlich wollen der Vincent und ich ja auch ich hier bleiben. Und Anton muss natürlich auch mit einsteigen. Dann machen wir einen richtigen Familienbetrieb daraus."

Franz Gründl ging bei diesen Worten seiner Tochter das Herz auf. Und so stand er auf, holte eine Flasche Kräuterlikör und die Gläser dazu.

„So Ihr Lieben, trinken wir also auf die Zukunft, so wie sie unsere Kathi gerade beschrieben hat! Prost!" Mit einem Ruck goss er sich das scharfe Gesöff hinter. Agnes schüttelte sich, und Kathi schob die Hälfte des Schnapses Vincent zu.

Wann immer es ihre Dienstzeit erlaubte, ging Susi zum Bahnhof und schaute sich dort um. Ihr Gefühl sagte ihr, dass Fredo auf jeden Fall hier noch einmal auftauchen würde. Ihr fiel vor allem so ein langer hagerer Typ um die Zwanzig auf, der scheinbar ziellos, tagtäglich durch die Bahnhofshalle und die Bushaltestellen vor dem Bahnhof streifte. Susi beschloss, sich an ihn zu hängen und eine Weile aufzupassen, was der Knabe so trieb. Sie setzte sich auf eine der freien Bänke und beobachtete ihn eine Weile.

Plötzlich sprach der Lange einen jungen Kerl an. Sie wechselten ein paar Worte, dann ging der andere Jüngling weg in Richtung Herren-Toilette. Kurze Zeit später folgte der Dürre dem jungen Kerl und verschwand ebenfalls in der Toilette. Susi knirschte mit den Zähnen. Dahinein konnte sie den Beiden leider nicht folgen. Garantiert ging hier ein Geschäft über die Bühne.

Susi sah sich um, ob nicht irgendwo ein uniformierter Polizist zu sehen war. Doch dieser Wunsch ging nicht in Erfüllung. Also musste sie zugreifen, wenn die beiden wieder herauskamen. Beide würde sie zwar kaum aufhalten können. Und bis Verstärkung da war, waren die garantiert schon wieder über alle Berge. Und während sie so überlegte, kam der Dürre plötzlich wieder aus der Tür heraus und ging in die Halle zurück und verließ sie. Aber wo blieb der andere? Als der auch nach zehn Minuten noch nicht wieder herauskam, war sich Susi sicher, dass der Kerl irgendwo hinten hinausgeschlüpft sein musste. Wahrscheinlich durch ein Fenster.

Kurz entschlossen machte sich Susi auf den Weg zur Damentoilette, die an die der Männer direkt anschloss. Auch in der Damentoilette gab es zum Hof hinaus ein schönes großes Fenster. Demzufolge war es bei den Herren nicht anders. Enttäuscht machte sie sich auf den Weg zurück ins Büro.

Fredo fuhr langsam nach Bad Reichenhall hinein. An der Rupertus-Therme hielt er kurz an und kaufte sich eine Bratwurstsemmel. Dann fuhr er weiter. In der Nähe des Kurparks parkte er den Transporter und stieg aus. Es war schon 20.30 Uhr und es wurde langsam dunkel.

Gemütlich schlenderte er hinüber zum Solebrunnen im Park, wo er auf Kundschaft hoffen konnte. Der Brunnen war schon eh und je ein beliebter Treffpunkt der Jugendlichen. Tatsächlich saßen dort zwei junge Burschen und ein Mädchen auf den

Steinen. Fredo ging langsam auf sie zu. Als Erste nahm ihn das Mädel wahr und sah ihn nicht gerade freundlich an. Die zwei Kerle tranken Red Bull. Alle drei sahen ziemlich verwahrlost aus. Fredo war schon drauf und dran wieder umzukehren, als ihn einer der Kerle ansprach. Es war ein kleiner, Rotblonder mit Igelschnitt und Sommersprossen im Gesicht.

„He Bruder, willst Du was von uns?", fragte er und grinste breit. Während ein anderer losgrölte: „He, sieh mal Lukas, da kommt Dein Bruder, der hat auch rote Haare!"
Alle drei grölten über den Scherz. Fredo griff in seine Jackentasche und förderte eins von den kleinen Tütchen ans Tageslicht. Er hielt es kurz hoch, dann steckte er es wieder ein.

„Hat jemand von euch Interesse?", fragte er und sah in die Runde. Der Rotblonde stand auf und stellte sich breit vor Fredo hin. Gleichzeitig kamen auch der andere Kerl und das Mädel näher. Damit sie ihn nicht einkreisen konnten, stellte Fredo sich mit dem Rücken zu einer der Litfaßsäulen.

„Zeig doch noch mal her, Bruder!", bat ihn der Rotblonde grinsend. Wie es aussah, dachten die drei offenbar, dass sie Fredo das Zeug abnehmen konnten. Während Fredo mit der Rechten langsam das Tütchen wieder aus seiner Hosentasche hervor holte, zog er mit der Linken sein Hemd hoch. Er sah, wie sich alle drei kurz erschrocken ansahen und plötzlich Abstand hielten. Der etwas ältere der Drei winkte beruhigend ab und deutete auf Fredos Pistole.

„Du musst keine Angst haben, wir nehmen niemanden etwas weg. Aber Du bist hier in einem fremden Revier, das solltest Du wissen!" Fredo nickte geheuchelt freundlich.

„Ich bin auch nicht hier, um was zu verkaufen, Jungs! Ich bin so was wie ein Lieferant."
Mit einem Schlag wurde die Gruppe freundlicher. Man lud ihn ein, sich zu ihnen zu setzen. Der Dürre stellte die Gruppe vor.

„Also, die Lady da, heißt Reni, der Rothaarige da, ist Lukas, und ich bin Karlchen. Wir sind schon seit einigen Wochen zusammen unterwegs. Übrigens Lukas da, ist der Bruder von Reni. Und die ist für uns tabu!", betonte er noch nachträglich.
Fredo meckerte belustigt.

„Du willst sagen, sie ist für Dich tabu, denn als Bruder wird er ja wohl nicht mit seiner Schwester in die Koje steigen, oder?"

Alle lachten, weil Karlchen rot wurde. Der etwas kurz geratene Lukas hatte aufgehorcht, als Fredo von Liefern sprach.

„Wie viel von dem Zeug kannst Du denn liefern? Sagen wir mal in einem Monat", fragte er. Fredo grinste breit und sah den halben Meter belustigt an.

„So viel, wie Ihr braucht! Es geht aber alles über Vorkasse!" Das Mädel schaltete sich ein.

„Und was soll das Zeug kosten, he?" Ihre tiefschwarz gefärbten Augenhöhlen sahen Fredo misstrauisch an. Die kaputte Lederjacke war mehrmals geflickt und die Jeans hatten wohl aus Prinzip Löcher. Dazu hatte sie schwarze Haare, die aussahen, als ob sie gerade in einen Häcksler geraten waren. Fredo tat so, als ob er erst rechnen müsste.

„Na ja, Ihr bekommt die Tütchen für 35 Euro pro Stück." Lukas jaulte auf.

„Das ist doch Wucher, Bruder! Lass uns handeln!" Fredo schüttelte den Kopf.

„Nee, der Preis steht fest. Ihr müsst ja nicht kaufen, ich habe genug Kunden", setzte er noch hinzu.

Inzwischen war es dunkel geworden, ein paar vereinzelte Parklaternen spendeten diffuses Licht. Nach einigem hin und her stand fest, dass sie künftig zusammenarbeiten wollten. Fredo war der Boss, und das wiederum, hatte er aller Wahrscheinlichkeit, nur seiner Kanone zu verdanken. Im Laufe des Abends war herausgekommen, dass die Drei alle kein Zuhause mehr hatten und mehr oder weniger ihre Zeit auf der Straße verbrachten, egal ob Sommer oder Winter. Da kam Fredo eine gewagte Idee.

„Hört mal her. Ich habe in einem Wald eine richtig feste Hütte. Wenn Ihr wollt, könnt Ihr mitkommen, wir arbeiten ab jetzt ja zusammen. Na was ist?"

Er sah sich in der Runde um. Die Drei waren sich noch unschlüssig, vor allem, weil sie Fredo noch nicht so richtig einschätzen konnten. Doch am Ende siegte dann der Wunsch, im Winter ein Dach über dem Kopf zu haben. Gemeinsam gingen sie zum Transporter. Sie waren noch etwa gut 200 Meter davon entfernt, als urplötzlich ein Polizeiwagen aus der Dunkelheit auftauchte und neben ihnen stehen blieb. Fredos Herz rutschte sofort in die Socken. Das fehlte ihm gerade noch! Einer der

Polizisten stieg aus und hielt sie an. Abhauen wäre wenig sinnvoll gewesen, also gaben sie sich zahm und freundlich.

„Guten Abend Freunde! Was treibt Ihr denn um diese Zeit noch hier in dem Park?", fragte sie der junge Polizist. Doch ehe die anderen überhaupt reagieren konnten, übernahm Fredo sofort das Wort.

„Wir üben hier im Park unser Theaterstück, das wir in zwei Wochen im Kurhaus aufführen wollen. Da wir aber keinen Raum dazu haben, machen wir das zweimal die Woche hier im Park am Brunnen."

Der Polizist nickte sichtlich beeindruckt. Die sahen zwar alle ziemlich zerzaust aus, aber wenn sie übten ... Er lachte ein wenig unsicher und überlegte kurz.

„Dann gehören Eure Klamotten wohl zu dem Stück dazu?", fragte er noch mal nach. Alle vier nickten eifrig.

„Klaro, Herr Wachtmeister!" Der Polizist tippte an seinen Mützenschirm. Dann stieg er wieder in den Funkstreifenwagen ein und die Funkstreife verschwand in der Dunkelheit. Nach einer Weile tippte Polizeimeister Schubert seinen Kollegen aufgeregt auf den Arm.

„Halt an! Mensch bin ich blöde! Da war doch der Kerl vom Fahndungsfoto dabei! Kehr um, los!" Und schon wendete der Wagen und preschte wieder zurück. Doch die jungen Leute waren bereits verschwunden.

Am nächsten Morgen hatte Kriminaloberkommissar eine kurze Notiz auf seinem Schreibtisch. Offenbar war Fredo Hohlmayer am vergangenen Abend von einer Polizeistreife kontrolliert worden. Leider hatte man ihn nicht erkannt und wieder laufen lassen.

Oberkommissar Ludwig fluchte leise vor sich hin. Dieser Kerl entwickelte sich tatsächlich langsam zum Phantom vom Königssee. Einzig und allein die Tatsache, dass es bisher keine weiteren verletzten oder toten Mädchen gegeben hatte, hatte die Öffentlichkeit beruhigt. Trotzdem waren am Vortag die beiden Bürgermeister von Königssee/Schönau und der von Berchtesgaden im Büro von Kriminalrat Huber erschienen.

Weitschweifig hatten sie an diesem Morgen vom Schaden für den Fremdenverkehr usw. diskutiert, wenn man diesen Fredo

Hohlmayer nicht bald finden würde. Genau so weitschweifig hatte dann Huber den beiden Herren erklärt, was die Polizei alles unternommen hatte, um diesen Kerl endlich zu fassen.

Es war schon stockdunkel, als Fredo und seine neuen Freunde die alte Hütte erreichten. Als sie ankamen, waren seine neuen Freunde begeistert. Endlich hatten sie ein festes Dach über dem Kopf. Und man war Fredo dankbar. Zum ersten Mal erfuhr er so etwas wie Achtung und Anerkennung. Und er war der Boss, auf den alle hörten! Bis spät in die Nacht hinein, beratschlagten sie, wie sie nun weiter vorgehen wollten. Vor allem brauchten sie Geld, um neue Ware kaufen zu können. Und da brachte ausgerechnet Reni eine ganz neue Idee ins Spiel.
Das Stichwort hieß: Kunstgegenstände aus Kirchen! Dafür bekam man auf dem Schwarzmarkt viel Kohle, vor allem drüben bei den Tschechen. Fredo stimmte ohne lange Überlegung zu und sie vereinbarten schon in der nächsten Nacht, den ersten Versuch zu wagen.
Die Turmuhr der Pfarrkirche St. Sebastian schlug gerade Mitternacht, als Pfarrer Moser die Sakristei verließ, um in das nebenan liegende Wohnhaus zu gehen. Während er im Haus verschwand und die Außenlampe löschte, krochen plötzlich drei dunkle Gestalten aus einem Gebüsch nahe der Kirche und eilten zur Rückwand des Gotteshauses. Eine der dunklen Gestalten machte sich eine Weile an der kleinen Pforte zu schaffen, die sich plötzlich quietschend öffnete. Hastig huschten die Drei hinein und schlossen die Tür wieder hinter sich. Mit Taschenlampen leuchteten sie die Wände ab. In der kleinen Kapelle stand auf einem Tisch eine etwa 50 cm große Gottesmutter, die sofort lautlos in einem großen Rucksack verschwand. Ebenso erging es auch verschiedenen sakralen Gegenständen, die zur Taufe gebraucht wurden. Nach zehn Minuten war alles vorbei und sie wollten gerade das Gotteshaus wieder verlassen.
Plötzlich aber stand Pfarrer Moser im Gang der Kirche und machte das Licht an. Am Fenster des Wohnhauses stehend, hatte er für einen kurzen Augenblick einen Lampenschein durch eines der Kirchenfenster gesehen.
Das Handy in der Hand, rief er laut durch das Kirchenschiff:

„Ist hier jemand?" Aber niemand meldete sich. Doch in dem Augenblick, als er die Tür zur Sakristei öffnete, bekam er einen dumpfen Schlag vor den Kopf. Der sechzigjährige Mann stürzte lautlos zu Boden und blieb reglos liegen. Die drei Gestalten aber verließen schwer bepackt wieder die Kirche und eilten in die dunkle Nacht hinein. Unterwegs warf Reni den Holzprügel weg, mit dem sie den Pfarrer niedergestreckt hatte.

Erst eine halbe Stunde später fand die Haushälterin den Pfarrer. Er war ziemlich verletzt und konnte kaum sprechen. Laut jammernd rannte sie ins Haus zurück und rief dann einen Krankenwagen und die Polizei herbei.

Markus war gerade dabei, mit Susi das zweite Frühstück einzunehmen, als plötzlich das Telefon losschrillte. Noch kauend nahm Markus den Hörer ab und meldete sich. Eine Weile lauschte er, dann meinte er: „Ist gut, wir kommen gleich! Bitte fassen Sie nichts an!" Susi sah von ihrer Lektüre auf, weil Markus aufstand und seine Jacke vom Haken nahm.

„Kommen Sie Frau Thoma, es gab heute Nacht einen Einbruch in der Pfarrkirche in Ramsau, dabei wurde der Pfarrer Moser verletzt. Er liegt jetzt im Krankenhaus."

Gemeinsam fuhren sie nach Ramsau. Die Kollegen von der KTU waren bereits vor Ort. Quirin Stadler zeigte auf eine ältere Frau, die weinend auf einer Bank neben der Kirchentür saß.

„Das ist die Frau Junghans, die Haushälterin von Pfarrer Moser. Sie hat ihn heute Nacht gefunden."

Während Susi bei Quirin blieb, ging Markus zu der Frau und stellte sich vor. Frau Junghans war außer sich.

„Wer macht nur so was. Und dann stehlen sie uns auch noch die Gottesmutter, es ist furchtbar."

„War die Figur sehr kostbar?", fragte Markus. Die Frau nickte heftig. „Natürlich ist sie kostbar! Sie stammt doch aus dem 15. Jahrhundert." Markus schüttelte den Kopf.

„Aber wieso lässt man ein so kostbares Stück einfach auf dem Altar stehen? So etwas gehört doch gesichert!", erwiderte er. Frau Junghans nickte unglücklich.

„Das hat der Herr Pfarrer auch immer gesagt, aber der Kirchenvorstand hat dafür kein Geld genehmigt. Jetzt ist das Unglück eingetreten." Markus machte sich Notizen.

„War die Figur wenigstens versichert, Frau Junghans?" Auch da schüttelte sie wieder verneinend den Kopf.

„Die Prämien dafür kann sich unsere Gemeinde nicht leisten, Herr Kommissar." Markus sah sich um.

„Fehlt in der Kirche sonst noch etwas? Haben Sie schon mal nachgeschaut?" Frau Junghans bejahte diese Frage.

„Es fehlt das silberne Taufbesteck und eine kostbare Bibel. Hier haben Sie die Bilder davon!" Sie hielt Markus ein A4 Kuvert entgegen. Als er hineinschaute, sah er die Fotos, der in der Nacht geraubten Gegenstände. So hatten sie wenigstens einen Anhaltspunkt, wonach sie suchen mussten.

„Gut, wir werden alles was möglich ist unternehmen, um die Gottesmutter und das Taufbesteck wieder zu finden! Aber einfach wird das nicht werden. Wir werden alle einschlägigen Händler informieren. Kann aber auch gut sein, dass das Diebesgut schon längst über die Grenze ist."

Oberkommissar Ludwig schüttelte missmutig den Kopf. Jetzt hatten sie nicht nur die Sache mit diesem Hohlmayer auf dem Hals, nun kam auch noch Kirchenraub hinzu.

Auf dem Heimweg nach Berchtesgaden diskutieren sie den Vorfall im Auto. Susi schüttelte den Kopf.

„Solche Einbrüche hatten wir auch schon in Zürich und in einigen Landgemeinden. Das waren damals mehrere Rumänen, die das Zeug klauten. Nach sechs Wochen hatte man sie aber geschnappt." Markus, der konzentriert auf die Straße schaute, verzog ein wenig das Gesicht.

„Rumänen, na ja, davon haben wir hier zwar auch einige, aber aufgefallen ist da bisher keiner. Nicht alle Rumänen sind kriminell. Auf jeden Fall kommt das nun noch dazu. Reicht ja schon, dass wir die Crystal Meth Verteiler noch nicht erwischt haben! Wir müssen uns eben auf Quirins Akkuratesse verlassen. Seine Spurenauswertung bringt uns hoffentlich bald weiter."

Vincent war gerade dabei, im Schuppen etwas zu suchen, als es über ihm auf dem Boden knarrte. Er sah hinauf zur Holzdecke, aus der feiner Staub rieselte. Sollte sich da wieder ein Waschbär eingenistet haben? Vorsichtig nahm er eine Eisenstange zur Hand und stieg die schmale Holzstiege hinauf. Auf der vorletzten Stufe stehend, schob er die Abdeckplatte beiseite, die den Zugang zum Oberboden blockierte.

Da er keine Taschenlampe bei sich hatte, zündete er die Kerze in einer kleinen Laterne an, die neben der Luke stand. Er hob die Lampe hoch, um besser sehen zu können und stieg auf den Boden. Auf einmal hörte er jemand niesen. Vincent leuchtete in die Richtung, aus der das Niesen gekommen war. Erschrocken hielt er inne – wenige Meter entfernt stand sein Bruder Fredo. Verlegen grinste er Vincent an.

„Was machst Du denn hier oben? Alle Welt sucht nach Dir!", flüsterte Vincent und trat näher an seinen Bruder heran. Im Schein der Lampe sah er, dass sein Bruder Fredo ziemlich arg heruntergekommen aussah. Wieder fragte er ihn.

„Sag schon, was machst Du hier, die Polizei sucht doch nach dir!" Fredo grinste nur, als ob ihm das nichts ausmachen würde.

„Das weiß ich doch, Bruderherz! Ich brauche unbedingt ein paar dicke Klamotten, es wird nachts langsam kalt. Außerdem brauche ich unbedingt meine Medikamente. Kannst Du mir das Zeug aus dem Haus drüben besorgen? Aber so, dass keiner etwas merkt?"

Vincent dachte einen Augenblick nach. Zuerst darüber - seinen Wunsch zu erfüllen, und dann darüber - vielleicht gleich die Polizei zu verständigen. Aber irgendwie tat ihm der Kleine leid, trotz der Schande, die er über die Familie gebracht hatte. Er lenkte ein.

„Also gut. Papa und Mama sind gerade weggefahren zur Versammlung. Ich kann Dir die Klamotten holen und auch die Medizin mitbringen. Brauchst Du was zu essen?" Fredo nickte.

„Oh ja, eine gute Salamiwurst käme gerade recht. Holst Du eine aus der Räucherei?" Vincent nickte, dann stieg er die Stiege wieder hinunter und ging zum Haus hinüber.

Eine Viertelstunde später brachte er alles, was Fredo haben wollte. Sie setzten sich auf ein altes zerschlissenes Sofa, und Vincent sah zu, wie sein kleiner Bruder zu essen begann. Er musste ziemlichen Hunger haben.

Und während er so genussvoll kaute, fragte Vincent ihn:

„Wo treibst Du Dich eigentlich die ganze Zeit herum? Hast Du überhaupt eine Bleibe und Geld?" Fredo nahm einen tiefen Schluck aus einer Colaflasche.

„Klar habe ich eine Bleibe und Kohle habe ich auch genug. Ich bin ziemlich dick im Geschäft, das kannst Du mir glauben!" Vincent musterte seinen Bruder von der Seite.

„Ich hab so den Eindruck Fredo, Du fühlst Dich im Moment wie Robin Hood! Aber lange geht so was nicht gut. Handelst Du immer noch mit diesem Mistzeug? Mensch Junge, damit machst Du die Leute kaputt, das weißt Du hoffentlich!" Fredo zuckte mit den Schultern.

„Niemand zwingt sie dazu, dieses Zeug zu nehmen. Ich nehme es ja auch nicht." Vincent war hin und her gerissen. Eigentlich müsste er seinen Bruder sofort der Polizei übergeben.

„Sag mal Fredo, was hast Du Dir damals dabei gedacht, als Du den Steg angesägt hast? Weißt Du, dass Kathi um ein Haar dabei drauf gegangen wäre? Außerdem hat sie in dieser Nacht, durch den Sturz, unser Kind verloren. Ich weiß nicht, warum ich Dich jetzt hier nicht gleich zusammenschlage!", fauchte er plötzlich wütend seinen Bruder an. Vincent kam immer mehr in Rage, und sein Bruder sah ihn erstaunt an.

„Was? Kathi war schwanger? Das wusste ich doch nicht", stammelte er. „Ich hatte eine solche Wut auf Euch damals, heute tut es mir leid. Glaube es mir, Vincent! Es tut mir wirklich leid!" Er schien tatsächlich erschüttert zu sein. Fredo sah auf seine Armbanduhr.

„Ich muss wieder los! Meine Kumpel werden auf mich warten. Verzeiht mir, wenn Ihr könnt, was ich Euch angetan habe. Wenn ich könnte, würde ich das alles wieder gut machen. Machs gut, Bruder!" Er stand auf und ging zur Treppe. Kurz davor drehte er sich noch einmal um, weil ihm Vincent nachgehen wollte.

„Bleib lieber da stehen Vincent! Du musst jetzt eine Weile hier oben aushalten. Ich traue Dir nämlich nicht! Du könntest ja die Bullen anrufen. Gib mir Dein Handy her, los!"
Als Vincent einen Augenblick zögerte, zog Fredo plötzlich seine Pistole aus seinem Hosenbund und richtete sie auf seinen Bruder.

„Na los Vincent, mache keine Faxen und gib mir Dein Handy! Ich lege es vorn am Anleger in den Warteraum. Du wartest hier eine halbe Stunde, dann kannst Du es Dir ja holen."

Vincent starrte wie gebannt auf die Pistole in den Händen seines Bruders. Er schüttelte erschüttert den Kopf.

„So weit ist es nun schon mit Dir, dass Du auf Deinen eigenen Bruder schießen würdest. Pfui Fredo, schäme Dich!" Doch der hatte bereits wortlos die Klappe zugemacht und den Riegel vorgeschoben.

Vincent sah sich auf dem Boden um, ob nicht irgendwo eine Eisenstange lag, mit der er das Brett über der Stiege aushebeln konnte. Auf dem Hof hörte er zweimal einen lauten lang gezogenen Pfiff. Wahrscheinlich traf sich Fredo mit seinen Kumpanen. Wütend stapfte er den Dachbalken entlang. Plötzlich sah er in einer Ritze etwas blinken. Er kniete sich hin und versuchte den Gegenstand mit der Hand zu fassen. Nach dem dritten Anlauf hatte er es geschafft und hielt eine zwei Meter lange Fahnenstange aus Metall in der Hand. Sie hatte früher auf dem Hof gestanden und die Bayernfahne getragen. Vielleicht konnte er jetzt damit die Falltür aufbrechen.

Kathi sah auf die Uhr. Wo nur Vincent blieb? Er wollte doch nur aus dem Schuppen, neben seinem Elternhaus, die alte Nähmaschine holen. Aber seit er gegangen war, war inzwischen schon eine Stunde vergangen. Mit einem Blick auf ihre Armbanduhr entschloss sie sich nachzusehen. Sich vorsichtig umschauend, verließ sie das Haus, obwohl alle ihr gesagt hatten, sie solle in der Dunkelheit nicht mehr rausgehen. Denn Fredo war immer noch auf freiem Fuß. Doch die Sorge um Vincent trieb sie vorwärts.

Als sie am Schuppen ankam, hörte sie es drinnen laut rumoren. Gerade so, als ob jemand etwas baute. Sie trat durch die offene Tür ein und rief nach Vincent.

„Vincent, bist Du da oben?", rief sie laut.

„Ja, ich bin hier oben, mach mal den Riegel unter dem Brett auf! Ich komme nicht raus", erscholl es dumpf zurück. Kathi stieg rasch die Stufen empor und schob den Riegel zurück. Vincent zog die Klappe nach oben und lachte Kathi an.

„Gut das Du gekommen bist, sonst hätte ich noch eine Weile hier oben zubringen müssen." Er stieg herunter, nahm Kathi in die Arme und gab ihr einen Kuss.

„Danke, meine Retterin!" Sie sah ihn lächelnd an und schüttelte dann aber den Kopf.

„Verrate mir mal, wie man es schafft, dass einem der Riegel so zuschlägt und die Tür versperrt? Welcher böse Geist hat Dir denn da einen Streich gespielt?" Vincent verzog das Gesicht, und Kathi wusste nicht genau, ob er jetzt böse war oder nur Spaß machte.

„Der böse Geist hieß Fredo, Kathi! Er hat mich eingesperrt, nachdem ich ihn auf dem Boden überrascht hatte." Kathi sah Vincent erst ungläubig, dann aber ängstlich an.

„Fredo ist hier?", fragte sie erschrocken. Vincent gab ihr wieder einen Kuss.

„Er war hier, er ist aber schon wieder weg. Er war nicht alleine, irgendwelche Kumpel müssen bei ihm gewesen sein. Komm, wir gehen jetzt vor zum Anleger. Er wollte dort mein Handy hinlegen." Kathi hängte sich bei Vincent ein.

„Wäre es nicht besser, gleich die Polizei anzurufen oder tut er Dir leid? Er hat unser Kind auf dem Gewissen, Vincent!" Er nickte.

„Ja ich weiß, aber er ist nun mal mein Bruder. Bis jetzt habe ich ihn auch gehasst. Als ich ihm erzählte, dass Du bei dem Sturz unser Kind verloren hast, war er tatsächlich ziemlich erschrocken." Kathi schnaufte hörbar.

„Und das glaubst Du ihm, ja? Ich denke er wollte Dich nur beruhigen, damit Du nicht die Polizei rufst." Vincent zuckte mit den Schultern.

„Kann auch sein, aber er hat mich mit einer Pistole bedroht!" Kathi bekam große Augen und sah Vincent erschrocken an.

„Was hat der, eine Pistole? Ich glaube ich spinne. Er sieht sich wohl als Al Capone vom Königssee? So ein Idiot! Hoffentlich fangen sie ihn bald mal!", empörte sich Kathi.
Als sie am Anleger ankamen, fand Vincent tatsächlich sein Handy wieder. Leider fehlte der Akku. „So ein verflixter Misthund, zum Glück habe ich noch einen Ersatzakku zu Hause", knurrte Vincent ärgerlich und steckte es in die Jackentasche. Er sah Kathi fragend an.

„Was machen wir nun, rufen wir die Polizei?", fragte er sie unschlüssig. Kathi schüttelte langsam den Kopf.

„Ach weißt Du Vincent, lass ihn gehen, wohin er will! Irgendwann erwischen sie ihn ja doch noch." Er nahm sie in die Arme und drückte sie fest an sich.

„Wenn ich Dich nicht hätte", seufzte er. Kathi lachte leise.

„Dann hättest Du bestimmt eine andere! Komm, lass uns wieder ins Haus gehen, es kommt gleich ein schöner Film." Vincent lachte.

„So was mit Herzschmerz, ja? Na ja, dann aber ab vor die Glotze!"

Vincent war am Morgen gerade auf dem Weg zum Anlegesteg, um nach Schönau zu fahren, als er drüben vor der Wallfahrtskirche eine Menge Leute stehen sah. Da er noch eine halbe Stunde Zeit hatte, bis das Schiff abfuhr, ging er hinüber, um zu sehen, was diesen Auflauf verursacht hatte.

Als er näher kam, sah er zwei Padres im Gespräch mit einigen Urlaubern, die eben erst angekommen sein mussten. Der Fischer Gründl und sein Sohn Anton war ebenfalls dabei. Beide begutachteten gerade eine der Türen der Kapelle, die offenbar aufgebrochen worden war. Franz sah Vincent kommen und winkte ihn heran.

„Sieh mal, das sieht doch aus wie ein Einbruch!" Er zeigte auf die Tür. In Vincent stieg ein schlimmer Verdacht auf. Er hielt Anton am Ärmel fest, der gerade weggehen wollte.

„Greift nichts an, bis die Polizei da war, sonst sind Eure Spuren auch mit darauf." Anton sah ihn irritiert an.

„Die Diebe haben wahrscheinlich zwei kostbare Statuen mitgenommen, sagte Padre Leonhard gerade. So einen Einbruch gab es auch vorige Woche drüben in Ramsau schon. Da muss eine Bande am Werk sein. Von denen müsste man mal einen in die Finger kriegen!", erboste sich Anton und schob seinen Hut ins Genick. Er sah Vincent an.

„Na, und Du, willst wohl auf Arbeit?" Vincent nickte. Anton stieß Vincent leicht an.

„Du, hör mal, was ich Dich mal fragen wollte. Wann wollt Ihr beiden eigentlich zusammenzuziehen, die Kathi und Du", fragte er so beiläufig wie nur möglich. Vincent lächelte und legte Anton eine Hand auf die Schulter.

„Höre ich da Ungeduld, Gründl Anton? Du willst wohl Kathis Zimmer, he? Sie hat mir schon davon erzählt. Aber mal im Ernst, Deine Schwester wird doch schon in vier Wochen achtzehn. Danach ziehen wir in unsere gemeinsame Wohnung, bei uns unter dem Dach. Und Du? Wann bringst Du endlich ein festes Mädel mit? Mann Du bist dreißig Junge, da wird's aber langsam Zeit." Anton winkte ab.

„Jetzt fang Du nur auch noch an! Meine Mutter liegt mir schon dauernd in den Ohren. Finde erst mal eine, die mit in unsere Einsamkeit hier ziehen will!" Plötzlich deutete er auf den Anleger.

„Wenn Du noch mit willst, musst Du jetzt aber rennen! Dein Schiff legt gleich ab!" Vincent sah hinüber und winkte dann ab.

„Ach geh! Ich bleibe heute lieber hier, ich muss noch ein paar Dinge erledigen!" Anton nickte etwas neidisch.

„Du hast es gut, bleibst einfach mal zu Hause, typisch Beamter! Ich muss immer ran, jeden Tag, jede Woche, das ganze Jahr und bei jedem Wetter! Manchmal wünschte ich mir auch so einen Job wie Du." Vincent legte den Arm um Antons Schulter.

„Red´ keinen Stuss, Anton! Wenn das mit der Fischzucht klappt, hast Du hier am See, als Sohn des Fischers, eine richtige Existenz. Du musst halt nur ab und zu mal ausgehen, von alleine kommt kein Mädel hier heraus." Anton grinste Vincent an.

„Wo soll ich denn alleine hingehen? Ihr könntet ja beide Mal mitkommen." Vincent nickte.

„Gute Idee, ich rede mal mit Kathi. Gehen wir eben mal zusammen aus, vielleicht gleich am Samstag?" Anton nickte zustimmend. Dann verabschiedeten sich beide voneinander und Vincent lief zurück zum elterlichen Haus. In der Zwischenzeit hatte einer der Padres die Polizei angerufen und den Einbruch gemeldet. Die versprach, sofort zu kommen. Man sollte aber nichts anfassen und den Tatort nicht betreten.

Susi Thoma studierte gerade die neueste Tageszeitung, als sie ein Anruf bei der Lektüre störte. Am anderen Ende der Leitung war ein Pater Andreas aus Bartholomä, der aufgeregt berichtete, dass in der Kapelle von St. Bartholomä in der Nacht eingebrochen worden war und einige Sachen gestohlen worden seien. Nach der ersten Bestandsaufnahme fehlten zwei Madonnenstatuen, die aber nicht sehr kostbar seien, weil es Kopien der

Originale waren. Susi versprach dem Pater, so schnell wie möglich rauszukommen.

Sie sah auf die Uhr, es war 9.00 Uhr. Markus war schon seit einer Stunde bei Dr. Huber. Ob sie ihn anrufen sollte? Allein wollte sie nicht wieder nach Königssee rausfahren. Markus bestand darauf, künftig bei ihren „Exkursionen", wie er es nannte, dabei zu sein. Und bei ihrem letzten Abenteuer hatte sie sich ja wirklich nicht mit Ruhm bekleckert. Sie griff gerade nach ihrem Handy, als die Tür aufging und Markus eintrat. Er wirkte sichtlich genervt. Offenbar hatte ihn der Kriminalrat wieder in Rage gebracht.

Er ließ sich in seinen Schreibtischsessel fallen und strich sich über die kurzen grauen Haare. Susi ließ ihm Zeit herunterzukommen. Soviel hatte sie nun schon gelernt, dass sie ihren Liebsten und Chef erst einmal zu sich kommen lassen musste, ehe sie ihn mit neuen Problemen konfrontieren konnte. Kurz entschlossen stellte sie ihm eine Tasse Kaffee hin. Er nickte dankbar und hielt sie an der Hand fest.

„Werde ich froh sein, wenn der Alte endlich seinen Hut nimmt!", meinte er und nahm einen Schluck Kaffee.

„Wegen dem Einbruch in Ramsau macht der ein Fass auf, das ist nicht mehr normal. Das wir diesen Fredo noch nicht geschnappt haben, nimmt er kaum zur Kenntnis. Dabei ist das doch wohl unser wichtigster Fall! Solche Einbrüche in Kirchen gibt es immer wieder mal." Susi ging zurück zu ihrem Platz und nahm den Notizzettel zur Hand.

„Hier Markus, das kam gerade rein. Ein neuer Einbruch in die Wallfahrtskirche St. Bartholomä, heute Nacht. Ich habe versprochen, dass wir schnellstens rauskommen." Markus trank den Rest seines Kaffees aus und stand auf.

„Na dann komm, wir fahren raus! Da kann uns der alte Zausel wenigstens nicht gleich wieder belabern!" Er warf Susi den BMW Zündschlüssel zu. Sie grinste ihn an.

„Muss ich jetzt auf die Knie vor Dankbarkeit, Chef?" Er ging einen Schritt zur Tür, dann blieb er stehen.

„Halt den Mund, vorlaute Schweizer Göre, sonst knutsch ich Dich gleich hier zu Boden! Los, Abmarsch!" Er hielt ihr die Tür auf und beide verließen das Büro.

Vincent hatte sich entschlossen, nicht ins Büro zu fahren. Er musste heute unbedingt noch mit seinem Vater übers Fredos nächtlichen Besuch reden. Daher telefonierte er rasch mit dem Referatsleiter und erklärte ihm, dass er noch einige Wasserproben nehmen und den Bacheinlauf untersuchen wollte. Die Probe am Bach war ihm besonders wichtig, für den Fall, dass dort tatsächlich Kathis Fischzucht entstehen sollte.

Auf dem Rückweg zum Elternhaus, ging er noch kurz bei Kathi vorbei, die um diese Zeit sicherlich in der Räucherei war. Tatsächlich traf er sie dort auch an. In Gummischürze und Gummistiefel mit Gummihandschuhen und einem Netz auf dem Kopf, sah sie überhaupt nicht nach Kathi aus.

Als er eintrat, war sie gerade dabei, die Fische auf lange Holzstäbe aufzuhängen, die dann in die Räucherei gehängt wurden. Sie lächelte ihn an, als er eintrat.

„Hallo Schatz, ich denke Du bist schon auf Arbeit! Fährst Du heute nicht ins Büro?" Vincent trat nahe an Kathi heran, die sich auf die Zehenspitzen stellte und den Mund spitzte. Er gab ihr einen Kuss ohne sie anzufassen, denn Kathi roch streng nach Fisch. Er schüttelte den Kopf.

„Nein, ich hab mich entschlossen, heute hierzubleiben. In der Wallfahrtskirche ist heute Nacht eingebrochen worden. Ich fresse einen Besen, wenn das nicht auch Fredo mit seinen Kumpanen war! Irgendwann kommt die Kripo, denen werde ich erzählen, dass Fredo hier war. Jetzt ist endlich mal Schluss mit Nachsicht!", ereiferte er sich erregt.

Kathi hängte nacheinander die Räucherspieße in die Räucherei ein, legte Holzspäne nach und schloss dann die Eisentür. Sie machte ein nachdenkliches Gesicht.

„Weißt Du wie viel Gäste derzeit drüben im Gasthof sind?", fragte sie Vincent. Der schüttelte den Kopf.

„Genau weiß ich es nicht. Aber um diese Jahreszeit sind es meist nicht mehr als vier oder fünf Bergsteiger, die auf die Ostwand gehen wollen. Von denen wird sich sicher keiner an der Wallfahrtskirche vergreifen. Ich wette mit Dir, dass Fredo diesmal wieder dahinter steckt. Vorige Woche soll so etwas auch in Ramsau passiert sein. Das stand in der Zeitung." Kathi wusch den Alutisch sauber, danach zog sie die Schürze aus. Sie lächelte Vincent an.

„So, jetzt könntest Du mir aber noch einen richtigen Kuss geben, bevor Du gehst. Sehen wir uns heute Abend?" Vincent nickte und nahm das schlanke Mädchen in die Arme, dann gab er ihr einen langen Kuss. Sie schnurrte wie eine kleine Katze dabei und ihre braunen Augen leuchteten.

„Wenn Dein Vater uns erst, wie versprochen, das Grundstück überschrieben hat, bauen wir uns hier eine richtige Existenz auf. Was meinst Du?" Vincent lachte.

„Na sagen wir mal so, Du baust Dir eine richtige Existenz auf. Ich werde meinen Job behalten, der gefällt mir. Aber Du wirst mit Deinem Vater und Anton dann eine Firma gründen und bist daran beteiligt. Du wirst noch eine tolle Geschäftsfrau und ich werde stolz auf Dich sein!" Kathi wollte gerade antworten, als sich hinter ihnen jemand vernehmlich räusperte.

„Wer wird hier eine tolle Geschäftsfrau? Wovon redet Ihr Beiden so euphorisch?", fragte Franz Gründl und sah das junge Liebespaar grinsend an. Vincent grüßte den Hausherrn und der grinste zurück. Vincent stieß Kathi an.

„Na los Kathi, sag es ihm schon! Er wird sich bestimmt freuen." Franz Gründl trat näher und sah seine Lieblingstochter fragend an.

„Ach Paps, wir haben gerade davon geredet, wie das wird, wenn wir mit der Fischzucht beginnen. Du, Anton und ich! Wir nennen es dann einfach `Gründl & Co. Fischereibetrieb´ oder so ähnlich!"

Franz Gründl sah seine Tochter erst mit großen Augen an und dann nickte er bedächtig.

„Eine gute Idee, Tochter! Und wenn ich mal keine Lust mehr habe, dann wirst Du es mit Deinem Bruder alleine weitermachen. Du bist wirklich eine gute Tochter, ich bin stolz auf Dich! Vincent hat recht, Du wirst ganz bestimmt mal eine gute Geschäftsfrau!" Und damit man das Wasser in seinen Augen nicht sehen konnte, drehte er sich rasch um und verließ wortlos die Räucherei. Draußen vor der Tür atmete er erst einmal tief ein und ging dann zum Fischerhaus. Alles würde noch gut werden. Drinnen aber lagen sich zwei Verliebte in den Armen. Bis sich Vincent aus Kathis Armen freimachte und auf die Uhr sah.

„Ich muss mit meinem Vater sprechen, die Sache mit Fredo heute Nacht, hängt bestimmt mit dem Einbruch zusammen.

Drück mir die Daumen, das Gespräch wird nicht einfach werden. Mach´s gut, bis heute Abend Kleines!"

Er gab ihr noch einen Kuss, dann machte sich Vincent auf den Weg, seinen Vater zu suchen.

Simon Hohlmayer saß in der Scheune auf einem Dengelbock und richtete gerade eine Sense, als sein Ältester eintrat. Er sah kurz zu ihm auf.

„Musst Du heute nicht schon längst zum Dienst? Ich dachte, Du bist schon weg." Vincent setzte sich auf ein altes Holzfass neben seinem Vater hin. Er wusste, dass das was er jetzt vorhatte, nicht einfach werden würde.

„Nein Vater, ich habe im Büro angerufen und Bescheid gesagt, dass ich heute hier am See noch ein paar Untersuchungen machen will." Simon Hohlmayer lachte leise vor sich hin und bearbeitete dabei weiter das Sensenblatt mit leichten Hammerschlägen.

„Du hast es gut, so einen freien Job möchte ich auch mal haben!", entgegnete der Senior. Vincent wehrte ab.

„Ganz so einfach ist das auch nicht. Was glaubst Du, was wir manchmal für Ärger haben mit Leuten, denen der Umweltschutz einfach Wurst ist!" Simon Hohlmayer sah seinen Sohn kurz an.

„Da hast Du allerdings auch wieder recht! Bei mir im Revier hat auch einer seinen ganzen alten Schutt abgeladen. Den müsste man mal dabei erwischen, diesen Sauhund! Aber manchmal kann man ja aus dem Unrat auch herausfinden, wer ihn da abgeladen hat, oder?" Vincent nickte.

„Klar, sag mir einfach Bescheid, wenn Du wieder ins Revier gehst, dann gehe ich mit. Vielleicht haben wir Glück." Vater Hohlmayer nickte.

„Tja, das ist eine gute Idee, dann haben wir wenigstens wieder mal Zeit zum Reden, wir zwei. War ja in der letzten Zeit nicht gerade einfach, bei den Sorgen, die uns Fredo macht." Vincent nickte und sah seinen Vater ernst an.

„Stimmt, deshalb will ich mit Dir reden Vater! Fredo war gestern Abend in der Scheune. Ich war gerade dabei, die alte Nähmaschine für Kathi zu holen, als es auf der Tenne oben polterte. Ich dachte mir, dass vielleicht wieder ein Waschbär sein Unwesen treibt, und bin raufgegangen. Plötzlich stand ich

Fredo gegenüber! Er hat irgendwelche Sachen von sich gesucht. Ich habe ihm gut zugeredet, dass er sich der Polizei stellen soll. Aber er hat nur gelacht und gemeint, dass er jetzt auf eigenen Beinen steht und ein Geschäft am Laufen hat. Als ich sah, dass es keinen Zweck hatte, mit ihm zu diskutieren, wollte ich gehen. Tja, und dann hält mir doch der Idiot eine Pistole vor die Nase, nimmt mir mein Handy ab und verschließt beim Gehen den Ausgang. Das Handy hatte er an der Anlegestelle im Warteraum abgelegt. Dann war er weg. Ich hörte dann einen Pfiff, den jemand erwiderte. Er war also nicht allein auf der Insel!"

Simon Hohlmayer sah seinen Sohn zunächst sprachlos an, dann schüttelte er fassungslos den Kopf. Dann meinte er:

„Was denkt sich der Lauser eigentlich? Wo soll das denn noch hinführen, verdammt! Die Leute gucken uns schon schief an." Vincent schüttelte den Kopf.

„Vater! Wir müssen uns damit abfinden, dass aus Fredo ein Gauner geworden ist. Er handelt mit diesem Crystal Meth hier, das bekommt er aus Tschechien. Und wenn er sagt, dass er ein großes Geschäft macht, dann glaube ich, dass diese Kircheneinbrüche in Ramsau und heute Nacht hier bei uns, damit zusammenhängen. Er hat mit seinen Kumpanen irgendwo eine Bleibe gefunden, von der aus sie die Raubzüge unternehmen. Da bin ich mir fast hundertprozentig sicher."

Simon Hohlmayer stand langsam auf und reckte sich. Sein Gesicht war aschgrau. Er schüttelte erneut den Kopf, als könne er das Ganze noch nicht glauben. Langsam zündete er sich seine Pfeife an und stieß ein paar Wolken aus. Vincent erhob sich ebenfalls und sah seinen Vater eindringlich an.

„Vater, er hat sich in den letzten Jahren langsam immer mehr zurückgezogen. Früher hat er nur mal Mist gebaut, den jeder Junge mal macht. Auch wenn er so schlau war, mich dann immer vorzuschieben, und ich die Ohrfeigen von Dir bekam. Er war schon immer ein hinterlistiger und feiger Schleimer!"

Simon sah seinen Sohn an und nickte, ehe er ihm die Hand auf die Schulter legte und ihm in die Augen sah.

„Entschuldige, wenn Du kannst, Vincent, wenn ich Dir Unrecht getan habe! Aber er hat es immer verstanden, mich einzuwickeln, das erkenne ich jetzt auch. Aber was wollen wir machen? Er ist nun mal einer von uns, ein Hohlmayer!"

Vincent wusste, wie schwer es dem Vater fiel, das alles einzusehen, aber er war fest entschlossen, dieses Thema ein für alle Mal zu regeln.

„Ich weiß nicht, was Du davon hältst, aber ich würde zu den Polizisten gehen die nachher gleich kommen werden und ihnen erzählen, dass Fredo heute Nacht hier auf der Insel war." Simon Hohlmayer nahm seine Joppe vom Haken und nickte seinem Sohn zu.

„Du hast recht Vincent, und ich werde mitkommen! Wir müssen versuchen, das Ärgste noch zu verhindern. Wenn er schon mit einer Waffe herumläuft, wird er sie irgendwann auch gebrauchen und zum Mörder werden. Lass uns gehen Sohn, es wird höchste Zeit!"

Es schien ein schöner Septembertag werden zu wollen, denn die Sonne schien bereits seit dem frühen Morgen von einem wolkenlosen blauen Himmel. Susi Thoma und Markus Ludwig hatten sich wieder das kleine Boot der Wasserwacht ausgeliehen und fuhren mit mäßigem Tempo in Richtung St. Bartholomä.

Susi saß an der Seite und lies eine Hand durch das Wasser gleiten. Die ersten Ausflugsboote kamen ihnen bereits wieder entgegen und waren dicht besetzt mit Urlaubern. Einer spielte Akkordeon und alle sangen ein Seemannslied mit. Susi lächelte.

„Genau wie bei uns auf dem Thuner-See. Die Leute da haben ihren Spaß, und was machen wir? Wir jagen wieder ein paar Gauner!" Markus grinste und gab ihr einen Kuss auf die Wange.

„Wir beide haben doch ein aufregendes Leben oder nicht? Und wir arbeiten auch noch zusammen!" Susi grinste und strich sich über den Bauch.

„Ja, aber nicht mehr lange, dann musst Du alleine die Gauner jagen! Ich habe dann nämlich was Besseres vor, Herr Oberkommissar!" Markus legte seine Rechte auf Susis Bauch.

„Und, merkst Du schon was?" Sie nickte lachend.

„Ja, manchmal schon! Dann ist mir früh richtig schlecht und ich muss kotzen." Sie hielt die Hand vor den Mund.

„Oh, entschuldige, ich wollte nicht ordinär sein!" Doch Markus winkte ab und grinste. „Und was sagt Franzi dazu? Mit mir hat sie ja noch nicht darüber geredet."

„Ach die Franzi! Die ist ganz närrisch und wollte schon mit mir Sachen kaufen gehen. Sie hat mich gefragt, ob Du dann auch ihr Papi bist oder nur für das Kleine. Aber sie mag Dich sehr, das kannst Du mir glauben." Markus sah seine Kollegin und künftige Ehefrau schmunzelnd an.

„Ist doch Klasse! Ich bekomme tatsächlich auf einen Schlag eine komplette Schweizer Familie. Wenn das kein Glücksfall ist, dann weiß ich nicht!" Er zeigte nach vorn.

„Wir sind gleich da! Hoffentlich haben die Leute nicht wieder sämtliche Spuren zerlatscht. Eigentlich müsste der Quirin ja schon längst da sein, wenn sein Boot nicht vorher abgesoffen ist!" Susi schüttelte den Kopf.

„Du bist aber wieder mal garstig. Der Quirin ist doch ein ganz Lieber!" Markus nickte. „Ja, aber nur zu Dir!"
Sie legten am Bootsanleger an und banden das Boot fest. Dann balancierten sie über den Steg an Land. Markus hielt ihr dabei die Hand hin.

„Komm, dass Ihr zwei mir nicht noch ins kalte Wasser fallt!", lachte er und zog Susi mit einem Ruck an sich. Sie hauchte:

„Oh, Herr Kommissar, Sie sind aber heute wieder stürmisch." Wofür Markus ihr in den Po kniff, wobei er bei dieser strammen Jeans allerdings kaum etwas in die Hand bekam. Susi lästerte leise:

„Ja, ja alles noch stramm und fest, nicht wie bei Dir Herr Kommissar!"
An der Kirchenpforte der Wallfahrtskirche wurden sie bereits von Pater Andreas erwartet. Markus und Susi stellten sich vor, und der Pater bat sie einzutreten. Susi ging staunend durch den Altarraum. Erst in der Sakristei war sie wieder bei der Sache. Der Pater zeigte auf das leere Wandbord.

„Hier standen eine Marienfigur und ein Marienbild. Zum Glück waren das aber beides nur Kopien. Die Originale halten wir unter Verschluss. Sie werden nur bei besonderen Festlichkeiten hervor geholt. Der Raum hat ein Zahlenschloss, da kommt außer uns niemand hinein." Markus atmete insgeheim auf.

„Ja gut, dann wäre es nicht schlecht, wenn wir trotzdem eine Abbildung von beiden Stücken bekommen könnten. Wir glauben nämlich nicht, dass die Diebe Profis sind. Unser Verdacht richtet sich eher gegen eine Jugendbande, aber genau wissen wir es natürlich auch noch nicht."

Susi machte einige Aufnahmen von der ziemlich stark beschädigten Eingangstür und stieß dort tatsächlich auf Quirin. Er strahlte sie durch seine Brillengläser an.

„Na schöne Frau, auch schon wieder hier? Sie haben gar nicht bemerkt, dass ich Sie mit meinem Boot überholt habe. Sie waren leider zu sehr mit dem Oberkommissar beschäftigt!"

Susi grinste und streckte ihm kurz die Zunge heraus. Der KTU Mann nickte verstehend.

„Ja, ja die Liebe ist eine Himmelsmacht!", meinte er und grinste dabei breit. Susi machte sich inzwischen schon nichts mehr daraus, dass wohl alle im Kommissariat wussten, dass sie und Markus ein Paar waren. Einige der Damen allerdings schienen ihr diesen Prachtkerl von Mann zu neiden. So was nannte man dann wohl Stutenbissigkeit, und Susi genoss es, zumal auch noch durchgesickert war, dass sie schwanger war von ihrem Chef! Das heizte natürlich die Gerüchteküche an. Die Frage war nur noch, heiraten die Zwei oder nicht? Da kam so eine kleine halbe Portion aus der Schweiz und schnappte ihnen diesen Happen vor der Nase weg. Einfach genial!

Plötzlich traten zwei Männer an Susi heran. Der Jüngere von beiden fragte sie unsicher:

„Sind Sie von der Kripo?" Susi nickte lächelnd.

„Ja, was kann ich für Sie tun, junger Mann?" Den älteren Mann kannte sie ja bereits schon. Simon Hohlmayer gab Susi artig die Hand.

„Grüß Gott, Frau Kommissarin! Wir hätten Sie gern einmal gesprochen. Es geht um meinen Sohn Fredo!"

Susi bekam spitze Ohren. Stimmt ja, das war der Förster, der sie erst vor Kurzem so abgekanzelt hatte. Heute schien er allerdings ganz zahm zu sein. Sie bat die beiden Männer mit vor die Tür zu gehen. Im morgendlichen Sonnenschein redete es sich leichter.

„Und, was kann ich für Sie tun?", fragte sie nochmals. Vincent nahm allen Mut zusammen und erzählte ihr von dem Zusammentreffen mit seinem Bruder in der letzten Nacht. Von der Pistole und auch vom Verdacht, wegen der Einbrüche. In Susi kam das Erlebte auf der Alm wieder langsam hoch und sie musste sich zusammennehmen, um freundlich zu bleiben. Dieses Scheusal von einem Sohn hatte sie vergewaltigt. Simon Hohlmayer aber war diesmal alles andere als kratzbürstig. Im Gegenteil, er versprach alles zu tun, damit es nicht noch ein großes Unglück gab.

„Wissen Sie, ich schäme mich, so einen Sohn zu haben, Frau Kommissarin! Ich kann mich im Moment nur für sein schäbiges Verhalten entschuldigen, auch wenn es dafür sicher keine Entschuldigung gibt. Ich weiß nicht, was ich sonst noch dazu sagen soll", meinte er und es schien ihm sehr schwer zu fallen.
Grau im Gesicht, lehnte er den Kopf rücklings an die Wand. Susi tat der Mann auf einmal leid, doch sie musste professionell bleiben und alle unterschwelligen Emotionen ausschalten. Sie wandte sich wieder an Vincent.

„Sie meinen also, dass Fredo mit den Einbrüchen das Geld verdient, dass er dann für das Crystal Meth braucht? Diese Idee hat was für sich. Er wird sicher die Kontakte von seinem ehemaligen Spezi Petré übernommen haben. Den haben wir ja in Verwahrung. Gut möglich, dass Fredo statt seiner, nun die Geschäfte führt und sich Verstärkung zugelegt hat. Bleibt allerdings die Frage, wo die Bande sich eingenistet hat. Haben Sie da vielleicht eine Idee?" Simon Hohlmayer schüttelte nachdenklich den Kopf.

„Wissen Sie, hier gibt es unzählige Höhlen, alte Hütten und ehemalige Bergwerkstollen. Der ganze Untersberg ist ein einziger löchriger Käse. Sie könnten eigentlich überall sein, und niemand wird sie finden. Und Fredo kennt sich hier in der Gegend sehr gut aus!"
Susi bedankte sich bei den beiden Herren und ging wieder in die Kirche zurück zu Markus. Sie erzählte ihm von dem Gespräch mit den beiden Hohlmayers.
Die Untersuchung in der Wallfahrtskirche war vorüber. Stadler hatte eine Reihe von Spuren gefunden, die er nun erst sichten musste. Von Fredo hatten sie ja Gen-Material seit seiner Untat. Aber aufgrund des immensen täglichen Besucherstroms würde

es schwierig werden festzustellen, wer außer Fredo, noch in der Nacht in der Kirche gewesen war.

Wortlos fuhren sie wieder mit dem Boot nach Salet zum Anleger zurück. Susi starrte auf das Ufer und den Wald, der am Boot vorüberzog. Markus sah, dass seine Kollegin und Liebste ihren Gedanken nachhing. Überhaupt war Susi in den letzten Tagen nicht mehr so aufgeweckt und lustig gewesen, wie in den Wochen davor. Einerseits schob er das auf ihre Schwangerschaft, andererseits glaubte er zu wissen, was sie bedrückte. Aber was sollte er tun? Was hatte er sich gefreut, endlich wieder einen Menschen neben sich zu haben, mit dem er lachen und lustig sein konnte. Und dieser Fredo Hohlmayer hatte alles über Nacht infrage gestellt. Manchmal war er sich nicht mal mehr sicher, ob Susi überhaupt noch in Berchtesgaden bleiben wollte. Oder ob sie vielleicht ihr gemeinsames Kind lieber in der Schweiz zur Welt bringen wollte. Und diese Unsicherheit nagte an ihm, wie eine sich langsam ausbreitende Krankheit. Nur wusste er nicht, wie er dieser Krankheit begegnen sollte. Er seufzte mit einem Mal so tief auf, dass Susi ihn überrascht ansah. Ihre Blicke begegneten sich und sie sah die unausgesprochene Frage in seinen Augen. Sie deutete auf eine kleine Bucht kurz vor dem Malerwinkel.

„Fährst Du bitte mal da hinüber und legst dort an?", bat sie ihn leise. Markus nickte, und das Boot machte eine leichte Rechtskurve und rutschte dann auf den Kies. Er hob den Motor an und sprang aus dem Boot an Land. Dann reichte er Susi lächelnd die Hand und half ihr an Land zu springen. Sie gingen ein paar Schritte zu einer Stelle mit schönem weichem Moos.

Die Sonne schickte ihre warmen Strahlen an diesem hellen Septembertag zur Erde. Susi setzte sich auf den Boden, schlang ihre Arme um die Knie und schaute eine Weile wortlos hinaus auf das Wasser.

Markus setzte sich neben sie und sah sie fragend an. Er konnte sich keinen Reim darauf machen, was Susi bewogen hatte, hier an Land zu gehen. Eine Weile schwiegen sie vor sich hin, bis es Markus zu lange wurde. Doch im gleichen Augenblick begann Susi zu sprechen.

„Ich habe die ganzen letzten Tage überlegt, ob ich nicht wieder zurück in die Schweiz gehen soll. Die ganze Situation hier, ist irgendwie schwierig für mich geworden." Sie wollte gerade weiter fortfahren, als Markus vehement aufbrauste. Seine ganze Unsicherheit entlud sich in einem lauten Zornesausbruch.

„Und ich bewerbe mich dann bei der Schweizer Polizei, oder? Oder hast Du mich inzwischen auch schon mit abgeschrieben? Und was wird aus unserem Kind? Darf ich es vielleicht dann jeden Monat einmal besuchen? Was soll dieser Quatsch, Susi? Ich verstehe Dich nicht mehr! Ich weiß doch auch nicht, wie man mit einer Frau umgehen soll, die im Dienst vergewaltigt worden ist! Aber eins weiß ich genau, weglaufen war nie eine gute Idee!", fauchte er so laut, dass man es wohl über den halben See hören konnte.

Er war aufgesprungen und lief auf und ab, die Hände tief in den Hosentaschen vergraben. Voller Zorn kickte er einen Stein mit dem Fuß ins Wasser.

Susi, von solch einem Ausbruch total überrascht, war blass geworden. So hatte sie Markus noch nie kennengelernt. Sie stand ebenfalls auf und stellte sich ihm in den Weg. Dabei musste sie zu ihm aufschauen. Erstens, weil sie kleiner war und zweitens, weil sie etwas tiefer stand er.

Als er dann auch noch an ihr vorbei wollte, um zum Boot zu gehen, hielt sie ihn mit beiden Händen am Ärmel zurück.

„Jetzt bleib doch bitte mal stehen, Markus! Und lass mich doch erst mal ausreden, Du alter Wutpinsel! Vor Dir muss man ja direkt Angst haben, wenn Du zornig bist!" Als er wieder aufbrausen wollte, hielt sie ihm einfach mit der Rechten den Mund zu.

„Läscht Du mich jetscht erscht einmal ausreden?", meinte sie in ihren Dialekt verfallend.

„Isch habe gesagt, isch habe die letzten Tage überlegt, ob isch es tun soll. Aber isch kann ohne Disch nischt mehr leben, Du alter Berchtesgadener Ragnarök!", fauchte sie ihn an. Markus musste auf einmal lachen.

„Du kennst Dich wohl auch noch bei Wagner aus?", erwiderte er. Doch sie grinste ihn nur an und schlang die Arme um seinen Hals. Ihn festhaltend meinte sie leise:

„Hascht Du wirklich gedacht, isch gehe einfach wieder so weg? He, alter Troll! Wir bekommen ein Kind, wir sind doch eigentlich schon eine Familie! Oder nischt?" Markus holte erst einmal tief Luft. Er hatte tatsächlich geglaubt, Susi wollte ohne ihn wieder zurück in die Schweiz. Er nahm ihren Kopf zwischen seine Hände und küsste sie erst auf die Nasenspitze und dann auf ihre roten Lippen.

„Eine Familie sind wir erst, wenn wir verheiratet sind! Da bin ich ziemlich altmodisch, Susi!" Sie grinste, sagte aber kein Wort und wartete, was nun kam. Markus überlegte nicht lange.

„Willst Du meine Frau werden Susi Thoma? In guten wie an schlechten Tagen?", fragte er sie plötzlich leise. Ihre hellblauen Augen leuchteten, als sie nickte.

„Klar will isch das, Du alter Wüterisch!", entgegnete sie. Markus nickte sichtlich erleichtert.

„Und wann wollen wir heiraten?" Sie lehnte sich rücklings an ihn und er schloss beide Arme um sie.

„Was hältst Du von Weihnachten in der Schweiz? Da passe ich auch noch in das Brautkleid rein", fragte sie zurück. Markus nickte.

„Einverstanden! Heiligabend werden wir uns trauen lassen! Das wird toll, glaube ich." Susi lächelte verschmitzt.

„Das heißt, ich muss auf jeden Fall meine Mutter heute Abend anrufen! Die wird in die Luft springen! Und Papa wird sich einen Grappa einschenken! Endlich kommt seine „Kleine" wieder unter die Haube. Das gibt ein Fescht, sag ich Dir!" Sie sah Markus an und ihre Augen sprühten vor Freude.

„Wer kommt eigentlich von Dir mit zur Hochzeit?", fragte sie ihn plötzlich. Markus zuckte mit den Schultern.

„Mein Bruder Max und meine Mutter werden kommen, sonst habe ich keine Verwandten mehr. Meine Mutter wohnt in München in einem Seniorenstift, sie wird sich bestimmt freuen, Dich kennenzulernen." Sie lächelte ihn verführerisch an.

„Na fein, dann hast Du ja uns drei auch noch, ist doch auch schön, oder?" Er nickte wortlos. Gemeinsam gingen sie zurück zum Boot und Markus half Susi beim Einsteigen. Als sie balancierend mitten im Boot standen, meinte er auf einmal:

„Wenn Du nicht schwanger wärst, würde ich Dich jetzt ins Wasser werfen, mich so zu erschrecken! Mach das ja nie wieder!" Sie schüttelte den Kopf und grinste dabei.

„Nie wieder! Großes Ehrenwort!"

Simon Hohlmayer hatte sich am späten Abend aufgemacht, um noch einmal in sein Revier zu gehen. Astrid hatte er nur gesagt, dass er zwei Ricken mit ihren Kitzen beobachten wollte, die sich in den letzten Tagen zu einer Sippe vereint hatten. Er wolle nur schauen, ob die sich auch wirklich vertragen. Manchmal geschieht es eben, dass sich zwei oder auch vier Ricken mit ihren Kitzen zusammenschlossen, obwohl sie sonst, besonders in den ersten Wochen, ein bestimmtes Revier gegen alle Eindringlinge verteidigten.

Was Simon Hohlmayer aber wirklich bewog, auch in dieser Nacht wieder hinaus zu gehen, hatte er seiner Frau verschwiegen. Die Unruhe und die Angst um seinen Jüngsten trieben ihn immer wieder in den Wald. Die stille Hoffnung auf Fredo zu treffen, hatte er noch nicht aufgegeben.

Die Nacht war windig und dunkel. Schwarze Wolken zogen in Eiltempo über den See in Richtung Westen. Nur ab und zu zeigte sich der Halbmond und erleuchtete für eine kurze Zeit den Wald. Aufmerksam spähend durchstreifte er sein Revier, welches bis kurz vor Ramsau reichte. Die stille Hoffnung irgendwann auf seinen Sohn zu treffen, trieb ihn vorwärts.

An einem Steilhang im Hochwald machte er eine Rast. Unter ihm lag der kleine Ort Ramsau in der Dunkelheit. Nur vereinzelte kleine Lichter zeugten von der Anwesenheit von Menschen. Irgendwo bellte ein Hund, dem ein anderer antwortete. Leise rauschten die Bäume im Wind. Immer wieder knackte und knarrte es. Simon Hohlmayer sog an seiner kalten Pfeife, wie immer, wenn er das Wild nicht verscheuchen wollte. Er war gerade im Begriff weiter gehen zu wollen, als er nicht weit entfernt, plötzlich Motorengebrumm hörte. Wer trieb sich denn mitten in der Nacht mit einem Auto im Wald herum? Wollte da wieder einer seinen Müll kostenlos entsorgen? Rasch stand er auf und lief los. Das Motorengebrumm wuchs an. Es hörte sich nun aber so an, als ob sich der Wagen festgefahren hätte. Simon legte noch einen Schritt zu. Überwand einen kleinen Graben und hatte plötzlich einen Waldweg weiter unten vor sich. In der Dunkelheit erkannte er mehrere Personen, die sich bemühten, den Wagen wieder flottzukriegen.

Langsam stieg er den Hang hinab. Um nicht auf sein Gewehr zu fallen, hatte er es beim Abstieg in die Hand genommen. Keine zehn Meter hinter dem Fahrzeug betrat er die Straße und trat langsam näher.

Plötzlich bemerkte ihn einer der Leute und rief etwas nach vorn zum Fahrer. Simon erkannte, dass es Jugendliche waren, die sich hier festgefahren hatten. Waren das Urlauber? Simon trat näher an die drei Leute heran, die sorgenvoll auf sein Gewehr schielten. Die vorderste Person war ein junges Mädchen, neben ihr standen zwei Halbwüchsige, die ihn feindselig ansahen. Simon Hohlmayer stellte sich kurz vor.

„Entschuldigen Sie, aber was machen Sie hier mitten in der Nacht im Wald, wenn ich fragen darf?" Die Drei sahen sich kurz an. Das Mädchen schien der Wortführer zu sein.

„Wir sind auf dem Weg zu unserer Schlafstätte und haben uns nur verfahren. Und jetzt sitzen wir auch noch hier fest!", erwiderte sie unbefangen.

Der Förster musterte den Transporter mit dem Salzburger Kennzeichen. Die junge Frau, die ihm geantwortet hatte, sprach aber keinen österreichischen Dialekt, eher schien sie hier aus Bayern zu sein. Er sah ihre Piercings in der Nase und in den Ohren und lächelte sie an.

„So, so, Sie haben sich verfahren? Wo wollten Sie denn hin?", fragte er weiter. Die junge Frau zeigte mit dem Daumen hinter sich.

„Wir wollen nach Ramsau, aber unser Fahrer wollte unbedingt eine Abkürzung nehmen. Nun sitzen wir hier fest!"

Simon Hohlmayer sah nach vorn, wo die Fahrertür offen stand. Der Fahrer musste also noch im Wagen sitzen. Kurz entschlossen ging er an den drei Jugendlichen vorbei nach vorn. Im Scheinwerferlicht, das den Weg vor dem Transporter beleuchtete, sah er in die Fahrerkabine hinein – und erstarrte!

„Fredo! Was machst Du denn hier?", stammelte Simon Hohlmayer überrascht. Der Angesprochene ließ das Lenkrad los und drehte sich langsam wortlos zu ihm herum und starrte ihn ungläubig an. Dann senkte er den Blick.

„Was treibt Ihr hier, Junge?", fragte der Förster wieder. Fredo ließ sich langsam aus dem Fahrersitz gleiten. Dabei verrutschte ihm das Hemd. Simon sah mit Entsetzen den Griff einer Pistole im Hosenbund seines Sohnes. Er brauste auf.

„Bist Du total verrückt, Junge? Wozu brauchst Du ein Schieß-
eisen, he?" Fredo, der bis jetzt noch kein Wort gesagt hatte,
straffte sich. Plötzlich war er ebenso groß, wie sein Vater und
steckte beide Hände in die Hosentaschen. Unbemerkt hatten
sich seine Kumpane plötzlich in den Rücken des Försters gestellt. Der bemerkte es und drehte sich halb herum.

„Was soll das hier werden, he?", schnauzte er sie an und
nahm das Gewehr fest in beide Hände. Fredo gab seinen Kumpanen einen Wink.

„Lasst ihn, er ist mein Vater!" Fredo verzog das Gesicht zu
einem Grinsen. Er nickte leicht und schien sich über die Situation zu amüsieren.

„Ja, so sieht man sich wieder Dad! Deine Standpauke, die
jetzt kommen müsste, kannst Du Dir aber sparen! Ich bin nicht
mehr der kleine Fredo und was wir machen, geht Dich nichts
an! Ich verdiene jetzt mein eigenes Geld", erwiderte er. Simon
lachte laut in die Nacht hinein.

„Du verdienst Dein eigenes Geld, in dem Du Menschen zu
Ruinen machst, ja? Findest Du das in Ordnung? Mit dem Unglück anderer Menschen Geschäfte zu machen!" Fredo schüttelte den Kopf. Trotzig blickte er seinem Vater in die Augen.

„Findest Du es besser, wenn Deine guten Freunde und Bekannten in Schönau ihre Angestellten für einen Hungerlohn 10
Stunden am Tag schuften lassen? Möglichst noch ohne Kran-
kenversicherung und so? Ist das gerecht?", schrie er plötzlich
wutentbrannt seinen Vater an. Simon sah das böse Funkeln in
den Augen seines Sohnes, so wie er es noch nie gesehen hatte.
Aber sein Zorn, nichts tun zu können, überwog die Vernunft,
die jetzt vielleicht angebracht gewesen wäre.

„Und was ist mit den vergewaltigten Mädchen, Du Mistkerl!",
brüllte der Jäger seinen Sohn an. Er sah wie sich Fredo von
einer Sekunde auf die andere veränderte. Dessen Augen wurden
groß, Irrlichter darin zuckten und plötzlich hatte er die Pistole in
der Hand.

„Hau ab und lass mich endlich in Ruhe, sonst ...!", brüllte er
seinen Vater an und fuchtelte mit der Pistole herum. Das Mädchen stand plötzlich neben ihm und drückte ihm die Pistole
herunter und schrie ihn an:

„Hör sofort auf Fredo! Er ist doch Dein Vater!" Und dann schob sie ihn wieder in den Transporter hinein, knallte die Tür zu und wandte sich an Simon.

„Es ist besser Sie gehen jetzt Herr Hohlmayer, bevor noch ein Unglück geschieht! Bitte!" Der Förster hängte sich sein Gewehr über die Schulter, nickte wortlos und ging in den Wald hinein. Wenig später hörte er den Wagen wegfahren.

Als er zu Hause ankam, legte er sich angezogen, wie er war, auf das Sofa im Wohnzimmer und starrte an die Decke. Aus seinem Sohn war ein Gangster geworden! Das war nicht mehr sein Sohn! Niemals mehr!

Am Morgen weckte ihn Astrid. Simon stöhnte leise und reckte sein schmerzendes Kreuz. Astrid brachte die Kaffeetassen und schüttelte vorwurfsvoll den Kopf.

„Na sag mal, warum bist Du denn nicht ins Bett gekommen? Schläfst hier auf dem kaputten Sofa! Kein Wunder, dass Dir Dein Kreuz schmerzt." Sie sah ihren Mann an.

„War irgendwas heute Nacht draußen im Revier?", fragte sie misstrauisch. Simon schälte sich leise stöhnend aus der Decke.

„Lass uns erst mal Kaffee trinken, dann können wir noch reden", brummte er und stand auf, um ins Bad zu gehen.

Kurze Zeit später saßen sie gemeinsam am Frühstückstisch, der Kuckuck der Schwarzwälder Uhr rief laut achtmal. Simon sah ihn böse an, als ob er ihn damit bewegen könnte, aufzuhören. Im Radio dudelte `Bayern Eins - die besten Hits der Siebziger- und Achtzigerjahre´. Simon hasste das Gedudel, als ob sie die deutsche Sprache endgültig abgeschrieben hätten. Dabei gab es so schöne deutsche Schlagermelodien, aber nee, es musste ja unbedingt englisch sein! Astrid, die ihm gegenübersaß, musterte ihren Gatten und schmunzelte.

„Soll ich das Radio ausmachen oder ärgert Dich noch was anderes?", fragte sie ihn spöttisch. Simon Hohlmayer schüttelte den Kopf und setzte die Kaffeetasse ab.

„Ich habe heute Nacht, drüben kurz vor Ramsau, Fredo im Wald getroffen!", erwiderte er und lehnte sich zurück. Astrid starrte ihn sekundenlang wortlos an.

„Du hast Fredo heute Nacht getroffen?", fragte sie nochmals, um sich zu vergewissern, ob sie auch richtig gehört hatte. Simon nickte und drehte seine Kaffeetasse zwischen beiden Händen.

„Hohlmayer Junior hat heute Nacht einen Betriebsausflug mit seiner Belegschaft gemacht!", erwiderte er spöttisch. „Sie hatten sich im Wald festgefahren. Weiß der Kuckuck was sie um diese Zeit dort gemacht haben!" Astrid war bleich geworden, ihre Lippen zitterten.

„Und? Was hat er gesagt?" Simon Hohlmayer schüttelte den Kopf und starrte auf die bunte Wachstuchtischdecke. Er sah seine Frau mit einem verunglückten Lächeln an.

„Er hat gemeint, ich solle abhauen, was er treibt, geht uns nichts mehr an! Und der Robin Hood vom Königssee hatte plötzlich eine Pistole in der Hand!" Er schüttelte wieder mit dem Kopf.

„Astrid, das ist nicht mehr unser kleiner Fredo! Der dem Fischer die Luft aus dem Fahrradreifen gelassen hat und mir einen Luftballon mit Wasser gefüllt ins Bett gelegt hat! Er ist aufgestiegen, aufgestiegen zum Großkotz mit einer Pistole im Gürtel! Was haben wir nur falsch gemacht bei ihm?"
Er sah seine Frau an und die wischte sich die Tränen aus den Augen, ehe sie antwortete.

„Wir haben viel zu spät bemerkt, was mit ihm los war. Oder wir wollten es nicht wahrhaben. Stimmt doch, oder?" Simon nickte nachdenklich.

„Du hast recht, Astrid! Ich habe zu spät begriffen, was da losgeht! Du und auch Vincent, ihr habt mich ja immer gewarnt. Jetzt ist es zu spät. Über kurz oder lang werden sie ihn schnappen und dann einsperren. Er tritt unseren Namen in den Dreck", schnaufte Simon voller Schmerz.

Der Streifenwagen war langsam durch den Ortskern von Laufen gefahren. Polizeimeister Christian Wagner und seine junge Kollegin Veronika Klausen hatten Nachtdienst. Seit den Kircheneinbrüchen hatte die Polizei die Präsenz verstärkt. Sie passierten gerade den Markplatz und hielten kurz an. Auf der gegenüberliegenden Seite des Marktplatzes stand ein weißer Renault-Transporter. Am Steuer musste jemand sitzen, denn ab und zu leuchtete im Wagen der Lichtpunkt einer Zigarette auf. Veronika Klausen versuchte das Kennzeichen zu erkennen.

„Sieht aus wie ein Österreicher. Ob wir den mal kontrollieren sollten?" Sie sah ihren Kollegen an, der sich müde die Augen rieb. Kopfschüttelnd richtete er sich auf.

„Warum willst Du den kontrollieren? Nur weil er da steht? Am besten wir fahren weiter!" Ohne ein weiteres Wort startete er den Wagen wieder und sie fuhren davon.

Fredo hatte indessen mit angehaltenem Atem im Wagen gesessen und die Funkstreife beobachtet, die auf einmal aufgetaucht war. Aufatmend stellte er fest, dass der Streifenwagen endlich weiter fuhr. Er sah auf die Uhr. Es war genau 1.00 Uhr. Seine drei Kumpane mussten jeden Augenblick wieder da sein. Vorausgesetzt, es hatte alles geklappt! Plötzlich sah er den Ersten aus einer Seitenstraße heraus auf den Transporter zukommen. Es war Lukas, oder auch Luk genannt. Er hatte einen kleinen Rucksack auf dem Rücken, den er abnahm und durch die geöffnete Wagentür auf den Beifahrersitz warf. Er lachte und schwang sich in den Wagen.

„Ich habe alles erwischt! Es war ein Kinderspiel diese Tür aufzukriegen und dauerte keine zwei Minuten. Die hatten nicht mal ein Sicherheitsschloss am Hintereingang! Komisches Heimatmuseum, sag ich Dir!", sprudelte der Siebzehnjährige los. Dann öffnete er den Rucksack.

„Hier, sieh mal her! Alle fünf Kunstdrucke habe ich rausgeholt!" Fredo besah sich beim trüben Licht im Fahrerhaus die bedruckten Bogen und nickte. Sein Auftraggeber konnte zufrieden sein. Lukas lachte und zeigte auf eine Gestalt, die eben gerade um die Ecke kam und schon von Weitem winkte.

„Da, Karlchen kommt auch schon! Aber wo hat er denn Reni gelassen, verdammt noch mal?" Der junge Kerl stieg in der Seitentür ein und warf seinen Rucksack auf den Sitz.

„Wo hast Du Reni gelassen, Karlchen?" „Die kommt gleich, die musste erst noch mal für kleine Mädchen", antwortete der und öffnete seinen Rucksack.

„Hier Leute! Hier kommt heute das meiste Gold! Reni und ich haben in der Stiftskirche richtig Schwein gehabt! Das sind alles ganz alte Sachen, das Zertifikat lag sogar auch da", lachte er und zeigte dabei drei Heiligenfiguren.

„Alles handgeschnitzt! Das muss sau teuer sein!" Im gleichen Augenblick klopfte jemand plötzlich an der Seitentür des Transporters. Blitzartig ließ Karlchen seine Beute in dem Rucksack verschwinden und schob ihn unter die Bank. Die Tür wurde mit einem Ruck aufgezogen und ein schwarzer Bubikopf schaute lachend herein. Reni hatte sich angeschlichen und die Drei hatten nichts gemerkt.

„Reni! Lass den Scheiß!", schimpfte Fredo und sah zur hinteren Bank. Das schwarzhaarige Mädel mit mehreren Piercings in den Ohren grinste, beugte sich weit nach vorn und gab Fredo einen Kuss.

„Beruhige Dich doch, ich war's doch nur!", grinste sie und strich Fredo zärtlich über das Gesicht. Doch Fredo schüttelte ärgerlich den Kopf und sah Reni an.

„Reni, wenn wir unseren Job machen gibt's keinen Fake, klar! Ich habe überhaupt keine Lust, den Bullen in die Hände zu fallen." Sie verzog schmollend den Mund und meinte dann etwas sarkastisch:

„Jawohl, Boss!" Dann lehnte sie sich an die Fensterseite und sah hinaus. Fredo startete den Wagen und fuhr los. Er summte leise vor sich hin. Diese Tour heute hatte sich gelohnt. Vor allem aber hatten sie ihre Aufträge erledigt. Seit sie auf Bestellung arbeiteten, hatten sie mehr Erfolg. Aber auch mehr Arbeit. Jeder Raubzug wurde vorher erst genauestens geplant und vorbereitet. Dabei nahmen sie vorher auch die Örtlichkeiten genau unter die Lupe.

Rumpelnd fuhr der Transporter wieder den zerfurchten Waldweg entlang. Es war zwei Uhr in der Nacht, als sie die alte Hütte im Wald wieder erreichten.

Im Wohnzimmer breiteten sie ihre Beute auf dem Tisch aus. Reni hatte inzwischen Kaffee gemacht. Seit sie hier zu viert zusammenwohnten, gab es eine Ordnung, die jeder beachtete. Genauso wie sie akzeptierten, dass Fredo und Reni von Anfang an ein Zimmer teilten. Reni war die Älteste und damit auch so was, wie die Mutter der Mannschaft. Was Reni sagte, wurde gemacht! Und Fredo hatte endlich eine feste Freundin. Auch wenn die ihn manchmal ordentlich zusammenfaltete, besonders wenn er beim Liebesspiel vorging wie ein Preisboxer. Für Lukas stand allerdings fest, dass dieser Fredo einen tüchtigen an der Waffel hatte! Was seine Schwester an diesem Rothaarigen fand, konnte er einfach nicht begreifen.

„So Leute, ich fahre Mittag rüber über die Grenze und liefere unsere Beute ab. Ich schätze, wir bekommen gute drei Kilo Stoff dafür! Ich hoffe, ihr habt Eure Kunden schon informiert, dass es Nachschub gibt!" Karlchen gähnte breit.

„Eigentlich würde ich ganz gerne mal mitfahren!" Fredo winkte vehement ab.

„Nee, nee! Wenn es schief geht, erwischen die Bullen nur einen von uns! Das ist besser, als wenn wir zu zweit auf Tour gehen! Ich fahre alleine! Oder?" Er sah Reni an und die nickte nur wortlos. Über das Zusammentreffen mit seinem Vater im Wald verlor er kein Wort. Und keiner getraute sich Fredo darauf noch einmal anzusprechen.

Reni hatte ihn dann im Bett in den Arm genommen und ihm das Haar gestreichelt. Wie ein kleiner Junge war er an sie gekuschelt eingeschlafen. In Reni keimte ein schlimmer Verdacht auf, doch sie wischte ihn einfach beiseite.

Was interessierte sie, was Fredo vor ihr getrieben hatte, immerhin hatte sie ihm ja auch nicht alles erzählt. Aber was meinte sein Vater mit dem vergewaltigten Mädchen? Doch ehe sie weiter denken konnte, übermannte auch sie der Schlaf.

Kaum das Kriminaloberkommissar Ludwig am Morgen sein Büro betreten hatte, klingel auch schon das Telefon. Er meldete sich. Am anderen Ende war Kriminalrat Huber. Sichtlich verärgert und aufgebracht, befahl er Markus zu sich. Gerade als Markus das Büro verlassen wollte, kam Susi zur Tür herein gestürmt. Sie hatte wie jeden Morgen, erst noch Franziska zur Kita gebracht. Und so begegneten sie sich in der Tür.

„Ich muss zum Alten!", war alles, was Markus Ludwig noch verlauten ließ, dann gab er Susi einen schnellen Kuss und verschwand. Im Büro von Kriminalrat Dr. Huber wurde er sofort von der Vorzimmerdame Lisa vorgelassen. Sie strahlte ihn an, als er eintrat.

„Geh rein, der Kriminalrat erwartet Dich schon! Er scheint aber schlechter Laune zu sein!", bereitete sie ihn auf das Gespräch vor. Doch Markus war lange genug im Dienst, als das er sich von einem schlecht gelaunten Chef ins Bockshorn jagen ließ. Dr. Huber saß hinter seinem Schreibtisch und bat Markus wortlos mit einer Geste Platz zu nehmen. Die dünnen Haare auf seinem Kopf waren exakt links gescheitelt. Wie immer trug er zum blaugrauen Anzug eine passende Fliege. Dr. Huber schob einen noch sehr dünnen gelben Hefter über den Tisch in Richtung Markus.

„Wir haben wieder zwei Einbrüche in der vergangenen Nacht drüben in Laufen! Der eine galt dem Museum, der andere der Stiftskirche! Beide Male haben die Täter sich ohne große Probleme durch den Hintereingang einfach Zutritt verschafft! Ich verstehe diese Leute nicht! Keine ordentlichen Sicherheitsvorkehrungen!"
Er schnaufte ärgerlich und rieb sich das Kinn, dann sprach er weiter, ohne dass Markus auch nur einen Satz dazu sagen konnte.

„Sowohl im Heimatmuseum als auch in der Kirche hat man auf Sicherheitsanlagen verzichtet. Und wir können die Sachen jetzt wieder herbeischaffen!" Endlich hatte er sein Pulver vorerst verschossen und Markus konnte ihm antworten.

„Herr Rat! Meines Wissens hat die Bereitschaft die Streifen verschärft. Im gesamten Kreisgebiet sind fünf Wagen mehr im Einsatz als sonst. Wir können nicht jede Kirche und jedes Museum bewachen! Vielleicht sollten die Kirchen und die Museen eine Zeit lang eigene Wachen aufstellen, bis wir die Bande erwischt haben! Es hilft nichts, wenn wir dauernd nur hinterherhecheln. Diese Einrichtungen müssen sich erst mal selber um ihre Sicherheit sorgen und eventuell selber für Wachen sorgen. Ich verstehe sowieso nicht, warum nicht einmal ein Museum mit der Polizei direkt verbunden ist!"
Doktor Huber nickte nachdenklich.

„Das wäre doch zumindest eine Möglichkeit, ja!" Dr. Huber sah Markus zweifelnd an.

„Sind Sie sich da auch wirklich sicher, dass es sich um eine Bande handelt?" Markus nickte vehement.

„Natürlich Herr Rat! Wenn in einer Nacht, in einem Ort und zur gleichen Zeit, an zwei verschiedenen Stellen eingebrochen wird, dann müssen das mehrere Leute sein. Ist doch logisch!"
Da Dr. Huber nicht unlogisch sein wollte, nickte er langsam. Dann sah er auf, als es an der Tür klopfte. Mehrere Beamte in Uniform und einige in Zivil traten ein. Susi war auch dabei. Dr. Huber erhob sich und sah alle der Reihe nach an.

„Meine Damen und Herren, ich habe Sie rufen lassen! Bitte setzen Sie sich!" Er machte eine einladende Geste. Dann sah er jeden der Reihe nach an.

„Ich habe Sie alle hierher gerufen, weil sie ab sofort die Arbeitsgruppe „Kunstraub" bilden. Halblautes Gemurmel kam auf und Markus sah zu Susi, die auf der anderen Seite des Tisches saß, und grinste sie an. Dr. Huber fuhr fort.

„Der Leiter dieser Arbeitsgruppe ist ab sofort unser Kollege Ludwig! Herrschaften, ich will auf schnellstem Wege Ergebnisse sehen! Die Bezirksregierung macht mir Druck, also ans Werk! Ich möchte jeden Tag, mindestens bis zum Abend vor Dienstschluss, informiert werden! Ich danke Ihnen!" Er stand auf und öffnete die Tür, und einer nach dem anderen verschwand wieder, um sich dann bei Markus Ludwig im Büro einzufinden.

Drei Wochen später …

Die Kirchturmuhr schlug gerade 1.00 Uhr, als ein weißer Transporter langsam auf die Ortstrasse von Karlstein einbog. Mit gedrosseltem Tempo fuhr der Wagen einen kleinen Hügel hinauf, wendete dann und blieb stehen. Die Scheinwerfer verloschen und die Beifahrertür öffnete sich leise. Zwei junge Männer stiegen aus und öffneten dann die Seitentür des Wagens. Dieser entstieg eine weitere Person. Leise sprachen sie miteinander, ehe jeder einen kleinen Rucksack schulterte und in Richtung der nahen Kirche lief. Die drei Personen sahen sich mehrmals um und lauschten in die Nacht hinein. Irgendwo bellte ein Hund im Ort, dem ein anderer antwortete. Ansonsten war es ruhig. Der Halbmond hatte sich gerade hinter einigen Wolken versteckt. Vorsichtig näherten sich die drei Gestalten, in dunklen Jacken und Mützen, der kleinen Kirche.
Reni deutete auf die kleine Seitenpforte. Sofort begab sich einer der Jungen dorthin, während die anderen im Schatten einer Tanne stehend, noch abwarteten.
Leises Klirren war zu hören, als Karlchen begann das Schloss zu öffnen. Dann aber hatte er es geschafft und gab mit der Hand ein Zeichen. Schnell huschten sie nacheinander durch die Tür ins Innere der Sakristei. Mit den Taschenlampen leuchteten sie

das Innere der Kirche ab. Reni lief leise auftretend zum Altar, der zu beiden Seiten von je einem Engel begrenzt wurde. Sie winkte ihren Bruder herbei.

„Lukas, komm her! Versuche den Engel zu lösen! Schnell!", flüsterte sie begeistert und strich mit der Hand über den Kopf des Engels. Lukas schob ihre Hand weg und tippte sich an die Stirn.

„Bist Du verrückt, he? Das gibt doch Spuren! Wo sind deine Handschuhe?", flüsterte er ärgerlich. Dann kletterte er nach oben und begann mit dem Versuch den Engel vom Altar zu lösen. Reni hatte sich inzwischen mit Karlchen daran gemacht, zwei Marienbilder im Rucksack zu verstauen. Plötzlich gab es einen lauten Rumms! Lukas sprang von seinem Sockel herunter und wäre um ein Haar vom herunterfallenden Engel getroffen worden. Einen Augenblick standen sie starr da und lauschten in die nächtliche Stille. Als nichts geschah, wickelte Lukas den Engel in eine mitgebrachte Decke. Reni sah auf ihre Uhr, dann hob sie den Arm.

„Aufhören, die Zeit ist um! Wir ziehen ab!", befahl sie halblaut. Die Jungs hörten auf sie wie auf Kommando. Sie wollten auch diesmal ihrer Devise treu bleiben – reingehen, etwas mitnehmen und wieder verschwinden! Das alles durfte nicht länger als zehn Minuten dauern. Die Zeit war um!

Vorsichtig schlichen sie sich wieder zum Ausgang. Lukas öffnete gerade wieder die Tür der Sakristei, als er sich plötzlich zwei Gestalten gegenübersah, die ihn sofort angriffen und zu Boden werfen wollten. Reni sprang hinzu und schon sprühten plötzlich helle Funken. Jemand schrie laut und schmerzhaft auf. Reni brüllte:

„Los, lauft zum Auto!", während sie sich eines Dritten erwehren musste, der auf sie einschlug und versuchte sie festzuhalten. Doch gewandt wie eine Katze, wich sie seinen Schlägen aus, und landete zwei kräftige Fußtritte gegen das Knie des Angreifers. Der schrie vor Schmerz auf und taumelte rückwärts, um sich dann rücklings auf den Boden fallenzulassen. Die Zeit reichte Reni aus, um Lukas hinterherzurennen, der mit seinem schweren Engel schlecht vorwärtskam.

Plötzlich aber schoss der Transporter rückwärtsfahrend heran und bremste vor ihnen scharf ab. Die Seitentür stand bereits offen und alle drei sprangen nacheinander hinein. Dann preschte der Wagen mit Vollgas und abgeblendetem Licht wieder davon. Wenig später waren nur noch zwei kleine Lichtpunkte in der Ferne zu sehen.

Die drei Jugendlichen der Jugendfeuerwehr Karlstein rappelten sich wieder langsam auf. Während der eine immer noch sein schmerzendes Knie hielt, saß der andere bleich am Boden und zitterte. Der Stromschlag hatte ihn förmlich zu Boden geschleudert. Er japste leise.

„Da war ein Mädchen dabei, mit einem Elektroschocker! Mir ist immer noch schlecht. Verdammte Scheiße, wir müssen sofort die Polizei anrufen!"

Der am Knie verletzte junge Mann humpelte zu seinem Kumpel, der am Boden saß und sich mit zittrigen Fingern eine Zigarette anzündete.

„Hast Du das Nummernschild erkannt?", fragte er ihn. Doch der zuckte nur mit den Schultern.

„Die Karre tauchte auf einmal wie ein Phantom aus der Dunkelheit auf! Ich weiß aber nicht woher. Und die Nummer war eine aus Salzburg! Jetzt klauen schon die Ösis bei uns, verdammte Scheiße!", fluchte er halblaut.

Endlich hatten sie die Polizei am Telefon und erzählten, was gerade vorgefallen war. Der Mann von der Zentrale bat sie vor Ort zu bleiben. Einer der Jungs stand auf und warf den Zigarettenrest weg.

„Ich gehe jetzt den Pfarrer informieren. Wenn die Bullen kommen, muss der auch da sein." Dann marschierte er los in Richtung Pfarrhaus.

Die Meldung vom Raub in der Wallfahrtskirche Maria Gern erreichte Oberkommissar Markus Ludwig gleich am Morgen bei Dienstantritt. Und sie versaute ihm die Morgenstimmung ganz gewaltig! Wieder schickten sie die KTU zum Tatort, die dann wieder feststellte, dass es drei Personen gewesen sein mussten. Dies wiederum deckte sich auch mit den Aussagen der Jugendlichen von der Jugendfeuerwehr. Doch diesmal gab es eine neue Information. Es mussten zwei Jungen und ein Mädchen sowie ein Fahrer sein, die da des Nachts unterwegs gewesen waren. Und wieder tauchte der weiße Transporter mit Salzburger Kennzeichen im Bericht auf.

Markus, Susi und der Kollege Bernhard von der KTU machten gerade ihr zweites Frühstück im Büro.

„Ich kann mir nicht vorstellen, dass wir es mit einer Bande aus Österreich zu tun haben", bekannte Bernhard gerade. Er biss in seine Wurstsemmel und schüttelte den Kopf.

„Glaube ich auch nicht! Ich wette mit Euch um ein Monatsgehalt, der Kopf der Truppe ist unser Fredo Hohlmayer! Die haben sich tatsächlich auf Kunstsachen spezialisiert! Ich wette, die klauen nur das, was ihnen aufgetragen wird, zu klauen. Und sie haben inzwischen einen Hehler gefunden, der ihnen das Zeug abnimmt", bemerkte Susi und biss herzhaft in einen Apfel. Markus nickte nachdenklich.

„Das glaube ich auch! Also müssen wir alle einschlägig bekannten Figuren der Hehler unter die Lupe nehmen! Vielleicht taucht ja wieder ein Stück der Beute auf." Susi grinste beide an.

„Oder sie bieten das Zeug tatsächlich auch den seriösen Händlern an oder gar auf E-Bay. So dämlich schätze ich die nämlich ein." Markus reckte sich in seinem Sessel.

„Aber die Idee der Jungs von der Feuerwehr in Karlstein, war ja eigentlich nicht schlecht. Das müssten möglichst viele Dörfer so machen und wir haben bald Erfolg!" Susi stand auf und holte sich einen neuen Kaffee.

„Da ist mir nicht wohl dabei! Wenn es tatsächlich Fredo ist, hat der Knabe garantiert auch meine Pistole dabei. Was ist, wenn er sich bedroht fühlt und abdrückt?" Markus deutete auf einen A4-Zettel auf seinem Schreibtisch.

„Die Fahndungsfotos mit der Beschreibung von Hohlmayer sind heute früh raus. Hoffentlich meldet sich bald jemand daraufhin. Wir können schließlich nicht vor jeder Kirchentür Wache schieben."

Reni war am frühen Morgen runter in den Ort gefahren. Den Transporter stellte sie eine Querstraße weiter ab, dann schlenderte sie in Richtung EDEKA. Plötzlich stutzte sie. Am Laternenpfahl vor ihr klebte ein Zettel und ein Bild starrte sie an. Sie trat näher heran und las.

„Achtung! Gesucht wird der 17-jährige Fredo Hohlmayer! Hohlmayer ist etwa 1,70 groß, hat rotes kurzes Haar und trug zuletzt eine gelbrote Windjacke. Möglicherweise ist die Bande in einem weißen Transporter der Marke „Renault" unterwegs. Vorsicht! Hohlmayer ist bewaffnet! Zweckdienliche Angaben an ... "

Reni atmete mehrmals tief durch und überlegte krampfhaft, was sie jetzt tun sollte. Fredo und der Wagen standen auf der Fahndungsliste der Polizei. Es war also nur eine Frage der Zeit, wann sie auffliegen würden! Ein paar Meter weiter lag eines der Flugblätter am Boden, sie hob es auf und steckte es schnell ein. In Gedanken versunken, betrat sie den kleinen Supermarkt, wie er in den Dörfern so üblich war. Es gab das Notwendigste, was man eben so brauchte. Größere Einkäufe musste man in der nahen Stadt machen. Unwillkürlich war sie vor dem Regal mit Frisierartikel stehen geblieben. Da kam ihr eine Idee – sie musste Fredo erst mal die Haare färben! Und ihre eigenen vielleicht auch. Für Fredo nahm sie schwarz, für sich selber braun und eine Schachtel mit blond. Nach dem Kauf einiger Lebensmittel und Getränken ging sie zur Kasse zahlen.

Langsam ging sie den Bürgersteig entlang, besah sich die Auslagen eines kleinen Modegeschäfts und ertappte sich bei der Vorstellung, mal wieder aus ihren alten Jeans, dem genauso alten Pulli und in frische Unterwäsche zu kommen. Sie war jetzt 21 Jahre alt. Sie und Bruder Lukas hatten das Jugendamt, als sie schon zehn Jahre alt war, zu Pflegeeltern geschickt. Doch dieses ältere Ehepaar war so spießig gewesen, dass sie es nicht ausgehalten hatten. Nun waren sie zwar noch in Rosenheim gemeldet, lebten aber schon seit Jahren auf der Straße.

Reni setzte sich auf eine Bank neben einem Denkmal. Sie musste nachdenken. Als sie auf Fredo trafen, hatten sie sich ihm angeschlossen. Ihr Bruder Lukas war seit dem Feuer und Flamme von ihm. Im Grunde war Lukas ein Träumer, der lieber auf einer Wiese saß und die Natur zeichnete. Ihre Mutter hatte der Alkohol weggerafft, als sie zwölf war. Als die Oma krank wurde, mit ihnen nicht mehr fertig wurde, kamen sie zu Pflegeeltern. Karlchen war es ähnlich ergangen. Eines Tages war er einfach losgelaufen, weiter, immer weiter. Jetzt war er wie ein zweiter Bruder für sie. Und nun kam Fredo noch dazu. Auch so einer, der mit sich nicht ins Reine kam. Jetzt war sie für ihn gleichzeitig große Schwester und Geliebte in einer Person. Aber wie sollte das weitergehen? Sie konnte und sie wollte die Drei nicht ewig bemuttern! Denn insgeheim sehnte sich auch selber nach Ruhe und Geborgenheit. Und mit dem durchgeknalltem Fredo eine Familie gründen, und vielleicht auch noch mit Kind, das war Quatsch! Dann hatte sie vier Kinder am Hals.

Langsam dämmerte ihr die Gewissheit, dass sie weg musste! Notfalls auch ohne ihren Bruder! Aber wohin? Plötzlich rannen ihr Tränen über die Wangen, die sie schnell wieder abwischte.

„Jetzt werde nicht noch sentimental, Du blöde Kuh", schalt sie sich und stand auf. Sie musste zurück, die Jungs würden sicher schon auf sie warten.

Gerade als Reni um die Ecke bog, überholte eine Funkstreife ihren weißen Transporter. Fuhr daran vorbei und bog dann in die Hauptstraße ein. Reni stockte der Atem dabei. Wenn die Karre erst einmal gefunden war, dann konnten sie alle Aktivitäten abschreiben. Ohne ein Transportmittel ging gar nichts mehr! Also, was tun?

Reni überlegte, während sie langsam zum Wagen ging. Bevor sie einstieg, schaute sie sich noch mal um, doch die Straße war leer. Also fuhr sie einfach los.

An der Einmündung in die Hauptstraße schaute sie zuerst nach links und rechts, doch von der Funkstreife war nichts mehr zu sehen. Die waren wohl blind gewesen. Und dann fiel es ihr ein. Ja, sie brauchte Farbe! Die Karre musste eine andere Farbe bekommen. Aber woher nehmen und nicht stehlen? Kurz entschlossen kehrte sie um und fuhr nach Bad Reichenhall. Am Hagebaumarkt hielt sie an. Sie checkte ihre Barschaft, die an die zweihundert Euro betrug. Das war aber auch das einzig Gute an der ganzen Situation, sie hatte endlich einmal genügend Kohle in der Tasche. Vor dem Auftauchen von Fredo hatten sie von der Hand in den Mund gelebt und manchmal auch gehungert. Seit sie mit dem Rothaarigen unterwegs waren, hatten sie immer Geld in der Tasche, und Fredo teilte gerecht.

Reni schlenderte durch den Baumarkt zu den Farbregalen. Eine Verkäuferin, die gerade vorbei kam, frug sie nach einer schnell trocknenden Außenfarbe für Metall, die leicht verdünnbar war. Die Auskunft reichte ihr, um vier Büchsen braune Farbe zu kaufen und zwei Büchsen Verdünnung. So, Farbe hatte sie nun, aber wie auftragen?

Plötzlich stand sie vor einem Regal mit Farbspritzpistolen. Aber alle brauchten einen Kompressor! Sie sah sich um. Zwei Regale weiter stand ein junger Mann vom Baumarkt und zählte gerade die Farbeimer.

Reni trat an ihn heran. Ihn mit ihren blauen Augen anhimmelnd, räusperte sie sich. Der junge Mann sah sie lächelnd an.

„Kann ich was für Sie tun?", fragte er Reni. Sie erklärte ihm, dass sie eine Spritzpistole ohne Kompressor suchen würde. Der junge Verkäufer sprang sofort auf Reni an und begann sie zu beraten. Er empfahl ihr eine elektrische Spritzpistole, gut und billig. Reni nahm sie strahlend aus seiner Hand entgegen. Der junge Mann stand lächelnd daneben.

Ganz plötzlich aber fragte er Reni etwas unsicher:

„Könnten wir uns nicht mal treffen? Ich finde Sie einfach Klasse. Wie Sie das so managen mit der Spritzerei!" Reni drehte sich zu ihm um und lächelte ihr schönstes, aber auch hintergründigstes Lächeln.

„Da würde mein lieber Mann sicher was dagegen haben!", antwortete sie. Sie sah, wie dem Jüngling förmlich die Kinnlade herunterklappte und stotterte:

„Ach so, Sie sind verheiratet. Bitte entschuldigen Sie!" Dann machte er auf dem Absatz kehrt und verschwand eilig. Reni sah ihm noch einen Augenblick nachdenklich hinterher. Das wäre sicher einer gewesen, mit dem man ein geregeltes Leben hätte führen können. Wie hatte er geheißen? Michael Löwe, sie lächelte. Na ja, wie ein Löwe hatte er ja nicht gerade ausgesehen, aber kam es darauf überhaupt an?

Reni fuhr gerade wieder den Waldweg zurück zur Hütte, als ihr auf einmal ein Auto entgegen kam. Es waren Waldarbeiter, die wohl ihre Arbeit beendet hatten. Als sie mit dem Transporter ausweichen musste, machten die Drei gegenüber im Auto lange Hälse und winkten ihr zu. Doch Reni übersah es und fuhr stur weiter. Als sie an der Hütte ankam, warteten die Jungs schon ungeduldig.

Alle stürmten auf sie ein sie hätten Hunger. Wortlos ging sie in die Küche zum Küchentisch. Dann stellte sie ihren Korb ab. Einen Augenblick sah sie sich in der Runde um. Dann griff sie

in ihre Jackentasche und knallte mit Schwung das Fahndungsplakat auf den Tisch. Alle drei starrten entsetzt darauf. Urplötzlich herrschte lähmendes Schweigen, alle starrten wortlos auf
das Foto. Nur Fredo begann zu grinsen.

„Na schön geraten ist das ja nicht gerade!" Die anderen
begannen Witze zu machen. Fredo der Pistolenräuber und so
weiter. Aber da platzte Reni endgültig der Kragen!

„Seid Ihr denn alle schon so verblödet, dass Ihr nicht wisst,
was das heißt, he? Ihr Deppen findet das wohl noch voll geil,
oder wie? Dabei kann jeder Dorfpolizist unseren Wagen wieder
erkennen! Nach uns wird jetzt bayernweit gefahndet! Habt Ihr
Hornochsen das geschnallt? Vorbei mit lustigem Einbruch hier
und mal da! Und wozu brauchst Du Idiot eigentlich eine Knarre, he?", brüllte sie rot vor Zorn Fredo an.

„Sag schon! Wozu? Bevor sie Dich fragen wie Du heißt,
schießen sie jetzt auf Dich, Du Idiot! Gib das Ding sofort her,
los!", schrie sie Fredo mit überschnappender Stimme an. Innerhalb von Sekunden war aus der süßen Reni ein 1,60 m großer
Drachen geworden! Ihre grünen Augen blitzten die anderen
wütend an.

Fredo stand wortlos, mit gesenktem Blick und zitternden Fingern auf dem Tisch, da. Seine wochenlang schön geträumte
Welt war mit einem Schlag zerbrochen!

Plötzlich drehte er sich mit einem Ruck herum und hatte plötzlich ein spitzes Messer in der Hand. Er sah Reni mit zusammengekniffenen Augen von unten herauf an. Seine Stimme zitterte
und war rau wie Sandpapier.

„Schimpf mich ja nicht noch einmal Idiot! Wenn Du das noch
einmal zu mir sagst, steche ich Dich ab! Niemand nennt mich
einen Idioten!", entgegnete er wütend. Die beiden Jungs waren
vom Tisch zurückgewichen. Lukas starrte angstvoll auf das
Messer in Fredos Hand. Er war dem Weinen nahe. Ein kleiner
Junge mit großer Angst.

„Hör auf Fredo! Reni hat das doch nicht so gemeint! Leg doch
das Messer weg!", bat er ihn weinerlich. Da warf Fredo das
Küchenmesser plötzlich auf den Tisch und verließ wortlos die
Küche. Alle sahen ihm erschrocken hinterher. Reni wischte sich
die Tränen ab und nahm ihren kleinen Bruder in die Arme.

Allen war klar, das konnte das Ende ihrer Idylle hier draußen im Wald sein, wenn Fredo sie jetzt rausschmiss.

Reni stellte sich an den Herd und begann Schnitzel zu braten. Sie musste sich ablenken. Aber Fredos Auftritt hatte ihr gezeigt, wie er reagieren würde, wenn sie einmal in Gefahr kämen. Er würde wohl jeden umbringen, ohne zu zögern. Sie musste einen Schlussstrich unter diese Sache ziehen! Aber wie?

Als alle am Tisch saßen und essen wollten, fehlte nur noch Fredo. Karlchen wollte aufstehen und ihn holen, doch Reni hielt ihn am Ärmel zurück.

„Bleib sitzen, ich gehe selber!" Sie fand Fredo mit verheulten Augen im Wagen. In der Hand hielt er seine Pistole. Als Reni auf den Beifahrersitz rutschte, hielt er sich plötzlich den Lauf der Waffe unter das Kinn und verzog das Gesicht zu einem verzerrten Grinsen.

„Soll ich abdrücken? Dann hast Du mich endlich los! Mich braucht sowieso keiner! Und ihr könnt wieder alte Leute beklauen." Reni legte ihre Hand auf die Waffe und drückte sie sanft nach unten.

„Hör bitte auf Fredo! Ich habe das wirklich nicht so gemeint. Ich war doch nur wütend. Die Lage ist zu ernst und ihr macht, wie kleine Jungs, noch Witze! Ich wollte Dich bestimmt nicht beleidigen, glaub es mir! Bitte, leg die Pistole weg", bat sie ihn wieder leise. Plötzlich legte ihr Fredo die Pistole in den Schoß.

„Na gut, heb sie für mich auf! Aber nicht einfach wegwerfen, das kann noch mehr Unheil anrichten. Ich weiß wem sie gehört. Es wäre nicht gut, wenn damit noch jemand umgebracht würde! Klaro?" Reni nickte erstaunt. Im Innersten staunte sie manchmal, wie rational Fredo denken konnte. Sie gab ihm einen langen begehrlichen Kuss.

„Komm. Dein Schnitzel wird kalt. Außerdem müssen wir noch was gemeinsam bereden." Sie stieg wieder aus und Fredo folgte ihr zurück in die Küche. Er setzte sich wortlos an den Tisch und begann zu essen. Keiner sagte ein Wort. Als Reni wieder hereinkam, setzte sie sich demonstrativ neben Fredo auf den freien Stuhl. Es sollte allen signalisieren – es ist alles wieder gut! Aber war es das wirklich?

„Also hört mir mal zu, Jungs! Wir müssen unbedingt den Wagen umspritzen, ein weißer Renault wird gesucht!"

„Aber wie willst Du denn das machen, wir können das doch nicht hier draußen machen, und wie?", maulte Karlchen los. Reni griff nach dem Einkaufsbeutel und stellte die vier Büchsen Farbe und die Verdünnung auf den Tisch. Lukas sah seine Schwester baff an.

„Woher ist die denn?" „Gekauft, Bruderherz, im Baumarkt." Alle nickten beeindruckt. Nur Karlchen moserte wieder.

„Und wo sind die Pinsel zum Streichen?" Reni lachte leise, griff noch mal in den Beutel und legte dann langsam die Schachtel mit der elektrischen Spritzpistole auf den Tisch. Allgemeine Sprachlosigkeit war die Folge. Sie sah die Jungs an.

„Morgen früh waschen wir zuerst den Transporter im Hof. Dann fahren wir ihn in die Scheune und spritzen ihn um!" Lukas strahlte seine Schwester an.

„Eh, geil! Wie bist Du nur auf die Idee gekommen?" Reni lachte und brachte noch die drei Packungen Haartönung zum Vorschein.

„Als mir klar wurde, dass wir aus diesem rothaarigen Kumpel dort, einen schönen Braunhaarigen machen müssen! Auf dem Fahndungsplakat steht – rothaariger junger Mann! Also wird er, genau wie der Transporter, umgefärbt!"

Karlchen und Lukas lachten sich krumm, und nur Fredo sah Reni dankbar an und nickte. Karlchen krähte laut:

„Eh, und wer bekommt hier das Blond?", und hielt dabei die Schachtel hoch.

„Eigentlich wollte ich ja erblonden. Aber wenn ich jetzt auf mein Schwarz Blond auftrage, könnte das Rot oder Orange werden und dann werden sie mich festnehmen, anstatt Fredo", scherzte Reni.

„Aber Ihr beiden könnt die Haare ja blondieren, Fredo und ich, wir werden ab jetzt braun tragen. Los geht's, Jungs! Antreten zum Haare waschen! Dann gibt's Farbe drauf!"

Zwei Stunden später besahen sie ihr Werk im Spiegel. Ihre Haare hatten das Braun gut angenommen, und Fredos auch. Die beiden anderen sahen nun aus wie Zwillinge, alle beide waren blond geworden. Eine Weile betrachteten sie sich gegenseitig und im Spiegel. Die Spannung, die noch vor Stunden geherrscht hatte, schien verschwunden zu sein. Nur einer grübelte an diesem Abend noch weiter, und dieser eine war Fredo.

Die Nacht war mondhell und erleuchtete das Zimmer matt. Fredo lag neben Reni. Zum ersten Mal getrennt unter ihren Decken. Reni lag auf dem Rücken und hatte ihre Decke bis zum Kinn hochgezogen, die Arme lagen seitlich auf der Decke. Plötzlich spürte sie Fredos Hand auf der ihren. Er drehte sich langsam zu ihr herum.

„Du willst nicht mehr mit mir pennen, he? Weil ich das Messer in der Hand hatte?", fragte er sie leise. Reni drehte den Kopf zu ihm.

„Es geht sowieso im Moment nicht, Fredo! Schließlich will ich kein Kind in die Welt setzen und es dann auf der Straße großziehen. Ist doch verständlich, oder?" Sie hörte, wie Fredo tief atmete und sah wieder zu ihm hinüber. Langsam drehte sie sich zu Fredo und stützte den Kopf auf eine Hand auf.

„Hast Du Dir schon mal überlegt, wie das weiter gehen soll mit uns und der ganzen Truppe? Willst Du denn ewig auf der Flucht sein?" Fredo stützte ebenfalls seinen Kopf auf die Hand auf. Er atmete hörbar schnell und so etwas wie Verzweiflung lag in seiner Stimme.

„Ach so, Du willst weg von uns? Hast die Schnauze voll, ja. Wir sind für Dich so was wie ein Kindergarten! Du bist hier die Erwachsene und wir Deine Gören!"
Reni legte ihre Hand auf seinen Kopf, zog ihn leicht herunter. Dann gab sie ihm einen Kuss. Dabei wusste sie, dass er recht hatte. Mochte er auch manchmal stur sein wie ein Esel, im Inneren war er verletzlich wie ein kleiner Junge. Doch dann hörte sie sich sagen:

„Rede keinen Unsinn, Fredo! Wir müssen nur langsam umdenken. Etwas anderes machen! Diesmal hat Karlchen nur ein blaues Auge dabei erwischt, aber die werden jetzt wohl überall aufpassen und auf uns warten!"
Fredo setzte sich plötzlich aufrecht hin und umschlang seine Knie mit den Armen.

„Du magst ja recht haben Reni, aber das Ding in Bad Reichenhall ziehen wir noch durch! Der Russe hat mir versprochen, dass er uns 10.000 Euro auf die Hand zahlt, wenn wir ihm die ausgesuchten Stücke bringen. Er wird sie sich morgen ansehen und sein Zeichen hinterlassen. Wir gehen dann Freitagnacht rein und holen die Sachen. Er hat mir eine Liste gegeben und wo das Zeug zu finden ist. Wir teilen das Geld gerecht auf und dann ist von mir aus Schluss! Ich schlage mich auch alleine durch, ohne Euch!" Dann setzte er noch leise hinzu:

„Irgendwann musste es ja mal so kommen. Hab mir schon gedacht, dass Du nicht mit mir zusammenbleiben willst. Da hat es mein feiner Bruder einfacher. Er hat einen Job bei der Stadt, eine Freundin und bald bestimmt auch ein Haus. Und was habe ich? Nix, nur Scheiße am Hals!"

Er ließ sich in das Kissen zurückfallen und drehte sich von Reni weg zum Fenster. Die lag in ihrem Kissen und wischte sich die Tränen ab. Armer Fredo! Aber eine gemeinsame Zukunft mit ihm, nein, das war Utopie! Irgendwann übermannte sie dann doch der Schlaf, da krähte irgendwo in der Ferne schon ein Hahn.

Reni rieb sich die Augen und blinzelte in die Sonne, die zum Fenster herein schien. Das Bett neben ihr war leer. Sie stand auf und schlurfte in die Küche, wo ihr Frühstück noch auf dem Tisch stand. Die Jungs waren schon draußen auf dem Hof und der Transporter stand bereits in der Scheune. Für einen Augenblick sah Reni durch das kleine Fenster zum Anfahrtsweg hinaus und erschrak. Gerade hielt dort das Auto vom vergangenen Tag mit den Waldarbeitern. Reni sprang in die Gummistiefel und fegte im kurzen durchsichtigen rosa Nachthemd auf den Hof. Lukas sah sie als Erster und lachte.

„He, Du bist ja durchsichtig!", rief er und sah zu Fredo hinüber, der in der Tür der Scheune stand und grinste.

„Haut ab! Los! Verzieht Euch, wir bekommen Besuch!", rief sie den Jungs zu. Karlchen und Fredo schlugen die Scheunentür zu, nur Lukas fand in der Eile kein Loch, in dem er verschwinden konnte. Und da standen die drei Waldarbeiter auch schon am Tor.

„Hallo! Ist hier jemand!", rief einer von ihnen laut. Reni in ihren Gummistiefeln und dem durchsichtigen Nachthemd trat ein paar Schritte hinter dem Wasserfass hervor und sah die Arbeiter mit zusammengekniffenen Augen an.

„Was wollen Sie?", rief sie zurück. Die drei Kerle standen für einen Augenblick erschrocken da und starrten auf Reni in ihrem durchsichtigen Aufzug. Dieser Anblick schien dem Rufer am

Tor für Sekunden die Sprache verschlagen zu haben. Die anderen beiden starrten sie nur an und sagten kein Wort. Sie grinsten wie Honigkuchenpferde, und Reni ging zum Angriff über.

„Na was ist los he, noch keine Frau im Nachthemd gesehen? Was wollt Ihr von uns?" Zwei der Kerle flüsterten dann irgendetwas, und das war sicher nicht jugendfrei. Der Dritte hatte endlich die Sprache wiedergefunden.

„Das Haus gehörte doch der alten Hornung Resi, ja?" Reni nickte nur wortlos. Jetzt wusste sie also, wem das Haus mal gehört hatte. Der Waldarbeiter fuhr weiter fort.

„Na ja, ich frage mich nur, was Sie dann hier machen. Denn die alte Frau ist ja schon vor zwei Jahren gestorben. Seitdem steht das Haus leer, und Erben gibt es wohl nicht, wie man weiß! Deshalb wird die alte Hütte auch bald mal zusammenfallen, oder?" Reni schüttelte den Kopf.

„Nee, nee die Tante Resi hat damals das Haus meiner Mutter auf dem Sterbebett versprochen. Das heißt, sie hat meiner Oma gesagt, dass sie das Haus mal kriegen soll. Sogar einen Notar hatten sie noch geholt. Ich war zu dieser Zeit auf einem Internat in England, ich war also nicht dabei. Anfang des Jahres ist meine Mutter plötzlich gestorben. Jetzt bin ich mit meinem Mann dabei, hier erst mal Ordnung zu schaffen."
Dabei nickte sie hinüber zu ihrem Bruder, der ziemlich bedröppelt dreinschaute, als er plötzlich der Mann seiner Schwester sein sollte. Ideen hatte die Reni manchmal, auf einem Internat in England! Auf so was musste man erst mal kommen! Der Waldarbeiter nickte lachend und wand sich ab.

„Na dann ist es ja gut, junge Frau! Wir wollten nur sichergehen, dass sich hier keine Assis einnisten!" Und zu Lukas gewandt: „ He junger Mann, Sie sollten vielleicht etwas mehr auf Ihre hübsche Frau aufpassen! So junge und hübsche Frauenzimmer werden manchmal von den „Waldhus" des Nachts weggefangen und entführt, damit sie ihnen ein Kind schenken!", lachte er und verabschiedete sich. Reni tippte sich an die Stirn. Als er das sah, hob er eine Hand mit einem Daumen nach oben und nickte dazu.
Reni lächelte geschmeichelt, es gab also doch noch Männer, die sie bezirzen konnte. Als sie aber plötzlich an sich heruntersah, hielt sie plötzlich die Hand vor den Mund.

„Mann, o Mann, ich bin ja fast nackig!", entfuhr es ihr und sie rannte zurück ins Haus. Vor dem Spiegel sah sie die Bescherung. Sie hatte die ganze Zeit völlig durchsichtig vor den Kerlen gestanden! Dabei hatte sie weder Slip noch BH an. Zufrieden betrachtete sie sich einen Augenblick im Spiegel, dann begann sie sich anzuziehen. Als sie wieder in den Hof hinausging, standen plötzlich ihre drei Musketiere auf dem Hof. Jeder mit einem Blumenstrauß aus Waldblumen in der Hand. Reni lachte überrascht.

„Sind die für mich?" Fredo nickte und trat nach vorn, so als wollte er den Anfang machen.

„Reni, wir haben uns beredet. Du kannst gehen, wenn Du unbedingt willst. Wir drei machen noch weiter. Diesen Auftrag in Bad Reichenhall machen wir auch alleine. Dein Bruder bekommt Deinen Anteil dazu, er kann ihn Dir ja dann irgendwann geben." Dann drückte er ihr den kleinen Strauß in die Hand und gab ihr einen Kuss auf die Wange. Lukas trat vor. Reni sah, dass er sehr traurig war.

„Wenn Du unbedingt abhauen willst, dann musst Du gehen Schwesterherz. Ich komme auch alleine ohne Dich klar! Fredo und Karlchen werden mir helfen. Hier, die sind von mir!" Er drückte ihr den Blumenstrauß in die Hand, drehte sich schnell um und lief nach hinten, in den wilden Garten. Karlchen sagte zuerst gar nichts, gab ihr den Strauß und drehte sich weg. Doch dann überlegte er es sich doch noch und wandte sich ihr wieder zu. Er sah Reni beinahe böse an.

„Was willst Du Deinem Bruder mal erzählen, wenn er älter ist, he? Warum Du ihn einfach auf der Straße abgestellt hast, wie einen alten Eimer Farbe? Du denkst nur an Dich, Reni!"
Er dreht sich um und ging hinter Lukas her in den Garten. Reni sah Fredo in die Augen, der immer noch dastand. Auch in seinen Augen sah sie es glänzen. Er war genauso den Tränen nahe, wie sie selber. „Fredo!", sagte sie nur leise. Er schüttelte den Kopf.

„Geh ruhig, wir drei überleben das schon! Danke für alles, was Du für uns getan hast. Und jetzt geh einfach!" Er drehte sich weg und ging in die Scheune zurück, um die alten Klebestreifen vom Transporter noch zu entfernen. Der Transporter sah nun braun aus, beinahe so braun, wie seine Haare. Doch Reni ging ihm in die Scheune nach.

„Hör mal, dass ich mir Gedanken mache um uns alle, ist doch normal. Oder? Ich will einfach auch mal in einer schönen Wohnung leben, vielleicht einen Mann haben und ein Kind. In Urlaub fahren oder einfach nur glücklich sein. Ist das so unverständlich, Fredo?" Er schüttelte den Kopf.

„Nee, ist es natürlich nicht. Aber das ich dabei keine Rolle spiele, habe ich schon begriffen." Reni lächelte ihn an und nahm ihn am Arm.

„Sei ehrlich! Würdest Du das selber wollen? Einen Job, Wohnung und alles andere?" Fredo dachte einen Augenblick nach. Dann sagte er langsam: „Wollen schon, aber wer will das mit einem machen, der von den Bullen gesucht wird! Du nicht und jede andere auch nicht! Und im Knast hast Du keine Wohnung, keinen Job und Freunde, die Dich besuchen kommen. Du bist und bleibst ewig ein Knacki!" Reni nickte nachdenklich.

„Da hast Du zwar recht, aber wenn Du Deine Strafe abgebrummt hast, kannst Du das alles noch machen. Bis jetzt Fredo, können sie Dir nur Diebstahl und Entführung einer Polizistin vorwerfen. Du bist noch keine 18. Wenn Du Glück hast, gibt es ein paar Jahre, dann kommst Du wieder raus." Fredo schüttelte den Kopf und winkte resigniered ab.

„Reni, wenn das so einfach wäre, hätte ich mich doch schon längst gestellt. Aber so einfach ist das eben nicht!" Und dann erfuhr Reni die ganze Geschichte von Maria Lombardi, die zu viel Crystal Meth genommen hatte, von Bettina Monhaupt, die er nach der Disco überfallen und vergewaltigt hatte, von Aljona, die ebenfalls auch zu viel Crystal Meth genommen hatte, von der blonden Barbara und das er mit jeder der Mädels einmal geschlafen hatte. Und dann noch von der Polizistin, die er erst mit K.O.-Tropfen betäubt und anschließend ebenfalls vergewaltigt hatte. Es war eine Lebensbeichte und ein Blick in die Hölle, wenn dieses Mistzeug Crystal Meth mit im Spiel ist Reni erschauerte mit einem Mal innerlich und trat einen Schritt zurück. Das also war Fredo Hohlmayer, ein Sexmonster, mit dem auch sie ins Bett gegangen war! Und urplötzlich begriff sie auch seine anfänglichen Aussetzer, wenn sie miteinander schliefen. Der Kerl war krank! Er war wie in Trance und konnte einfach nicht mehr aufhören! Mein Gott, was sollte sie jetzt machen? Die Polizei heimlich rufen?

Sie ließ Fredo einfach stehen und ging zum Tor und von dort hinaus in den Wald. Das soeben Gehörte war so unglaublich, so schräg, dass sie es nicht für möglich halten konnte. Wie konnte jemand nur so werden?

Nach einer Stunde in der Einsamkeit des Waldes hatte sie einen Entschluss gefasst. Das Geld aus dem nächsten Bruch brauchte sie für einen neuen Anfang. Danach würde sie einfach heimlich verschwinden und sich nicht mehr umschauen. Lukas war alt genug, er brauchte keine große Schwester mehr. Er musste seinen Weg selber finden, ob nun als Partner von Fredo und Karlchen oder alleine. Seine Einbrüche waren kein großes Hindernis, ein neues Leben anzufangen. Dafür bekam er vielleicht zwei Jahre, mehr nicht. Zum Glück fielen die Drei alle noch unter das Jugendstrafrecht.

Reni setzte sich auf einen dicken Baumstumpf, holte ihren Schreibblock heraus und begann einen letzten Brief an ihren Bruder zu schreiben. Was sie bewog wegzugehen und was sie ihm raten konnte, um sauber zu werden. Es wurde ein sehr langer Brief mit mehreren Seiten.

Als sie in der Hütte wieder ankam, saßen alle drei in der Küche und diskutierten über den nächsten Coup. Sie taten, als sei Reni überhaupt nicht im Raum. Dann reichte es Reni endlich und sie setzte sich mit an den Tisch.

„Jetzt hört mir mal zu Jungs! Egal was Ihr von mir denkt, aber ich bin am Freitag mit dabei! Zu viert haben wir mehr Chancen, als wenn Ihr nur zu dritt seid. Denkt an unseren letzten Coup. Wäre ich nicht mit dem Schocker gekommen, wärt Ihr jetzt vielleicht schon im Knast!" Karlchen lachte laut auf.

„Ach geh Reni! Die hätten wir doch schon richtig vermöbelt, diese Feuerwehrheinis!" Reni schüttelte den Kopf und blies die Backen auf.

„Ach ja, gerade Du Großmaul! Du vergisst dabei wohl Dein blaues Auge, he? Wenn ich den Feuerwehrheini nicht mit meinem Schocker gegrillt hätte, hätte er Dich schon im Schwitzkasten gehabt! Gib doch nicht so an, man!" Lukas klopfte seiner Schwester auf die Schulter.

„Die streitbare Reni hat uns alle rausgehauen, Jungs! Dafür müssen wir ihr schon dankbar sein! Aber recht hat sie Karlchen! Du saßt ganz schön in der Scheiße in diesem Moment! Der Kerl war einen Kopf größer als Du!"

Fredo hatte die ganze Diskussion bisher wortlos verfolgt.

„Hört auf mit dem Stuss Jungs, Reni hat recht! Es hätte ganz doof ausgehen können. Vor allem stand ich mit dem Auto viel zu weit weg von Euch, um noch schnell eingreifen zu können. Das machen wir diesmal anders! Ich stelle mich so, dass Ihr sofort beim Rauskommen schon an der Tür einsteigen könnt! Und Reni macht auf jeden Fall mit! Sie sichert Euch vorn am Ausgang, und ihr geht zu zweit rein und holt die Sachen. Es sind zehn Stücke, alle nicht schwer! Das Ding muss klappen, denn es ist unser Letztes! Ende im Gelände!"

Karlchen und Lukas sahen ihn mit offenem Mund an.

„Schluss? Und dann?", fragte Karlchen etwa fassungslos.

„Dann müsst Ihr Euch selber was einfallen lassen! Ich nehme den Transporter und verziehe mich danach nach Tschechien. Vielleicht gehe ich zu Petrés Schwester. Mit der Kiste kann ich dann dort auch sicher ehrliche Transporte machen." Er sah Reni dabei in die Augen, als ob er herausfinden wollte, ob auf die Art, für ihn noch eine Chance bei ihr bestand. Reni nickte leicht und lächelte dabei. Was Fredo daraus schlussfolgerte, wusste sie nicht. Doch sie ahnte es und war innerlich traurig, ihn doch enttäuschen zu müssen. Aber für sie und diesen verrückten Fredo durfte es keine gemeinsame Zukunft geben! Sie wollte einfach nicht eines Tages erfahren, dass man ihren Mann, bei einem Bruch erschossen hatte. Denn Fredo würde sich nie ändern, dessen war sie sich sicher.

Im Büro der Polizeiinspektion Berchtesgaden bereitete man sich auf das Wochenende vor. Susi war gerade dabei einige alte Notizen zu schreddern, als das Telefon läutete. Am anderen Ende der Leitung war ein Mann von der Forstverwaltung. Er berichtete, dass er am Vormittag im Wald mit zwei Kollegen gearbeitet hatte. Dabei hatten sie festgestellt, dass in dem alten Haus am Steig 17, dessen Eigentümerin vor zwei Jahren gestorben war, inzwischen einige junge Leute wohnten. Er hatte mit einer jungen Frau gesprochen, die vorgab, eine entfernte Verwandte der Verstorbenen zu sein und diese Hütte geerbt zu haben. Da seine Bekannte im Katasteramt der Stadt arbeitete, habe er sie gebeten, zu diesem Haus, die Eintragungen zu prüfen. Dort ist aber seit dem Tod der Besitzerin niemand eingetragen worden. Er riefe auch nur deshalb an, weil er am Nachmittag noch einmal am Haus gewesen sei. Dabei sei ihm ein brauner Transporter, mit einem Kennzeichen des Salzburger Land aufgefallen. Außerdem seien neben der jungen Frau und ihrem Mann, noch zwei jüngere Männer anwesend gewesen. Er wollte das nur mitteilen, weil er in der Zeitung von Einbrüchen in Kirchen des Umlandes gelesen hatte, und ein Transporter mit österreichischen Kennzeichen mit genannt wurde.

Susi hatte fleißig mitgeschrieben und bedankte sich bei dem Anrufer, nachdem sie seinen Namen und seine Adresse notiert hatte. Das konnte endlich eine brauchbare Spur sein!

Hastig wählte sie Markus Handynummer. Der meldete sich von unterwegs. Er hatte die am nächsten liegenden Dörfer und ihre Pastoren aufgesucht und sie auf Hilfe, bei der Ergreifung der Kirchenräuber, angesprochen. Alle hatten sich einverstanden erklärt, in den nächsten Nächten in ihren Kirchen Wachen einzurichten. Susi erzählte Markus von dem Anruf, den sie eben erhalten hatte.

„Hör zu Susi, ich komme in einer halben Stunde zurück! Inzwischen rufst Du unsere ganze Mannschaft zusammen. Wir müssen dieses Haus im Wald sofort überwachen! Ihr könnt schon mal jeweils zwei Mann einteilen, die da draußen Wache beziehen. Jeweils vier Stunden für ein Duo!"

Zwanzig Minuten später rauschte Markus BMW auf den Hof der Inspektion. Im Büro saßen inzwischen alle Kollegen der SOKO „Kunstraub" beisammen. Markus begrüßte alle.

„So Kollegen, die Kollegin Thoma hat Euch sicher schon mal vorinformiert, dass wir heute Morgen einen wirklich vielversprechenden Hinweis erhalten haben. Uns hat ein Waldarbeiter gemeldet, dass er vier junge Leute und einen Transporter in einem alten Haus im Wald gesehen hat. Das könnte unsere Bande sein. Ich habe inzwischen alle nahegelegenen Dörfer aufgesucht und dort mit den Pfarrern gesprochen. Sie werden ab heute, nachts Wachen aufstellen. Wir werden uns heute Abend, ab Einbruch der Dunkelheit, da draußen im Wald auf die Lauer legen. So kriegen wir mit, wann sie und wohin sie losfahren. Ich schlage vor, dass zwei Motorradstreifen und drei Streifen mit dem Auto unterwegs sind. Wir verteilen uns auf den Zufahrtswegen und tarnen uns gut. Die dürfen uns diesmal nicht entwischen! Start der Aktion ist 19.00 Uhr. Nun noch der Uhrenvergleich – es ist gerade 11.35 Uhr. Gibt es noch Fragen? Gut, dann bis heute Abend. Nehmt Euch eine gute Brotzeit mit, es kann eine lange Nacht werden!"

Einer der Kollegen meinte dann: „Na ich dachte, dass Du und Deine Gattin, Entschuldigung, Deine Kollegin Thoma, uns die Brotzeit spendiert!" Alle lachten und auch Susi verdrehte die Augen und bekam einen roten Kopf. Als sie wieder alleine im Büro waren, nahm er Susi in seine Arme.

„Ich glaube, inzwischen wissen hier alle, dass wir beide was miteinander haben." Susi grinste.

„Na ja, vielleicht sollten wir schon mal einen Aushang machen, wie sie im Standesamt aushängen. Markus lachte.

„Du meinst das Aufgebot! Na das wäre dann was, unser Boss würde wohl was dagegen haben." Susi nickte und sah auf die Uhr.

„Was hältst Du davon, wenn ich nachher Franzi etwas eher abhole? Da wir ja heute Abend sicher erst spät wieder heimkommen. Damit sie Mami nicht ganz so vermisst." Sie sah den Gesichtsausdruck von Markus und setzte noch hinzu: „Und natürlich auch den, der bald ihr Papi wird!"

Markus nickte lächelnd.

„O.K, ich fahre schon mal raus zu dem Haus im Wald. Wie hieß das? Steig 17. Mal sehen, ob ich schon was sehen kann. Du fährst jetzt nach Hause, und ich hole Dich um 18.00 Uhr hier ab. Gut so?" Susi nickte und grinste dabei.

„Ist schon Klasse, wenn man einen so verständigen Chef hat", meinte sie und packte ihre Sachen zusammen. Ein Abschiedskuss und dann war Markus alleine im Büro. Er nahm seine Waffe aus dem Schreibtischkasten und prüfte sie gründlich, ehe er sie einsteckte. Dann legte er Susi noch einen Zettel auf ihren Schreibtisch.

„Vergiss bitte nicht deine neue Pistole mitzunehmen! Ich komme 18.00 Uhr zurück und nehme Dich dann mit. Markus"

Reni saß allein in der Küche und trank noch einen Kaffee. Draußen wurde es langsam dunkel. In einer Stunde würden sie aufbrechen. Für sie stand fest, dass es das letzte Mal war, das sie mit den Jungs loszog, um einzubrechen. Aber das Geld, das sie von dem Russen erhielten, brauchten sie alle vier. Für Reni sollte es das Startkapital in ein neues Leben werden, auch wenn sie noch nicht wusste, wie das neue Leben aussehen sollte und wo sie es leben wollte. Sie hatte mit der Gruppe abgeschlossen, auch wenn Lukas, ihr Bruder, mit dabei war. Er wurde in wenigen Monaten bald achtzehn und für sich selber verantwortlich. Lange genug hatte sie versucht, ihm die Mutter zu ersetzen. Jetzt standen sie am Scheideweg.

Fredo und Karlchen kamen herein, sie hatten eine Liste der Gegenstände dabei, die der Russe von ihnen wollte. Fredo würde sich sofort nach dem Einbruch in der Wallfahrtskirche, auf den Weg nach Tschechien machen, um die Ware abzuliefern und das Geld in Empfang zu nehmen. Er hatte sich ausbedungen, alleine zu fahren und sie vertrauten ihm. Er würde sie nicht betrügen und mit dem Geld abhauen. Reni dagegen wollte seine Rückkehr mit dem Geld noch abwarten und dann unter einem Vorwand, das Haus verlassen. Ohne Abschied und ohne Tränen.

„Hier ist die Liste Karlchen, es ist alles aufgeschrieben und auch wo die Sachen hängen. Nehmt nix mit, was nicht auf der Liste steht. Der Boss war dort und hat seine Zeichen hinterlassen. Er weiß, was echt ist und was Kopien sind." Fredo drückte Karlchen die Liste in die Hand.

„Wo ist eigentlich Lukas?", fragte Reni die beiden. Aber Fredo grinste nur, und Karlchen meinte gelassen: „Der sitzt hinten im Garten und macht sich schon wieder vor Angst in die Hosen!" Reni stand auf und ging ihn suchen. Tatsächlich saß Lukas im Garten auf einem alten Stuhl und starrte Löcher in die Luft. Als er seine Schwester kommen sah, stand er auf. Reni trat auf ihn zu.

„Was machst Du hier alleine?", fragte sie ihn. Lukas verzog das Gesicht. „Ich denke nach!", antwortete er kurz.

„Und worüber denkst Du nach?" Er zuckte mit seinen Schultern.

„Dass wir heute unseren letzten Bruch machen, und wie es dann weiter geht. Natürlich ohne Dich!", antwortete er mit Nachdruck in der Stimme. Sie hörte sein Vibrieren im Tonfall. Er sah sie an.

„Bist Du morgen dann noch da?" Reni nickte und lächelte versöhnlich.

„Na klar doch, ich bin noch eine ganze Weile da. Schließlich will ich ja meinen Anteil in die Hand bekommen." Lukas nickte.

„Und wann gehst Du?", fragte er zurück. Sie schlang ihre Arme um seinen Hals.

„Hör mal Bruderherz, wir bleiben doch in Verbindung. Du wirst immer wissen, wo Du mich finden kannst. Klar? Wir nehmen `WhatsApp´, wenn wir eine Nachricht schicken. Aber nicht anrufen! Die Bullen könnten unsere Telefonate sonst abhören, klar?" Lukas nickte sichtlich erleichtert.

„Na dann ist es ja gut! Ich dachte schon, Du machst Dich auf Nimmerwiedersehen davon", bekannte er. Reni gab ihm einen Kuss auf die Wange.

„Ach Du dummer Kerl! Wir bleiben doch immer in Verbindung, versprochen!" Lukas atmete auf und lächelte sie an. Reni zog ihn am Ärmel mit sich.

„Komm mit rein, wir wollen uns noch mal absprechen, wie es heute Nacht ablaufen soll!" Am liebsten hätte sie losheulen können. Es war alles irgendwie zum Heulen.

Oberkommissar Ludwig streifte schon eine Stunde lang in einiger Entfernung um das alte Haus herum. Er hatte einige Zeit gebraucht, um den Weg von St. Leonhard heraus, zu dem alten Haus zu finden. Dreimal hatte er Passanten gefragt und war jedes Mal auf Urlauber getroffen. Nach einer Frage beim Bäcker des Ortes, hatte er dann endlich sein Ziel erreicht. Den BMW hatte Ludwig etwas weiter unten im Wald stehen gelassen und war den letzten Rest des Weges zu Fuß gegangen. Nun saß er hinter einer dicken Tanne, die direkt gegenüber der Toreinfahrt stand. Der braune Renault Transporter stand auf dem Hof. Der Wagen hatte eine Nummer des Landkreises Salzburg, aber der war nicht weiß. Mit dem Fernglas nahm er den Wagen in Augenschein. Plötzlich entdeckte er am oberen Rand der vorderen Stoßstange, einen weißen Streifen. Bei genauer Betrachtung der Farbe konnte man gut sehen, dass sie ziemlich fleckig war. Wahrscheinlich hatten sie den Transporter umgespritzt. Mal leuchtete sie dunkler, mal heller. Ludwig grinste vor sich hin. Die Kerlchen hatten tatsächlich die Karre umgespritzt! Dumm waren sie jedenfalls nicht.

Sofort gab er per Handy diese Tatsache an die Leitstelle weiter. Markus Ludwig sah auf seine Armbanduhr, es war zwanzig Minuten vor 18.00 Uhr. Er musste zurück ins Präsidium, wo Susi auf ihn wartete. Vorsichtig schlich er sich rückwärts durch das Dickicht hinaus auf den Weg. Zehn Minuten später hatte er seinen Wagen wieder erreicht. Genau in diesem Augenblick rollte langsam die erste Motorradstreife heran. Markus wies den Kollegen in Zivil in seinen Standort ein.

„Sie warten dort bis die abfahren und folgen ihnen in genügend Abstand, ohne Licht, zumindest bis auf die Hauptstraße unten in St. Leonhard. An der Anfahrt zum Waldweg steht der erste zivile Streifenwagen, der sie dann ablöst und dem Transporter folgt. Alles klar? Also, viel Erfolg!" Markus fuhr bis zu diesem bezeichneten Punkt. Tatsächlich stand dort bereits ein dunkler Audi, besetzt mit zwei Polizisten in Zivil. Auch diese wies er ein und bat um fortwährende Informationen während der Aktion. Markus fuhr zurück ins Büro, wo Susi ebenfalls gerade eingetroffen war. Sie schob ihm eine Thermoskanne mit Kaffee und eine Tüte mit belegten Broten über den Tisch.

„Hier mein Held, hast Du eine kleine Stärkung." Erst jetzt bemerkte Markus, dass er tatsächlich Hunger hatte. Mit Genuss machte er sich über die Wurstsemmeln her. Er grinste Susi an.

„Ich sehe, Du hast Dich schon an unsere Eigenheiten gewöhnt. Nichts geht über eine gute Leberkässemmel!", meinte er mit vollem Mund kauend. Susi war die Anspannung ins Gesicht geschrieben, und Markus konnte auch nicht behaupten, dass er die Ruhe in Person war.

Er sah auf die Uhr. Es war 19.00 Uhr. Markus griff zum Telefon und ließ die Aktion anlaufen. Dann stand er auf, half Susi in ihre schusssichere Weste und die Jacke darüber.

„Hast Du Deine Pistole bei Dir?", fragte er sie. Susi hob wortlos den linken Teil der Jacke hoch. Unter ihrer Achsel hing ihre neue Waffe in einem Holster. „Zufrieden?", fragte sie. Markus nickte. „Aber nicht wieder verlieren", meinte er und lachte dabei. Susi verzog das Gesicht. Sicher fand sie seinen kleinen Scherz im Moment unpassend.

In mäßigem Tempo fuhren sie aus Berchtesgaden heraus und gelangten schon nach kurzer Zeit auf die Staatsstraße 305. Die Straße führte etliche Kilometer direkt an der Grenze zu Österreich entlang. Nach einigen Kurven bogen sie dann kurz nach Marktschellenberg nach links ab, in Richtung St. Leonhard und zur Anfahrt durch den Wald, in Richtung des alten Hauses. Auf dem kleinen zentralen Platz von St. Leonhard blieb Markus stehen. Inzwischen war es zwanzig Uhr und zwanzig Minuten geworden. Plötzlich meldete sich der erste Motorradpolizist.

„Achtung! Der Transporter verlässt das Objekt!", knarrte das Funksprechgerät. Es ging los!

Karlchen hatte unruhig zum Aufbruch gedrängt, obwohl sie noch viel Zeit hatten. Vor 2.00 Uhr wollten sie nicht zuschlagen. Fredo behauptete immer, dass dies die Zeit war, wo Wachen übermüdet einschliefen. Er hatte das mal irgendwo gelesen. Langsam lenkte er den Transporter den nassen Waldweg herunter. Sie erreichten St. Leonhard. Fredo hatte seine Augen überall. Im Vorbeifahren registrierte er einen 3er BMW, der am Straßenrand stand und leer war. Als sie den Ort verließen, überholte sie ein schwerer BMW und zog dann davon. Karlchen war begeistert.

„Hast Du das gesehen, wie der abgezogen ist, he? So was müsste man sich auch mal kaufen können!" Fredo nickte.

„Kannst Du doch mit deinem Anteil, wenn Du die Kohle hast!" Reni schaltete sich ein.

„Hört mal Jungs! Macht nicht den Fehler und schmeißt plötzlich mit Geld um Euch! Das fällt sofort auf! Lasst lieber ein paar Monate vergehen, ehe ihr was ausgebt!" Lukas grinste seine Schwester an.

„Ja Mama, wir machen das genau, wie Du es uns sagst!", entgegnete er ironisch. Die anderen lachten ausgelassen, nur Reni verzog ärgerlich das Gesicht.

„Viele, die man nachträglich noch geschnappt hat, sind nur deshalb geschnappt worden, weil sie plötzlich mit Kohle um sich geschmissen haben. Also nehmt das ernst Ihr Kindsköpfe!", schalt sie die Jungs. Diesmal lachte niemand mehr. Warum auch, Reni hatte ja sowieso meist recht!"

Markus wendete den BMW und nahm die Verfolgung des Transporters auf, der weit vor ihnen durch sein Licht noch gut in der mondhellen Nacht zu sehen war. Susi auf dem Beifahrersitz sitzend, hatte eine Karte auf den Knien.

„Wo fahren die denn hin? Das sieht so aus, als ob sie nach Bad Reichenhall wollen", wunderte sie sich. Markus gab Gas und versuchte ein Stück aufzuholen.

Sie hatten eben den Stadtrand von Bad Reichenhall erreicht. An einer Ampelkreuzung bremste der Transporter ab. Er wurde plötzlich langsamer, sodass auch Markus vom Gas gehen musste. Urplötzlich aber schoss der Transporter über die Kreuzung, bog rechts ab in eine Seitenstraße und war weg. Markus schimpfte lauthals.

„Verdammter Mist, die sind weg!", fluchte er. Kaum dass die Ampel wieder auf Grün stand, gab er Vollgas. Die Räder des BMW kreischten in der Kurve wie aufgescheuchte Geister. Sie fuhren in eine dunkle einsame Straße, doch vom Transporter war nichts mehr zu sehen.

„Verdammt, die haben uns tatsächlich abgehängt!", bekannte Markus. Er bremste den BMW ab. Nacheinander rief er alle Posten an, doch keiner hatte auch nur eine Spur von dem Transporter gesehen. Markus fuhr langsam an den Seitenstreifen heran und blieb stehen.

„Ist hier irgendwo eine Kirche in der Nähe?", fragte er Susi. Die leuchtete mit der Taschenlampe auf die Straßenkarte.

„Hier ist die „Seebachkapelle" am Ortsausgang von Karlstein. Da die Pfarrkirche St. Nicolaus und ganz da hinten, auf dem Hügel oben, die Wallfahrtskirche St. Pankraz. Aber die wird wohl kaum noch genutzt, habe ich mir sagen lassen."

Markus nickte und kratzte sich am Haarschopf.

„Und nun? Was machen wir jetzt? Am besten, wir statten allen drei Kirchen einen Besuch ab. Irgendwo müssen sie ja abgeblieben sein!"

Insgeheim dachte er darüber nach, was wäre, wenn dieser Transporter überhaupt nichts mit ihrer Sache zu tun hätte, und die Jugendlichen Urlauber wären. Dann jagten sie hier einem

Phantom hinterher, und die wirklichen Täter brachen vielleicht wo ganz anders ein. Verflixt, was tun? Er sah Susi an.

„Hast Du eine Idee, Susi?" Sie zuckte mit den Schultern.

„Wir machen es so, wie Du gesagt hast, wir klappern alle drei Kirchen jetzt nacheinander ab. Treffen wir dabei auf den Transporter, ist die Sache klar, oder?" Markus nickte und gab wieder Gas.

„Welche Kirche kommt zuerst?" „St. Nicolaus, gleich da vorn." Sie bogen langsam in die Straße ein, und Markus stellte das Licht auf Standlicht ein. Langsam rollten sie auf die Kirche zu. Markus bremste den Wagen ab und schaltete die Zündung aus. Leise die Tür öffnend, stiegen sie aus. Dann schlichen sie sich ein paar Meter am Zaun entlang. Sie standen vor der Kirche und nichts regte sich. Beinahe auf Zehenspitzen schlichen sie sich zum Seiteneingang der Sakristei. Markus wollte gerade die Hand an die Türklinke legen, um zu prüfen ob abgeschlossen war, als urplötzlich vier oder fünf dunkle Gestalten über sie herfielen und sie zu Boden reißen wollten.

„Ha, haben wir Euch endlich, verdammtes Pack!", schrie einer und schon hatte Markus einen Schlag im Genick. Susi schrie auf, weil ihr jemand die Hände auf den Rücken drehte und es wehtat.

„He, seid Ihr verrückt, wir sind von der Polizei!", schrie sie los und wehrte sich wie der Teufel. Dabei flog einer der Angreifer im hohen Bogen ins nahe Gebüsch. Nun hatte sie eine Hand frei. Mit dieser griff sie in die Tasche und holte die Pistole heraus. Wieder schrie Susi: „Hört endlich auf oder ich schieße!" Sofort ließen die Angreifer von ihr ab.

Markus saß auf dem Boden, während zwei Kerle auf seinen Schultern hockten und ihn festhielten. Wütend schüttelte Markus sie ab und zog im Sitzen seinen Dienstausweis hervor.

„Hier Leute, mein Ausweis! Wir sind wirklich von der Polizei! Aber gut, dass Ihr hier so aufpasst!" Plötzlich kam Lachen auf. Statt der Diebe hatten sie die Polizei gefangen genommen. Ein junger strammer Kerl, der wohl das Ganze hier leitete, entschuldigte sich zuerst bei Susi und dann bei Markus.

„Entschuldigung, wir dachten wirklich Sie sind die Einbrecher! Das konnte ja niemand wissen, dass die Polizei in Zivil hier auftaucht." Markus konnte schon wieder lachen. Nach einigem hin und her, verabschiedeten sie sich von den Bewachern der Kirche. Markus befühlte seine Beule am Hinterkopf, als er wieder im Auto saß.

„Mann, hat der mir vielleicht ein paar auf die Nuss gehauen, der lange Lulatsch!" Susi musste sich das Lachen verkneifen, obwohl ihr der rechte Arm auch wehtat. Sie sah ihren Chef an.

„Und, machen wir weiter? Oder hast Du genug?" Doch Markus schüttelte den Kopf. „Ist doch klar, wir machen weiter!"

Fredo fuhr sehr langsam mit abgeblendetem Licht einen kleinen Hügel hinauf. Denn irgendwann musste er stehen bleiben, weil dann der Weg zu Ende sein musste. Außerdem wollte er noch eine Weile warten. Nach seiner Meinung waren sie noch viel zu früh dran. Doch Lukas und Karlchen drängelten voller Ungeduld, sie wollten die Sache endlich hinter sich bringen. Reni enthielt sich der Stimme. Lukas Bemerkung, wegen dem Geld ausgeben, hatte sie verärgert. Sollten sie doch machen, was sie wollten!

Fredo fuhr langsam noch ein Stück, dann war Schluss. Der Weg war für den Transporter wohl zu schmal. Verdammt! Daran hatten sie natürlich nicht gedacht! Doch Fredo gab nicht auf, auch wenn nur ein schmaler Pfad hinauf zur Kirche führte. Er musste es einfach versuchen! Er blendete kurz das Licht auf, um sich zu orientieren.

„Steigt alle aus und gebt mir ein Zeichen. Ich kann in der Dunkelheit beim Rückwärtsfahren nicht viel sehen! Los!"

Langsam fuhr Fredo rückwärts den schmalen Pfad hinauf. Der Transporter rutschte einige Male beträchtlich, doch er schaffte es tatsächlich bis zum Kirchenvorplatz. Fredo stellte sich so hin, dass er sofort losfahren konnte. Sie standen eine Weile da und lauschten in die Nacht hinein. Doch nichts war zu hören.

Hier oben über der Stadt erhellte der Vollmond die Szenerie. Sie brauchten nicht einmal eine Taschenlampe. Als sich nichts Verdächtiges zeigte, gab Fredo das Zeichen zum Aufbruch. Lukas, Karlchen und Reni schlichen los. Fredo saß wieder in dem Transporter bereit, sofort zu starten und loszufahren. Er sah auf seine Uhr. Es war gerade 0.00 Uhr geworden und Fredo ärgerte sich über die Ungeduld seiner Freunde. Die Kirchturmuhr begann laut zu schlagen.

Im Rückspiegel sah er seine Kumpane an der Seitentür herumhantieren. Dann plötzlich war die Tür auf und zwei verschwanden in der Kirche. Reni blieb an der Tür als Wache zurück. Lukas und Karlchen drangen in den Altarraum ein. Im Schein der Taschenlampe verglichen sie ihre Liste mit den Bildern an der Wand. Hastig begann Karlchen einen festgeklebten Holzrahmen mit dem König Salomon von der Wand zu lösen. In dieser Zeit war Lukas bereits am ersten Pfeiler. Er sah auf seine Liste. Dort stand: Innsbrucker Gnadenbild mit Abbild von Lukas Cranach und Heiliger Martin. Er leuchtete die beiden Bilder an und erkannte das Zeichen. Ein gelbes schmales Stück Karton klemmte kaum sichtbar hinter den beiden Bildern. Das war das Zeichen! Sofort begann er die beiden Bilder zu lösen, verstaute sie in zwei mitgebrachte dünne Decken und steckte sie in seinen großen breiten Rucksack.

Fredo saß im Auto und beobachtete den Weg, der von der Stadt heraufführte. Für einen Sekundenbruchteil sah er plötzlich im Dunkeln, sehr weit unten, das blaue Licht einer Rundumleuchte. Verdammt, die Bullen waren unterwegs! Er drückte sofort zweimal kurz auf die Hupe! Das war das Zeichen für Gefahr! Er sah zuerst Reni, die angelaufen kam. Sekunden später kamen nacheinander dann die beiden Jungs mit Tempo aus der Kirchentür heraus gesprintet.

Doch genau in diesem Augenblick, als sie diese Kirchentür passierten, näherten sich seitlich mindestens fünf dunkle Gestalten und Karlchen und Lukas liefen ihnen genau in die Arme. Die beiden hatten keine Chance gegen diese Übermacht! Vor Wut schreiend, startete Fredo den Transporter und gab Vollgas. Im letzten Augenblick sprang Reni noch auf und fiel wie ein Stein, neben ihn in den Beifahrersitz. Und das auch nur, weil Fredo geistesgegenwärtig beim Anfahren, die zuklappende Beifahrertür noch einmal aufgestoßen hatte.

Mit Vollgas raste der Transporter ohne Licht auf dem schmalen Weg hinunter in Richtung Stadt. Urplötzlich tauchte vor ihnen ein Streifenwagen der Polizei auf, der ihnen entgegen kam. Doch Fredo dachte nicht an ausweichen oder gar anhalten. Reni stemmte sich mit den Füßen in das Bodenbrett ein und drückte die Hände gegen das Armaturenbrett, während Fredo mit verbissenem Gesicht, wütend das Lenkrad umkrampfte. Es gab einen lauten metallenen Knall, als der Transporter mit seinem Gewicht, seitlich gegen den Wagen der Polizei knallte und diesen dabei einfach in den Graben kippte.

Schlingernd schoss der Transporter weiter auf der Straße entlang und es dauerte eine Weile, bis ihn Fredo wieder in der Gewalt hatte. Sein Gesicht drückte Triumph aus, als er das Licht einschaltete und laut jubelte. Genau in diesem Augenblick kam ihnen ein weißer BMW entgegen. Doch Fredo achtete nicht darauf und raste mit 120 km/h in Richtung nach Bischofswiesen. Beinahe automatisch und in Sekundenschnelle hatte er sich entschieden, wohin die Reise nun gehen sollte, nämlich dorthin, wo er sich am besten auskannte!

Markus hatte gerade noch einmal von Susi die Landkarte vergleichen lassen. Jeden Augenblick mussten sie den Weg zur Kirche St. Pankraz erreichen. Auf jeden Fall war aber ein Streifenwagen schon vor ihnen auf dem Weg da hinauf. Er wollte gerade wieder Gas geben, als ihnen plötzlich, in einem Höllentempo, ein brauner Transporter entgegen gerast kam. Susi schrie: „Halt! Das sind sie, dreh um!" Markus machte eine Vollbremsung, wie er es im Fahrtraining gelernt hatte und schon stand er wieder in entgegengesetzter Richtung auf der Fahrbahn. Mit durchdrehenden Rädern schoss der BMW vorwärts. Susi setzte während der Fahrt das Blaulicht aufs Dach. Doch dieser braune Transporter hatte bereits einen erheblichen Vorsprung. Und der Kerl raste ohne Licht, wie ein Verrückter durch die Nacht!

Hastig verständigte Susi die Zentrale, damit sie weitere Wagen auf die Straße zwischen Bischofswiesen und Berchtesgaden entgegen schicken und eine Straßensperre errichten konnten.

Aufgrund der kurvenreichen Strecke konnten sie nur schwer aufholen. Doch im hellen Licht des Vollmondes sahen sie den Transporter aber immer wieder. Markus überlegte.

„Wo wollte der Kerl hin? Nach Österreich, da musste er durch Berchtesgaden durch. Er gab seine Vermutung an die Leitstelle durch. Von dort kam dann auch die Meldung, dass sie am Ortseingang von Berchtesgaden eine Straßensperre aufbauen würden. Markus lächelte vor sich hin.

„Lange fährt der nicht mehr so. Am Ortseingang ist Schluss!",
sagte er gerade zu Susi, als der Transporter urplötzlich nach
rechts abbog und verschwunden war. Jetzt wurde es aber
wirklich lustig! Wieder verständigte Susi die Leitstelle: „Achtung! Das Zielobjekt hat die Hauptstraße verlassen und ist in
Richtung Ramsau abgebogen!" Wo wollte der Verrückte nur
hin?

Reni sah beinahe bewundernd zu, wie Fredo den Wagen bei
solch einem Tempo beherrschte. Gleichzeitig wusste sie aber
auch, dass sich damit ihr Plan gerade in Luft auflöste. Sie hing
mit Fredo zusammen in dieser verdammten Falle!
„Sag mal, wo willst Du denn eigentlich hin?", schrie sie ihn
an. Fredo grinste beinahe diabolisch und schrie zurück:
„Dorthin wo ich mich besser auskenne, als diese Bullen! Wir
hängen die auf jeden Fall noch ab! Du wirst es sehen, Reni!"
Mehrmals überholte er auf der kurvenreichen Strecke mit höch-
stem Risiko vor ihm fahrende Autos. Teilweise ohne Licht
fahrend, überholte er selbst bei Gegenverkehr und ging dabei
nicht vom Gas. Reni zitterte am ganzen Körper. Wenn der so
weiter fuhr, würde das bald mit einem Unfall enden! Mit
Vollgas raste Fredo dahin, bremste scharf ab und bog dann mit
Vollgas im letzten Augenblick ins Wimbachtal ab. Wenig später tauchte in der Ferne, auf der rechten Seite das Wimbach-
schloss auf. Weit konnten sie nicht mehr fahren, dann war der
Weg zu Ende.
Im hellen Mondlicht leuchtete die Wand des Watzmann. Der
Weg wurde immer schlechter. Fredo fluchte bei jedem harten
Stoß, der den Wagen erschütterte. Der Fahrweg war eigentlich
längst zu Ende, aber er ließ den Transporter, wie einen alten
Esel, bergauf kraxeln. Es krachte und schepperte in der Feder-
ung, doch Fredo ging nicht vom Gaspedal. Plötzlich aber
drehten die Räder durch, sie hatten sich festgefahren. Fredo gab
noch einmal richtig kräftig Gas. Der Transporter schoss urplötzlich aus dem Loch heraus und auf die Wiese. Dabei schlingerte
er mehrmals und blieb dann quer in einem Graben stehen. Jetzt
war endgültig Schluss! Wenige Meter weiter, stand im hellen
Mondlicht, ein ziemlich stabiles Holzhaus.

Fredo zwängte sich aus der Fahrertür heraus. Ehe er die Tür schloss, sah er Reni an.

„Jetzt raus hier! Wir sind an der Wimbachgrieshütte! Ab hier gehen wir jetzt zu Fuß weiter, komm!", rief er ihr leise zu.
Sie nahm ihren Rucksack und stapfte hinter Fredo her bergan. Als sie an der Hütte vorbeigingen, blieb alles ruhig, nichts regte sich. Die Leute schliefen um diese Zeit sicherlich.
„Sag mir doch mal, wohin Du willst, Fredo!", schimpfte Reni leise. Wütend darüber, dass sie nun doch noch auf Gedeih und Verderb mit diesem Verrückten zusammengeblieben war. Doch Fredo grinste nur wieder. Als sie sich umdrehten, sahen sie ganz weit unten das Blaulicht der Polizei. Fredo fluchte.

„Verdammte Scheiße, die folgen uns immer noch! Wir müssen hoch in das Steinerne Meer steigen. Von dort kommen wir mit Leichtigkeit nach Österreich rüber. Ich kenne mich ganz gut aus, also komm!" Aber Reni zögerte einen Augenblick. Was wollte sie da drüben bei den Ösis? Sie überlegte krampfhaft, wie sie diesen Fredo loswerden konnte. Aber sie kannte sich in dieser Gegend nicht aus! Wo sollte sie hin? Als sie sich umschaute, sah sie in der Ferne vereinzelte Taschenlampen der zahlreichen Verfolger aufblitzen. Aber Fredo marschierte wie besessen vor ihr her. Er wollte um jeden Preis zur Grenze und war nicht bereit aufzugeben.

Markus war heilfroh, vor der Abfahrt noch die Bergstiefel angezogen zu haben. Susi hatte zumindest Sportschuhe mit grobem Profil auf den Sohlen an. Solche, die sie auch zu Hause trug, wenn sie wandern ging. Sie schnaufte leicht und Markus lachte leise, und versuchte mit ihr Schritt zu halten.

„Kannst Du mir sagen, wo die hinwollen?", fragte Susi außer Atem. Markus schnaufte erst einmal ein und aus, ehe er ihr eine Antwort geben konnte.

„Der Weg führt hinauf ins Steinerne Meer, eine völlig unübersichtliche Region, voller Felsen und Abgründe. Wer sich da nicht auskennt, kann sich leicht die Ohren brechen und abstürzen!" Susi hielt für einen Moment inne, um zu verschnaufen. Markus sah sie besorgt an.

„Wenn Du nicht mehr kannst, bleib einfach zurück. Nicht das Du Dich übernimmst in Deinem Zustand!" Er strich ihr die Schweißperlen von der Stirn und gab ihr seine Trinkflasche.

„Komm, trink erst einmal!" Er sah auf die Uhr. Es war inzwischen 1.00 Uhr. Erst in vier Stunden würde es langsam hell werden. Plötzlich hörten sie vom Tal herauf einen Helikopter anfliegen. Markus lächelte zufrieden.

„Der Heli bringt uns bestimmt weiter! Wenn der noch eine Wärmebildkamera an Bord hat, finden wir sie jederzeit!" Und schon donnerte er über ihnen hinweg und wurde langsam kleiner, bis die Positionslampen nicht mehr zu sehen waren. Markus entsicherte seine Pistole und sah dabei Susi an. Die verstand seinen Blick und entsicherte ihre Waffe ebenfalls. Vorsichtig gingen sie weiter vorwärts bergauf. Der Weg wurde schmaler und führte dann in eine schmale kurze Schlucht. Nach hundert Metern kamen sie aus der Schlucht wieder heraus auf eine freie Fläche.

Im Schein des Vollmondes sahen sie für einen kurzen Augenblick eine Gestalt, die sich hastig vorwärts bewegte. Susi war es so, als ob sie noch eine zweite Gestalt gesehen hätte, war sich jedoch nicht sicher. Sie legten noch einen Schritt zu. Markus sah sorgenvoll auf Susi, die plötzlich wohl die zweite Luft bekommen hatte und voran preschte, sodass er nun Mühe hatte, ihr zu folgen.

„Susi! Bitte einen Gang weniger!", rief er ihr keuchend nach. Doch die junge zierliche Frau entwickelte eine Dynamik, mit der er kaum noch mithalten konnte. Markus stolperte zweimal und hatte alle Mühe nicht hinzufallen. Plötzlich hörte er Susi laut rufen: „Hohlmayer bleib stehen! Hier ist die Polizei!"

Fredo hastete in rasendem Tempo vorwärts. Reni hatte ihren kleinen Rucksack auf den Rücken genommen, um beim Laufen die Hände freizuhaben. Lange würde sie dieses Tempo nicht mehr durchhalten. Und plötzlich hörte Fredo hinter sich die Stimme einer Frau, die nach ihm rief!

„Hohlmayer, bleib stehen, hier ist die Polizei!" Es fuhr ihm eiskalt durch alle Glieder. Diese Stimme kannte er! Das war die Stimme der Polizistin, die er vor einigen Wochen vergewaltigt hatte! Sie war ihm auf den Fersen! Er riss die Pistole aus der

Tasche. Dann hielt er sie einfach im Laufen über seine Schulter nach hinten und drückte einmal ab. Ein lauter Knall durchbrach die Stille der Nacht! Fredo hastete weiter. Gerade liefen sie an einer kleinen, mit Gras bewachsenen Senke entlang, in der weiter unten ziemlich dichtes Gebüsch wuchs.

Mit einem Mal blieb Fredo keuchend stehen. Er sah Reni mit weit aufgerissenen Augen einige Sekunden lang an. Plötzlich griff er in seine Tasche, entnahm ihr ein kleines Bündel und stopfte es in Renis Jackentasche. Völlig unvorbereitet packte er sie plötzlich mit beiden Händen am Revers der Jacke und küsste sie noch einmal mitten auf den Mund. Reni starrte ihn mit großen Augen dabei an. Und dann gab Fredo ihr plötzlich einen kräftigen Stoß vor die Brust. Das Gleichgewicht verlierend, stürzte Reni rücklings, sich mehrmals überschlagend, die Senke hinunter und landete im Gebüsch. Für Sekunden benommen, blieb sie reglos liegen und hörte plötzlich Stimmen.

Oben am Rand der Senke liefen einige Leute entlang. Reni versuchte ihre Glieder zu ordnen, was ihr mit viel Mühe und unter Schmerzen gelang. Sie schloss die Augen und biss sich dabei in die Hand, um nicht aufzuschreien. Aber gebrochen hatte sie offenbar nichts. Wieder hörte sie jemand nach Fredo rufen, und dann fielen plötzlich zwei Schüsse kurz hintereinander, und sie hörte die Polizisten nach Fredo rufen. Und dann war plötzlich lautlose Stille.

Susi jagte um zwei kleine Felsen herum. Hinter sich hörte sie Markus keuchen. Einen Moment kam sie etwas ins Stolpern und Markus versuchte sie festzuhalten. Doch Susi Thoma sah nicht mehr nach rechts und links. Der unbändige Zorn über diesen verflixten Fredo, ließ sie alle Vorsicht vergessen! Plötzlich stand sie im hellen Mondlicht auf einer freien Fläche und rief wieder: „Hohlmayer stehen bleiben! Hier ist die Polizei!"

Keine dreißig Meter vor ihr hob sich eine dunkle Gestalt gegen das Mondlicht ab, die plötzlich einen Arm anhob, als wenn sie auf Susi schießen wollte!

Oberkommissar Ludwig schaltete im Bruchteil einer Sekunde! Noch im Laufen hob er blitzschnell seine Pistole und drückte zweimal ab. Mit ohrenbetäubendem Lärm knallte es in der dunklen Nacht zweimal und das Echo der beiden Schüsse vervielfachte sich zwischen den Bergflanken ringsum. Dann riss er Susi durch den eigenen Schwung zu Boden und lag plötzlich keuchend auf ihr. Die schemenhafte Gestalt vor ihnen riss plötzlich die Arme hoch, fiel nach hinten um und verschwand mit einem Schrei in der Tiefe. Markus musste ihn getroffen haben. Fredo Hohlmayer stürzte mehrmals aufschlagend eine vierhundert Meter tiefe Felswand hinab.

Susi machte sich frei und verbarg ihren Kopf in beiden Händen. Ludwig steckte seine Pistole wieder ein, dann nahm er Susi die Pistole aus der Hand und half ihr auf die Beine. Sie presste ihren Kopf an seine Brust und umarmte ihn mit beiden Armen. Beide atmeten heftig ein und aus.

„Wie kannst Du denn nur so leichtsinnig sein, Susi!", schimpfte er leise mit ihr. „Hast Du nicht gesehen, dass er auf Dich schießen wollte? Das war unprofessionell!" Doch während er noch leise mit ihr schimpfte, küsste er sie immer wieder, heilfroh, dass es doch gut ausgegangen war.

Natürlich würde er sich für die zwei Schüsse verantworten müssen. Aber das war ihm ziemlich egal. Seine Kollegin und künftige Ehefrau, Susi Thoma, war in Gefahr gewesen! Vorsichtig gingen sie die wenigen Meter weiter, dorthin wo Fredo verschwunden war.

Im Schein der Taschenlampe standen sie plötzlich vor einer Abbruchkante. Dahinter ging es einige hundert Meter in die Tiefe. Susi bückte sich, weil etwas matt Glänzendes am Boden zwischen den Steinen lag. Als sie es aufhob, hatte sie ihre alte Pistole in der Hand! Doch als sie das Magazin herausgleiten lassen wollte, war der Schacht leer! Fredo Hohlmayer hatte also nur das eine Mal, während er lief, schießen können. Diese Patrone hatte er noch im Lauf gehabt.

Mit einem Schlag glaubte Markus zu wissen, warum Hohlmayer ganz bewusst den Arm gehoben hatte. Er hatte offenbar darauf gewartet, dass die Verfolger auf ihn schießen würden! Susi begannen die Beine zu zittern, sie musste sich einen Moment hinsetzen. Markus setzte sich neben sie und hielt sie fest.

„Er wollte, dass wir ihn erschießen!", sagte sie leise zu Markus. Der sah sie an und nickte wortlos.

Die Kollegen suchten das Gelände noch einmal ab, aber von Fredo Hohlmayer war nichts mehr zu finden. Seine Leiche würden sie erst im Tageslicht, unten in der Schlucht, suchen können.

Markus Handy klingelte. Einen Augenblick lauschte er, dann steckte er es wieder ein. Wenige Minuten später tauchte der Helikopter wieder auf und nahm Susi, Markus und vier weitere Polizisten wieder auf, um sie zurück ins Tal zu bringen. Und Susi dachte die ganze Zeit darüber nach, ob sie nun wirklich noch jemand gesehen hatte oder nicht. Aber vielleicht hatte sie sich ja auch nur getäuscht.

Reni war noch, bis es hell wurde, reglos und frierend in dem Gestrüpp liegen geblieben, in das sie mit voller Wucht gekugelt war. Als es langsam hell wurde, richtete sie sich auf und sah sich um. Alles war ruhig. Neugierig zog sie das kleine Bündel aus der Jackentasche, dass ihr Fredo noch zugesteckt hatte, bevor er sie in diese Senke hinab gestoßen hatte. Sie sah in das eingewickelte Kuvert hinein und erstarrte für einen Augenblick. Drei dicke Bündel 100 Euro Scheine waren der Inhalt. Fredo hatte ihr tatsächlich seine gesamte Barschaft im letzten Augenblick zugesteckt. Als wenn er gewusst hätte, dass er sie nicht mehr brauchen konnte.

Mit einem Mal löste sich die ganze Spannung und Reni begann haltlos laut zu weinen. Dicke Tränen liefen ihr über die Wangen und sie musste schluchzen. Sie griff in die andere Jackentasche und hatte das gefüllte Magazin von Fredos Pistole in der Hand. Sie hatte es nach dem Streit einfach herausgenommen. Offenbar war aber noch eine Patrone im Lauf gewesen! Daher hatte er auch nur einmal schießen können! „So ein verrückter Kerl", murmelte sie und weinte eine Weile vor sich hin. Ihm war klar gewesen, dass es hier oben kein Weiter mehr gab! Reni rappelte sich auf. Und nun? Nach einigem Zögern entschloss sie sich, wieder ins Tal abzusteigen. Mit einem Mal setzte sich eine Idee in ihrem Kopf fest und sie marschierte los. Als sie an der Wimbachgrieshütte vorbei kam, war diese noch geschlossen. Reni hatte Hunger und Durst und noch einen langen Weg vor sich.

Die SOKO „Kunstraub" hatte sich um 11.00 Uhr in der PI Berchtesgaden versammelt. Markus gab noch einmal eine Übersicht über das Geschehen der vergangenen Nacht. Auch seine beiden Schüsse ließ er nicht unerwähnt. Seine Waffe hatte er bereits sofort nach der Rückkehr der KTU übergeben. Es fehlten zwei Patronen im Magazin. Doch Kriminalrat Huber ließ keinen Zweifel daran, dass der Oberkommissar richtig gehandelt hatte, zumal auch die beiden anderen Polizisten den Ablauf bestätigten. Nun stand die Frage im Raum, wer die Eltern von Hohlmayer informieren sollte. Markus und Susi meldeten sich freiwillig. Bereits eine Stunde später fuhren sie noch übernächtigt nach St. Bartholomä.

Das Wetter hatte am Vormittag umgeschlagen. Dicke fette Regenwolken zogen über den Königssee, entluden sich aber noch nicht. Der böige Wind drückte sie in Richtung zum Oberen See hinauf. In den Senken hielten sich Nebelschwaden und waberten über die Landschaft.

Markus Ludwig sah seine Kollegin Susi Thoma an. Sie war etwas bleich um die Nase, schien aber das Geschehen der vergangen Nacht einigermaßen gut überstanden zu haben. Sie hatten den Rest der Nacht kaum geschlafen und alles Wenn und Aber diskutiert. Doch es stand fest, Markus hatte richtig gehandelt. Aber nun kam das Schwierigste, sie mussten den Eltern die Nachricht überbringen, dass ihr Sohn tot war.

Kathi und Vincent waren gerade dabei, einige Kisten und Kartons hinauf in den zweiten Stock zu schaffen. Dort oben wollten sie die nächsten Monate gemeinsam wohnen. Simon Hohlmayer hatte zusammen mit dem Fischer und dessen Sohn Anton, die drei Zimmer hergerichtet. Und Kathi war mit Feuer und Flamme bei der Ausgestaltung. Plötzlich öffneten zwei Fremde das kleine Tor im Hof. Kathi erkannte die Kommissare sofort wieder. Sie stieß Vincent an.

„Sieh mal, wir bekommen Besuch! Rufe lieber Deine Eltern."
Während Kathi die beiden Polizisten vor der Tür begrüßte, rief Vincent nach seinen Eltern. Mutter Hohlmayer kam aus dem Waschhaus, der Vater kam vom Stall herüber. Er bat die beiden Besucher an dem großen Tisch neben der Tür, Platz zu nehmen. Hier, wo sie schon einmal gesessen hatten. Astrid Hohlmayer bot den Gästen etwas zu trinken an, die jedoch ablehnten. Markus sah Susi einige Sekunden an, ehe er zu reden begann.

„Ja, Familie Hohlmayer. Wir haben heute leider keine guten Nachrichten von ihrem Sohn Fredo. Wir hatten ihn heute Nacht oben im Steinernen Meer gestellt, nachdem wir ihn die halbe Nacht, von Bad Reichenhall bis da hinauf, mit einem Großaufgebot an Polizeikräften, verfolgt hatten. Leider hat er versucht, auf die Beamten zu schießen, die dann zurückgeschossen haben."

Astrid Hohlmayer schluchzte laut auf und verbarg ihren Kopf in den Händen. Ihr Sohn Fredo war tot! Was der Junge auch immer angestellt haben mochte, aber so jung zu sterben, hatte er nicht verdient. So sagte sie es auch den beiden Polizisten. Susi sah mitfühlend auf die Frau des Hauses. Ihr Ehemann saß stumm und steif da und sagte kein Wort. Susi führte das Gespräch vorsichtig weiter.

„Wenn sich ihr Sohn ergeben hätte, könnte er jetzt noch am Leben sein, Frau Hohlmayer. Es war am Ende dann eine Kette von unvorhersehbaren Ereignissen. Wir haben alles versucht, ihn zu überreden, doch noch aufzugeben. Stattdessen hob er seine Pistole und machte Anstalten auf uns zu schießen. Da gab es keine andere Wahl, um das Leben der Kollegen zu schützen." Plötzlich räusperte sich Simon Hohlmayer. Er sah Susi fest in die Augen.

„Sie müssen sich keine Vorwürfe machen, Frau Thoma! Aus Fredo ist ein Gangster geworden und so ist er auch am Ende gestorben. Wenn sich hier überhaupt jemand Vorwürfe machen muss, dann sind wir es doch, seine Eltern!" Frau Hohlmayer wischte sich die Tränen ab.

„Und wann können wir unseren Sohn beerdigen, Herr Kommissar?", fragte sie Markus. Der zuckte mit den Schultern.

„Noch haben wir ihn nicht gefunden. Die Absturzstelle ist schwer zugänglich. Aber wenn wir ihn geborgen haben, werden wir sie anrufen."

Kurze Zeit später verabschiedeten sie sich wieder. Markus atmete erleichtert auf, als sie das Haus verließen und wieder zum Anleger zurückgingen.

Das Schiff legte ab und glitt beinahe lautlos wieder auf den See hinaus. Susi und Markus saßen am Fenster und sahen eine zeitlang wortlos hinaus. Bis Markus plötzlich Susi ansah und lächelte.

„Hör mal Frau Kollegin, was hältst Du denn davon, wenn wir ab sofort ein paar Tage Urlaub machen? Vielleicht in der Schweiz?" Susi sah ihn an und begann zu lächelnd, dann nickte sie.

„Oh ja, dasch ischt eine gute Idee, Chef! Isch rufe zu Hause an und melde unseren Besuch an!", meinte sie dann und streichelte seine Hand.

Als sie zurück ins Präsidium kamen, lag eine Nachricht auf Markus Schreibtisch. Er sollte umgehend zu Quirin Stadler in die KTU kommen. Gemeinsam gingen sie mit gemischten Gefühlen die zwei Stockwerke hinunter in den Keller. Quirin empfing sie am Tisch sitzend und Kaffee trinkend. Er bot ihnen einen Platz und einen Kaffee an.

„Schön, dass ihr gleich kommen konntet. Wir haben gegen Mittag Euren Freund Hohlmayer gefunden. Besser gesagt, die Bergwacht hat ihn gefunden. Der Junge sieht ganz schön ramponiert aus!" Er stand auf und sie begleiteten ihn zu einem der Tische. Dann schlug er das Laken zurück. Susi musste sich einen kurzen Moment abwenden. Fredo Hohlmayer hatte wohl keinen ganzen Knochen mehr im Leib. Er war über und über mit Blutergüssen übersät, das rechte Ohr fehlte ganz. Markus sah erst den Leichnam, dann Quirin unschlüssig an. Er suchte vergebens nach einer Schusswunde. Stadler begann zu lächeln, sah Markus an und verschränkte die Arme über der Brust.

„Du suchst wohl eine Schusswunde, stimmt`s?" Markus holte tief Luft und nickte wortlos. Stadler deckte Fredo wieder zu.

„Es gibt keine Schussverletzungen, Markus! Wir haben am Vormittag den Tatort noch mal gründlich untersucht. Der Junge ist einfach zu weit rückwärts auf den Abbruchrand hinausgetreten, und der ist dann abgebrochen. Das heißt, Du hast zweimal vorbeigeschossen mein Lieber! Bedenklich für einen Oberkommissar", meinte er grinsend und drückte Markus den Bericht in die Hand.

„Hier steht alles fein säuberlich drin. Ja mein Freund, Du hast Dir also nichts vorzuwerfen! Trotzdem würde ich an Deiner Stelle etwas mehr Schießtraining machen!", setzte er noch hinzu und gab Markus einen Schlag auf das Kreuz. Sie verabschiedeten sich von Quirin. Susi strahlte auf einmal wie die liebe Sonne. Sie hätte laut jodeln können!

„Bin ich froh, dass Du ihn nicht getroffen hast! Jetzt wird es auch keine Untersuchung geben. Oh, bin ich froh!" Sie hielt ihn plötzlich während des Laufens fest und gab ihm einen Kuss. Zwei junge Polizistinnen liefen vorbei und lachten, weil Markus ihnen zuzwinkerte, während er Susi küsste. Sie bemerkte es und gab ihm einen Rippenstoß.

„He, mit mir hier knutschen und heimlich mit anderen flirten", beschwerte sie sich aus Spaß. Mit einem Mal schien die Sonne viel heller, der Himmel war viel blauer, und Susi und Markus gingen eng umschlungen zurück ins Büro. Es war ihnen ziemlich egal, was die Kollegen dachten, die ihnen grinsend begegneten.

Reni stand mit Herzklopfen vor dem Hagebaumarkt in Bad Reichenhall. Sie hatte sich in einem Café in der Stadt, auf der Toilette einigermaßen wieder zurechtgemacht. Was sie vorhatte, schien ihr selbst lächerlich, aber sie wollte es auf jeden Fall versuchen, egal wie es ausging. Vielleicht hatte sie ja einmal Glück. Sie gab sich einen Ruck und ging in den Baumarkt, wo sie vor wenigen Tagen, noch die Farbe für den Transporter gekauft hatte. An der INFO blieb sie unschlüssig einen Augenblick stehen, ging dann aber zum Schalter. Eine ältere Mitarbeiterin sah sie fragend an.

„Kann ich was für Sie tun, junge Frau?", fragte sie Reni lächelnd. Die nickte und nahm allen Mut zusammen.

„Ist der Herr Löwe heute im Dienst?", fragte sie rasch. Die Frau hinter dem Tresen sah kurz auf eine Liste, dann nickte sie schmunzelnd.

„Ja, der Kollege Löwe ist heute da! Den finden Sie in der Farbenabteilung." Reni marschierte los. Ihr Herz klopfte zum Zerspringen. Und dann sah sie den Kollegen Löwe schon von Weitem. Er entlud gerade einen Stapel Farbeimer und machte sich Notizen. Reni ging vorsichtig auf ihn zu, stellte sich hinter ihn und räusperte sich vernehmlich. Der junge Mann drehte sich um, stutzte einen Augenblick, dann glitt ein Lächeln über sein Gesicht.

„Na, brauchen Sie noch mehr Farbe? Oder hat Ihr Mann geschimpft, weil ihm die Farbe doch nicht gefallen hat?", fragte er Reni lächelnd. Sie schüttelte schnell den Kopf.

„Ich habe gar keinen Mann", bekannte sie kleinlaut. Über das Gesicht des Verkäufers glitt auf einmal ein erstauntes Lächeln.

„Aha, Sie haben also gar keinen Mann. Sie haben also geflunkert! Warum?" Reni nahm allen Mut zusammen und ging aufs Ganze. Die Frage nach dem `Warum´ offen lassend, fragte sie ihn direkt.

„Hör mal, hast Du vielleicht für ein paar Nächte eine Übernachtung für mich? Oder hast Du eine Freundin?" Als er einen Moment zu zögern schien, sagte sie schnell: „Ich kann auch dafür bezahlen!" Er sah sie zunächst überrascht und fragend an.

„Und warum gehst Du dann nicht in ein Hotel?", fragte er zurück. Reni blickte zu Boden und zuckte mit den Schultern. Doch ihre grünen Augen schienen ihm bereits eine Antwort gegeben zu haben, denn er sah auf seine Uhr.

„Okey, ich muss hier noch bis 19.00 Uhr arbeiten. Wenn Du willst, kannst Du am Hintereingang auf mich warten. Da steht ein gelber Ford ST, das ist meiner." Reni gab ihm die Hand.

„Danke, Michael!" Er hielt ihre Hand einen Moment fest. „Wie heißt Du eigentlich?", fragte er sie. „Ich bin die Reni!" Er nickte und man sah ihm an, dass ihm die Situation gefiel. Auch wenn die junge Frau ein wenig desolat daher kam.

„Gut, dann bis um sieben, Reni! Und laufe nicht wieder weg!", setzte er noch hinzu. Dann ging er pfeifend wieder an seine Arbeit und Reni atmete tief durch. Der erste Teil ihres Planes hatte geklappt. Manchmal war alles viel einfacher als man dachte.

Pünktlich um 19.00 Uhr öffnete sich der Hintereingang vom Baumarkt. Mehrere Mitarbeiter strömten heraus. Unter ihnen war auch Michael Löwe. Er sah Reni an seinem Focus ST stehen und winkte ihr zu. Einer seiner Kollegen rief ihm etwas von „neuer Freundin" zu, doch der junge Mann grinste nur. Er öffnete ihr die Tür.

„Komm, steig ein! Lass die nur quatschen, das stört mich nicht. Sie sind halt überrascht, dass ich plötzlich auf einmal eine Freundin habe", lachte er.

Vorsichtig fuhren sie den Parkplatz herunter und dann in die Stadt. Etwas außerhalb wurde der Wagen plötzlich langsamer und fuhr dann in eine Einfahrt hinein. Vor einer Garage blieben sie stehen. „Wir sind da! Hier wohne ich!", erklärte Michael und ging voran. Mit dem Fahrstuhl fuhren sie in den zweiten Stock. Oben angekommen schloss er eine Tür auf und sie traten in einen Flur ein. Reni sah sich um. Alles war sauber und aufgeräumt. Sie sah in die Küche. Auch hier herrschte Ordnung, nur die Tasse vom Frühstück stand noch auf der Spüle. Reni war begeistert.

„Mensch, hast Du es aber schön", bekannte sie. Michael bot ihr an einem Zweiertisch in der Küche Platz an.

„Hast Du Hunger?", fragte er sie, und Reni nickte. Sie hatte seit dem vergangenen Morgen ja nichts mehr gegessen.

„Hör mal Micha, dürfte ich mich erst einmal duschen? Ich fühle mich nicht mehr wohl in meinen Klamotten." Der junge Mann sah seine Besucherin an und nickte.

„Komm mit, ich zeige Dir das Bad." Sie gingen zurück in den Flur und dann öffnete er eine Tür. Reni blieb erstaunt stehen. Überall bunte LEDs, alles in warme Farben getaucht, einfach zum Wohlfühlen. Sie sah ihren Gastgeber fragend an.

„Und Du wohnst ganz alleine hier?", fragte sie ihn. Er nickte lächelnd. „Bis jetzt ja, Reni.", antwortete er vieldeutig. Reni hörte sofort den Unterton heraus. Er hatte also noch keine Freundin, das war gut! Michael gab ihr erst Handtücher, dann drückte er ihr plötzlich einen blauen Schlafanzug in die Arme.

„Hier, der ist noch ungetragen. Deine Sachen kannst Du gleich in der Waschmaschine dort waschen." Er zeigte auf eine Miele-Waschmaschine. Lächelnd verließ er wieder das Bad und schloss die Tür hinter sich.

Reni duschte sich so ausgiebig wie schon lange nicht mehr, dann stapfte sie barfuß im Schlafanzug zurück in den Flur. Michael saß im Wohnzimmer und der Fernseher lief. Auf dem Tisch standen vorbereitete Brote, dazu zwei Gläser, eine Flasche Rotwein und eine Flasche Wasser.

„Komm, setz Dich zu mir und iss was." Als sie sich neben ihn auf die Klappcouche setzte, deckte er sie fürsorglich mit einer Decke zu. So warm eingepackt, gemütlich in der Sofaecke sitzend, begannen sie zu essen.

Michael beobachtete sie die ganze Zeit heimlich von der Seite, sagte aber kein Wort. Doch Reni spürte, dass sie nun etwas sagen musste. Sie sah ihren Gastgeber ab.

„Findest Du mich sehr aufdringlich", fragte sie als Erstes und nahm das Rotweinglas. Michael stieß mit ihr an.

„Ich schätze mal, Du hast allerhand Ärger in der letzten Zeit gehabt. Stimmt`s?" Reni nickte.

„Ja, das stimmt! Und das will ich alles ganz schnell vergessen. Ich muss mir eine Arbeit suchen, und vor allem eine bezahlbare Wohnung." Jetzt war es an Michael, der allen Mut zusammennahm.

„Mit der Arbeit könnte ich Dir vielleicht helfen, bei uns werden zurzeit Leute zum Einräumen der Regale gesucht. Ist zwar kein Job zum Reichwerden, aber für den Anfang bestimmt nicht schlecht. Und was die Wohnung betrifft, da musst Du Dich nicht stressen. Du kannst so lange hier wohnen, wie Du willst." Und mitten in Renis Erstaunen hinein, meinte er plötzlich noch:

„Vielleicht bleibst Du ja auch für immer hier wohnen?", und sah sie dabei fragend an. Reni war ein wenig aus der Fassung geraten. „Für immer?", fragte sie ihn nochmals. Er nickte langsam. „Wenn Du willst", entgegnete er. Dem Überschwang ihrer Gefühle folgend, gab sie Michael plötzlich einen Kuss. Er grinste und lehnte sich zurück. Reni drehte sich einfach herum, legte dann ihren Kopf auf seinen Schoß und schloss die Augen. Seine raue Hand streichelte zärtlich ihr Gesicht und Reni genoss seine Berührungen. Plötzlich beugte er sich zu ihr herunter und gab ihr einen Kuss auf die Nasenspitze. Reni öffnete lächelnd die Augen und sah ihn an.

„Ich gebe Dir auch die Hälfte zur Miete dazu, wenn ich hier wohnen bleiben darf." Michael lachte halblaut.

„Ich bezahle aber gar keine Miete hier. Das Haus gehört meinen Eltern, als Sohn wohnt man mietfrei." Reni staunte. Dann aber richtete sie sich wieder auf und rutschte ganz dicht an Michael heran.

„Was werden Deine Eltern sagen, wenn ich plötzlich hier bei Dir wohne?" Michael winkte ab und lächelte sie an.

„Wer hier mit mir wohnt, entscheide ich, da redet mir keiner mehr dazwischen. Ich bin ja immerhin schon fünfundzwanzig, also volljährig!"

Reni zuckte plötzlich ein wenig zusammen, denn sie hatte wie selbstverständlich sein Haar gekrault. Schnell nahm sie die Hand wieder weg. Er grinste sie an.

„Warum machst Du nicht weiter?" Dann legte er seinen Arm um ihre Schultern und zog sie sanft an sich. Sie sahen sich in die Augen und tauschten den ersten langen Kuss. Reni machte sich wieder frei, zu ungewohnt waren ihr diese zärtlichen Berührungen und Küsse. Und doch sehnte sie sich danach. Sie musterte ihn einen Augenblick.

„Heißt das, dass wir beide jetzt ein Paar sind?", fragte sie Michael. Der lachte etwas verlegen. Wusste er doch nicht, ob er sich gerade blamierte oder ob sie genauso dachte und fühlte wie er. Eine Langzeitfreundin hatte er nie gehabt, meist waren es nur Episoden gewesen. Aber bei Reni hatte er von Anfang an ein gutes Gefühl gehabt. Er sagte es ihr und wurde dabei ein wenig rot. Reni schickte im Stillen ein Stoßgebet in den Himmel. Aber hoffentlich erfuhr er nie, was sie vorher gemacht hatte. Besonders in den letzten Monaten. Sollte sie es ihm sagen oder doch lieber verschweigen? Als er sie dann wieder küsste, ließ sie es geschehen. So blieben sie in dieser Nacht gemeinsam auf der ausgeklappten Couche ...

Irgendwann in der Nacht, als Michael neben ihr leise ein- und ausatmete, dachte sie an ihren Bruder und an Karlchen, die jetzt wahrscheinlich in einer Zelle bei der Polizei schliefen. Sie war sich sicher, dass beide sie nicht verraten würden.

Als Michael früh aufstand und zur Arbeit ging, blieb Reni noch liegen. Sie verabschiedeten sich mit einem Kuss. Er sah sie verliebt an. Dabei schien es ihm nichts auszumachen, dass Reni seine Unbekümmertheit ja auch nur ausnutzen konnte. Er sah sie nur lächelnd an.

„Bis heute Abend Reni! Aber lauf mir ja nicht weg, ich kümmere mich um eine Arbeit für Dich. Tschüss!" Es folgte noch ein Kuss, dann ging Michael. Reni lag unter ihrer Decke und fühlte sich pudelwohl. Entgegen ihrer sonstigen Gewohnheit hatte sie mit Michael gleich in der ersten Nacht geschlafen. Und es war toll gewesen, gar kein Vergleich zu diesem Fredo! Doch eine Frage zermarterte immer noch ihr Hirn. Würde sie ihre Vergangenheit irgendwann doch noch einholen? Musste sie Michael reinen Wein einschenken, darüber was sie in den letzten zwei Jahren gemacht hatte? Und würde er dann noch zu ihr stehen? Ihre Gedanken wanderten wieder zu Karlchen und ihrem Bruder.

Markus Ludwig und Susi Thoma zeigten am Besuchereingang ihre Dienstausweise vor. Der Beamte hinter der Scheibe sah sie sich genau an und schob sie wieder zu ihnen zurück. Dann drückte er den Knopf und die Tür öffnete sich. Beide gaben ihre Dienstwaffen ab, dann durften sie passieren. Sowohl für Susi als auch für Markus, war es nicht der erste Besuch in einem Gefängnis. Doch wie jedes Mal, empfand Susi die Atmosphäre bedrückend.

Sie betraten das Besucherzimmer und setzten sich an einen extra für sie hergerichteten Tisch mit vier Stühlen. Ein Seiteneingang öffnet sich und von zwei Beamten angeführt, betraten Karlchen und Lukas den Raum. Nach der Abnahme der Handschellen wurden sie zu ihrem Platz geführt und dort wieder mit einer Hand an einer auf dem Tisch montierten Stahlstange angekettet. Die beiden Beamten traten zurück bis zur Tür und blieben dort stehen.

Markus Ludwig begann mit der Vernehmung, Susi bediente den Laptop, um die Aussagen festzuhalten.

Markus sah die Beiden einen Augenblick scharf an. Karlchen Moser hielt seinem Blick stand. Lukas Brämer dagegen sah betreten zu Boden, in seinen Augen glänzte es verdächtig. Markus tauschte einen kurzen Blick mit Susi und schlug seinen Hefter auf. Ihm war sofort klar, dass ihnen hier keine schweren Jungs gegenübersaßen. Wohl eher durch die Umstände aus der Bahn geworfene Jugendliche, die verführt worden waren. Er nahm erst die Personalien der beiden Jungs auf, dann begann er die Befragung.

„So meine Herren, Ihr Kumpel Hohlmayer hat das Abenteuer schnell reich zu werden, leider nicht lebend überstanden", war das Erste, was er den Beiden offenbarte. Und es zeigte sofort Wirkung. Lukas brach in Tränen aus, Karlchen sah mit versteinerter Miene aus dem Fernster. Auch in seinen Augen glänzte es. Kriminaloberkommissar Ludwig legte sofort nach.

„Jetzt erzählen Sie uns mal, wie sie auf die Idee gekommen sind, in Kirchen einzubrechen!" Lukas wollte sofort losplappern, doch Karlchen sah ihn starr in die Augen. Sie hatten sich noch auf der Wache versprochen, Reni aus der Sache heraus zu halten und alles auf ihre Kappe zu nehmen. Karlchen räusperte sich.

„Auf die Idee ist Fredo gekommen. Er meinte, dass wir auf diese Weise schneller zu Geld kommen würden. Er hatte drüben in Tschechien einen Russen, der ihm die Beute abkaufte. Am Anfang haben wir noch mitgenommen, was uns gefiel, später schaute sich der Russe erst in den Kirchen um und gab uns dann eine Liste." Markus Ludwig nickte.

„Aha, und was habt Ihr dann mit dem Geld gemacht? Ihr habt bei Eurer Festnahme ja keines bei Euch gehabt. Und in dem Haus, in dem Ihr gewohnt habt, war auch keines zu finden." Lukas war bemüht, auch etwas zu sagen. Erst ein wenig gehemmt, dann mit der Zeit gefasster, gab er Auskunft.

„Das gesamte Geld hat Fredo verwaltet. Wir hatten nur so viel, wie wir für uns brauchten." Er schwieg einen Moment, da er um ein Haar Renis Rolle in dieser Angelegenheit angesprochen hätte.

„Na ja, Fredo wollte mit dem Geld dann Stoff in Tschechien einkaufen, er hatte auch die Abnehmer dafür. Dann wollte er mit uns teilen. Es ging halt dann alles durch vier."
Markus und Susi stutzten plötzlich, Karlchen trat Lukas unter dem Tisch auf den Fuß und sah ihn wütend an. Markus hakte sofort nach.

„Wieso durch vier? Gehört noch jemand zu Eurer Truppe?", fragte er Lukas. Der bekam auf einmal einen roten Kopf und schüttelte verzweifelt den Kopf. Karlchen sprang sofort ein.

„Fredo musste einem Kerl in Tschechien immer fünf Prozent von den Einnahmen abgeben. Aber den haben wir nie zu Gesicht bekommen." Susi schaltete sich ein.

„Sagt Euch der Name Petré was? Er ist ein Tscheche!" Beide nickten.

„Ja, das muss einer gewesen sein, mit dem Fredo zusammenarbeitete, bevor wir uns kennenlernten. Aber gesehen haben wir den nie. Fredo erzählte uns nur, dass den die Bu..., die Polizei geschnappt hatte", verbesserte er sich rasch. Markus lehnte sich zurück und verschränkte die Arme über der Brust.

„Habt Ihr Euch mal gefragt, was Ihr für einen Schaden ange-richtet habt? Ihr habt ganz teure und unersetzliche alte Kunst-gegenstände erbeutet und verschachert. Habt Ihr auch Crystal Meth verkauft?", fragte er weiter. Karlchen und Lukas schüt-telten vehement die Köpfe.

„Nee, niemals! Mit diesem Mistzeug wollten wir nix zu tun haben! Das hat alles Fredo organisiert!" Markus lächelte sarkas-tisch und sah die Beiden starr an.

„Ach so, zu tun haben wolltet Ihr nix damit, aber das Geld war Euch schon recht, oder? Habt Ihr Euch mal überlegt, was dieses Zeug aus Menschen macht, hm?" Ludwig war eine Nu-ance lauter geworden. Dann beruhigte er sich wieder.

„Wer hat eigentlich Euren Transporter umgespritzt?" Lukas sah den Oberkommissar an.

„Das waren wir selber! Meine Sch.... Also wir haben die Farbe und die Spritzpistole im Baumarkt gekauft", entgegnete er schnell mit rotem Kopf. Markus sah dem Jungen in die Augen, und der wich seinem Blick aus. Karlchen saß daneben und hielt die Luft an. Der Kleine war ein Idiot, wieder hatte er um ein Haar seine Schwester in die Pfanne gehauen.

„Verschweigst Du mir was, Lukas?" Der Junge schüttelte den Kopf. „Nee, es ist so, wie ich es gesagt habe."
Markus sah ihn wieder starr an. Die Augen des Jungen flacker-ten, doch er sah stur an Markus vorbei. Der klappte seinen Hef-ter zu und sah Susi kurz an. Manchmal war es besser, nicht weiter auf einen Täter in diesem Alter einzudringen und lieber zu warten.

„So meine Herren, Ihr bleibt bis zur Verhandlung in U-Haft, da Ihr keinen Wohnsitz habt. Haltet Euch von den bösen Jungs dort fern! Da Ihr noch keine Vorstrafen habt, könnte die ganze Sache noch einigermaßen glimpflich ablaufen. Sehen wir mal, was der Richter sagt!" Markus klappte seinen Hefter zu. Plötz-lich hielt er inne und schlug ihn noch mal auf. Jetzt kam der Frontalangriff!

„Lukas, ich lese hier, dass Du eine große Schwester hast. Sie heißt Reni. Hast Du noch Verbindung zu ihr, weißt Du wo sie wohnt?" Lukas schüttelte den Kopf und sah an Markus vorbei. Wieder begann es in den Augen des Jungen verdächtig zu glänzen. Karlchen merkte, dass sein Kumpel nahe daran war, in Tränen auszubrechen und alles zu verraten.

„Nee, seine Schwester hat er schon lange nicht mehr gesehen, Herr Kommissar. Die wohnt angeblich in England!" Markus lächelte.

„Und wer war die junge Frau bei Euch da im Wald? Die Waldarbeiter hatten aber dort jemand gesehen!" Lukas lachte plötzlich laut auf.

„Ach die blöde Kuh! Das war Fredos Alte, Zuza, die hatte er irgendwo in Tschechien auf der Straße aufgelesen und mitgebracht. Die haben wir aber nie mitgenommen. Die wollte uns immer kommandieren, die dämliche Gans! Dabei konnte sie noch nicht mal richtig Deutsch!", ereiferte er sich laut. Markus sah Susi einen Augenblick an. Dann klappte er den Hefter wieder zu.

„Na gut Jungs, wenn wir noch Fragen haben, kommen wir wieder vorbei. Ihr lauft ja nicht weg, oder?", versuchte er zu scherzen, und die beiden Jungs lächelten betreten.
Als Susi und Markus wieder im Auto saßen, sahen sie sich an.

„Na was meinst Du, haben die uns alles erzählt die Beiden?", fragte Markus seine Kollegin und Freundin. Susi schmunzelte.

„Ich hatte das Gefühl, die sind um das Mädchen ziemlich herumgeeiert. Außerdem hatte ich an diesem Morgen, oben auf dem Berg, tatsächlich einen Augenblick das Gefühl, noch jemand neben Fredo gesehen zu haben. Fest steht, eine junge Frau war bei ihnen im Wald, in diesem Haus." Markus nickte und startete den Wagen. Sein Gefühl sagte ihm, dass die Jungs nicht alle Karten auf den Tisch gelegt hatten.

Sie betraten gerade wieder ihr Büro als Dr. Huber schon auftauchte und sich in einen der Stühle fallen ließ. Er rieb sich etwas verlegen die Hände und musterte seine Kommissare durch die Brillengläser, die seine Augen erheblich vergrößerten.

„Tja also, wie soll ich es Ihnen sagen. Aber Sie lieber Kollege Ludwig sind ab sofort zu meinem Nachfolger benannt worden. Ihr großartiger Erfolg bei der Festnahme der Kirchenräuber hat da wohl höheren Ortes großen Eindruck gemacht. Und Sie liebe Kollegin Thoma hatten es ja schon anklingen lassen, dass Sie der Liebe wegen, auch bei uns bleiben wollen. Aus diesem

Grund habe ich mich mit Ihrem Chef in Bern in Verbindung gesetzt und sein Einverständnis eingeholt. Sie übernehmen ab sofort die Abteilung „Präventivarbeit im Jugendbereich". Der Kampf gegen Crystal Meth geht also weiter!"

Susi schnappte nach Luft und wollte etwas sagen, doch Markus kam ihr zuvor.

„Wir haben doch noch nicht mal den Fall zu Ende ermittelt, Herr Dr. Huber!", brauste er auf und sah Susi dabei an, als wollte er sagen: „Na sag doch auch mal was dazu!" Doch Dr. Huber winkte energisch ab.

„Die Sache ist oben entschieden worden, Herr leitender Polizeidirektor Ludwig! Wollen Sie darüber noch diskutieren? Immerhin steigt damit auch Ihre Vergütung!" Er sah Markus lächelnd an, stand auf und reichte Markus über den Tisch hinweg die Hand.

„Ich gratuliere zur Beförderung! Natürlich folgt die offizielle Ernennung noch nachträglich. Spätestens, wenn Sie aus dem Urlaub zurück sind." Dann wandte er sich schmunzelnd an Susi.

„Und nun zu Ihnen junge Frau! Ihr bewundernswerter Einsatz im Falle der Kirchenräuber hat auch Ihrer Karriere einen großen Schub vorwärts gegeben. Ich habe mich persönlich für eine vorzeitige Beförderung eingesetzt, auch wenn Sie uns in einigen Monaten leider für eine gewisse Zeit fehlen werden, wie ich gehört habe." Er schmunzelte wieder und richtete ein wenig seine Fliege, eher er fort fuhr.

„Also darf ich auch Ihnen schon mal vorab zur Beförderung zur Kommissarin gratulieren, Frau Thoma!" Susi bekam einen roten Kopf und wusste im ersten Moment nicht, was sie sagen sollte. Doch Dr. Huber reichte auch Ihr galant die Hand und beglückwünschte sie. Er sah seine beiden Beförderten lächelnd an und meinte dann:

„So, damit habe ich die Verantwortung los, Herrschaften! Wir machen ab Morgen die Übergabe perfekt, Sie übergeben Ihren Fall an ihren Nachfolger Bernhard Köhler. Danach gehen Sie beide über Weihnachten zwei Wochen in Urlaub. Bis Sie wieder da sind, halte ich noch die Stellung, danach verabschiede ich mich ins Rentnerdasein!" Als Dr. Huber das Büro wieder verlassen hatte, sahen sich Susi und Markus perplex an. Susi rieb sich das Kinn und grinste schelmisch.

„O weia, jetzt kanscht Du mich ja tatsächlich auch feuern als Chef vom Ganzen!" Markus sah sie über den Schreibtisch hinweg eindringlich an.

„Ich überlege gerade, ob ich Dich nicht zu meiner Vorzimmerdame machen kann." Susi verdrehte gespielt entsetzt die Augen.

„Um Gottes Willen! Mit Dir verheiratet sein und dann auch noch jeden Tag Dir den Kaffee an den Schreibtisch bringen! Nee, niemals! Lieber kündige ich sofort wieder!" Er sah sie an wie ein trauriger Bernhardiner, doch Susi schüttelte resolut den Kopf und bemühte sich, hochdeutsch zu sprechen.

„Nee, Herr Polizeirat! Meine neue Stelle gefällt mir schon ganz gut! Es reicht ja, wenn wir uns am Abend sehen, oder?" Er nickte ernsthaft, als wenn er verärgert wäre.

„Na gut, Du wirst schon sehen, wenn Du bei mir antanzen musst, um Dir eine Zigarre abzuholen bei so viel Lieblosigkeit!", erwiderte er gespielt missmutig. Susi stand auf, ging um den Schreibtisch herum und gab Markus einen Kuss.

„Das holen wir dann abends alles nach, okay Boss? Wenn Du dann Windeln gewechselt hast, Breichen gefüttert hast und ich ausschlafen muss! Gut so?" Markus lachte leise.

„Ich habe doch gewusst, worauf ich mich mit Dir kleinen Schweizer Hexe eingelassen habe! Jetzt haben wir den Salat!" Er schloss sie kurzerhand in seine Arme und küsste sie. Dann ließ er Susi wieder los.

„So, in Zukunft müssen wir unsere Zärtlichkeiten wohl ein bissel mehr in die Privatsphäre verschieben. Ein knutschender Polizeidirektor im Dienst könnte eventuell Ärger machen. Einverstanden?" Susi nickte und verbiss sich das Lachen.

„Natürlich, Herr Polizeirat! Das versteht sich ja von selbst!", erwiderte sie und warf ihm eine Kusshand zu.

Langsam fuhr ein weißer BMW durch die Sunowara-Straße in Třeboň. Vor der Hausnummer 21 hielt er an, und eine junge Frau in anderen Umständen und ihr Begleiter stiegen aus.
Einen Moment schauten sie auf die Hausnummer, dann begaben sie sich zur Eingangstür und klingelten. Eine schwarzhaarige junge Frau öffnete und die Besucher stellten sich vor.

„Frau Nela? Mein Name ist Susi Ludwig und das ist mein Mann, wir haben vorgestern zusammen telefoniert."

Die junge Frau lächelte und ließ die Besucher eintreten. Sie gingen in ein kleines Wohnzimmer und Nela bot ihnen einen Platz an. Susi sah sich in der bescheidenen Stube um. Da würden die beiden bei ihrem Onkel in der Schweiz ein schöneres zu Hause vorfinden.

„Sie haben ein paar Sachen zusammengepackt, ja? Vor allem aber die Ausweispapiere sind wichtig! Hat die Kleine einen Kinderausweis?", fragte Susi Nela. Die nickte und zeigte auf eine kleine Tasche, die neben zwei Koffern stand.

„Ja, ich hoffe, ich habe an alles gedacht. Ich bin schon ganz aufgeregt, ich war noch nie in der Schweiz." Sie hielt einen Moment inne und sah ihre Besucher an.

„Ich bin Ihnen sehr dankbar, dass Sie das für uns tun. Aber sagen Sie, wie geht es meinem Bruder Petré?" Markus lächelte.

„Nun, Ihr Bruder wird wahrscheinlich nur eine kurze Haftstrafe antreten müssen. Erstens hat er Frau Thoma geholfen, zweitens konnten wir dank seiner Hinweise den Dealer-Ring ausheben. Er wird sicher bereits in sechs Monaten nachkommen können".

Nela holte ihre Tochter Xenia aus dem Kinderzimmer und zog sie an.

„So Xenia, Mama und Du verreisen heute und Petré wird bald nachkommen." Das kleine Mädchen sah die Besucher mit ihren dunklen Augen fragend an. Dann verließen sie das Haus. Mit einem letzten Blick auf ihr Wohnhaus verschloss Nela die Tür und stieg mit ihrer Tochter in den Wagen.

Für sie begann ein neuer Lebensabschnitt. Susi hatte Wort gehalten und Nela bei ihrem Onkel in der Schweiz, auf dem Bauernhof, eine Arbeit verschafft. Wenn Petré nachkam, konnte er im Sägewerk ebenfalls eine Arbeit aufnehmen. So waren sie beide aus der Reichweite der Dealerbande und konnten endlich in Ruhe und Frieden leben. Petrés Aussagen hatten dazu geführt, dass die tschechische Polizei, die ganze Bande und ihre Produktionsstätte ausheben konnte.

Durch die intensive Fahndung der deutschen und der tschechischen Polizei konnte ein Großteil der geraubten Kunstgegenstände aus den Kirchen des Berchtesgadener Landes wieder aufgefunden werden.

Im Büro von Markus Ludwig und Susi Thoma herrschte an diesem Morgen schon reges Treiben. Zwei Biertischgarnituren waren aufgestellt worden, und warmer Leberkäse, Weißwürste und ein kleines Fass Bier standen bereit. Ludwig und Thoma gaben ihren Ausstand. Kriminalrat Huber bat kurz um Gehör.

„Liebe Mitarbeiter und Mitarbeiterinnen! Zwei große Ereignisse fallen heute zusammen. Das erste große Ereignis – Sie werden mich ab Montag los sein!" Die Anwesenden lachten leise, und einige waren tatsächlich froh, dass Dr. Huber endlich ging.

„Das zweite große Ereignis ist die Tatsache, dass unser Kollege Markus Ludwig ab sofort zum Polizeidirektor befördert worden ist, und die Kollegin Thoma das Jugendreferat unserer Dienststelle übernimmt. So kann ich mich nun beruhigt zur Ruhe setzen, da ich weiß, dass mein Nachfolger mit Ihrer Hilfe alles tun wird, um die Kriminalität weiter energisch zu bekämpfen." Gedämpfter Beifall kam auf. Alles wartete darauf, dass endlich das Buffet eröffnet wurde. Markus machte es kurz und bündig.

„Liebe Mitarbeiter, wir kennen uns alle schon lange genug, und so kann ich mir viele Worte ersparen. Ich hoffe auch weiterhin auf ihre geschätzte Mitarbeit. Und damit ist das Buffet eröffnet!" Und nun brandete wirklich Beifall auf.

Vom Nachfolger des Kriminaloberkommissars Ludwig wurden, aufgrund des Wechsels, alle weiteren Ermittlungen eingestellt. Und so kam es, dass Renis Mitwirkung einfach unter den Tisch fiel.
Die beiden noch nicht volljährigen Täter, Karlchen und Lukas, trafen auf eine verständnisvolle Richterin, die sie zwar zu zwei Jahren Jugendhaft verdonnerte, sie aber zur Bewährung aussetzte. Beide kamen in ein geschlossenes Jugendhaus, wo ihnen eine berufliche Ausbildung ermöglicht werden sollte.
Reni blieb bei ihrem Freund Michael wohnen. Ein Jahr später waren beide Eltern eines kleinen Mädchens. Zu ihrem Bruder nahm Reni erst nach ihrer Hochzeit mit Michael wieder Kontakt

auf. Das Geld von Fredo aber ging mit einer anonymen Spende an eine Einrichtung für elternlose Kinder.

Der junge Hauptübeltäter, Fredo Hohlmayer, aber wurde als das „Monster vom Königssee" berühmt berüchtigt.

Epilog

Mitte Dezember lag schon eine dichte Schneedecke im Kanton Bern. Polizeirat Markus Ludwig hatte Wort gehalten und war mit seiner neuen Liebe Susi in die Schweiz gefahren. Seit einer Woche wohnten sie nun in einem kleinen Chalet in den Bergen. Inmitten tief verschneiter Tannenwälder stand das Haus in einer kleinen Senke. Im Kamin prasselten lustig die Holzscheite und verbreiteten eine wohlige Wärme.

Noch am Vormittag hatten sie gemeinsam den großen Tannenbaum geschmückt. Um die Mittagszeit hatte Susis Mutter Christine ihre Tochter abgeholt, weil sie noch einmal zur Anprobe in den Brautladen wollten.

Markus verbrachte den Nachmittag mit der kleinen Franziska draußen im Wald. Auf einem Schlitten zog er die Kleine durch den Schnee. Oberhalb ihres Chalets begann der dichte Wald, in dem mehrere Futterraufen für die Tiere standen. Und Markus hatte sich vorgenommen, Franzi unbedingt ein paar dieser Tiere zu zeigen. Leise schlichen sie sich in die Nähe der Futterraufen und warteten gespannt, ob tatsächlich Rehe auftauchen würden. Franzi war aufgeregt und wisperte Markus ins Ohr.

„Ob die Tiere heute noch kommen, Onkel Markus? Ich will doch sehen, ob sie das Heu fressen!" Markus drückte die Kleine fest an sich und legte den Finger auf den Mund.

„Pst, da musst Du ganz still sein! Sonst kommen sie nicht!"
Und tatsächlich dauerte es nicht lange und das erste Reh trat aus dem dichten Wald heraus. Nacheinander kamen noch drei weitere, beäugten vorsichtig die Gegend und näherten sich dann der Futterstelle. Franziska war aufgeregt und hielt sich den Mund zu. Eine Weile harrten sie aus, bis Franzi plötzlich niesen musste. Und schwupp, waren die Tiere im Nu wieder verschwunden. Markus richtete sich langsam auf.

„Na komm kleine Jägerin! Du hast die Tiere verscheucht. Aber sie kommen bestimmt bald wieder, wenn wir weg sind."
Franzi war ein wenig traurig darüber. Doch als sie wieder auf dem Schlitten saß und Markus mit ihr losrannte, jauchzte die Kleine glücklich auf. Am Haus angekommen, machten sie noch eine Schneeballschlacht.

Inzwischen war es langsam dunkel geworden und die elektrische Weihnachtsbeleuchtung schaltete sich ein. Die hatte Papa Thoma vorsorglich noch vor Ankunft seiner Gäste angebracht. Und nun erstrahlten das Haus und der kleine Vorgarten im bunten Lampenschein. Ein Hirsch mit einem Schlitten stand im Vorgarten und leuchtete hell. Und Franzi bekam große Augen, stand da und staunte.

Plötzlich näherte sich auf dem schmalen Zufahrtsweg ein Auto. Susi kam wieder von der Anprobe zurück.

„Hallo, da bin ich wieder! Na, habt Ihr einen schönen Nachmittag gehabt?", fragte sie Franzi. Die nickte ganz begeistert und erzählte ihrer Mama von den Rehen, die sie im Wald gesehen hatten. Markus begrüßte seine künftige Frau mit einem Kuss.

„Na, passt das Kleid noch?", war seine erste Frage. Und Susi nickte lachend. „Na klar, warum sollte es denn nicht passen?" Markus deutete auf ihr kleines Bäuchlein.

„Na ja, vielleicht hat sich der Kleine schon so gut entwickelt, dass Dein Kleid inzwischen zu eng wird." Susi schmunzelte nur und sie gingen in die warme Stube. Den Beutel mit ihrer Brautkleidung versteckte sie im Schlafzimmer im Schrank.

Markus hatte inzwischen begonnen, aus den gekochten Kartoffeln einen Kartoffelsalat zu machen. Susi sah ihm über die Schulter.

„Was wird das denn?", fragte sie und machte einen langen Hals. Markus ließ sie kosten, und Susi bekam große Augen.

„Toll! Schmeckt das aber gut! Ich wusste gar nicht, dass Du so ein guter Koch bist." Markus lachte geschmeichelt.

„Na ja, zu Kartoffelsalat mit Wienerle reicht meine Kochkunst gerade noch! Ich hoffe, Du kannst da etwas mehr als ich." Susi zuckte mit den Schultern.

„Weiß ich nicht, aber meine Mutter hat sich mit mir redliche Mühe gegeben, damit ich was lerne."

Wenig später saßen sie gemeinsam am Tisch und aßen. Im Kamin prasselten die Holzscheite und es war herrlich warm in der Stube.

Und während draußen die Schneeflocken fielen, saßen beide am Kamin mit einem Glas Rotwein in der Hand, während Franzi mit ihren Puppen spielte.

Markus sah seine Braut schon eine ganze Weile an und dachte nach. Eigentlich hatte alles ja harmonisch angefangen. Bis auf die Tatsache, dass er tatsächlich am Anfang so seine Bedenken hatte. Bedenken darüber, ob die Neue aus der Schweiz, auch den Anforderungen gewachsen war. Aber von Woche zu Woche hatte ihn Susi mehr und mehr überzeugt. Vor allem ihre Kombinationsgabe hatte ihn mehr als einmal verblüfft. Mit der Gründlichkeit einer Frau hatte sie die Details in den Fällen verglichen und sortiert. Am Ende kam immer ein brauchbares Ergebnis dabei heraus. Bis auf den einen Fall am Bahnhof von Berchtesgaden, das aber hätte auch jedem anderen passieren können. Bei einer Frau hatte das Ganze aber immer eine besondere Komponente, wie man gesehen hatte.

Susi bemerkte sein Schweigen und räusperte sich. Er sah auf und schmunzelte.

„Wasch ist Liebling, Du warst wohl gerade weit weg?", fragte sie ihn lächelnd. Markus nickte.

„Stimmt, ich habe gerade überlegt, wie alles anfing mit uns beiden. Doch eigentlich verrückt, Du bekommst einen Auftrag und dann bleibst Du in Deutschland hängen." Susi nickte.

„Ja, ja, am Anfang hatte ich keine rechte Lust. Vor allem weil ich Franzi nicht zu Hause bei meinen Eltern lassen wollte. Erst mein Chef hat es bei der Kantonsregierung durchgesetzt, dass ich sie mitnehmen konnte."

Markus nahm einen kleinen Schluck von seinem Rotwein.

„Was war eigentlich der Grund Deiner Delegierung?" Susi schmunzelte verhalten.

„Na ja, ich sollte auf die höhere Laufbahn vorbereitet werden und internationale Erfahrung sammeln." Markus wiegte seinen Kopf hin und her.

„Und dann entschließt sich die Kollegin in Deutschland zu bleiben. Auweiha, da wird Dein Chef aber sauer gewesen sein, glaube ich." Susi lachte leise.

„Wärst Du denn hierher nach Bern gekommen, wenn es die einzige Möglichkeit für uns gewesen wäre, zusammenzubleiben?", fragte sie gespannt und sah Markus fragend an. Der nickte zustimmend.

„Jetzt kann ich sagen, ich wäre auf jeden Fall zu Dir in die Schweiz gekommen. Schon wegen unseres Nachwuchses. Auf den freue ich mich nämlich riesig", bekannte er offen. Susi sah zum Fenster. „Wollen wir noch mal rausgehen in den Schnee, frische Luft schnappen?"

Susi hatte sich bei Markus eingehängt. Die Pelzmütze keck auf dem Kopf, schaute sie in den dunklen Himmel, aus dem immer noch Schneeflocken fielen.

Morgen war nun Heiligabend. Und morgen wollten sie unten in der Dorfkirche heiraten, und dann im Klostergasthof mit der Familie und Bekannten gemeinsam feiern.

Die Brauteltern waren aus dem Häuschen vor Freude. Und Markus hatte sich schnell mit seinem Schwiegervater Bernhard angefreundet. Aber auch die Schwiegermutter war richtig stolz auf Susis Ehemann. „Endlich mal ein richtiger Kerl", hatte sie zu Susi gesagt.

Susi sah das alles mit der innerlichen Ruhe einer Schwangeren, so ruhig wie ihr Papa. Der wiederum hatte sich echt gefreut, als er die Nachricht bekam, dass seine Lieblingstochter wieder schwanger war. Und noch am gleichen Tag hatte er damit begonnen, in seiner kleinen Werkstatt zu basteln. Aber es war alles sehr geheim! Doch seine Frau verriet dann, dass ihr Bernhard eine hölzerne Wiege baute. Der neue deutsch-schweizer Erdenbürger sollte eine eigene Wiege haben. In den vergangenen Wochen war ja mehr oder weniger öffentlich darüber diskutiert worden, ob Susi mit den Kindern nach Berchtesgaden ziehen soll oder ob Markus vielleicht nach Bern kommen sollte. Doch durch Markus Berufung zum Polizeirat, waren alle Vermutungen schnell verstummt.

Die Kirchenglocken der kleinen Dorfkirche hallten, für alle weithin hörbar, durch das Tal und riefen zur Brautmesse. Zahlreiche Autos waren schon vorgefahren und gut gekleidete Gäste entstiegen ihnen. In der Kirche war es gut geheizt. Das halblaute Stimmengewirr verebbte, als Pfarrer Wildmoser seine Predigt begann.

Und dann war es so weit. Papa Thoma führte seine Tochter zum Traualtar und übergab sie dort Markus. Allerorten wurden Taschentücher gezückt, um die Tränen der Rührung zu trocknen. Nachdem beide Brautleute die Frage des Pfarrers mit „JA" beantwortet hatten und Markus seiner hübschen Braut einen innigen Kuss gegeben hatte, ertönte wieder die Orgel und das Brautpaar verließ Arm in Arm die Kirche. Draußen regnete es Reis über ihren Köpfen. An der Kirchentür blieben sie stehen, um den Fotografen nun Gelegenheit zu geben, ein paar schöne Erinnerungsfotos zu schießen. Anschließend bestiegen sie einen Schlitten und fuhren zum Gasthof.

Im Gasthof eröffnete das Brautpaar mit einem Walzer das Fest, ehe es reichlich zu essen gab. Herr und Frau Ludwig saßen an der Stirnseite und Franzi ganz dicht neben ihrem neuen Papa Markus. Sie war stolz wie eine Prinzessin in ihrem tollen Kleid. Susi hatte letztlich kein langes Brautkleid gewählt, sondern einen tollen champagnerfarbenen Anzug ausgesucht.

Und so begann das Hochzeitsfest für die zwei Kriminaler, wie sie von Susis Papa genannt wurden. Fredo Hohlmayer und alles was damit zusammenhing war Vergangenheit und sehr weit weg.

Susi Ludwig war inzwischen schon seit Wochen zu Hause in Ramsau und erwartete die Geburt ihres Kindes. Markus hatte durch Zufall ein schönes kleines Einfamilienhaus gefunden und rasch noch den Umzug nach Ramsau organisiert.

Kathi und Vincent lebten inzwischen schon gemeinsam im Haus des Försters Hohlmayer. Für das nächste Jahr im Mai haben sie ihre Hochzeit geplant.

Und so hatte sich der Nebel über dem Königssee verflüchtigt und die Sonne schien heller denn je.

****

Bereits erschienene Bücher von Hans-Peter Ackermann

2007 bis 2008   (Nicht mehr im Handel erhältlich)

2009
ISBN 978-3-8391-1346-2

2010
ISBN 978-3-8391-8116-4

2011
ISBN 978-3-8685-8725-8

2012
ISBN 978-3-86858-894-1

2013
ISBN 978-3-86858-999-3

2014
ISBN 978-3-95631-167-3